Diogenes Taschenbuch 21133

de
te
be

Alexander Sinowjew

Lichte Zukunft

Deutsch von Franziska Funke
Nachdichtung der Verse
von Franziska Funke und
Eberhard Storeck

Diogenes

Titel der Originalausgabe:
›СВЕТЛОЕ БУДУЩЕЕ‹
(›Swetloje buduschtscheje‹)

Die deutsche Erstausgabe erschien 1979
im Diogenes Verlag.

Veröffentlicht als Diogenes Taschenbuch, 1983

40/83/36/1
ISBN 3 257 21133 3

Inhalt

Eines Tages war ich Zeuge eines Gesprächs zwischen zwei Moskauer Intellektuellen. Der eine der beiden war ein bekannter Soziologe, der titanische Anstrengungen unternommen hatte, um die sowjetische Soziologie zu entwickeln, zum Wohle von Partei, Staat und Volk. Inzwischen war seine Arbeitsgruppe im Namen eben dieser Partei, dieses Staates, dieses Volkes zerschlagen worden. Er war aus allem raus, zufrieden, daß man ihm gestattete, sein Gehalt weiter zu beziehen. Der andere war ein bekannter Künstler, der nicht weniger Anstrengungen als der erste unternommen hatte, um die sowjetische bildende Kunst auf Weltniveau zu heben, und dem es dennoch in mehr als zwanzig Jahren nicht einmal gelungen war, eine kleine Ausstellung seiner eigenen Werke durchzusetzen. Hier ihre Unterhaltung in extenso:

»Scheißleben.«

»Wenn schon. Scheiß drauf.«

Treffender kann man unser Leben nicht beschreiben. Und doch leuchtet darin manchmal etwas auf, das ein bißchen Aufmerksamkeit verdient.

Moskau 1976

Es lebe der Kommunismus

Am Platz der Kosmonauten, dort wo der Marxismus-Leninismus-Prospekt beginnt, war eine Plakatwand mit der Losung »Es lebe der Kommunismus – die lichte Zukunft der Menschheit!« errichtet worden. Man hatte sie auf Bitten der Werktätigen aufgestellt. Die Bauarbeiten hatten sich in die Länge gezogen, vor allem im Winter, wenn die Arbeitslöhne höher sind. Die ganze Geschichte hat ein Schweinegeld verschlungen. Den Gerüchten zufolge nicht weniger als die gesamten Investitionen für die Landwirtschaft während des ersten Fünfjahresplans. Aber jetzt sind wir reich, und so sind für uns derartige Ausgaben echte Lappalien. Für die Araber zum Beispiel haben wir noch mehr ausgegeben und sind auch darüber nicht verarmt. Zwar war diese arabische Geschichte ein reines Verlustgeschäft, im vorliegenden Fall aber ist die Nützlichkeit nicht zu leugnen.

Wie zu erwarten war, wurde die Plakatwand schlampig gebaut. Die Farbe war schon abgeblättert, ehe die Losung in Betrieb gesetzt wurde. Auf den Buchstaben bildete sich gräulicher Schmutz, dann bröckelten sie ab. Mindestens dreimal im Jahr mußte die Schrift total renoviert werden: einmal zum 1. Mai, einmal zur Feier der Oktoberrevolution und jedesmal, wenn Moskau am Allunionswettkampf um die schönste kommunistische Stadt teilnahm und man die viele Millionen starke Armee der Moskauer Angestellten zum Saubermachen auf die Straßen scheuchte. So ergab es sich, daß der Unterhalt der Plakatwand um ein Mehrfaches teurer wurde als ihre Errichtung. Und der Erziehungseffekt der Losung entsprach, nach den halbstarken Schmierereien auf den Sockeln zu urteilen, nicht einmal der Hälfte der geplanten Leistung.

Zum 25. Parteitag der KPdSU beschloß man, diesen Unfug zu beenden. Die Buchstaben der Losung wurden in der Brauerei, die den Namen des 21. Parteitags trägt (die ehemalige Marschall-Budjonny-Brauerei), aus rostfreiem Stahl gegossen. Die Ausführung übernahmen die Aktivisten der kommunistischen Arbeit in ihrer Freizeit. Sie gossen sie aus Bier – Entschuldigung, aus Metall, das zu Ehren des bevorstehenden Parteitags eingespart worden war. Die Buchstaben befestigte man auf einem mächtigen Betonsockel. Diesen Beton hatten Moskauer Bauarbeiter ebenfalls zu Ehren des bevorstehenden Parteitags eingespart. Auf diese Weise hatte die Losung diesmal nicht nur nichts gekostet, sondern sie hatte sogar Gewinn gebracht, da die Erbauer derselben zu Ehren des bevorstehenden Parteitags mehr als zehn Millionen Rubel gespart hatten. Die gesparten Rubel beschloß man zur Herstellung von Dauerrahmen aus Eisenbeton für die Porträts der Mitglieder des Politbüros zu verwenden, um auf diese Weise (so hieß es in den Zeitungen) den großartigen Baukomplex des Platzes der Kosmonauten und der anliegenden Ödflächen abzuschließen. Der Oberstadtbaumeister hatte, als er sich vor dem ZK für seine Idee mit den Porträts einsetzte, offen gesagt, wir könnten auf diese Weise den häßlichen Anblick der Ödflächen vor den Augen der Ausländer verbergen. Und schließlich können wir, jedenfalls vorläufig, auf diese Ausländer noch nicht ganz verzichten.

Die Losung wurde sehr feierlich eingeweiht. Man sperrte den Prospekt ab. Es waren viele ausländische Journalisten und Botschaftsvertreter anwesend. Zahlreiche Gäste von den befreundeten Parteien Afrikas und Südamerikas sowie Delegationen aller Länder des sozialistischen Lagers waren angereist. Auch namhafte Gäste aus den kapitalistischen Ländern – die italienische Schauspielerin Sofia Bordobridschida, der amerikanische Millionär Flegelman, ein persönlicher Freund der Sowjetunion, der Farmer Hi, der französische Sänger Georges Iwanow und viele andere. Es wurde gefilmt. Unter stürmischem Applaus der Vertreter der Werktätigen, die den Platz, das Ödland und den Prospekt ausfüllten, wurde ein Ehrenpräsidium mit den Mitgliedern ... gewählt und ein Grußtelegramm an den Genossen ... persönlich abgesandt. Mit einer großen Rede trat einer der Sekretäre des Stadtkomitees der Partei, Genosse Zwetikow, auf, der den von diesem Posten kürzlich wegen Überschreitung seiner Grenzen gefeuerten und auf einen drittrangigen Ministerposten versetzten Jagodizyn abgelöst hatte. Letzterer hatte sich erdreistet, in einer Zeitschrift, ohne Mitrofan Lukitsch zu informieren, einen Artikel erscheinen zu lassen, den Mitrofan Lukitsch selbst veröffentlichen wollte. Damit war er diskreditiert. Genosse Zwetikow hatte, um sich nicht zu blamieren, seine Rede auswendig gelernt, und er trug sie, wenn man einmal die Betonungen außer acht läßt, fast fehlerfrei vor. Dann sprach der Kosmonaut Chabibulin. Er sagte, daß die Erde von oben genauso aussieht, wie sie im Kommunismus aussehen muß: ganz rund und rosahimmelblau. Dann sprach ein Vertreter der kämpfenden Völker Afrikas. Er ließ seine gewaltigen weißen Zähne über den ganzen Platz strahlen und sagte: »Vilän Dahnk«, wodurch er die Vertreter der Werktätigen in rasende Begeisterung versetzte. Als schließlich und endlich der Applaus und die vorher einstudierten Sprechchöre verklungen waren, wurde dem Akademiemitglied Kanarejkin das Wort erteilt.

Kanarejkin ist der Direktor unseres Instituts. Seinerzeit hatte unser Institut die Schirmherrschaft über den Bau der Plakatwand übernommen. Mitarbeiter des Instituts hatten vor den Bauarbeitern mehr als hundert Vorträge über die Theorie des wissenschaftlichen Kommunismus gehalten und damit die Rote Wanderfahne des Kreiskomitees der Partei errungen. Eben deshalb hatte man auch Kanarejkin als Redner zugelassen. Sonst hätte man ihn um nichts in der Welt auf die Rednertribüne gelassen, denn für ihn war es eigentlich höchste Zeit, aus dem Rampenlicht zu verschwinden, um jungen, begabten und gebildeten Wissenschaftlern Platz zu machen (in erster Linie für Wladilen Makarowitsch Jeropkin, Korrespondierendes Mitglied der Akademie der Wissenschaften und Schwiegersohn von Mitrofan Lukitsch persönlich). Auf die Tribüne zu kommen war für Kanarejkin somit ein großer Glücksfall. Die Zeitungen würden darüber berichten. Es würde heißen,

Kanarejkin sitze noch fest im Sattel, und seine Absetzung würde wieder auf unbestimmte Zeit verschoben. Stand er erst einmal auf der Tribüne, konnte Kanarejkin das wie kein anderer nutzen. Er setzte zu einer herzergreifenden Rede an, die hauptsächlich aus Ausrufungszeichen bestand.

»Die böswilligen Feinde des Kommunismus und der sogenannte Schriftsteller und Sowjetfeind Solschenizyn, der auf Verlangen der Werktätigen wegen seiner verleumderischen Hirngespinste über die Grenze unserer wunderschönen Heimat gejagt worden ist und nun Unterschlupf unter den Fittichen der imperialistischen internationalen Bourgeoisie und ihrer Helfershelfer gefunden hat, die... Ja, was wollte ich eigentlich sagen? Ah ja! Auch das sogenannte Akademiemitglied, der Abtrünnige Sacharow, für den in unseren Reihen auch kein Platz ist, der jetzt auf die Langmut und Humanität unserer geliebten Regierung und unseres ganzen Volkes spekuliert ... Man stelle sich bloß vor: Was fehlte diesem Mann eigentlich noch! Alles hat ihm die Regierung gegeben! In die Akademie hat man ihn geholt! Preise hat er bekommen! Auszeichnungen! Und das war ihm noch zuwenig, wie man sieht! Ja, was wollte ich eigentlich sagen? Ah ja! Also, sie behaupten, das sowjetische Volk glaube weniger an den Kommunismus! Was für eine schändliche Verleumdung!!! Sie hätten nur sehen sollen, mit welcher Liebe, welchem Enthusiasmus die Werktätigen unseres Bezirks diese imposante Losung errichtet haben!!! Und ohne jede Bezahlung!!! Ist das etwa kein Beispiel eines neuen, kommunistischen Verhältnisses zur Arbeit?!! Zeugt das etwa nicht davon, daß der Glaube an den Kommunismus stärker wird, sich mit jedem Jahr, jedem Jahrzehnt weiter ausbreitet?!! Die freiheitsliebenden Völker Afrikas... Hier, der Genosse da, hat schon davon gesprochen...«

Als es endlich gelungen war, die Fontäne der Kanarejkinschen Redekunst zum Versiegen zu bringen, schmetterte Genosse Zwetikow die obligaten »Es lebe...« und »Ruhm...« hinaus und zerschnitt das Band. Eine Lawine von Autos, aus denen deutlich vernehmbare Verwünschungen an die Adresse der Idioten drangen, die dieses Theater angezettelt hatten, ergoß sich in den Marxismus-Leninismus-Prospekt direkt in Richtung auf das Gelbe Haus der geisteswissenschaftlichen Institute der Akademie der Wissenschaften. Kanarejkin brauste in seinem Dienstwagen davon.

Und ich... Wozu, zum Teufel, habe ich mir eigentlich die Beine in den Bauch gestanden, wenn ich nicht einmal ein paar Worte quaken durfte! Ich mußte mich in öffentlichen Verkehrsmitteln nach Hause durchschlagen und dabei zweimal umsteigen.

Ich

Zweimal umsteigen! Ich bin schließlich nicht irgendwer, sondern der Leiter der Abteilung für Theoretische Probleme der Methodologie des Wissenschaftlichen Kommunismus, das heißt Leiter einer Abteilung des Instituts, dessen Direktor zur Zeit immer noch Kanarejkin ist. Ich bin Doktor der Philosophie, Professor, gehöre zum Redaktionskollegium einer führenden philosophischen Zeitschrift, bin Mitglied zahlreicher wissenschaftlicher Räte, Komitees, Kommissionen, Gesellschaften, Autor von sechs Monographien und Hunderten von Artikeln. Mein Lehrbuch ist in alle halbwestlichen Sprachen übersetzt – ins Polnische, Bulgarische, Tschechische, Deutsche, Ungarische. Sogar eine Übersetzung ins Rumänische wird vorbereitet. Allgemein wird damit gerechnet, daß ich bei den nächsten Wahlen zum Korrespondierenden Mitglied der Akademie ernannt werde. Sogar Waskin, dieses Schwein von der Parteihochschule (PHS), hat sich mit dieser für ihn unangenehmen Tatsache abfinden müssen. Und jetzt – zweimal umsteigen! Wenn ich das einem erzähle, glaubt er's nicht. Nätürlich könnte man ein Taxi nehmen. Aber für ein Taxi reicht's nicht. Und die Preise steigen jeden Tag. Außerdem muß man dem Taxifahrer ein Trinkgeld geben, was ausgesprochen erniedrigend ist. Uns gibt doch auch niemand ein Trinkgeld! Man könnte auch zu Fuß gehen. Es ist nicht sehr weit. Aber das geht aus Prinzip nicht. Ein Professor, fast Korrespondierendes Mitglied, zu Fuß! Das läßt meine Stellung nicht zu.

Unser Institut und unsere Abteilung

Unser Institut nimmt die oberen Stockwerke des Gelben Hauses ein. Blickt man vom Zentrum zu uns her, dann liegt unsere Abteilung im rechten Flügel der obersten Etage. Früher, als tagtäglich der Anbruch des Kommunismus erwartet wurde und die jährliche Senkung der Preise um eine Kopeke auch bei den Ungläubigen die Hoffnung weckte, daß das Ereignis jeden Augenblick eintreten könnte (mal den Teufel nicht an die Wand, plötzlich errichten sie ihn wirklich!), war unser Institut sehr klein. Unter Nikita, als der Anbruch des Kommunismus ein ganz klein wenig in Richtung auf die Lebenszeit einer verschwommenen »Generation von heute« verschoben wurde, verdoppelte sich unser Institut. Nach dem Sturz Nikitas, nach dem unaufhaltsamen Anstieg der Preise und nachdem die Versprechungen kostenloser Segnungen von jedermann nur noch mit Humor aufgenommen wurden, verdoppelte sich das Institut gleich zweimal. Im Zusammenhang mit den allgemein bekannten Ereignissen wurde dann der Sektor für den Kampf gegen Antikommunismus und Revisionismus und für die Entwicklung des Marxismus in den kommunistischen Bruderparteien im Westen, Osten, Norden und Süden geschaffen und ausgebaut. Heute ist unser Institut, gemessen an der Mitarbeiterzahl (allein über hundert Doktoranden aus den Unionsrepubliken!), eine der gewaltigsten wissenschaftlichen Institutionen des Landes. Fünfhundert Druckbogen im Jahr! Wenn man für ein mittleres Buch zwanzig Druckbogen ansetzt, macht das fünfundzwanzig umfangreiche Bücher pro Jahr. Zweihundertfünfzig Bücher in zehn Jahren!

»Jetzt versteht man, warum Papier bei uns eine so spürbare Mangelware ist«, sagte in diesem Zusammenhang Saschka, mein Sohn aus erster (aber, leider, nicht letzter) Ehe. »Sie drucken jeden Sch..., und für anständige Sachen reicht das Papier nicht.«

»Du bist ein naives Schaf, Saschka«, sagte Tamurka (meine jetzige Frau Tamara). »Wenn du wüßtest, wieviel Papier für die Ausgaben der Klassiker des Marxismus-Leninismus und die Reden unserer Führer draufgeht, würdest du so einen Klacks wie fünfundzwanzig Bücher im Jahr überhaupt nicht merken.«

»Ist doch alles nur Makulatur!«

»Natürlich ist es Makulatur. Und als Makulatur ist es auch geplant.«

»Warum versaut man das Papier?« wunderte sich Lenka, meine Tochter aus zweiter Ehe (also von Tamurka).

»Dummchen! Und die Pflichtauflagen?!«

»Dann gebt doch höhere Auflagen an und druckt weniger. Was macht euch das schon aus?«

»Vom Arbeitsplatz verjagen würden sie uns, wenn nicht einlochen. Wenn eine Rede gehalten wird, ist sie auch genial. Das macht eine Auflage von zwanzig Millionen. Die muß in den Handel und in die Rechenschaftsberichte.«

»Das gibt's doch nicht! Gehen die denn?«

»Natürlich. Da ist das Netz der Politaufklärung. Die Abenduniversitäten des Marxismus-Leninismus. Bibliotheken. Arbeitszirkel. Nicht zu vergessen die Studenten mit all ihren Prüfungen.«

Nach einem solchen Gespräch könnte man bei dem Gedanken an die Dimensionen unseres Instituts zum Pessimisten werden. Was aber soll man dann erst von unserer Abteilung halten?! Sie besteht alles in allem aus einem halben Hundert Menschen. Es kommt ganz auf den Standpunkt an. Die Abteilung ist sozusagen mein Kind. Fast zwanzig Jahre habe ich gebraucht, um sie aufzubauen. Als ich damals als junger Doktor der Philosophie in das Institut kam, beschäftigten sich im Sektor für Wissenschaftlichen Kommunismus nur drei stalinistische Kretins und Kriecher mit der Methodologie des Wissenschaftlichen Kommunismus. Dieser Sektor hat sich jetzt zu einer Abteilung gemausert, aber es fehlt noch viel, bis sie sich mit unserer Abteilung vergleichen kann. Einen dieser Trottel habe ich mit viel Mühe aus dem Institut hinausgedrückt. (Es war gelungen, ihn bei unmoralischen Handlungen zu erwischen.) Die beiden anderen erwiesen sich als vernünftige Burschen, die sich leicht umerziehen ließen. Übrigens geriet einer von den beiden so sehr in linkes Fahrwasser, daß ich ihn ständig bremsen mußte. Ich hatte ihm einige Male ganz offen gesagt, daß man die Kritik an Stalin nicht ernst nehmen dürfe, aber er wollte nicht auf meinen Rat hören. Dann hat man ihm wegen seiner Zugeständnisse an die jugoslawischen Revisionisten kräftig auf die Finger geklopft. Unter dem Vorwand irgendeiner unvorsichtigen

Äußerung über die Chinesen wurde er aus dem Institut entfernt. Dann verloren sich seine Spuren. Es gab Gerüchte, er sei in eine psychiatrische Klinik geraten.

Heute gibt es in unserer Abteilung ebensoviel Volk wie zur Zeit meines Antritts im ganzen Institut. Man spricht schon von der Umwandlung der Abteilung in ein selbständiges Institut. Ich hab's aber nicht eilig. Ich habe Angst, daß dasselbe passieren könnte wie mit den Soziologen. Als sich die Abteilung Soziologie zunächst auf achtzig und später, nach der Trennung von uns, als selbständiges Institut auf fünfhundert Mann aufgebläht hatte, veranstaltete man einen grandiosen Soziologenpogrom. Also ist Vorsicht geboten. Die Sache ist zu ernst für unnötige Risiken. Aber man sollte auch nicht zu sehr zögern. Nach unerforschlichen Gesetzen unseres Lebens muß man, um das Erreichte zu bewahren, voranschreiten, das heißt Aufbesserungen fordern, neue Veröffentlichungen planen, neue Sektoren anstreben usw. Sonst wird man der Untätigkeit und Rückständigkeit beschuldigt. Doch wo liegt der Zeitpunkt, von dem man sagen kann, daß es der richtige ist?

Unsere Abteilung wird von vielen mit der Abteilung Wissenschaftlicher Kommunismus verwechselt. Dabei besteht zwischen uns ein gewaltiger Unterschied. Die anderen versammeln bei sich die finstersten Typen unserer Philosophie. Die alten unter ihnen sind »überlebende« Stalinisten (das klingt komisch, Stalinisten hat man nie etwas angetan, man hat sie in der Wandzeitung ein wenig verspottet, und das war alles). Die Jungen sind zu allem bereite zynische Karrieristen. Und allesamt sind sie Voll ignoranten. In unserer Abteilung dagegen haben sich die hellsten und fähigsten Köpfe unserer Philosophie versammelt: Stupak, Nikiforow, die Tormoschilkina, Bulygin usw. Ein ähnliches Sternbild strahlender Namen gibt es in keiner anderen philosophischen Institution der Sowjetunion. Nicht umsonst sind wir in der Akademie für Gesellschaftswissenschaften (AfG), in der Pädagogischen Hochschule (PH) und an vielen anderen Orten so verhaßt. Sie fühlen sich im Vergleich zu uns als provinziell und werfen uns vor, wir versuchten die marxistische Theorie in etwas Elitäres umzuwandeln. Aber wer hindert sie, selbst gute Bücher zu schreiben?!

Leiterin der mit uns konkurrierenden Abteilung für Wissenschaftlichen Kommunismus ist das Luder Twarschinskaja, das mieseste Stück unserer Philosophie. Über fünfzehn Jahre war sie Gegenstand des Gespötts unserer fortschrittlichen Institutsjugend gewesen. Aber diese Zeiten gehören längst der Vergangenheit an. Seit einigen Jahren schon zählt die Twarschinskaja zu den führenden Figuren. Irgendwann einmal hatte sie Berija nahegestanden. Auch war sie aktiver Funktionär der Organe des Staatssicherheitsdienstes. Jetzt darf sie regelmäßig ins Ausland reisen. Mir ist kein einziger Fall bekannt, in dem man es abgelehnt hätte, sie irgendwo zu empfangen. Selbst angesehene westliche Soziologen unterhalten sich mit ihr wie mit einer Kollegin.

Zu Hause

Zu Hause erzählte ich ausführlich von der Einweihung der Losung. Meine Schwiegermutter fand das alles wunderschön. Saschka wälzte sich auf dem Sofa vor Lachen. Lenka erklärte, ohne mit der Wimper zu zucken, sie werde an ihrer Schule eine Exkursion zu diesem bemerkenswerten Denkmal unserer Kultur organisieren.

»Nikita hat den Kommunismus zu Lebzeiten der jetzigen Generation versprochen«, sagte Saschka. »An wen mag er wohl dabei gedacht haben, an seine Altersgenossen oder an die neugeborenen Säuglinge? Überhaupt sind sie mit diesem Versprechen in eine böse Klemme geraten. Jetzt hat man die Termine in eine unbestimmte Zukunft verlegt. Das ist bequemer. Man kann immer sagen, wenn erst der Kommunismus angebrochen ist, wird es solche Schweinereien wie heute nicht mehr geben. Inzwischen aber habt Geduld, weil wir vorerst nur die unterste Stufe erreicht haben. Es ist zwar das oberste Niveau der untersten Stufe, aber eben doch die unterste Stufe.«

»Da die Buchstaben aus rostfreiem Stahl gegossen sind«, sagte Lenka, »wird eure Losung ewig halten. Wollt ihr einen Witz hören? Der Präsident der USA fragte den lieben Gott, wann Arbeitslosigkeit und Inflation ein Ende hätten. ›Wenn du nicht mehr bist‹, antwortete der liebe Gott. Da fragte unser Generalsekretär den lieben Gott, wann wir den Kommunismus errichten würden. ›Wenn ich nicht mehr bin‹, antwortete der liebe Gott.«

»Lacht nur«, sagte ich. »Aber ich muß mit solchen Sachen für euch das Brot und die Butter darauf verdienen. Die Wohnung, die Datscha, Ferienreisen, Transistorradios – woher kommt denn das alles? Vielleicht können wir uns demnächst sogar ein Auto leisten.«

Das Auto mußte her. Auf dem Heimweg vom Platz der Kosmonauten hatte ich mich endgültig davon überzeugt. Der Kontakt mit der Masse, der in den öffentlichen Verkehrsmitteln besonders spürbar war, ist nervenaufreibend und beleidigend. Irgendein Miststück hatte mich in die Seite geboxt und obendrein noch beschimpft. Ich war so verstört, daß ich es ihr nicht einmal heimzahlen konnte. Woher kommt nur diese Bosheit unter den Leuten?

»Vater hat recht«, sagte Tamurka. »Wir wollen die Kuh ruhig melken. Sieh zu, daß du recht schnell Korrespondierendes Mitglied wirst. Ich habe es satt, mich in den Schlangen zu drängeln. Außerdem gibt es in den Geschäften nichts Ordentliches mehr.«

»Wen meinst du eigentlich mit der Kuh?« fragte meine Schwiegermutter.

»Die Akademie der Wissenschaften«, sagte Lenka. »Wetten? Dem Kollektiv der Erbauer der Losung geben sie den Leninpreis. Todsicher!«

»Sie werden sich doch nicht selbst beleidigen«, sagte Tamurka, die der Ansicht war, daß man mir längst wenigstens den Staatspreis hätte verleihen müssen.

»Warum sollten sie nicht«, sagte die Schwiegermutter.

»So ein Bauwerk zu errichten ist nicht dasselbe wie eine Schwarte über Philosophie zusammenzuschreiben. Dazu braucht es Talent.«

Die Last des Ruhms

Dima Gurewitsch rief an. »Gratuliere, Alter! Eben haben sie deine Fresse im Fernsehen gezeigt. Zwar nur in der Menge und auch nur für eine Hundertstel Sekunde, aber für den Anfang ist das schon was. Jetzt hast du's in der Tasche. Sollen sie versuchen, dich nicht zu wählen!«

Dann telefonierten noch Nowikow, Nikiforow, Stupak, Korytow, Iwanow, Swetka und andere. Der ganze Abend war verdorben. Ärgerlich nur, daß ich selbst nichts davon gesehen hatte: Meine Schwiegermutter wollte im anderen Programm ein Hockeyspiel verfolgen. Ansonsten war es schon gut, daß ich im Fernsehen war. Die Nachricht würde durch ganz Moskau eilen und ihre Wirkung nicht verfehlen.

Als letzter rief mein alter Freund Anton Simin an. Er sagte, er sehe überhaupt nichts Komisches an der Geschichte mit der Losung. Der Kommunismus sei bei uns längst errichtet. Seine klassischsten Formen habe er unter Stalin erreicht. Jetzt sei er unter den aufgezwungenen Kontakten mit dem Westen etwas verwässert, so daß man die Worte »Es lebe der Kommunismus!« etwa im gleichen Sinn verstehen könne, wie wenn wir sagen: »Es lebe das Sowjetvolk!« oder »Es lebe die KPdSU!« Was aber den zweiten Teil der Losung beträfe, so spiegle er eine ebenso unbestreitbare Tatsache wider: Diese lichte Zukunft bedrohe in der Tat die gesamte Menschheit. Nicht umsonst hätten sie die Buchstaben aus Stahl gegossen: Der Kommunismus hat sich für ewig eingerichtet.

»Ich gratuliere dir natürlich«, sagte Anton schließlich. »Aber ich warne dich: zu großer Ruhm erzeugt auch Haß und Neid.«

Anton

Meine Beziehungen zu Anton sind seltsamer Natur. Es gibt keine einzige Frage, in der wir übereinstimmen. Aber diese fehlende Zustimmung von Anton regt mich weniger auf als das Lob der anderen. Meine Kinder sind verrückt nach ihm. Man hört nur: Onkel Anton meint, Onkel Anton hat gesagt, und was wird Onkel Anton davon halten. Anton ist der einzige unter meinen Bekannten, den Tamurka nicht verachtet. Sie besitzt ein seltenes Gespür für Menschen. Antons Frau Nataschka hat sie sogar ins Herz geschlossen, weil Nataschka sich nicht als Alleswissende und Allesverstehende gebärdet, und sie sieht in ihr die größte Autorität in Fragen der Küche und Mode, weil Nataschka bei dem miserablen Gehalt von Anton und ihrem noch miserableren Nebenverdienst dennoch gut zu kochen und sich anständig zu kleiden versteht.

Man hatte Anton 1945 festgenommen. Er war fast zwölf Jahre in Haft. Nachdem er seine Zeit abgesessen hatte, war es mir gelungen, ihn an der Abenduniversität der Philosophischen Fakultät unterzubringen, und später übernahm ich ihn in meine eigene Abteilung als wissenschaftlichen Mitarbeiter. Er ist nicht dumm, nur ein bißchen eigen. Er hat seine Dissertation nie beendet. Einige Male schrieb er Aufsätze für Sammelbände und Zeitschriften, aber die wurden regelmäßig abgelehnt oder verschlampt (das heißt, sie wurden angenommen, aber ihr Abdruck von Nummer zu Nummer verschoben und schließlich »vergessen«). Und so hat er aufgegeben. Die Frage seiner Entlassung aus dem Institut wurde erwogen. Da setzte ich ihn bei technischen Arbeiten ein, und zwar beim Druckfertigmachen von Manuskripten. Dabei erwies er sich als ein unersetzlicher Mitarbeiter. Die dümmsten Artikel überarbeitete er so, daß sie besser wurden als die besten. Anton erwarb sich den Ruf eines erstklassigen Redakteurs. Selbst der Vizepräsident der Akademie wollte ihn in seinem Referat haben, aber das lehnte Anton ab. Er lehnte es auch ab, Mitarbeiter des Wissenschaftlichen Sekretärs zu werden, obwohl sich in diesem Fall sein Gehalt verdoppelt hätte.

In jenen Tagen, als die ehemaligen Frontkämpfer alle möglichen Auszeichnungen erhielten, wurde Anton zur zentralen Figur unseres Instituts. Er hat mehr militärische Auszeichnungen als alle übrigen »Frontkämpfer« des Instituts zusammen. Unsere »Frontkämpfer« sind fast alle ehemalige Mitarbeiter von Politabteilungen, Zeitungen, Zeitschriften, Sonderabteilungen, Abwehrorganen u. ä. Deshalb hat Anton seine Auszeichnungen nie getragen, was die ehrliche Empörung der Twarschinskaja erregte.

Einmal hatten die Leute aus dem Redaktionskollegium unserer Wandzeitung ›Für einen leninschen Stil‹ Anton gebeten, einen Beitrag für die Jubiläumsnummer zu schreiben. Anton beschrieb ausführlich das Verleihungssystem für Auszeichnungen, so wie es praktisch während des ganzen Kriegs funktioniert hatte. Dann schilderte er, wie ein Flieger eines Geschwaders als »Held der Sowjetunion« dekoriert worden war. Nach seinem Bericht war das zufällig geschehen. Der stellvertretende Leiter der Politabteilung beim Divisionsstab hatte beim Zensieren eines Korrespondentenberichts für die Soldatenzeitung einen Namen so ausgestrichen, daß es aussah, als ob der Stellvertreter des Politoffiziers ihn nicht ausgestrichen, sondern unterstrichen habe. Der Korrespondent schmückte das Ganze noch ein wenig aus, indem er hinzufügte, wie viele Kampfeinsätze der Flieger geflogen hatte. Die Folge davon war, daß es der Geschwader- und Divisionsstab mit der Angst zu tun bekam und ihn als »Held der Sowjetunion« vorschlug. Der Beitrag erschien natürlich nicht in der Jubiläumsausgabe.

Ich habe Anton wiederholt vorgehalten, er sei ein Idiot, weil er seine Möglichkeiten nicht nutze. Aber er zuckte nur mit den Schultern. Ich vermute, daß er im Lager ein bißchen durcheinandergeraten ist. Meine Hypothese wird in auffälliger Weise dadurch bestätigt, daß Anton jedes Gespräch in eine Richtung lenkt: Wie leben wir, und wer sind wir wirklich? Es macht den Eindruck, als verfolge er ein nur ihm erkennbares Ziel und spucke auf unsere kleinliche Geschäftigkeit.

Neue Zeiten

Das Institut hatte zur Einweihung der Losung eine Sondernummer der Wandzeitung zusammengestellt. Auf der ersten Seite brachten sie ein Porträt des »Führers«, das man aus der Zeitschrift ›Ogonjok‹ abgezeichnet hatte. Das Porträt wurde sehr komisch. Unter das Porträt hatten sie ein Gedicht der Twarschinskaja gesetzt:

In kosmischen Weiten und hier auf der Welt,
zum Schrecken des Imperialismus,
strahlt unsere Losung, die ewiglich hält:
Es lebe der Kommunismus!
Und die freiheitsliebenden Völker auf Erden
überzeugt zum Kommunismus streben
unter der Führung des ZK, das wir auf dem
bevorstehenden Parteitag wählen werden,
an der Spitze des Volkes. Hoch soll es leben!

Das Institut platzte vor Lachen. Nowikow beglückwünschte die Twarschinskaja zu dem hervorragenden poetischen Erfolg und riet ihr, das Gedicht bei einer dikken literarischen Zeitschrift einzureichen. Stupak gab jedoch zu bedenken, daß bei den dicken Zeitschriften die Konservativen das Sagen hätten und daß sie nicht wagen würden, ein Dichtwerk von so kühner Formgebung zu drucken. Die Twarschinskaja, die sich allen Ernstes in allem, was sie anpackt, für eine echte Revolutionärin hält, drückte Stupak voller Wärme die Hand. Kanarejkin las das Gedicht und verbreitete sich auf der Stelle eine geschlagene Stunde lang in demagogischen Phrasen über die allseitigen Entwicklungsmöglichkeiten der Persönlichkeit im Kommunismus. Er beendete seine herzerweichende Improvisation mit den Versen eines anderen bedeutenden Poeten:

Er pflügt die Erde.
Er schreibt Verse.

Heute scheint es kaum glaubhaft, daß nur fünf Jahre zuvor in derselben Wandzeitung dieses ›Philosophische Gedicht‹ erscheinen konnte:

Komm, Liebchen, hast du nicht gehört,
komm, wenn du streiten magst.
Karl Marx hat besser längst erklärt,
was du ganz richtig sagst!

Auch wenn es dir da nicht gefällt,
hältst du jetzt den Mund.
Nur die Materie auf der Welt
treibt sie an und hält sie rund.

Du, mein Liebchen, streng dich an,
komm an meine Seite.

Mit dem Sein fing alles an,
Bewußtsein war das zweite.

Vom Lindenbaume fällt das Blatt
sonst auf der ganzen Welt –
der Idealist im Kopfstand hat
erreicht, daß es nach oben fällt.

Es schluchzt im Hain die Nachtigall
seit langem schon nicht mehr,
dafür verstehn wir alles: hoch im All
und auch tief unten, kreuz und quer!

Wedelt da am Straßenrand
mit dem Schwanz ein Köter.
Zeit ist's, leistet Widerstand
agnostischem Gezeter.

In den Hintern zwick mich nicht,
laß den üblen Trick.
Für der Wahrheit helles Licht
trübt Leidenschaft den Blick.

Sie wehrt mir das Trinken schon
mit grimmigem Gesicht.
Selbst das kleinste Elektron –
ausloten wirst du's nicht.

Krumm muß sich des öftern legen,
wer zusammen leben will.
Auch auf des Verstandes Wegen
führt der Irrweg oft zum Ziel.

Wasser tröpfelt aus dem Hahn
pausenlos ins Becken.

Sinn für Trug und Wahrheit kann
nur die Praxis wecken.

Schlug mir wer die Fresse breit,
als ich spät nach Hause kroch.
Die Welt besteht in Raum und Zeit,
auch vor der Haustür noch.

Rotes Blümlein auf dem Feld
wieget sich im Wind.
Alle Dinge dieser Welt
in Bewegung sind.

Liebster, laß das Gähnen sein,
wenn ich dich ins Unrecht setze.
Diese Welt bewegt allein
Kampf der Gegensätze.

Du bist ganz in dich verquickt
und wirkst wie benommen.
Wie die Welt, in sich verstrickt,
kannst nicht zu dir kommen.

Auf den Schafspelz spare nicht,
wenn er mir auch stünde.
Jedes freundliche Gesicht
hat schon seine Gründe.

Hei, Chauffeur, wie schnell das geht,
solltest langsam treten!
Nur aufgrund von Quantität
kommt's zu Qualitäten.

Deine Seufzer hör ich schon,
unterm Fenster wieder.

Negation folgt Negation,
laß die alten Lieder.

Wer die Welt verändern will,
braucht keine Luxusseife –
macht zu dem Etappenziel
der Weg mal eine Schleife.

Muttersöhnchen halten nur
fest an Mamas Schürze.
Anfangs einfach, wird Natur
kompliziert in Kürze.

Glotz nicht so auf meine Brüste!
Du weißt ganz genau:
Basis ist stets das Gerüste
für den Überbau!

Sünden sind es, groß und klein,
die ich hier berichte.
Klassenkampf bewegt allein
unsere Geschichte.

Gesellschaftlicher Fortschritt steckt
in Witzen nicht und Zoten
Des Volkes Masse aber weckt
Genie im Idioten!

Nicht dem Mädchen, nur dem Staat
mache schöne Augen.
Nur das Proletariat
kann zum Fortschritt taugen.

Trunkenbolde, Vegetarier
sollen ruhig versauern,

führt der ärmste Proletarier
mir zum Sieg die Bauern.

Sag, was soll der stumme Schrei,
was das Atemringen?
Nur die Arbeiterpartei
wird zum Sieg uns bringen.

Denk dir, meine Anuschka
erwärmt sich für Nudismus.
Und selbst das schwarze Afrika
entdeckt den Kommunismus.

Lieb mich, Liebster, gleich nochmal,
erhöre doch mein Rufen!
Schon die Papuas im Nu
erklimmen höchste Stufen.

Lang mir ja nicht an die Tittchen,
wenn sie dir auch lieblich duften,
denn bei uns will selbst Schneewitt-
chen
nur auf der Kolchose schuften.

Daß du gleich mit offenem Latz
und Dreck am Stiefel auf's Bett mich schmeißt,
wo es doch bei uns, mein Schatz,
»Jedem nach seinem Bedürfnis« heißt!

Was? Wodka willst du, müder Knilch?
Das kannst du vergessen.
Wir werden uns an Trockenmilch
noch mal überfressen.

Halten muß ich mir den Bauch,
seh ich dich, vor Lachen –

wenn wir zweimal täglich auch
Sondereinsatz machen.

Dein Mieder macht dich sehr begehrt.
Ich denk, ich möcht dich küssen!
Am Radio werden wir belehrt,
Was wir denken müssen.

Unkraut gibt es nicht mehr hier,
nur noch Klee und Weizen.
Brüder, auf, bald werden wir
in goldne Töpfe scheißen.

Jetzt ermüdet mein Gesang,
klingt wie taube Schellen,
pauken wir doch nächtelang
die marxist'schen Quellen.

Dieselbe Twarschinskaja, die wegen Unbrauchbarkeit aus dem KGB hinausgefeuert worden und bei uns im Institut gelandet war, hatte auf einer Parteiversammlung vom Rednerpult herab das Redaktionskollegium der Wandzeitung für das ›Philosophische Gedicht‹ gelobt. Es hatte auf sie einen so starken Eindruck gemacht, daß sie daraufhin selber Verse zu schmieden beschloß. Ich hatte damals übrigens die Wandzeitung im Auftrag des Parteibüros zu kontrollieren. Von mir hatte ihr Erscheinen abgehangen, und ich hatte mich dafür entschieden. Damals hätte ich gar nicht anders gekonnt, selbst wenn ich es gewollt hätte. Drei Jahre später wurde das Redaktionskollegium der

Wandzeitung wegen einer ganz harmlosen Ausgabe aufgelöst. Wieder war ich Mitglied des Parteibüros gewesen, und wie alle anderen hatte ich dafür gestimmt, dem Redakteur eine Rüge zu erteilen. Was hätte ich auch tun sollen? Der Redakteur selbst war froh gewesen, mit einer Rüge davonzukommen. Die Entscheidung des Parteibüros wurde auf der Parteiversammlung einstimmig bestätigt, obwohl viele Parteimitglieder sich in den Wandelgängen darüber aufregten, und bei der Wahl des neuen Redaktionskollegiums (dem diesmal auch die Twarschinskaja angehörte), auf der allgemeinen Institutsversammlung, wagte keiner mehr zu piepsen. Und wenn einer gepiepst hätte, was dann? Nichts Besonderes. Wer es gewagt hätte zu piepsen, hätte darunter zu leiden gehabt, und fertig. Eine öffentliche Resonanz hätte es nicht gegeben. So kann man uns also der Feigheit beschuldigen, aber geht es hier überhaupt darum? Ich denke, nein. Es ist einfach so, daß Mut in kleinen Dingen bei uns völlig unsinnig ist. Aber zu wirklich wichtigen Dingen haben nur wenige von uns Zugang.

Ein braver Sowjetmensch

Am Abend tauchten bei uns die Kuryzins auf. Sehr brave Leute. Zwar schrecklich mittelmäßig, langweilig und fade, aber bescheiden und ehrlich. Ich bin mit ihnen seit unserem ersten Studienjahr befreundet. Damals haben sie auch geheiratet. Sie sind das einzige Paar unter all meinen Bekannten, das noch nicht geschieden ist. Mir gefällt das, und ich halte sie allen als gutes Beispiel vor. Tamurka aber behauptet, das alles sei nur Schein und sie vögelten herum wie alle anderen, nur eben heimlich und langweilig. Scheiden ließen sie sich nur aus Habgier nicht, doch zu Hause stritten sie vierundzwanzig Stunden am Tag wie Hund und Katze. Aber Tamurka ist ein giftiges und zynisches Weib. Obwohl sie sich gewöhnlich nicht irrt, ziehe ich es vor, von den Menschen besser zu denken, als sie sind. Es ist auch angenehmer, unter braven Leuten zu leben.

Kuryzin ist ein ganz interessanter Kauz. Er ist ein alter Autonarr. Am Auto hängt seine ganze Seele, aber fahren tut er nicht. Er ist ein hervorragender Photograph. Der Gipfel seines Schaffens auf diesem Gebiet ist die Photomontage eines Lokusbeckens mit seiner grinsenden Visage. Vor kurzem hat er seine Habilitationsschrift verteidigt. Ich fungierte als Opponent. Die Arbeit war mittelmäßig, die Ideen kümmerlich, eine Katze hätte sich die Augen ausgeweint; aber sie war gewissenhaft, da war nicht dran zu rütteln, und durchaus zu verteidigen. Kuryzin war auch nicht auf umwerfende neue Erkenntnisse aus gewesen. Er wollte nur die Habilitationsschrift durchbringen. Nach der Verteidigung jedoch schnellte sein Selbstbewußtsein jäh in die Höhe. Als ich ihn bat, bei der Verteidigung der Dissertation eines meiner Doktoranden mitzuwirken, lehnte er es unter dem Vorwand zu großer Arbeitsüberlastung ab, bis er sich besann, daß ich ihm noch einmal nützlich sein könnte, und doch einwilligte. Zur Dissertation sagte er, die Arbeit sei mittelmäßig, die Ideen kümmerlich, eine Katze hätte sich die Augen ausgeweint; aber sie sei gewissenhaft, da sei nicht dran zu rütteln, und durchaus zu verteidigen.

Während des Abendessens wurde der Grund für den Besuch der Kuryzins klar. Ihr Sohn beendet gerade die Höhere Schule. Er (er!) hat sich für die Philosophische Fakultät entschieden. Ich habe dort großen Einfluß und Beziehungen. Nun, gegenwärtig werden die Kinder der Intelligenz (die Kuryzins und Intelligenz!) ohne Protektion unmittelbar nach der Schule kaum noch an einer Hochschule angenommen. Natürlich werde ich alles unternehmen, was in meinen Kräften steht. Für mich ist meine Lenka das eigentliche Problem. Sie weiß noch immer nicht, was sie anfangen will. Die Philosophische Fakultät lehnt sie kategorisch ab.

Als die Kuryzins gegangen waren, erklärte Tamurka, sie wolle diese meine widerlich braven Freunde nicht mehr sehen.

»Du hättest längst deinen Bekanntenkreis erneuern müssen. Warum sind wir kein einziges Mal zu Kanarejkin gegangen, obwohl er uns schon ein paarmal eingeladen hat? Und zu den Korytows? Und zu den Iwanows? Es würde auch nicht schaden, wenn wir uns mit den Waskins arrangierten. Statt dessen treibst du dich mit irgendwelchen Trunkenbolden und verdächtigen Gestalten herum.«

Ich murmelte etwas von meinem mangelnden Geschick, die nötigen Bekanntschaften zu schließen. Aber meine

Gedanken waren mit den Kuryzins beschäftigt. Sie sind dennoch brave Leute. Und so seltsam sind sie nur, weil sie Sowjetmenschen sind. Brave sowjetische Menschen. Ein erstaunliches Phänomen ist das – ein braver sowjetischer Mensch. Nehmen wir zum Beispiel meine Schwester. Sie ist ein wunderbarer Mensch, gut, verständnisvoll, anständig, bescheiden. Sie könnte gar nicht besser sein. Vor kurzem haben wir unsere Wohnung getauscht, sind mit der Schwiegermutter zusammengezogen. Auf dem Wohnungstauschbüro war für mich eine Frau zuständig, die meiner Schwester sehr ähnlich sah. Ich wollte mich gerade mit einem Lächeln an sie wenden, da... brrr! Es schüttelt mich jetzt noch bei dieser schrecklichen Erinnerung. Oh, und wie sie mich ausgelacht hat: Will Professor sein und kann nicht mal einen kleinen Fragebogen ausfüllen! Professor Sauerkohlsuppe! Und plötzlich ging mir der Gedanke durch den Kopf: Wie – wenn meine schöne Seele von Schwester sich in ihrem Büro ebenso aufführt? Eines Tages konnte ich mich mit eigenen Augen davon überzeugen. Sie war nicht wiederzuerkennen. Wie ein Minister! Ach, was heißt hier wie ein Minister – wie der Chef der Miliz! Die Wörter quetscht sie durch die Zähne, und Sprüche klopft sie: »Der Truthahn dachte auch!« Oder: »Glauben Sie wohl, das macht Puschkin für Sie?«

Ständig beklagen wir uns über irgendwas oder irgend jemand. Wir suchen den Grund dafür nie bei uns selbst und hoffen immer auf die Umstände. Dabei braucht es nur wenig Verstand und geringe Beobachtungsgabe, um diese einfache Wahrheit zu begreifen: Alles was wir hatten und haben, ist ein Produkt unseres eigenen Handelns. Das alles haben wir selbst gemacht und tun es immerfort, wir, die braven Sowjetmenschen.

Aber andererseits fragt man sich – warum sind wir so geworden? Das ist doch nicht in unserer biologischen Natur begründet?! Betrachtet man die Dinge in ihrer Gesamtheit, sieht man keine Probleme: Da gab es ein historisch gewachsenes Menschenmaterial und bestimmte soziale Gegebenheiten. Die Revolution hat den Weg geebnet, auf dem sich gleichzeitig der Typus des sowjetischen Menschen wie auch der sowjetischen Gesellschaft herausgebildet hat. Viel tiefer geht die Frage: Wie sieht der Mechanismus der Reproduktion dieser Segnungen aus? Die interessantesten Meinungen dazu höre ich manchmal von Anton, meinen Kindern, zufälligen Bekannten, aber nicht von den Fachleuten, seien sie nun Verteidiger unserer Lebensform oder ihre Kritiker. Kürzlich las ich den Sammelband ›Stimmen aus dem Untergrund‹. Ich las ihn ganz legal hinter der »Eisernen Tür« (das heißt in der Spezialabteilung der Bibliothek). Zu derartiger Literatur habe ich aus dienstlichen Gründen freien Zugang. Der Beitrag von Schafarewitsch ist interessant, das übrige dummes Zeug. Aber auch sein Artikel ist ganz einfach dilettantisch. Er soll ein bedeutender Mathematiker sein. Möglich. Aber als Gesellschaftstheoretiker taugt er nichts. Es wirkt lächerlich, wenn man sich in unserer Zeit mit der Theorie des Sozialismus befaßt, ohne ein ausgebildeter Fachmann auf dem Gebiet des Marxismus und der konkreten Soziologie zu sein. Interessant ist doch, daß allen Ideen, die von unseren Dissidenten vorgebracht werden, kein Erfolg beschieden ist, obwohl sie viel Gescheites und Richtiges enthalten, während sich selbst wahnsinnige Ideen innerhalb des Marxismus halten können und gedeihen. Warum?

»Eben deshalb, weil die ersteren vernünftig, die anderen aber wahnsinnig sind«, sagte einmal Anton. »Die Dissidenten versuchen nicht, die Stufe der Wissenschaftlichkeit zu erreichen. Sie verbleiben im Bereich der Ideologie. Die Ideologie aber bedarf des Wahnsinns.«

Lenka

Lenka hatte in der philosophischen Zeitschrift meinen Artikel zum 25. Parteitag gelesen oder, genauer gesagt, über die ungeheure philosophische Bedeutung der Materialien zum Parteitag. Darüber war sie in wilde Begeisterung geraten.

»Papachen«, brüllte sie durch unsere gigantische Wohnung, »nicht die dort oben, du bist ein echtes Genie! Du läßt dein literarisches Talent verkommen. Glossen für die Zeitung müßtest du schreiben. Nein, besser noch Meldungen und Beschwerden an die Hausverwaltung, an das Gesundheitsamt und an den Moskauerobstfruchtdreckbeerenverwertungsverband wegen der verfaulten Kartoffeln und der tropfenden Wasserhähne. Hört nur, wie er das schreibt: ›... in der genialen Rede des hervorragenden Führers unserer Partei und der gesamten weltweiten kommunistischen Bewegung... sowie der gesamten fortschrittlichen Menschheit... wird mit eindrucksvoller Tiefe, Breite und Klarheit eine geniale Verallgemeinerung der grandiosen Erfahrungen beim siegreichen und unaufhaltsamen Aufbau der kommunistischen Gesellschaft in unserem Lande gegeben... unter der genialen Führung unserer Kommunistischen Partei und des Genossen..., der damit in genialer Weise das Werk unseres großen Lenin fortsetzt, des hervorragenden Theoretikers und Führers unserer Partei und des gesamten sowjetischen Volkes, das an der Spitze der gesamten fortschrittlichen Menschheit schreitet...‹ Nein, Pappilein, du wirst wohl Romane schreiben müssen, Tolstoi, Balzac, Dostojewski – lauter Welpen im Vergleich zu dir. Du läßt ja selbst Laptew noch zweimal hinter dir!«

»Wer ist denn dieser Laptew?« fragte ich, während ich mir die Tränen vor Lachen aus den Augen wischte.

»Er kennt Laptew nicht!« entrüstete sich Lenka. »Dabei ist er von allen die bedeutendste sowjetische sozialistische Realität. Er braucht nur irgendeinen Dreck hinzukratzen, und schon müssen wir das in der Schule als Muster des sozialistischen Realismus büffeln. Ein fünffältiger Träger sämtlicher Preise (vom Stalinpreis bis zum Leninpreis), Held, Delegierter, Deputierter und so weiter und so weiter und so weiter.«

»Also gut«, sagte ich, »ich schreibe einen Roman, aber was machen wir dann damit?«

»Kein Problem«, sagte Lenka. »Zunächst einmal verstecken wir ihn so, daß niemand etwas davon erfährt. Denn wenn der KGB dahinterkommt, bist du erledigt. Nein, besser, wir bringen ihn im Samisdat oder lassen ihn im Ausland drucken. Alle machen das jetzt so. Seitdem Solschenizyn weltberühmt ist, schreibt jeder dritte Intelligenzler etwas Antisowjetisches oder hat sowas im Sinn.«

»Dir ist hoffentlich klar, was du daherredest«, sagte ich. »Mich würde man allein schon für die Absicht, ein Buch für den Untergrund zu schreiben, aus der Partei und dem Institut hinauswerfen. Und was soll dann aus euch werden? Saschka schicken sie nach Sibirien, und du siehst die Universität so wenig wie deine eigenen Ohren.«

»Wenn du schon etwas Kritisches schreiben willst«, sagte Tamurka, »dann mach es nicht wie diese Idioten von Dissidenten. Sie reden von allen möglichen höheren Dingen (Freiheit des Wortes, schöpferische Individualität, Recht auf Ausreise), aber von der Hauptsache kein Sterbenswörtchen: Eine anständige Wurst, die diesen Namen verdient, die gibt es immer noch nicht.«

Der Leitgedanke

Waskin, dieser Dreckskerl, ist mir wieder zuvorgekommen. Während ich mich noch vor Scham krümmte wegen der karrieristischen Rede, die ich mir in der vergangenen schlaflosen Nacht zurechtgelegt hatte und nun auf der Versammlung vortragen wollte, hatte Waskin dreist als erster ums Wort gebeten und genau das von sich gegeben, was ich sagen wollte. Zum Schluß hatte er den Vorschlag gemacht, in einer Kollektivarbeit die Gesetzmäßigkeiten unserer Entwicklung zum Kommunismus in der Periode zwischen dem 20. und 25. Parteitag zusammenzufassen. Er nötigte Applaus ab. Schlau, dieser Gauner! Aber ich verlor nicht den Kopf. Ganz ruhig ergriff ich am Ende der Versammlung das Wort und sagte, wir trügen uns in unserer Abteilung schon lange mit der Idee einer solchen Arbeit. Offensichtlich seien Gerüchte darüber sowohl in die Akademie der Gesellschaftswissenschaften (AdGW) wie auch in die Parteihochschule (PHS) gelangt. So wurde die Vorbereitung der Arbeit unserer Abteilung anvertraut. Natürlich legte man uns nahe, bedeutende Gelehrte aus der AdGW, PHS und anderen Institutionen hinzuzuziehen. Waskin wurde in das Redaktionskollegium aufgenommen.

Auf dem Heimweg klang die Erregung über den errungenen Sieg etwas ab. Ich sagte mir: Was bist du doch für ein Kretin! Da hast du schon die epochale Arbeit über die Methodologie der Theorie des wissenschaftlichen Kommunismus am Hals, und das reicht dir nicht. Was bringt dir das denn ein? Übrigens kann man wegen dieser Arbeit für die Abteilung noch zehn Personalstellen heraushandeln. Ein neuer Sektor muß eingerichtet werden. Die Abteilung nimmt riesige Ausmaße an. Fast schon ein selbständiges Institut. Aber ansonsten habe ich richtig gehandelt. Den Plan hätten sie ohnehin ausgearbeitet, nur hätten ihn Waskin und seine Bande von Idioten an sich gerissen. Ich kann mir gut vorstellen, was die zusammengeschrieben hätten!

Bei dieser Überlegung hatte ich einen Anfall von Aufrichtigkeit. Die Zeitspanne zwischen dem 20. und 25. Parteitag war tatsächlich eine bedeutende Periode. Welche Möglichkeiten hatten sich aufgetan! Manche meinen, die sowjetische Intelligenz habe diese Möglichkeiten nicht genutzt. Oder gar, sie habe sie nur genutzt, um ihre kleinen Alltagsgeschäfte in ihrem Sinn zu regeln. Natürlich steckt darin ein Teil bitterer Wahrheit. Aber im ganzen gesehen ist diese Auffassung ungerecht. Wir (ich bin ein typischer Vertreter der sowjetischen liberalen Intelligenz dieser Periode und habe daher ein Recht, »wir« zu sagen), wir haben ja dennoch etwas getan. Und ich denke, daß das gar nicht so wenig war. Wir haben getan, was wir konnten, was in unseren Kräften stand. Eine andere Sache ist, daß unsere Kräfte nicht besonders groß waren. Aber das ist nicht mehr unsere Schuld. Und daß wir nicht von einem Gefängnis ins andere geschleift wurden, daß wir uns nicht auf öffentlichen Plätzen selbst verbrannten, daß wir nicht auf Protestdemonstrationen zusammengeschlagen wurden, das war nicht etwa die Folge unserer Feigheit oder Selbstsucht. Es ist komplizierter. Bei der Arbeit an unserem Buch werden wir uns unter anderem auch mit dieser Frage auseinandersetzen müssen. Natürlich nicht direkt, sondern mit viel List. So, daß man uns nichts anhaben kann, aber ein gescheiter Leser dennoch versteht, worum es geht. Ich unterhielt mich darüber mit Nowikow, der einen Sektor in unserer Abteilung leitet.

»Unsinn«, sagte er. »Für uns kann es nur einen Leitgedanken geben: den Zeitpunkt des Abschlusses der Arbeiten an dem Buch soweit wie möglich hinauszuschieben, irgendeinen Quark zusammenzuschreiben, damit sie uns nichts anhängen können; diskutieren, sich dankbar für wertvolle Hinweise zeigen, noch ein Jahr für die Überarbeitung herausholen usw. Kurz, alles in unserer Macht Stehende tun, damit uns das Gesindel von der AdGW und PHS nicht verschlingt. Ohnehin werden schon lange im ganzen Land und an allen Lehrstühlen in der Hauptstadt die Messer gegen uns gewetzt, das heißt von allen, die sich nicht zu den Sechzigern zählen und zur Elite des liberalen Marxismus, der mit dem Westen kokettiert. Die Sache, mein Lieber, nimmt sowieso eine solche Wendung, daß es nicht mehr um die Butter geht, sondern um unsere Haut. Wenn sie uns nur nicht in die Pfanne hauen, wie bei dem Pogrom auf die Soziologen und Historiker.«

»Ich glaube nicht«, sagte ich. »Der Parteitag kommt uns gelegen. Sieh doch nur, alle leitenden ideologischen Positionen sind mit unseren Leuten besetzt.«

»Das spielt keine Rolle. Sie werden sich nach den Umständen richten und nicht nach persönlichen Sympathien und Antipathien und früheren Beziehungen. Die Umstände aber sind gegen uns. Unsere Zeit ist vorbei. Nach den Gesetzen der Trägheit kann sie sich noch ein bis zwei Jahre hinziehen. Vielleicht gelingt es dir noch, unter die

Korrespondierenden Mitglieder zu schlüpfen. Gott gebe es! Aber etwas Ordentliches schaffen wir ohnehin nicht mehr. Warum sollen wir uns da noch den A ... aufreißen?«

»Ich begreife dich nicht. Schließlich haben wir doch ein Gewissen, eine Verpflichtung. Wir müssen etwas tun.«

»Und was sage ich? Wir müssen sogar alles, was in unseren Kräften steht, tun, um nichts zu tun.«

»Mit solchen Vorstellungen willst du ein Buch schreiben!«

»Wenn du von unserem Buch redest, so schreibe ich dir diesen Mist in sechs Monaten mit der linken Hand. Ich rede von der Situation. Was hat das Buch damit zu tun? An die Situation müssen wir denken, nicht an das Buch.«

»Die Situation ist doch glänzend. Was gibt es da nachzudenken?«

»Du hinkst wie immer mit deiner Beurteilung hinterher. Früher kam dir das zustatten, weil du durch dein Nachhinken die Freundschaft mit den Stalinisten weitergepflegt hast. Jetzt haben sich die Zeiten geändert. Jetzt purzeln wir nach unten. Paß auf, daß dir dein Nachhinken nicht schadet. Heutzutage muß man ein wenig vorauseilen.«

Unsere Paradoxe

Lenka hat seit ihrer Kindheit die lästige Angewohnheit, mich bei der Arbeit zu stören. Sie weiß, daß ich mich darüber ärgere und daß ich das gern tue, und das wiederum gefällt ihr.

Solche Momente zählen zu den angenehmsten in meinem Leben. In diesem Moment wandert sie wieder hinter meinem Rücken durch mein Arbeitszimmer. Mager, aufgeschossen, boshaft. Und deklamiert Verse mit einer – wie sie meint – feierlichen, in Wirklichkeit aber schrecklich komischen Stimme:

> Laßt ruhen einen Augenblick den leeren Streit,
> laßt Wahrheit werden, woran wir nicht glauben,
> dann öffnen sich die Paradiesespforten weit
> und aus dem vollen Kaufhaus flattern die gebratnen Tauben.

»Das ist mir eine feine Familie«, sage ich. »Der Vater ein orthodoxer Marxist, einer der führenden Theoretiker des Kommunismus. Und die Kinder beinahe Dissidenten.«

»Du brauchst keine Angst zu haben«, sagt Lenka. »Wir sind Waisenknaben im Vergleich zu Kanarejkins Mißgeburt.«

Die Mißgeburt, Kanarejkins Sohn, studiert an der Philosophischen Fakultät (natürlich in der Abteilung für Wissenschaftlichen Kommunismus). Er ist dumm wie selten einer, dafür hinterhältig und schon Komsomol-Sekretär seines Studienjahrgangs.

»Der besitzt alle Tonbandaufzeichnungen von Okudschawa, Galitsch und Wyssozki, die Bücher von Orwell, Samjatin, Solschenizyn. Den ›Kontinent‹. Die ›Stimmen aus dem Untergrund‹. ›Die dritte Woge‹. Den ›Gulag‹ sogar in zwei Exemplaren.«

»Nicht schlecht«, sage ich. »Wenn man auf der Fakultät davon erfährt, ist er geliefert. Für die Lektüre des ›Gulag‹ sitzt man.«

»Gar nichts passiert ihm«, sagt Lenka. »Er hat eine unangreifbare Position: Man muß den Feind genau kennen, um ihn wirksam zu bekämpfen! Kennst du das Thema seiner Diplomarbeit? ›Die Dissidenten im Dienste des Imperialismus‹. So macht man das!«

Es tönen die Posaunen mächtig denen, die am Leben hängen,
nach einer Frist, die unterm Schutz der Obrigkeit gereift,
die sich umarmend nun durch jene Pforten drängen,
nachdem sie vorher alle Fehler abgestreift!

»Wer hat das geschrieben?«
»Einer unserer Jungen.«

Im Rausch von Güte und Gerechtigkeit
und dem marxistischen Idol verschworen,
fragen die Führer mich fast zärtlich und bereit,
mir zu vergeben: Dreckskerl, hast du taube Ohren!?
Was stehst du wie ein Klotz da, schleichst mit müdem Schritt,
hast du dir was zuschulden kommen lassen, wir vergeben –

faß Tritt, du Lump, marschier zum Kommunismus
mit,
greif zu, nimm dir Konfekt und Tee zu der Pastete,
du sollst leben!

»Hör zu«, sage ich, »ich bin nicht Kanarejkin und bitte dich daher, solches antisowjetisches Zeug nicht mehr nach Hause zu bringen. Lies weiter, wie ist der Schluß?«

»Oh, ich komme zu spät! Den les ich dir später vor. Bis dann! Ich habe eine ganz wichtige Probe.«

Eine Überraschung

Es geschah noch vor dem Parteitag. Von der »Abteilung« hatte ich einen Anruf bekommen mit der Bitte, mich in einer wichtigen Angelegenheit dort einzufinden. Ich ging in das Zimmer, das man mir genannt hatte. Dort erwarteten mich drei Mann, an deren Zugehörigkeit zur bewußten Organisation kein Zweifel bestand. Einer von ihnen stellte sich vor, zeigte seine Legitimation und schob mir sogleich eine dicke Mappe zu.

»Bitte sehen Sie sich sofort, wenn auch nur flüchtig, dieses Manuskript an, und sagen Sie uns Ihre Meinung. Folgende Fragen interessieren uns: 1. Wie ist das Verhältnis dieses Manuskripts zu unserer Ideologie?

2. Welches ist sein wissenschaftlicher Wert? 3. Wie würde der Westen darauf reagieren? 4. Ist es zweckmäßig, die Publikation zu verhindern, oder sollte man sie zulassen? 5. Falls man sie zuläßt, in welcher Form sollte das geschehen?«

Ich hatte schon einige Male derartige Aufträge erledigen müssen, so daß ich keineswegs verwundert war. Ich schlug ruhig die Mappe auf und – erstarrte. Auf der ersten Seite stand: A. I. Simin. Der Kommunismus. Ideologie und Realität. Vollkommen verwirrt richtete ich die Augen auf meinen Gesprächspartner.

»Ja«, sagte er, »das ist ein Manuskript oder, genauer gesagt, die Photokopie eines Manuskripts Ihres Mitarbeiters A. I. Simin. Aber Sie brauchen sich nicht zu beunruhigen. Vorerst werden wir die Akademie über diese Sache nicht informieren. Natürlich, wenn das Buch veröffentlicht wird, dann hängt der Gang der Dinge ganz und gar von Ihren Kollegen ab. Uns interessieren zunächst nur die Fragen, die ich Ihnen genannt habe.«

»Aber ich kann doch nicht so schnell die Vorzüge und Mängel eines so umfangreichen Manuskripts beurteilen. Geben Sie mir wenigstens einen Abend ...«

»Leider ausgeschlossen. Wir wollen keine Zeit verlieren, sehen Sie es sofort durch. Das dürfte so schwer nicht sein, denn soweit uns bekannt ist, sind Sie mit diesen Ideen hinreichend vertraut.«

Ich begann zu lesen. Meine Stirn bedeckte sich mit kaltem Schweiß. Meine Hände zitterten. Der Genosse *von dort* mahnte mich zur Ruhe und goß mir laues, stinkendes

Wasser aus einer Karaffe ein, deren Inhalt man offenbar seit der letzten Besprechung nicht mehr gewechselt hatte.

»Wir unterscheiden«, las ich, »einen faktischen Kommunismus und einen ideologischen Kommunismus nicht in dem (sowohl bei den Apologeten wie auch bei den Feinden des Kommunismus) üblichen Sinn, wonach die Realität des Kommunismus nicht mit seinem ideologischen Projekt übereinstimmt, sondern in dem Sinn, daß der erste einen bestimmten realen Zustand der Gesellschaft darstellt, der zweite aber aus der Gesamtheit ebenso realer Texte besteht. Ein klassisches Beispiel des ersten ist die sowjetische Gesellschaft, insbesondere in der Stalinära. In der Nachstalinzeit hat die sowjetische Gesellschaft unter dem Einfluß der Kontakte mit dem Westen und des Entsetzens über die nur kurze Zeit zurückliegenden Massenrepressionen ein wenig ihr klassisches kommunistisches Gesicht geglättet. Das gilt aber nur für einige Extreme und betrifft nicht ihre eigentliche Natur, die von heute bis in alle Ewigkeit verurteilt ist, stalinistisch zu bleiben (oder auch leninistisch, was ein und dasselbe bedeutet; der erste Ausdruck ist allerdings genauer). Der ideologische Kommunismus ist in der gesamten umfangreichen marxistischen Literatur dargestellt, so daß es scheint, es bedürfe keiner weiteren Ausführungen zu diesem Thema. Allein ein kurzer Abriß hierzu wird für die folgenden Überlegungen von Nutzen sein. In der Stalinära hatte der Kommunismus jene Stufe äußerster Klarheit erreicht, auf der die Gefahr der Enthüllung seines wahren Wesens für die breite Masse der Bevölkerung und nicht nur für einzelne

Individuen entstand, für die er ohnehin bereits den Zauber des Gipfels menschlichen Denkens verloren hatte. Die Kritik an der Stalinschen ›Vulgarisierung‹ des Marxismus-Leninismus hatte nur das praktische Ziel, den früheren (vorstalinistischen) unklaren Zustand wiederherzustellen, der dem Wesen einer Ideologie besser entsprach. Sie hat dabei so beachtliche Erfolge erzielt, daß heute von der ehemaligen (klassischen) stalinistischen Klarheit auch kein Hauch übriggeblieben ist. Wir werden versuchen, die Grundlagen des ideologischen Kommunismus (des Marxismus-Leninismus) möglichst nahe bei den stalinistischen Musterbeispielen anzusiedeln. Dies um so mehr, als seine nachstalinistische ›Entwicklung‹ absolut nichts prinzipiell Neues, das Aufmerksamkeit verdienen würde, hervorgebracht hat, sofern man von den revisionistischen Abweichungen von der Generallinie absieht.

Wir sind der Auffassung, daß der Kommunismus als Ideologie (der Marxismus-Leninismus) dem Kommunismus als realer Gesellschaftsordnung vollkommen adäquat ist. Allerdings nicht adäquat in dem Sinn, in dem eine Wissenschaft ihrem Forschungsgegenstand adäquat ist (der Marxismus-Leninismus ist keine Wissenschaft, sondern eine Ideologie, das heißt etwas von der Wissenschaft prinzipiell Verschiedenes), sondern in dem Sinn, in dem eine Ideologie der von ihr beherrschten Gesellschaft adäquat ist. Wir glauben jedoch auch, daß eine Wissenschaft von der kommunistischen Gesellschaft als einer empirisch gegebenen Realität noch nicht existiert. Inzwischen ist eine reichhaltige Literatur entstanden, die die sowjetische Lebensform kritisiert. Es genügt, an die Werke von Samjatin, Orwell, Solschenizyn und vieler anderer Autoren zu erinnern, die in letzter Zeit hervorgetreten sind. Sie enthalten viele richtige Beobachtungen. Allein die Summe all dieser Beobachtungen und ihrer Verallgemeinerungen stellt an sich noch nicht die Wissenschaft vom Kommunismus im eigentlichen Sinn des Wortes ›Wissenschaft‹ dar. Wir werden hier den Versuch unternehmen, wenigstens die Grundlagen der Wissenschaft vom Kommunismus (d.h. einer wissenschaftlichen Auffassung des Kommunismus) so weit darzulegen, wie uns das in völliger schöpferischer Isolierung und unter Bedingungen, die gewissermaßen speziell dafür geschaffen sind, auch die geringsten Ansätze einer solchen Begriffsbildung zu verhindern, möglich war.«

Nachdem ich das Buch durchgeblättert hatte, sagte ich, daß ich mir ein ganz klares Bild davon machen könne. Das Buch sei unverhohlen antimarxistisch, obwohl der Autor um eine äußerlich ruhige und sachliche Haltung dem Marxismus gegenüber bemüht sei. Das sei auch verständlich, denn der Marxismus erlebe gerade im Westen einen neuen gewaltigen Aufschwung, und wenn der Autor offen als Antimarxist aufträte, würde man ihn einfach nicht lesen. Der wissenschaftliche Wert sei nicht groß, da fast alle seine Ideen in dieser oder jener Form in der westlichen Literatur dieser Art bereits erörtert worden seien. Aber da es um ein Buch eines russischen Autors ginge, der in der Stalinzeit mehr als zehn Jahre gesessen habe, und da es lebendig und in allgemeinverständlicher Form geschrieben sei, werde es Interesse hervorrufen und wahrscheinlich in westliche Sprachen übersetzt werden. Insofern handle es sich doch um eine sehr ernst zu nehmende Angelegenheit, und man solle, wenn möglich, sein Erscheinen *drüben* zu verhindern versuchen. Ich meine, das wäre tatsächlich auch für den Autor besser.

»Sie kennen Simin. Würde er seine Absicht, das Buch zu veröffentlichen, ändern, wenn wir uns ein wenig mit ihm unterhielten? Wir können ihm unsere Hilfe bei der Publikation einer korrigierten Fassung der Arbeit hier bei uns und gleichzeitig ihre erfolgreiche Verteidigung als Dissertation versprechen. Im anderen Fall könnte die Veröffentlichung eines solchen Buchs als feindselige Handlung im Ausland mit allen sich daraus ergebenden Folgen bewertet werden.«

»Simin ist ein Mensch von starkem Charakter. Ich bezweifle, daß er darauf eingehen wird.«

»Sehen Sie, man wird sich wohl *drüben* um dieses Buch reißen. Ich weiß nicht, ob es überhaupt gelingt, sein Erscheinen zu verhindern. Aber es gibt zumindest die Möglichkeit, sein Erscheinen bis nach dem Parteitag hinauszuzögern.«

»Natürlich«, griff ich diese Idee begierig auf, »vor dem Parteitag und noch einige Zeit danach (bis nach den Wahlen der neuen Akademiemitglieder, hätte ich hinzufügen müssen, aber das verschluckte ich selbstverständlich) würde das Buch *drüben* eine große Resonanz finden. Man muß es zurückhalten!«

»Sie müssen uns dabei helfen!«

»Ich stehe Ihnen zur Verfügung. Was soll ich tun?«

»Uns erscheint folgendes Vorgehen erfolgversprechend...«

Einige Tage lang stand ich völlig im Bann von Antons Buch. Obwohl ich es nur flüchtig durchblättern konnte, hatte ich doch vieles darin gesehen. Über diese Themen hatten wir uns ja x-mal unterhalten. Alles Gesagte kannte ich bereits. Aber hier war es nun zusammengefaßt und in ein System gebracht. Die Wirkung war umwerfend. Besonders beeindruckt war ich von der allgemeinen Methode der Darstellung. Anton kritisiert den Marxismus und die sowjetische Gesellschaft nicht in der Weise, wie das heute überall geschieht. Er nimmt alles als gegebene Tatsache hin. Sogar die extrem demagogischen Erklärungen von uns nimmt er als Wahrheit hin. Er wirkt im Vergleich zu mir als ein weitaus orthodoxerer Marxist. Beispielsweise lamentieren wir alle wegen des Zusammenbruchs der Landwirtschaft, der Preiserhöhungen, der Mißwirtschaft und so weiter. Aber Anton nimmt die Behauptung unserer Führung als bare Münze (er zitiert unsere Zeitungen), daß die sowjetische Gesellschaft heute wie nie zuvor in sozialer, politischer und ideologischer Hinsicht einen geschlossenen Block darstelle, mächtig im ökonomischen Bereich und so weiter. Die Grundlagen des Marxismus erklärt er einfach brillant. Klar. Knapp. Überzeugend. Und daher die Qual. Als ob einem die Haut abgezogen würde und man sich in eine einzige Wunde verwandelte. Nichts kann man mehr berühren, ohne daß es schmerzt.

»An dieser Sache«, sagte der Genosse *von dort*, »irritiert uns nur eines. Wir haben das Manuskript sehr aufmerksam gelesen. Es scheint durchaus marxistisch zu sein. Aber zugleich steckt darin etwas zutiefst Feindseliges, und das herauszufinden fällt uns, die wir keine Fachleute sind, schwer. Deshalb haben wir Sie auch hergebeten ...«

Wenn die wüßten, daß es auch mir nicht leichtfällt, mich in dieser Sache zurechtzufinden.

Ich dachte an alles mögliche, nur nicht an die moralische Seite des Vorfalls. Als ob dieser Aspekt gar nicht existierte.

Das Akademiemitglied Kanarejkin

Das Akademiemitglied Kanarejkin ist so etwas wie eine Symbolfigur unserer Philosophie. In der philosophischen Arena war er bereits zu einer Zeit aufgetaucht, als selbst im Institut der Roten Professur die Behauptung, Stalin sei ein Philosoph, Gelächter auslöste. Kanarejkin war einer der ersten gewesen, die Stalin nicht nur zum Philosophen, sondern sogar zu einem genialen Philosophen und Klassiker des Marxismus erklärten. Deshalb hatte Stalin ihm (und noch einigen Leuten von gleichen Geistesgaben) angeboten, sogleich Akademiemitglied zu werden. Die anderen waren einverstanden, Kanarejkin aber wurde Opfer seiner allzu großen Ehrlichkeit und Bescheidenheit. So brachte er es nur zum Korrespondierenden Mitglied der Akademie der Wissenschaften, da er weder den Doktortitel noch den Professorentitel führte, ja nicht einmal Dozent war. Danach mußte er fast dreißig Jahre lang für seine törichten Skrupel büßen: Ordentliches Akademiemitglied wurde er erst nach Stalins Tod. Nachdem er dies geschafft hatte, gab er sich alle Mühe, das Versäumte nachzuholen. Innerhalb von wenigen Jahren hielt er wenigstens tausend rührselig-feierliche Reden und erwarb sich im ganzen sozialistischen Lager verdientermaßen den Ruf eines lyrischen Marxisten und führenden Phrasendreschers. Er setzte seinen Namen unter Hunderte von Artikeln und Büchern, die seine Untergebenen für ihn geschrieben hatten (man erzählt sich sogar, daß er nicht einmal schreiben gelernt habe). Gegen Ende der fünfziger Jahre wurde er zum Direktor unseres Instituts ernannt, so daß der ganze ungewöhnliche Aufschwung der sowjetischen Philosophie in den sechziger Jahren mit seinem Namen verbunden wurde. Gerade unter seiner Leitung vollzog sich die Überwindung der Folgen des »Personenkults« auf dem Gebiet der Philosophie.

Die Führungsmethoden Kanarejkins verdienten eine gesonderte Untersuchung. Ich beschränke mich hier auf eine kurze Bemerkung dazu. Kanarejkin war mit allen ihm zu Gebote stehenden Mitteln bemüht, uns an der Arbeit zu hindern. Er verzögerte das Erscheinen von Büchern, den Druck von Aufsätzen, die Verteidigung von Dissertationen, er behinderte die Organisation von Kongressen sowie die Teilnahme daran. Wir machten unsererseits alles auf unsere Weise, so als ob er überhaupt nicht existierte. Dabei lobte er uns, wenn wir unsere Sache gut machten, und rechnete das den Aktivposten des von ihm geleiteten Instituts zu. Wenn wir zum Beispiel die Arbeit an einem Buch abgeschlossen hatten, nahm Kanarejkin das Manuskript an sich und verkündete, daß er es nicht drucken lassen werde, bevor er es gelesen habe. Und auf der Stelle pflegte er das Buch zu vergessen, weil er beständig mit Angelegenheiten von epochaler Bedeutung beschäftigt war. Wir dirigierten das Buch durch alle notwendigen Instanzen, ließen es drucken und schenkten ihm ein Exemplar mit unseren Bedankungen. Er bedankte sich dann seinerseits mit Tränen in den Augen, lobte uns und zog ab in das ZK, in die »Abteilung«, in das Stadtkomitee oder an irgendeine andere verantwortungsvolle Stelle, um mit dem Schreckgespenst des Revisionismus zu drohen, Abtrünnige zu beschimpfen, Fehler zu korrigieren. Alles ging seinen gewohnten Gang, und Kanarejkin hatte sich daran gewöhnt, daß sich alles genau nach seinem Willen richtete, und der eben stimmte völlig mit den von oben festgelegten Direktiven überein. In dieser Epoche wurde es so erwartet, und so geschah es auch. Aber diese Zeiten gehören schon lange und unwiederbringlich der Vergangenheit an. Kanarejkin ist zur Zielscheibe allgemeinen Gespötts geworden. Man wird ihn bald absetzen und auf irgendeinen hochdotierten Posten zum völligen Nichtstun transferieren.

Nahezu die Hälfte aller Werke Kanarejkins sind von mir selbst oder zumindest unter meiner Anleitung geschrieben worden, so daß mir nicht wohl zumute ist, wenn in meiner Anwesenheit über Kanarejkins Primitivität, seine Ignoranz und Dummheit hergezogen wird. Mir ist dann so, als schauten mich die Umstehenden verständnisvoll an, obwohl rein formell niemand den Grad meines Anteils an Kanarejkins Arbeiten kennt. Wenn sie es aber erraten, dann nur über indirekte Anzeichen: Kanarejkin hat sich mir gegenüber stets wie ein Gönner verhalten. Ich brachte es fertig, seine Arbeiten so für ihn abzufassen, daß sogar er den Eindruck hatte, er habe alles selbst gemacht. Ich hatte dafür einen besonderen Kanarejkin-Stil entwickelt, der sich prinzipiell von meinem eigenen unterscheidet, so daß man selbst mit elektronischen Geräten meinen Anteil an Kanarejkins Werken nicht hätte feststellen können. Man erzählt sich, daß nach dieser Fähigkeit der Stilverwandlung die Autoren von Stalins Werken ausgesucht worden seien. Selbstverständlich wurden sie liquidiert. Komm und versuch jetzt einmal, ihre Namen festzustellen! Auf diese Weise wird Stalin ein für allemal in die Geschichte als Autor vieler Arbeiten eingehen, von denen einige sogar als Meisterwerke der marxistischen Literatur gelten (wie auch immer man sie gegenwärtig beurteilen mag). Genauso verhält es sich mit Kanarejkin. Wahrscheinlich wird man seine gesammelten Werke herausgeben. Sie werden übrigens gar nicht die schlechtesten Texte der marxistischen Literatur sein. Aber wird man auch meine Werke herausgeben? Sind meine eigenen Werke wirklich um so vieles besser als meine Kanarejkinschen? Aber er genießt das Vorrecht des Alters und der Priorität. Selbst seine üble Rolle bei der Entstehung des Stalinismus kommt ihm nun zustatten: Er ist immerhin eine bedeutende Figur, sei es auch mit einem negativen Vorzeichen. Unsere Nachkommen werden sich wundern, wenn sie seine Werke lesen. Sie werden eine völlig verzerrte Vorstellung von unserer Zeit bekommen, auch von uns, die wir darin leben. Wie könnte es auch anders sein, wenn doch selbst wir als Zeitgenossen von vornherein ein prinzipiell verzerrtes Bild von unserem eigenen Leben haben. Wir sind in Bosheit und Lüge hineingeboren. Damit gehen wir in die Geschichte ein. Wir lügen sogar die Wahrheit und tun das Gute wie Böses.

»Erklär mir doch«, sagte einmal Anton, »wie das möglich ist: Die marxistisch-leninistische Theorie liefert die allertiefste, allervielseitigste, allerbeste, aller..., aller... Auffassung von den allgemeinen Gesetzen der Geschichte wie auch von den Gesetzen unserer Gesellschaft und um so mehr von den Gesetzen ›ihrer‹ Gesellschaft, von den konkreten Erscheinungen unseres Lebens und selbstverständlich von allen konkreten Erscheinungen ›ihres‹ Lebens. Das hast du wiederholt in deinen Büchern geschrieben, und die entsprechende Stelle in der Rede aus allerhöchstem Mund geht auch auf dich zurück. Stimmt es etwa nicht? Und du glaubst das alles natürlich ehrlichen Herzens. Dabei weißt du ganz genau, wie bei uns der Nachwuchs für die Theoretiker des Marxismus ausgewählt und herangezogen wird: Unbegabte, Karrieristen, Faulenzer, Psychopathen, Gauner und ähnliche Typen. Bildung als Kultivierung der Unwissenheit. Du selbst hast dich wiederholt beklagt, daß du keinen anständigen Doktoranden finden kannst. Dabei verlassen alljährlich

Hunderte von kleinen Schakalen die Hochschulen, die zum Doktorieren auf jedem beliebigen Gebiet bereit sind. Du selbst hast mehr als einmal behauptet, unsere Zeitungen und Zeitschriften brächten nichts als Lügen und dummes Geschwätz. Bis über beide Ohren stecken wir in Lüge und Heuchelei. Wie ist das also? Wie kann ein solches Menschenmaterial unter diesen Umständen die aller ..., aller ..., aller ... hervorbringen?«

»Die Theorie ist eine Sache, und eine andere sind die Menschen, die sie vertreten und verteidigen«, sagte ich halbherzig, weil es hier nichts zu beschönigen gibt. »Das kommt doch sogar in den Naturwissenschaften vor, daß richtige Ideen von Dummköpfen, Schurken und Karrieristen vertreten werden.«

»Das kommt vor, aber es ist nicht dasselbe. Wenn die Wissenschaft einmal eine soziale Masseneinrichtung geworden ist, dann werden sich an ihr wahrscheinlich Unbegabte und Karrieristen die Hände wärmen. Aber wenn sie gezwungen ist, ihren Status als Wissenschaft zu behalten, dann bedarf sie unbedingt eines gewissen Kerns von fähigen, gebildeten und gewissenhaften Menschen, sonst ist es keine Wissenschaft mehr. Sie würde zu einer Imitation der Wissenschaft, wie es heute deren viele gibt. Nein, mein Lieber, es gibt einen Ausweg, er ist sogar sehr einfach. Deine Theorie ist überhaupt keine Wissenschaft im eigentlichen Sinn des Worts. Und ihr Anspruch, die aller ..., aller ..., aller ... zu sein, ist ein rein ideologischer Anspruch, und die Atmosphäre der Lüge ist ihr natürliches Milieu.«

Manchmal frage ich mich, ob ich an Antons Stelle auch etwas Ähnliches wie sein Buch zustande brächte oder nicht. Wenn ich Anton und anderen Gesprächspartnern seiner Art zuhöre, verstehe ich alles. In solchen Augenblicken will es mir scheinen, als ob ich auch etwas Derartiges hinkriegen könnte. Aber in den Tiefen meines Unterbewußtseins spüre ich, daß das nicht stimmt. Ich könnte einfach nicht tun, was Anton tut. Dafür habe ich weder die Worte noch das Gehör. Ich mache, was ich kann. Ich könnte, was ich mache, besser machen. Viel besser. Aber eben *diese* Möglichkeit besitze ich nicht. Ich könnte ein hervorragender, selbst in den Kreisen der Gegner anerkannter Marxist werden. Das fühle ich. Aber gerade das fürchten meine Kollegen und meine Vorgesetzten vom untersten bis zum höchsten. Eher würden sie mir Revisionismus verzeihen (man stelle sich vor! Die Brüder kennen wir!) als eine klare und gescheite Verteidigung des orthodoxen Marxismus. Das klingt ja fast komisch: Auf meinem Gebiet bin ich praktisch in dieselbe Situation geraten wie seinerzeit Solschenizyn im Bereich der Literatur und Neiswestny auf dem der bildenden Künste. Interessant, daß mir das Wissen um diese Analogie schmeichelt. Man erzählt sich, daß der eigentliche Anlaß für den Verrat Penkowskis in der Erkenntnis der Unmöglichkeit lag, seine beruflichen Fähigkeiten zu verwirklichen. Ich kann mir vorstellen, was für ein Geschrei im Westen entstünde, wenn ich meine Abkehr vom Marxismus ankündigte und selbst darüber herfiele!

Wenn meine Kollegen wüßten, was für Gedanken mir

durch den Kopf gehen! Was bin ich für sie? Ich weiß es gut: wohlmeinend, arbeitsam, nicht gerade dumm (natürlich, klüger als Kanarejkin, was leichter als leicht ist!), ein Karrierist, der davon träumt, erst Korrespondierendes Mitglied, später Ordentliches Mitglied der Akademie der Wissenschaften zu werden, und danach ..., aber doch ein Individualist, alles in allem ein Karrierist, wie er typisch für die sechziger Jahre war. Normale sowjetische Karrieristen erklimmen langsam Stufe für Stufe und erwecken bei ihrer Umgebung damit den Eindruck einer gewissen Gesetzmäßigkeit dieses Ablaufs; aber solche wie ich, die gleich ein paar Stufen überspringen und sich aufgrund ihrer »persönlichen Fähigkeiten« emporschwingen, erregen bei allen Gereiztheit.

Das Goldene Zeitalter

Unsere Wohnung ist sehr schön. Ich hatte von der Akademie eine Dreizimmerwohnung bekommen. Meine Schwiegermutter war allein in ihrer Zweizimmerwohnung geblieben (ihr Mann war gestorben und die Töchter verheiratet). Tamurka hatte darauf bestanden, mit ihrer Mutter zusammenzuziehen, obwohl ich dagegen war. Heutzutage strebt doch alles nach Trennung und nicht nach Gemeinsamkeit. Und recht hat man. Wie dem auch sei, wir haben jetzt eine Fünfzimmerwohnung, für einen sowjetischen Intellektuellen in mittlerer Position etwas ganz Außerordentliches. Gäste werden in unserem Haus mit Speis und Trank gut versorgt, das muß man Tamurka lassen. Deshalb haben wir auch ständig Besuch. Gewöhnlich kommt er ohne Einladung und oft sogar ohne sich anzumelden, einfach so. Aber gerade das gefällt uns. Selbst meine Schwiegermutter hat sich an Gäste und Getränke so gewöhnt, daß sie unglücklich ist, wenn niemand kommt.

Heute ist Dima Gurewitsch mit seiner Frau unerwartet bei uns aufgekreuzt. Dann kam Anton mit seiner Frau Natascha dazu, und Edik Nikoforow, ein Mitarbeiter unserer Abteilung, rief an. Ich sagte ihm, er solle mit seiner Frau vorbeikommen, und wenn sie wollten, sollten sie auf dem Wege noch Semjon Stupak, einen anderen Mitarbeiter unserer Abteilung, mitnehmen. So hat sich eine lustige Gesellschaft zusammengefunden.

Dima ist ein berüchtigter Antisemit. In gewissen jüdischen Kreisen ist das ebenso Mode, wie es in gewissen Kreisen der russischen Intelligenz Mode ist, das russische Volk in den Dreck zu ziehen. Dazu ist zu sagen, daß man mit Dimas Nase im Gesicht sich das auch erlauben kann. Und wie steht es mit mir? Alle sind überzeugt, daß ich Jude bin, oder doch zumindest halb russisch und halb jüdisch. Ich, der ich von Bauern aus dem Tulaer Gouvernement abstamme und die klassische Physiognomie eines russischen Bauerntrampels habe! Das Schwein Waskin (der, wenn schon, selbst mindestens Halbjude ist!) hat das

Gerücht in die Welt gesetzt, es stimme nicht, daß ich halb Russe, halb Jude sei, vielmehr sei ich zur Hälfte Jude und zur Hälfte Jude. Dima ist, wie es sich für einen in der Familie eines Altbolschewiken aufgewachsenen Juden gehört, ein leidenschaftlicher Streiter für die Eigenständigkeit der russischen Kultur, wie sie sich in Balalajkas, Matrjoschkas, Scherzliedern, geschnitzten Fensterrahmen und Volkstänzen äußert. Als ich Dima erzählte, daß die sogenannten russischen Volkstänze durch jüdische Choreographen ausgedacht worden seien, und was die wirklich russische Kulturleistung anginge, so seien es Russen gewesen, die das klassische Ballett erfunden hätten, da traf ihn fast der Schlag.

»Und so werden wir, meine lieben Freunde, sehr wahrscheinlich von hier abhauen«, sagte Dima nach dem zweiten Glas (nach dem ersten hatte er noch von der Balalajka gesprochen).

»In die Heimat der Vorfahren?« fragte Anton.

»Du bist wohl verrückt geworden!« empörte sich Dima. »Nach Kanada oder in die USA. Schlimmstenfalls nach Paris. O weh, das ist das traurige Los der fortschrittlichen russischen Intelligenz.«

Edik Nikoforow improvisierte auf der Stelle ein Gedicht zu diesem Thema:

Ich Trottel habe wahrlich keinen Grund zum Feiern,
als Iwan einst geboren, hier als Iwan sitz ich –
beschneid ich mir die Eichel auch bis zu den Eiern,
es wird aus mir kein Chaim, kein Abraham, kein Itzig!

Du kannst ein Säufer sein, ein Mörder oder Lude,
du schreibst nicht schamhaft bei Punkt 5 hin »Jude«,
nicht mal beim KGB wird man dich »Saujud« nennen,
nur »Hurenbock« und »Iwan«, und man läßt dich rennen.
Ich bin ein Iwan, ja, was nützt das Diskutieren?
Ich muß das Paradies für meine Enkel hier errichten,
damit an seinen Pforten noch sie für den »Iwan« sich genieren,
doch wissenschaftlich ganz zu Recht sie auf das Paradies verzichten.
Denn Abraham war's, der das Paradies erschaffen,
und nicht ein Iwan (das ist kein Betrug) –
und soll für seine Enkel er das Paradies erraffen,
ist ihm ein unbeschnittner Schwanz doch Lohn genug.

»Nicht schlecht«, sagte Dima. »Nur hat sich jetzt die Situation geändert. Kennt ihr den Witz von dem Russen und dem Juden, die beide gleichzeitig einen Ausreiseantrag stellen? Dem Russen wird die Ausreise genehmigt, dem Juden nicht, weil bei dem angeblich die Antwort unter Punkt fünf in seinem Antragsformular nicht in Ordnung war. Die und die (dabei zählt Dima einige typisch russische Familiennamen auf) haben die Ausreisegenehmigung für Israel. Das ist jetzt die legale Form der Emigration. Wenn du also ein Russe bist, der abhauen will, gib dich als Jude aus.«

Später begannen alle über unsere epochale Arbeit herzuziehen. »Papa hält diese Periode für das Goldene Zeitalter unserer Geschichte«, sagte Lenka. »Er meint, daß es vorher schlechter war und daß es auch wieder schlechter wird.«

»Und das sagt ein gewissermaßen führender Marxist-Leninist des gesamten sozialistischen Lagers«, sagte Dima. »Das ist die Haltung von Abtrünnigen und Verleumdern oder von Revisionisten und rosafarbenen westlichen Kommunisten, die davon träumen, ihr liberales Modell des Kommunismus mit nur drei Reihen Stacheldraht anstelle von vieren – wie bei uns – zu verwirklichen. Bei uns, mein Lieber, war es niemals schlechter. Bei uns war, ist und wird es immer nur besser sein.«

»Die verflossene stinkende Periode unserer Geschichte«, mischte sich da plötzlich der sonst schweigsame Saschka in unser Gespräch, »ist allein schon dadurch gerechtfertigt, daß sie einen Solschenizyn, Sacharow und andere gleichgesinnte herausragende Menschen hervorgebracht hat, die wieder Licht in die erbärmlichen Seelen vieler von uns getragen und darin die schwache Hoffnung eingepflanzt haben, daß nicht alle Resultate der Geschichte im Hinblick auf die Vermenschlichung des bewußten zweibeinigen Geschöpfs zu Staub werden und dem Vergessen anheimfallen.«

»Ein Dummkopf ist euer Solschenizyn«, sagte Tamurka. »Will *drüben* alle belehren, wie man im Westen richtig leben soll! Als ob sie nicht ganz gut ohne ihn zurechtkämen!«

Dann sprach man über Stalin, die Umstände seines Todes, über Chruschtschows Rede. Stupak wußte zu berichten, daß Berija diese Rede für sich selbst vorbereitet hatte und Nikita ihm damit nur zuvorgekommen war. Er erging sich in Einzelheiten über das Verhalten der Führungsclique zu jener Zeit. Woher wußte er das alles? Er behauptete, vieles habe er aus der westlichen Presse, vieles aus unserer eigenen, vieles aus inoffiziellen Gesprächen, den Rest habe er durch historische Interpolation und Extrapolation erschlossen, was er mit Glanz an einem Beispiel bewies. Er ist ein gescheiter Bursche, aber leider hält er sich zu eng an die Tatsachen, ist zu pedantisch und kleinlich. Ich habe noch keine Ahnung, wie man ihn bei unserem Buch einsetzen soll. Er selbst hat vorgeschlagen, die Darstellung des Tatsachenmaterials zu übernehmen. Gott bewahre! Genau das brauchen wir nun überhaupt nicht. Wir sind schließlich Theoretiker.

»Übrigens, kennt ihr die letzte Neuigkeit?« fragte Dima beim Abschied. »Man hat das Zentrale Schwimmbad geschlossen.«

»Warum denn?« wunderte sich Saschka. »Ich war gestern noch dort und wollte ...«

»Sie sind gerade dabei, die Vergrößerung von einem Porträt unseres Führers zu entwickeln«, sagte Dima, ohne mit der Wimper zu zucken.

Da versuche einer, in so einer Umgebung ernsthaft zu bleiben!

Anschließend begleiteten wir unsere Gaste nach Hause. Wir wohnen alle im selben Stadtteil. Das ist sehr bequem.

»Wirklich, sehr bequem«, sagte Anton. »Man braucht unseren Stadtteil nur mit Stacheldraht zu umgeben, Türme und Wachpersonal aufzustellen, und schon ist das Problem der sowjetischen Demokratie mit einem Schlag in erschöpfender Weise gelöst.«

Ich erinnerte Anton an sein Versprechen, mir eine kurze Darstellung seiner Überlegungen zur verflossenen Periode zu geben.

Nach dem Weggang unserer Gäste verfielen Tamurka und ich sofort wieder in den Zustand beiderseitiger Entfremdung und zogen uns in unsere Zimmer zurück. Schon lange führt jeder sein eigenes, vom anderen unabhängiges Leben. Meine intelligente Schwiegermutter nennt das »mit getrennten Organen schlafen«. Es interessiert mich überhaupt nicht, wie und wo Tamurka die Abende und manchmal auch die Nächte verbringt. Ab und zu versucht sie mich mit der Drohung zu erpressen, sie werde beim Parteibüro Meldung über mein wahres moralisches Verhalten machen. Was hält sie bei mir? Die Gewohnheit, das Geld, die Wohnung, die Datscha, die Hoffnung, daß ich schließlich doch noch Korrespondierendes Mitglied werde und wir damit Zutritt zu den Sonderläden bekommen.

Anton gab mir seine Darstellung am nächsten Tag.

Neue Bedürfnisse

Wie Marx schon gesagt hat, erweckt jedes befriedigte Bedürfnis ein neues. Sobald die Bürger, die rund um den Platz der Kosmonauten wohnen, sich an dem prächtigen Anblick der Losung »Es lebe der Kommunismus« sattgesehen hatten, erwachte in ihnen als neues Bedürfnis der Wunsch, sie zu verschandeln. Bald erschienen auf den Betonsockeln unanständige Aufschriften, unter denen das weltbekannte Wort aus vier Buchstaben eine Vorzugsstellung genoß. Stupak behauptet, daß nach den Umfrageergebnissen des Gallup-Instituts (in den USA) selbst das Wort »Sputnik« seine weltweite Bekanntheit nicht übertreffen konnte. Irgendwie war es den Halbstarken gelungen, die stählernen Buchstaben mit ihren Zigarettenkippen und abgebrannten Streichhölzern zu verschandeln. Ein Buchstabe war so verunstaltet, daß sich ein orthographischer Fehler ergab. Eine Gruppe von Rentnern, alten Bolschewiken, verfaßte schließlich eine Leserzuschrift an die Zeitung. Daraufhin begaben sich Journalisten an die Stätte des Geschehens, und es erschien eine Glosse über die Bewahrung unserer Kulturgüter. Diese Glosse geriet in die Hände des Stadtkomitees der Partei, das gab dem Stadtbezirkskomitee einen Wink, das Stadtbezirkskomitee übte Druck auf das Parteibüro aus und das Parteibüro auf das Komsomolbüro. Eine Komsomolzenversammlung wurde einberufen, und die Komsomolzen unseres Instituts übernahmen mit großer Begeisterung die Patenschaft über die Losung. Die Institutsjugend stellte aus ihren Reihen eine Truppe von freiwilligen Polizeihelfern auf, und an der Losung wurde ein ständiger abendlicher Wachtdienst eingerichtet.

An dem Wachtdienst beteiligten sich selbstverständlich die Doktoranden und jüngeren wissenschaftlichen Mitarbeiter, die schon aufgrund ihrer Jugend zum Alkoholmißbrauch neigen. Da in unmittelbarer Nachbarschaft der Losung das Café »Jugend« und ein Lebensmittelgeschäft mit einer großen Weinabteilung liegen, vergeudeten die Polizeihelfer ihre Zeit nicht. Nachdem sie zuvor gründlich getankt hatten, legten sie sich schnell mit den erstbesten Passanten an. Die Miliz ergriff natürlich die Partei der Polizeihelfer, da die Institution der freiwilligen Polizeihelfer selbst ein Musterbeispiel für die Keimzellen der kommunistischen Demokratie, der kommunistischen Selbstverwaltungsorgane (oder Selbstbefriedigungsorgane) unserer Gesellschaft darstellt. Die Angelegenheit wurde vertuscht. Aber bald betranken sich die freiwilligen Polizeihelfer so sehr, daß sie alle bis auf einen in der Ausnüchterungszelle landeten. Dieser eine war zwischen zwei Buchstaben gefallen und übersehen worden. In der Nacht nahmen ihm dann Ganoven seine Kleider ab. In unserem Institut wurde daraufhin eine große Erziehungskampagne gestartet. In die freiwillig vom Volk gebildete Polizeihelfertruppe wurden einige ältere wissenschaftliche Mitarbeiter aufgenommen, die Parteimitglieder waren. Unter ihnen erwies sich einer als alter, erfahrener Alkoholiker. Eben der brachte auch den jungen Burschen bei, wie man sich betrinken muß, ohne in unangenehme Geschichten verwikkelt zu werden: »Wichtig ist vor allem«, sagte er, »persönliche Freundschaft zur Miliz zu pflegen. Damals nach der Versammlung, auf der ich in die Partei aufgenommen wurde, sollte ich fünfzehn Tage wegen Erregung öffentlichen Ärgernisses brummen. Man ließ mich auf Ehrenwort frei. Heute haben sich die Zeiten natürlich geändert. Also, Jungs, muß man sich auch anders, das heißt wie ein Experte betrinken.«

Anton Simins Überlegungen

»Die verflossene Periode der sowjetischen Geschichte«, schrieb Anton, »die ich die Zeit der Verunsicherung und Stabilisierung nenne, war eine der interessantesten Perioden nicht nur in der Geschichte der Völker der UdSSR, sondern in der gesamten Geschichte der Menschheit. Chronologisch gesehen ist es die Periode zwischen dem 20. und 25. Parteitag der KPdSU. Natürlich sind diese Grenzen mehr oder weniger relativ: In einigen Bereichen des sowjetischen Lebens hat diese Periode bereits einige Zeit vor dem 20. Parteitag der KPdSU eingesetzt, in anderen später; in einigen Bereichen ging sie bereits vor dem

25. Parteitag zu Ende, in anderen wiederum später. Die genannten chronologischen Grenzen sind summarisch zu verstehen. Aber da sie offizielle Meilensteine der sowjetischen Geschichte darstellen, ist es bequem, sich darauf zu beziehen. Sie sind auch objektiv, da in der Sowjetunion die reale Geschichte immer dazu neigt, sich mit ihrer offiziellen Version zu identifizieren, und außerdem gibt es praktisch keine nichtoffizielle reale Geschichte. Die sowjetische Geschichte ist nicht nur dem Anschein nach, sondern tatsächlich die Geschichte von Parteitagen, Beratungen, Plänen, Selbstverpflichtungen, Übererfüllungen, Realisierungen, Inbetriebnahmen, Kundgebungen, Auszeichnungen, Beifallsklatschen, Volkstänzen, Verabschiedungen, Empfängen, kurz gesagt all dessen, was man in den offiziellen sowjetischen Zeitungen, Zeitschriften, Romanen lesen und im sowjetischen Fernsehen erfahren kann. Natürlich finden auch in der Sowjetunion Ereignisse statt, die nicht in die Massenmedien zur Information, Aufklärung, Überzeugung und Unterhaltung gelangen. Aber das alles bildet nur einen unbedeutenden außerhistorischen Hintergrund für die reale sowjetische Geschichte. All das, was dem außenstehenden Beobachter, der nicht die Schule sowjetischer Lebensweise durchlaufen hat, als Lüge, Demagogie, Formalismus, bürokratische Komödie und Propaganda erscheinen mag, stellt in Wirklichkeit Fleisch und Blut eben dieser Lebensform dar. Es ist tatsächlich dieses Leben selbst. Das aber, was wie bittere Wahrheit, die tatsächliche Lage der Dinge oder Überlegungen des gesunden Menschenverstandes aussieht, ist in

Wirklichkeit nur die unbedeutende Schale eines realen Prozesses. Wer das nicht begreift, kann das Wesen der sowjetischen Lebensform, des klassischen Beispiels einer kommunistischen Lebensform, zu der so oder so die gesamte Menschheit tendiert, nicht verstehen. Nimmt man zum Beispiel einen so auffallenden Tatbestand aus der vorangegangenen (stalinistischen, tragischen) Periode wie die Millionen von Opfern einerseits und andererseits das Gerede von Humanität, Festigung der sozialistischen Gesetzlichkeit, vom Kampf gegen die Volksfeinde, Gerede, von dem die geistige Atmosphäre unserer Gesellschaft bis zur Unerträglichkeit übersättigt war, so bildet eben dieses scheinbar unbedeutende Gerede den dominierenden Teil im Gesamtkomplex der sowjetischen Geschichte, gewichtiger als die personifizierbaren und heute berechenbaren Repressionen. Ich habe trotz der Gefahr, als Verteidiger des Stalinismus angegriffen zu werden, gerade dieses Beispiel gewählt, um in der schärfsten Form meinen Grundgedanken auszudrücken: Wollt ihr wissen, was Kommunismus ist, dann studiert sein klassisches reales Muster – die sowjetische Gesellschaft. Mit anderen Worten, geht von Fakten aus und nicht von abstrakten Mutmaßungen und schöngeistigen Wünschen. Um die sowjetische Gesellschaft eben in ihrer Eigenschaft als kommunistische Gesellschaft zu begreifen, muß man sie unter dem Gesichtspunkt ihrer Substanz und ihrer wirklichen Werte, nicht aber aufgrund äußerlicher Urteile und Vergleiche betrachten. Man muß eine bestimmte Erkenntnismethode anwenden. Wenn diese auch nicht vollkommen wissenschaftlich sein kann (wegen der innersowjetischen Verhältnisse, die eine wissenschaftliche Erforschung dieser Gesellschaft in breitem Maßstab und nach rein wissenschaftlichen Kriterien ausschließen), so muß sie doch grundsätzlich dahin tendieren, innerhalb der Grenzen der Wissenschaftlichkeit zu verbleiben. Man muß die sowjetische Gesellschaft in einem solchen Querschnitt und unter einem Begriffssystem betrachten, wie sie weder die Verteidiger des Kommunismus noch seine Gegner zu sehen interessiert sind. Die ersteren sind aus sehr verständlichen Gründen nicht daran interessiert, die anderen deshalb nicht, weil dabei Erscheinungen verlorengehen, die eine ausgesprochen emotionale Wirkung haben.

Ich führe zwei Beispiele an. Die Gegner des Kommunismus betrachten die Kollektivierung in der Sowjetunion schlicht als Gewalttat, als Brutalität zum Nutzen einer ideologischen oder politischen Idee, während einige Vorkämpfer eines verbesserten Kommunismus (eines Kommunismus ohne die in der Sowjetunion gezeigten negativen Erscheinungen, zum Beispiel ohne Massenrepressionen) sie für einen Fehler oder, im besten Fall, ein mißglücktes Experiment halten. Träfe das zu, dann wäre alles nur halb so schlimm. Aber leider war das kein Fehler. Wenn auch nicht in dem Sinn, daß es richtig gewesen wäre. Es ist vielmehr so, daß die Begriffe ›Fehler‹ und ›richtig‹ überhaupt nicht auf Fälle dieser Art anwendbar sind. Hier braucht man andere Begriffe, weil die Kollektivierung eine normale Erscheinung in der Entwicklung dieses sich herausbildenden sozialen Organismus war. Auch die Begriffe

›Gewalttat‹, ›Brutalität‹ und dergleichen mehr geben nicht in adäquater Weise das Wesen der Sache wieder, und sei es allein schon deshalb, weil die überwiegende Mehrheit der Bauern freiwillig in die Kolchosen gegangen ist und jeder Versuch, die Einzelwirtschaft im ganzen Land wieder einzuführen, zum Scheitern verurteilt wäre, selbst wenn man ihn gewaltsam durchsetzen wollte. Es geht nicht darum, daß es keine Gewalttätigkeit (es gab sie) und Brutalität (es gab sie) dabei gegeben habe, entscheidend ist vielmehr, daß das eigentliche Wesen der Sache in etwas ganz anderem besteht. Und wenn wir nicht nur die Abrechnung mit einer schweren Vergangenheit im Sinn haben, sondern im Interesse der Zukunft zum Verständnis des Wesens der sowjetischen (kommunistischen) Lebensform vordringen wollen, dann müssen wir unsere Sehweise und natürlich auch unsere Phraseologie von Grund auf ändern.

Ein anderes Beispiel. Die Verteidiger des Kommunismus sagen: Seht her, in der Sowjetunion haben wir die kostenlose medizinische Versorgung, billige Wohnungen und Verkehrsmittel, es gibt keine Arbeitslosigkeit und ähnliches mehr. Die Kritiker des Kommunismus halten dem die Wartelisten in den Krankenhäusern entgegen, die schlechte Heilbehandlung, die engen Wohnungen, das Gedränge in den Transportmitteln, die niedrigen Löhne und dergleichen mehr. Die Kritiker übernehmen bei ihrer Beurteilung einen Querschnitt durch die kommunistische Gesellschaft, der ihnen von ihren Verteidigern aufgenötigt worden ist. In Wirklichkeit aber ist die medizinische Versorgung gar nicht kostenlos, weil die Bürger auf dem Umweg über Löhne und Warenpreise dafür zahlen, unabhängig davon, ob sie die Heilbehandlung in Anspruch nehmen oder nicht; Arbeitslosigkeit gibt es nur deshalb nicht, weil die Direktoren der Betriebe überflüssige Leute nicht entlassen, die Arbeitsabläufe nicht intensivieren, die Löhne der Verbliebenen nicht erhöhen können und so weiter, so daß die Umstände, die die Arbeitslosigkeit verursachen, zwar durchaus bleiben, nur haben sie andere Auswirkungen (sie verschlechtern letzten Endes die Lebensbedingungen der Bevölkerung). Hier müssen andere Vergleiche herangezogen werden, und zwar die Relationen innerhalb der einzelnen Bevölkerungskategorien hinsichtlich der Verteilung der Lebensgüter, das heißt innere Vergleiche, die wesentlich aussagekräftiger für das Verständnis der allgemeinen Tendenzen sowjetischer Lebensweise sind. Immer und überall, so wird man mir entgegenhalten, habe es privilegierte Gesellschaftsschichten gegeben. Gewiß. Aber entscheidend ist nicht diese triviale Tatsache, sondern in welcher Weise sich in dieser Gesellschaft die privilegierten Schichten herausbilden, wie sie beschaffen sind, wohin eben diese Art der Aufspaltung der Gesellschaft führt. Aus der Tatsache, daß es im Westen Reiche und Arme, Unterdrücker und Unterdrückte und die übrigen Gegensätze gibt, folgt in keiner Weise, daß die sowjetische Gesellschaft nicht differenziert sein könne und daß eine solche Differenzierung nicht ihre spezifischen Erscheinungsformen und Folgen habe.

Aber ich bin, wie mir scheint, vom Thema abgewichen.

Worin bestehen die interessantesten Lehren dieser vergangenen Periode unserer ruhmreichen Geschichte? In dieser Periode haben sich dem sowjetischen Volk echte Möglichkeiten zur radikalen Verbesserung seiner sozialen Lebensbedingungen eröffnet, aber es hat sie freiwillig und wissentlich vertan. In dieser Periode hat sich mit zynischer Offenheit sowohl das Wesen der sowjetischen Lebensform wie auch die wahre Natur der Menschen, die Träger dieser Lebensform sind, gezeigt. Hier wurden die Gesetze und Mechanismen der sowjetischen Gesellschaft so klar und einfach bloßgelegt, daß es schon gewaltiger Anstrengungen von Seiten aller Schichten der Gesellschaft (der Rechten wie der Linken, der Verteidiger wie der Oppositionellen) bedurfte, um sie nicht zur Kenntnis zu nehmen. In dieser Periode zerbrach die Vorstellung, daß das Regime Stalins dem sowjetischen Volk mit Gewalt von oben aufgezwungen worden sei. Die offensichtlichen Mechanismen des sowjetischen Lebens funktionierten zu dieser Zeit aus sich heraus mit unerbittlicher Gewalt und gegen alle Wünsche der Obrigkeit, des Volkes, der Intelligenz, von Freunden und Feinden, Klugen und Dummköpfen, Unwissenden und Gebildeten, Gelehrten und Ideologen. Sie wirkten weiter wie Naturgesetze und stabilisierten die sowjetische Gesellschaft in einem Zustand, der selbst Stalin und seine ganze Bande zufriedengestellt hätte. In dieser Periode drang der ganze Dreck der sowjetischen Lebensweise an die Oberfläche, trat für alle offen zutage und erklärte sich offiziell zum normalen Milieu, zum natürlichen Lebenselixier eines gesunden, normalen Menschen.

Natürlich hat es auch früher schon Möglichkeiten in dieser Richtung gegeben. So hat zum Beispiel der Schriftsteller I. P. Gorbunow die Herausbildung der sowjetischen Gesellschaftsordnung nach der Revolution in zwei sowohl untereinander als auch vom Zentrum getrennten Bezirken des Landes beobachtet. Es gab dort nicht einen einzigen Marxisten. Die Amtspersonen hatten keinerlei Kontakte mit der Zentralregierung und verhielten sich dennoch so, als handelten sie nach unmittelbaren Instruktionen Lenins. Selbst der Prozentsatz an vernichteten Volksfeinden stimmte bis auf die Hundertstel mit dem allgemeinen Durchschnitt im ganzen Land überein. Aber Gorbunow maß dem keine Bedeutung bei. Er hielt es für eine offensichtliche Banalität und suchte wie ein typischer gebildeter Kretin unserer Tage nach irgendwelchen tiefverborgenen, einem gesunden Vorstellungsvermögen und normalem Menschenverstand nicht zugänglichen Gesetzmäßigkeiten. Für dieses Aufspüren von Groschengeheimnissen hinter den Kulissen des sowjetischen Lebens ruinierte er mehr als dreißig Jahre seines Lebens mit qualvoller Arbeit. Die betrachtete Periode war allein schon dadurch wertvoll, daß sie mit geringen Anstrengungen vieles zu erkennen erlaubte.«

Der Beginn einer Epoche

Anton überspannt den Bogen natürlich. Aber in seinen Worten ist etwas Alarmierendes und Wahres. Man sollte sich seine Überlegungen für den persönlichen Gebrauch merken. Aber sie sind natürlich absolut untauglich für unsere Arbeit. Was kann ich davon verwenden? Es sieht ganz danach aus, als ob ich durch ihn in eine unangenehme Geschichte hineingeraten wäre, und das um so mehr, als man im Institut herumschwatzt, er sei ein Anhänger von Solschenizyn und Sacharow. Heute hat es eine geschlossene Direktionssitzung mit Vertretern des ZK gegeben. Man hat uns gewarnt: Wenn irgend jemand die Ausreise nach Israel beantragt, muß das Parteibuch abgeliefert werden. Also sind prophylaktische Maßnahmen zu treffen. Man war auch auf Anton zu sprechen gekommen. Ich hatte gesagt, daß er durch und durch russisch sei, ein Russe aus tiefster Seele und direkter Nachkomme jenes Simin, den schon der Historiker Solowjow erwähnte. Der Instrukteur des ZK hatte erwidert, daß das überhaupt nichts besage. Sie (wer sind diese »sie«?) würden sich recht gut maskieren. Zu Hause hatte mir Lenka ein Traktat zugesteckt und dabei bemerkt, daß es speziell für mich geschrieben sei. Ich las:

»Niemand zweifelte mehr daran, daß die Tage J. W. Stalins gezählt waren. Man erwartete seinen Tod und war in Erwartung erstarrt. Das war nicht das Miterleben des Schicksals eines konkreten Menschen. Stalin war schon lange für niemanden mehr ein Mensch. Es war das unreflektierte Gefühl eines grandiosen sozialen Ereignisses, das nun seinen Gang nahm und alle betraf.

In Moskau liefen Gerüchte um, Stalin sei schon lange tot, während die Zeitungen noch immer Bulletins über seinen Gesundheitszustand verbreiteten. Die einen erklärten das mit dem Wunsch der Führung, das Volk allmählich vorzubereiten, die anderen damit, daß man sich in der Führung um den freigewordenen Thron raufe. Nur wenige legten sich zu der Zeit Rechenschaft darüber ab, daß der Tod Stalins etwas Gewaltigeres bedeuten würde als die Vollendung des Lebenswegs eines Menschen namens Stalin, sondern vielmehr die Vollendung einer ganzen Epoche der sowjetischen Geschichte, einer tragischen, romantischen, schrecklichen Zeit. Nur wenige hatten begriffen, daß mit dem Namen Lenins nur die Frühgeschichte der Sowjetunion verbunden war, ihre Entstehung und ihr rein physisches Überleben im Bürgerkrieg, aber die eigentlich immanente Geschichte der Sowjetunion war bis heute an den Namen Stalins gekoppelt, war durch ihn verkörpert, wurde durch seinen Namen symbolisiert – es war der Eigenname dieser Geschichte, er bezeichnete ihr Wesen. Alle fühlten das, aber kaum einer hatte es begriffen. Die es begriffen hatten, verfaulten entweder unter der Erde oder steckten in den Konzentrationslagern und warteten darauf, wann an sie die Reihe käme zu verfaulen, oder sie verbargen sich am Grund des sowjetischen Lebens ohne die geringste Hoffnung, je auf die Bühne der Geschichte hinauszutreten.

Noch weniger Menschen hatten begriffen, daß diese Periode der sowjetischen Geschichte schon lange vor dem bevorstehenden (und vielleicht schon eingetretenen) Tod Stalins begonnen hatte zu Ende zu gehen, und zwar in den gewaltigen Niederlagen zu Beginn des Kriegs, als viele Millionen sowjetischer Menschen aus der Umnebelung ihrer Sinne erwachten und ein Körnchen gesunden Menschenverstands wiedererlangten. Und dann lag diese Epoche nur noch im Zustand der Agonie. Wer weiß, vielleicht ging mit ihr dasselbe vor wie mit Stalin: Sie war längst gestorben, aber aus irgendeinem Grund verbargen alle ihr Ende, sowohl vor sich selber wie auch voreinander. Man wollte nicht von ihr Abschied nehmen. Es tat den Menschen leid, davon Abschied zu nehmen. Unbewußt spürten alle, daß mit dem Ende dieser Epoche auch alle Illusionen über eine lichte Zukunft der Menschheit zu Ende gingen; sie spürten, daß diese lichte Zukunft ein großer Betrug und Selbstbetrug ist. Das aber wollten sie sich nicht eingestehen. Sie wollten den schmerzlichen Augenblick dieses Eingeständnisses hinauszögern. Es waren ganz, ganz wenige, die das begriffen hatten.

Unterdessen erwarteten Millionen und aber Millionen den Tod Stalins wie einen hohen Feiertag. Viele machten sich das nicht bewußt. Viele fürchteten dieses Selbsteingeständnis. Viele waren bereit, ihm alles zu verzeihen, wenn er nur schneller stürbe und tatsächlich stürbe. Viele hofften auf Veränderungen. Viele machten sich bereit, Veränderungen vorzunehmen. Die Erwartung von Stalins Tod war die Erwartung des Endes von einem Alpdruck, der mehr als dreißig Jahre lang die sowjetische Gesellschaft gepeinigt hatte. Und das Meer von Tränen, das die sowjetischen Menschen vergossen, als sich die Führer schließlich entschlossen, den Tod Stalins bekanntzugeben, bestand nicht so sehr aus Tränen des Leids wie aus Tränen der Erleichterung. Die sowjetischen Menschen, jahrelang auf Lüge und Verstellung dressiert, versetzten sich mühelos, freiwillig und gern in den Zustand ehrlicher Trauer, so wie sie sich kurz darauf mit der gleichen Leichtigkeit dressierter Geschöpfe des Kommunismus in den Zustand aufrichtiger Empörung über die Verbrechen ihres Idols und der schändlichen Bande seiner Helfer versetzten, von denen sie angeblich nichts gewußt hatten, obwohl sie selbst eifrige Gehilfen der stalinistischen Bande bei deren Realisierung gewesen waren.

Endlich hatte man verkündet, Stalin sei tot.

Eine neue, unerwartete und zugleich erhoffte Epoche der sowjetischen Geschichte brach an. Keiner wußte und konnte zu jener Zeit wissen, daß eben diese Periode und nicht die zurückliegende Geschichte der Welt insgesamt und der Sowjetunion im besonderen den Schlüssel zum Verständnis für das Wesen des Kommunismus und der Perspektiven der künftigen Geschichte der Menschheit liefern würde.

Auch ich wußte zu der Zeit von nichts dergleichen. Ich war damals ein sportlicher junger Mann aus wohlsituierter

Familie. Mein Vater war als Ingenieur an einflußreicher Stelle im Innenministerium mit dem Bau von Konzentrationslagern beschäftigt und hatte dafür den Stalinpreis, eine prächtige Wohnung im ›Haus der Generäle‹ an der Metro-Station ›Sokol‹ und eine kostenlose Datscha in der Umgebung Moskaus mit einem herrlichen Grundstück bekommen. Ich hatte ohne besondere Anstrengungen die Zulassung zur Physikalischen Fakultät der Universität erhalten. Es ist gar nichts Verwunderliches dabei, daß ich nun mit einer Gruppe von Kameraden losstürmte, um von dem allgemeinen (und natürlich auch meinem) Idol Abschied zu nehmen. In der Nähe des Trubnaja-Platzes wurden wir durch die Menge voneinander getrennt. Ein nie dagewesenes Gedränge setzte ein. Man wird wohl niemals erfahren, wie viele, noch dazu freiwillige, Opfer Stalin mit sich ins Grab genommen hat. Ich versuchte, mich nach rückwärts durchzuschlagen, und es gelang mir unter großen Mühen. Vor meinen Augen wurde eine junge Frau gegen eine Mauer gedrängt und erdrückt. Sie glitt unter die Füße der Menge. Man beachtete es nicht einmal. Wie durch ein Wunder wurde ich in einen Hof gestoßen und über das Gemenge von Menschenleibern hinweggeschoben. Dann kroch ich bereits auf allen vieren aus der Menge heraus und direkt in die Fänge von Miliz, Polizeihelfern und Soldaten. Nach irgendwelchen nur ihnen allein bekannten Kriterien wählten sie aus der Menge die ›Anstifter‹ und ›Provokateure‹ aus, auf die man später alle Schuld abwalzen konnte, verprügelten sie, trieben sie in Militär lastwagen und fuhren sie irgendwohin. Ich erhielt einen

Schlag auf den Kopf und kam erst im Auto wieder zu mir. Man brachte uns an den Stadtrand von Moskau und warf uns auf einem von einem hohen Zaun umgebenen Grundstück auf die Erde. Ich war wie in einem Fieberwahn und erinnere mich an nichts von dem, was mit uns dort bis zum späten Abend geschah. In der Nacht entließ man uns nach Hause. Man hatte uns entlassen und nicht eingesperrt, das war ein charakteristisches Anzeichen einer neuen Epoche. Aber mich ergriff keine Rührung. Ich war der Sohn eines Mannes, der mir menschliche Würde und Schutz garantierte. Ich fürchtete, den Verstand zu verlieren, knirschte mit den Zähnen, und ohne Rücksicht darauf, ob man mich hören konnte, krächzte ich nur eines: Warte, Gesindel! Das verzeihe ich euch nicht! Das zahle ich euch heim!

Diese Minuten veränderten mein ganzes Leben.

Später habe ich wiederholt darüber nachgedacht, warum man uns damals entlassen hat. Natürlich, was die konkreten einzelnen Anordnungen betrifft, kann man nur Mutmaßungen anstellen. Aber die eigentliche Ursache ist mir heute klar: Sie hatten bereits niemanden mehr, den sie einsperren konnten! In der Gruppe der Festgenommenen, in der ich mich damals befand, waren zwei Stalinpreisträger, ein Held der Sowjetunion, ein bekannter Schriftsteller (ein stalinistisches Miststück) vier Obersten u.a. Das Regime der Massenrepressionen war schon allein aus dem Grund zusammengebrochen, weil sich die Repressionen jetzt nur noch auf jenen Teil der Bevölkerung erstrecken konnten, der selbst die Stütze, den Leib, den

Vollzieher, Interpreten und Apologeten dieses Regimes des Massenterrors verkörpert hatte. Der Scheiterhaufen des Stalinismus ist nicht deshalb erloschen, weil die Funktionäre der Partei und des Staats beschlossen hatten, ihn verlöschen zu lassen, sondern weil all das Heizmaterial, das ihn bisher unterhalten hatte, bis auf den Grund niedergebrannt war. Es gab nichts mehr zu verbrennen.«

»Wer ist der Autor?« fragte ich.

»Sabelin«, antwortete Lenka.

»Wo hast du das Buch her?«

»Von Bob. Sein Vater bekommt diese Bücher für den Dienstgebrauch. Keine Angst, die halbe Stadt hat es schon gelesen.«

»Meinetwegen soll die halbe Stadt lesen, was sie will«, sagte ich. »Aber ich bitte dich, solche Bücher nicht ins Haus zu bringen. Das kann sehr unangenehm werden. Hör von mir aus Radio, aber bring keine Bücher mit. Das ist ein Corpus delicti, begreifst du das?! Du bist doch kein kleines Kind mehr, es wird Zeit, daß du lernst, vorsichtig zu sein.«

Ein offenes Gespräch

Nach jenem Besuch bei den Genossen von der bewußten Organisation hatte ich ein Gespräch mit Anton.

»Hör mal, Anton, wir sind viele Jahre miteinander be

kannt und verstehen uns gut. Du, ich hab so ein Gefühl, du hast ein Buch geschrieben. Es kann gar nicht sein, daß ein Mensch wie du, mit diesen Prinzipien, der soviel über unsere Probleme nachgedacht hat, die Ergebnisse seiner Überlegungen nicht aufgezeichnet hat. Wenn du aber so ein Buch geschrieben hast, wirst du es auch drucken lassen, um jeden Preis. Stimmt's?«

»Angenommen, daß ...«

»Ehrlich, hast du schon versucht, das Buch drüben zu veröffentlichen?«

»Ja.«

»Und?«

»Vorläufig ohne Erfolg. Die westlichen Verlage, bei denen ich das Buch gern herausgebracht hätte, werden von dieser oder jener russischen Emigrantengruppe kontrolliert. Sie haben das Manuskript abgelehnt, weil ihnen meine Konzeption nicht paßt. Übrigens eine typisch russische Erscheinung, diese Intoleranz gegenüber Andersdenkenden.«

»Eher eine typisch sowjetische.«

»Natürlich. Und bei den bekannten offen antisowjetischen Verlagen möchte ich es vorerst nicht erscheinen lassen. Das nur im äußersten Notfall. Dort sagen sie natürlich, bitte schön, in drei Monaten liefern wir es aus.«

»Mir kommt da eine Idee. Ich kenne einen sehr anständigen neuen Verlag, der vielleicht deine Arbeit drucken würde. Als wir in Paris waren, hat mir einer von diesem Verlag vorgeschlagen, mein Buch dort herauszubringen, wenn ich Lust habe. Ich hatte natürlich keine Lust. Ich brauche das nicht. Mir ist es nur deshalb eingefallen, weil dieser Mann gerade in Moskau ist. Wenn du möchtest... aber bitte sei vorsichtig ... du verstehst ...«

»Danke. Natürlich werde ich deinen Rat befolgen. Von diesem Verlag habe ich schon gehört, aber ich dachte nicht, daß er solche Arbeiten druckt.«

»Ich sage nicht, daß er solche Arbeiten druckt. Ich sage nur, daß es möglich wäre. Du hast doch hoffentlich eine rein akademische Arbeit geschrieben und nicht so ein lausiges antisowjetisches Zeug?«

»Ich bin kein Sowjetfeind, und um Politik kümmere ich mich überhaupt nicht.«

»Dann könnte die Sache klappen. Versuch's doch!«

Nach einigen Tagen brachte Anton zwei Flaschen Wein, und wir begossen den Beginn des »Dings«. Ich riet Anton, mit niemandem darüber zu quatschen, und bat ihn auch, vor dem Erscheinen des Buchs unsere Abteilung zu verlassen und sich einen anderen Arbeitsplatz zu suchen.

»Sonst würdest du uns alle kräftig hineinreißen. Die würden uns erbarmungslos fertigmachen.«

Mein Anfang der Epoche

An was erinnere ich mich aus jenen Zeiten? Ich gehörte damals schon zur Lektorengruppe des Stadtkomitees. Zum Abschiednehmen von Stalin führte man uns abseits von jedem Gedränge. Damals war ich mit Waskin befreundet. Er sagte, es gäbe jetzt eine einzige Hoffnung – Mao. Mich zog es mehr zu Togliatti. Aber im Urteil über Stalin waren wir einer Meinung. Er schrieb für den ›Kommunist‹ einen Artikel über die Arbeit Stalins ›Die ökonomischen Probleme des Sozialismus‹, und ich veröffentlichte eine Artikelserie zur Arbeit ›Der Marxismus und die Fragen der Sprachwissenschaft‹. Unsere Gegensätze begannen etwas später, nach der Rede Chruschtschows.

Chruschtschows Rede kam für mich völlig unerwartet, obwohl ich Zutritt zu den Korridoren im ZK hatte, obwohl die Symptome für das Näherrücken eines Ereignisses dieser Art ganz deutlich zu spüren waren. So mußte nicht mehr bei jeder Gelegenheit Stalin zitiert werden, aber in den Instruktionen für die Lektorengruppe wurde uns nicht offen empfohlen, Verweise auf Stalin zu unterlassen. Ich vermute, daß die oberste Führung beabsichtigte, die Entstalinisierung allmählich durchzuführen. Aber wer kennt die schon! Waskin sagte mir damals, daß es in der Führung keine Einigkeit gäbe und auch nicht geben könne, daß ein Teil (und es ist klar, welchen er meinte) danach streben würde, den Status quo zu erhalten, und daß ein anderer die Kritik an Stalin als Mittel im Kampf um die Macht benutzen werde, daß dieser Kampf die Vorgänge im Land widerspiegle, aber nicht direkt und wörtlich, sondern über eine Kette von Verbindungsgliedern. Aber ich nahm das nicht ernst. Als dann alles so kam, wie er vorausgesagt hatte, waren seine Voraussagen lange vergessen. Allmählich kam es mir so vor, als hätte ich selbst all das zuvor schon gewußt und begriffen. Aber das gehört der Vergangenheit an. Mögen die Historiker in diesem Misthaufen wühlen. Mein eigener Anfang hinkte stark dem Anfang der Epoche hinterher. Nach der Rede Chruschtschows im ZK wurde eine geschlossene Sitzung der führenden Ideologen einberufen. Mitrofan Lukitsch, der bei dieser Beratung den Vorsitz führte (er war damals gerade dabei, in die obersten Spitzen aufzusteigen), sagte uns direkt, Stalin habe den Marxismus-Leninismus vulgarisiert. Er rief uns auf, ihn weiterzuentwickeln, voranzutreiben, auf ein höheres Niveau zu heben; er versprach, begabte Nachwuchskräfte zu fördern. Das betraf mich bereits unmittelbar. Nur eine Woche später wurde ich zum Leiter eines Sektors in unserem Institut ernannt (die Abteilung gab es damals noch nicht, die habe ich später selbst geschaffen). Dann folgte die Habilitation; die Wohnung, Artikel, Bücher, Kommissionen, Redaktionen, Auslandsreisen. Das kam alles danach. Und ich nahm alles wie etwas mir Zustehendes entgegen. Wenn ich meine Position mit der von Professoren im Ausland verglich, so hielt ich meine Lebensumstände für ärmlich und unfrei, und ich konnte das sogar laut aussprechen. So eine Zeit hatte damals begonnen! Alle redeten so! Selbst Waskin.

Aber hier möchte ich von etwas anderem berichten. Am Tag nach der schon erwähnten Sitzung fand, wie ich später erfuhr, eine noch geschlossenere Beratung unter dem Vorsitz desselben Mitrofan Lukitsch statt, auf der man von Schwankungen, Unsicherheiten, Konzessionen, Abweichungen sprach; zu vermehrter Wachsamkeit, Stärkung des Prinzips der Parteilichkeit aufrief und entsprechende Maßnahmen ausarbeitete. Auch Waskin hatte dort gesprochen. Er nannte die Namen derjenigen, auf die man sehr genau achten müsse. Mich hatte er in allererster Linie genannt. Es wunderte mich keineswegs, daß gleichzeitig zwei Beratungen mit entgegengesetzter Orientierung stattgefunden hatten und daß man in der einen Maßnahmen ausarbeitete, die die Maßnahmen der anderen paralysierten. Das ist die normale Ordnung der Dinge bei uns, daran bin ich längst gewöhnt. Stupaks Vater wurde zum Beispiel an ein und demselben Tag mit dem Leninorden ausgezeichnet und aus der Partei ausgeschlossen (noch in der gleichen Nacht hat man ihn verhaftet). Aber ich war wütend über Waskins Verhalten. Und obwohl er hoch und heilig schwor, es habe überhaupt keine Beratung stattgefunden, glaubte ich ihm nicht, denn ganz Moskau redete davon. Danach trennten sich unsere Wege. Meine liberale Karriere begann. Eine liberale Zeit war angebrochen. Waskin hatte nicht auf dieses Pferd gesetzt, und so blieb er für nahezu zwanzig Jahre in den Schatten verdrängt, unbekannt. Ich dagegen machte die ganze Zeit im Rampenlicht meine Mätzchen. Ich kann mir vorstellen, wieviel Haß mir gegenüber sich in ihm aufgestaut haben mußte! Trotzdem kam auch Waskin in dieser Zeit voran. Aber doch mit großer Verzögerung, langsamer, sozusagen sich mit einem Klappsitz begnügend.

Neue Probleme

Die Zwischenräume zwischen den Buchstaben erwiesen sich als sehr geeignet: auf der einen Seite (und zwar auf der Seite »Es lebe der Kommunismus«) für amoureuse Abenteuer der Jugend, auf der anderen Seite (»die lichte Zukunft der Menschheit!«), die näher zum Café »Jugend« und zur Spirituosenhandlung lag, für die Gelage der lokalen Alkoholiker. Die Zwischenräume waren so angeordnet, daß man die Liebespaare und die Besoffenen nur aus den vorbeiflitzenden Autos sehen konnte. Den Betroffenen war das scheißegal. Die Versuche der Polizeihelfer und der Miliz, diese Stätten des Lasters zu liquidieren, führten zu nichts, weil die Verliebten und die Säufer mit ihnen freundschaftliche Kontakte aufnahmen. Später tauchten in der Umgebung der Losung nicht ganz koschere Damen auf. Im Wort »lichte« wurde der Handel mit harten Drogen aufgenommen. Das Wort »Kommunismus« hatten in Kürze die Homosexuellen mit Beschlag belegt. Genau das brachte bei den Werktätigen den Kelch der Geduld zum Überlaufen. Man beschloß, die Losung mit einem Metallgitter abzuschirmen und elektrischen Strom durchzuschicken. Aber die hierfür vorgesehenen Mittel wurden auf dem Weg durch die verschiedenen Instanzen verpulvert, und man mußte sich mit einem gewöhnlichen Holzzaun mit Stacheldraht obendrauf zufriedengeben. Diese Maßnahme verstärkte jedoch (wie Dima bemerkte) lediglich die objektive Tendenz der Gesellschaft zur Hurerei und Trunksucht, denn aus dem Zaun wurde auf der Stelle eine Anzahl von Brettern herausgerissen, um einen Durchschlupf zu schaffen, und da hinter dem Zaun auch tagsüber nichts mehr zu sehen war, wurde die Losung zu einer Brutstätte des Lasters rund um die Uhr. Bald fanden sich regelmäßig Ausländer, Schwarzhändler und natürlich auch Spitzel ein. Allmählich zeichnete sich die Perspektive ab, die Losung in eine Art internationalen Salon zu verwandeln. Der KGB-Journalist Wladimir Kouis wurde zum Stammgast. Die nonkonformistische Künstlergruppe »Müllgrube« beschloß, ihre nächste Ausstellung auf dem Gelände der Losung zu organisieren, um damit ihre Loyalität gegenüber der Sowjetmacht zu demonstrieren. Im Stadtkomitee fand eine geschlossene Sitzung statt, auf der man sich an Jagodizyn erinnerte und feststellte, daß der gar nicht so unrecht gehabt hatte.

Saschka

Saschka ist mein Sohn aus erster Ehe. Als wir uns trennten, hatte sich seine Mutter nach Kräften bemüht, ihm Haß gegen mich einzuflößen. Sie verfolgte aufmerksam jede meiner Publikationen, um mir das ihr gesetzlich Zustehende (»ihren« Anteil an meinen Honoraren) abzunehmen. Alimente bezog sie von mir in einer Höhe, die selbst manches Doktorengehalt übertraf. Saschka mußte indessen gewissermaßen am Hungertuch nagen und war abscheulich gekleidet. Ich versuchte ihn ein wenig aufzufüttern und kaufte ihm ein paar Sachen zum Anziehen, doch es kam nichts Rechtes dabei heraus. Saschka durfte nicht bei mir bleiben. Aber nach und nach begann er sich heimlich von seiner Mutter fortzustehlen und bei uns vorbeizukommen. Irgend etwas zog ihn zu mir. Unsere Begegnungen wurden zu einer regelmäßigen Einrichtung, und nun verbringt er den größten Teil seiner Zeit bei uns. Wahrscheinlich würde seine Mutter ihn jetzt mit Vergnügen zu uns fortkomplimentieren. Ich habe schon Versuche unternommen, ihn zu mir umzumelden und dabei meine Beziehungen zu den höchsten Instanzen spielen lassen, aber es kam nichts dabei heraus. Seltsam, daß ein Vater seinen Sohn nicht bei sich polizeilich anmelden kann, obwohl der Sohn eine Aufenthaltsgenehmigung für Moskau hat. Anton sagte, das sei weniger seltsam als die Tatsache, daß ich das in meinen Arbeiten verschweige.

»Bald finden die Nominationen statt«, sage ich zu ihm. »Was hast du für Aussichten? Kann ich dir helfen? Ich verstehe mich gut mit deinem Dekan. Wie war's mit der Promotion? Wenn du Geschichte nicht magst, dann vielleicht im Historischen Materialismus oder im Wissenschaftlichen Kommunismus. Da ließe sich was machen.«

»Nein«, sagt Saschka, »lieber nicht. Verstehst du, die

Kinder erfolgreicher Leute haben oft überhaupt keine Lust, irgendeine Karriere zu machen. Begreif doch, ich bin kein Säugling mehr. Irgendwas bring ich schon selbst zustande. Unsere ganze Geschichtswissenschaft ist doch eine einzige Lüge und Fälschung. Und wo das nicht zutrifft, ist sie stinklangweilig. Mich interessiert die wirkliche Geschichte Rußlands in unserem Jahrhundert. Ich habe bei Gelegenheit die eine oder andere wahre Darstellung lesen können und komme nicht mehr davon los. Nenn mir eine Stelle, wo ich wie ein wirklicher Forscher studieren kann, und ich gehe dorthin, auch beim niedrigsten Gehalt. Du kennst keine solche Stelle? Ich auch nicht. Amalrik? Guljajew? Nun, das sind Ausnahmen. Und noch dazu Dissidenten. Der erste der beiden hat zweimal gesessen, der zweite erst einmal. Aber er hat beste Aussichten, wieder zu sitzen.«

Ich versuche ihm begreiflich zu machen, daß man in unserer Zeit nicht geradlinig leben kann; daß man elastisch sein, die Kunst der Tarnung beherrschen und die Fähigkeit haben muß, sich für eine gewisse Zeit anzupassen; daß man eben seinen Mann stehen müsse. Mir fällt das ja auch nicht leicht. Aber leben muß man. Sonst würde man überhaupt nichts vollbringen. Er führt unwiderlegbare Gegenargumente an: Solschenizyn, Sacharow, Amalrik, Schafarewitsch Turtschin... Er zählt Dutzende von Namen auf, die ich größtenteils nicht kenne. Er sagt, daß jeder anständige russische Mensch verpflichtet sei, diese Namen zu kennen. Und zu behalten. Ich frage ihn, ob er nicht gleich Dissident werden möchte. Er entgegnet, daß er leider zu schwach dazu sei, daß er zu wenig wisse und so gut wie gar nichts begreife; daß er zunächst ganz einfach ein wenig leben, sich umschauen, nachdenken möchte. Und daß es heute viele solche jungen Leute gäbe wie ihn. Aber ich glaube nicht, daß es so viele sind. Wo sind sie denn? Ich sehe sie nicht, obwohl ich viel mit Jugendlichen zu tun habe und obwohl ich ihnen Gelegenheit biete, und sei es auch nur mit feinen Anspielungen, aus sich herauszugehen. Die Jugend büffelt ihren Marxismus und macht ihre Examen gewöhnlich mit einer Zwei oder Drei. Ganz selten mit einer Vier, fast nie mit einer Fünf.

»Ich bin ja auch ein hochkarätiger Schüler«, sagt Saschka. »Im Historischen Materialismus habe ich eine Zwei und ebenso im Wissenschaftlichen Kommunismus und in der Geschichte der KPdSU. Guljajew übrigens hatte sogar ein Sonderstipendium.«

Kartoffeln

Als ich auf den Markt ging, um Kartoffeln zu kaufen (ich gebe zu, daß auch das recht häufig vorkommt), bremste neben mir ein schwarzer Wolga mit ZK- oder KGB-Kennzeichen. Ein Mann, den ich nicht gleich erkannte, rief mir etwas zu.

»Oho«, sagte ich, »bist du ein großes Tier geworden. Eigener Dienstwagen?«

»Klar! Was glaubst denn du? Und wie geht es dir, alter Knabe? Du bist ja jetzt ein bedeutender Mann. Eingebildet, wie? Hättest trotzdem mal anrufen können!«

Wir gerieten ins Plaudern. Als mein Gesprächspartner erfuhr, daß ich auf dem Weg war, Kartoffeln zu besorgen, ließ er eine zornige Rede vom Stapel, wie es möglich sei, daß ein Professor, fast schon Akademiemitglied ...! Dann brauste er davon, ohne mir seine Telefonnummer gegeben zu haben.

Zu Hause erzählte ich den Vorfall.

»Das war doch nicht etwa dieser mickrige Bauer?« sagte Tamara höchst verblüfft. »Das ist doch nicht möglich! Da siehst du es wieder. Alle Ganoven und Trottel haben sich ein warmes Plätzchen gesichert, und du hast bis heute . . .«

»Geduld«, sagte Lenka, »wenn Papa erst zum Korrespondierenden gewählt ist, kriegen wir auch einen Berechtigungsschein für den Sonderladen. Oh, dann fressen wir uns an schwarzem Kaviar toll und voll!«

Meine Schwiegermutter meinte, in Sachen Lebensmittelversorgung gäbe es nichts zu lästern. Die Schwierigkeiten seien witterungsbedingt und vorübergehend. Im nächsten Jahr würden wir wieder eine gute Ernte haben, dann...

»Dann werden sie einen Sonderladen für Doktoren und Professoren einrichten«, sagte Lenka. »Nur um eine Stufe schlechter. Und noch ein Jahr später, wenn die Ernte noch besser wird, werden sie diese Sonderläden auch für Kandidaten und Dozenten einrichten. Natürlich um noch eine

Stufe schlechter. Und dann werden sie für alle Lebensmittelkarten einführen – damit sie sich am Überfluß nicht überfressen.«

»Was bist du doch für eine Giftnatter«, sagte meine Schwiegermutter. »Ich gehe gleich zu deinen Komsomolzen und erzähle alles.«

»Das wagst du nicht. Da würde dein liebes Enkelkind aus der Schule fliegen. Das wäre für dich noch viel schlimmer.«

Dabei gehört meine Schwiegermutter nicht ganz zu den Reaktionären und Lenka nicht unbedingt zu den Fortschrittlern und Protestlern. Da kam zum Beispiel meine Schwiegermutter nach Hause und schimpfte vor sich hin:

»Wie schlechterzogen die Leute heute sind! Sie laufen, hasten, drängen! Keiner macht einem Platz. Sie überholen einen ...«

»Wie sollte es auch anders sein, Omilein?« sagte Lenka. »Wenn es nach dir ginge, müßte sich der ganze Menschenstrom nach dem Langsamsten richten. Das geht nicht. Das Leben würde ins Stocken geraten.«

Ich habe wiederholt beobachtet, daß in einer ganzen Reihe von Fragen die heutige Jugend viel stärker als die alten Reaktionäre in der Rolle der Verteidiger des Kommunismus auftritt. Die Alten haben sich noch einen Rest von Idealismus bewahrt. Die Jugend geht von Fakten und Realitäten aus. Selbst wir erregen uns noch immer über die Probleme des Karrieristentums. Die jungen Leute kennen dieses Problem nicht. Für sie gibt es nur das Problem, wie man sich seinen Platz im Leben sichert. Dabei versteigen sie sich nicht in Metaphysik und zerfleischen ihre Seelen nicht. Deshalb sind meiner Meinung nach alle Ideen und Bemühungen von Menschen wie Solschenizyn und Anton zum Untergang und Vergessenwerden verurteilt. Der natürliche Generationswechsel wird dazu führen, daß die Menschheit die kommunistische Lebensform als das naturgegebene Existenzmilieu akzeptiert. Die Leiden und Gedanken Solschenizyns, Sacharows, Schafarewitschs und ihrer Gesinnungsgenossen sind nur Widerspiegelungen gewisser Ideale der Vergangenheit. Und von dem, was noch an Westlichem in unserer Gesellschaft, die ihnen fremd ist, übrigbleibt. So gesehen haben diejenigen recht, die die Aktivitäten unserer Oppositionellen (letzten Endes) für eine Erscheinung des Klassenkampfs halten. Natürlich sollte man dabei nichts vulgarisieren und etwa Solschenizyn als Mietling des Weltimperialismus abstempeln. Aber im Grunde genommen gibt es von da keinen Ausweg. Auch das ist eine Tatsache.

So dachte ich an der Oberfläche meiner Seele, aber in ihren Kellern tummelten sich boshafte Gedanken: Du, mein Lieber, lügst, suchst nach einer Rechtfertigung, nach einer Formulierung für deine Erbärmlichkeit ... Ja, ich suche. Und wenn schon? Habe ich etwa kein Recht dazu? ... Doch, natürlich. Such nur. Aber rede dich nicht heraus. Sei ehrlich mit dir und werde auch so ein Waskin, Korytow, Iwanow oder so eine Twarschinskaja. Und hör auf, den Schlauen zu spielen!

Apropos Gott

»Onkel Anton«, fragt Lenka, »warum haben sich die Menschen Gott ausgedacht?«

»Frag deinen Vater«, antwortet Anton, »er ist Spezialist auf diesem Gebiet.«

»Papa glaubt, daß die Menschen Gott erfunden haben, damit die herrschenden Klassen die Ausgebeuteten leichter im Zaum halten können. Glauben Sie das auch?«

»Nein.«

»Was dann?«

»Das ist eine lange Geschichte. Erstens hat man sich Götter schon in Gesellschaften ausgedacht, die nach marxistischer Auffassung noch klassenlos waren. Zweitens hat man sich verschiedene Götter ausgedacht. Und zwar meine ich damit nicht einfach, daß man damals wie heute verschiedene, aber gleichrangige (oder sagen wir besser gleichberechtigte) Religionen hatte. Der christliche Gott ist ein besonderer Gott unter allen übrigen, denn nur mit ihm wurde die westliche Zivilisation als eine besondere soziale Organisation einer Vielheit von Individuen geschaffen, die ein Bewußtsein ihres Ich besitzen. In diesem Sinn haben die Menschen, als sie Gott erdachten (das heißt, eben diesen Gott erdachten), sich selbst als sich selbst genügende Wesen erdacht. Es war eine Erfindung, etwas künstlich Geschaffenes.«

»Und wo kann man darüber etwas nachlesen? Ich meine nicht diesen ... unseren Mist, sondern etwas Ordentliches?«

»Vor der Revolution hat es in Rußland ausgezeichnete Schriftsteller gegeben, die in der einen oder anderen Weise religiöse Fragen berührten: Florenski, Berdjajew, Mereschkowski, die Brüder Trubezkoi, Rosanow, Schestow. Lies zunächst einmal aufmerksam Dostojewski, die Legende vom Großinquisitor in den ›Brüdern Karamaso‹.«

»Und Sie selbst, glauben Sie an Gott?«

»Eine schwierige Frage. Ich möchte glauben, aber ich kann es nicht. Ich berücksichtige Ihn in meinen Handlungen nicht als eine reale Gegebenheit, aber ich bin bemüht, mich so zu verhalten, als ob Er alles sähe, und ich möchte nicht, daß ich mich vor Ihm schämen muß. In kritischen Augenblicken bitte ich Ihn um Hilfe und hoffe auf Ihn. Überhaupt ist für mich die Frage nach Gott kein naturwissenschaftliches Problem. Es ist viel eher ein Problem meiner eigenen Geistigkeit, ein Problem meines Ich, meines Gewissens, wenn wir es so nennen wollen. Ich meine, daß für viele diese Frage genauso aussieht. Der Marxismus lehnt die Religion ab. Das ist sein Recht. Man kann die Religion durch staatliche Maßnahmen liquidieren. Aber man kann nicht das Faktum einer geistigen Haltung vernichten, die früher einmal zur Entstehung der christlichen Religion geführt hat, ohne zugleich die Auffassung des Menschen von sich selbst als eines an sich gültigen Werts zu vernichten. Die Anerkennung Gottes ist für mich gleichbedeutend mit dem Wissen um die Existenz eines Gewissens in mir.«

»Also ist irgendeine Religion nötig?«

»Sie ist möglich.«

»Und ist der Marxismus keine Religion?«

»Der Marxismus verdrängt die Religion, aber er ersetzt sie nicht. Der Marxismus ist keine Religion. Er ist eine Antireligion. Und zwar nicht einfach in dem Sinn, daß er als Wissenschaft religionsfeindlich ist. Der Marxismus ist keine Wissenschaft. Und die Wissenschaft ist heutzutage nicht religionsfeindlich, sie widerlegt die Religion keineswegs. Der Marxismus ist eine Ideologie, aber – eine Antireligion. In dem Sinn, daß er auf eine Geisteshaltung zurückgeht, die derjenigen entgegengesetzt ist, die die Religiosität erzeugt hat, und daß er eben diese antireligiöse Geisteshaltung kultiviert. So wird zum Beispiel vom Standpunkt religiöser Erkenntnis Gewaltanwendung gegenüber einem völlig schuldlosen Menschen durch keinerlei in der Zukunft liegendes Glück für Millionen von Menschen, ja selbst der gesamten Menschheit, gerechtfertigt. Der Marxismus, der den absoluten Charakter der Moral negiert, kultiviert auf die eine oder andere Weise in den Menschen die Fähigkeit zur Gewaltanwendung, die durch die Reden vom Wohl des Volks bemäntelt wird. Damit ist unausweichlich die Lüge verbunden, die auch tatsächlich gerechtfertigt und heuchlerisch als Wahrheit ausgegeben wird. Und so geht es mit allem, was die sublimsten Ergebnisse der Zivilisation im Hinblick auf die menschliche Persönlichkeit betrifft.«

»Aber die Menschen haben doch nicht grundlos die Religion bekämpft?! Auch anständige Leute! Ehrliche und intelligente Menschen!«

»Das ist eine andere Frage. In einer Gesellschaft von sexuell sittsamen und maßvollen Menschen wird der als fortschrittlich und progressiv gelten, der die freie Liebe propagiert. Es ist leicht, die Sorge um das Wohl des Volks zu verkünden, wenn man selbst im luxuriösen Salon an üppig gedeckter Tafel in der Gesellschaft schöner und elegant gekleideter Frauen sitzt. In einer Gesellschaft mit einem stark entwickelten religiös-moralischen Bewußtsein wirkt der Verkünder des Atheismus wie ein Aufklärer, wie ein Kämpfer für das Wohl der Menschheit, wie ein Feind der Restauration. Das ist die eine Seite. Anders steht es um eine Gesellschaft, in der das religiös-moralische Bewußtsein bis auf den Grund zerstört ist und ein geistiger Hunger gerade danach existiert. Der Hungrige braucht Brot und kein Geschwätz darüber, daß er, erst einmal satt geworden, am Überfluß ersticken wird.«

Ein derartiges Gespräch ist typisch für unser Haus. Oft bleibe ich danach mit Anton allein und bestehe darauf, daß das ein Ende haben muß. Wir vereinbaren, daß Anton nicht mehr kommt. Aber nach zwei bis drei Tagen stellen wir alle fest, daß Simin schon lange nicht mehr bei uns war, die Kinder laufen zum Telefon, reißen einander den Hörer aus der Hand und jammern, Onkel Anton soll augenblicklich kommen, natürlich mit Natascha. Wir sehnen uns nach ihm!

Die Kämpfer erinnern sich

Im Zusammenhang mit dem letzten »runden« Jubiläum des Siegs hatten sich die Leutchen aus dem Redaktionskollegium der Wandzeitung, uneingedenk vergangener Lehren (es sind übrigens ganz andere Leute, die sowieso nichts zu behalten oder zu vergessen gehabt hätten), wieder an Anton mit der Bitte gewandt, etwas für sie zu schreiben, und Anton hatte in einem Rückfall in jugendliche Torheit aus dem Stegreif ein Gedicht für sie bereit. Niemand glaubte dabei an eine Improvisation. Aber ich kenne Anton, er lügt niemals. Das Gedicht haben sie natürlich nicht abgedruckt. Hier ist es:

Von erträumten Heldentaten
hört ich endlos sie erzählen.
Ich jedoch (ich will's verraten)
wollt mich aus der Truppe stehlen.
　　Wollte mich im Bette raufen,
　　her die Weiber, nur nicht fackeln,
　　eine rauchen, Fusel saufen,
　　feiern, daß die Wände wackeln.
Später, in den schweren Tagen,
sah ich sie zum Stab sich retten,
gingen nicht, den Feind zu schlagen,
krochen flink in Weiberbetten.

Und ich dürft die Heldentaten
zwischendurch für sie vollbringen
und die feindlichen Soldaten
gnadenlos zum Rückzug zwingen.
Aber jetzt, nach soviel Jahren,
und zu jedem Jubiläum
kommen sie in hellen Scharen,
tattrig wie aus dem Museum.
Alle sind sie von dem Schlage
derer, die stets Orden trugen,
und gedenken nun der Tage,
als sie wacker Schlachten schlugen.

Russischer Gastaustausch

Dima hat vorgeschlagen, als besonderen Terminus »Gastaustausch« (im Unterschied zu »Gastfreundschaft«) für eine spezifisch russische Art des Zeitvertreibs, das wechselseitige Abstatten von Besuchen, einzuführen. Dieser Gastaustausch hat – wie er erklärte – nichts mit Gastfreundschaft zu tun. Wir zum Beispiel sind überhaupt keine gastfreundlichen Leute, aber wir tauchen regelmäßig bei anderen auf und empfangen selbst auch häufig Gäste bei uns. Wir gehen übrigens keineswegs nur zu Leuten, die wir gerne mögen oder die wir wenigstens einmal wiedersehen wollen. Und ebenso kommen oft Menschen zu uns, die uns ausgesprochen unsympathisch sind. Das Ganze ist eine rein soziale Erscheinung. Welcher Art? Ich will nur einige Aspekte anführen, die sie wenigstens zum Teil erklären. Ins Kino gehen bringt nichts. Einmal im Jahr taucht allenfalls ein einigermaßen erträglicher Film auf, alles übrige ist Mist. Früher wurden wenigstens viele ausländische Filme gezeigt. Heute nicht mehr. Das Theater? Bisweilen gibt es gute Aufführungen, aber sie besuchen ist praktisch unmöglich. Die Eintrittskarten bekommen Ausländer und Funktionäre oder, unter der Hand, die eigenen Leute. Theater gibt es viele, aber zu sehen gibt es da nichts, ebensowenig wie im Kino. Dasselbe in der Musik, Malerei und Literatur. Wenn zufällig einmal etwas Ordentliches erscheint, dann reißt sich ganz Moskau um die Nummern der Zeitschriften, die man dann weder kaufen noch in den Bibliotheken ausleihen kann. Und das sind gewöhnlich zeitkritische Werke. Lange hältst du das nicht aus. Fernsehen? Hockey, Fußball, Aktivisten der kommunistischen Arbeit, Spitzenarbeiter der Landwirtschaft (aber zu fressen gibt es nichts!), Reden, Sitzungen, Verabschiedungen, Empfänge... Früher gab es wenigstens noch Krimis, ausländische Filme, Shows mit einheimischen und westlichen Künstlern. Heute ist davon so gut wie nichts mehr übriggeblieben. Die ausländischen Künstler, die man uns serviert, unterscheiden sich kaum von den unsrigen. Westliche Kultur wird für uns nur in solcher Form und Menge ausgewählt, daß sie nicht unsere Grundlagen untergraben und keine unerwünschten Vergleiche provozieren kann. Restaurants und Cafés? Erstens sind sie in der Regel abstoßend, zweitens muß man Schlange stehen, und die Bedienung ist trist. In die wirklich anständigen kommt man gar nicht erst hinein, außerdem sind sie zu teuer und schließen früh. Von welcher Seite man es auch immer betrachtet, es gibt nur einen Ausweg: Geh zu Besuch, lade dir Gäste ein. Dabei ist der Gastaustausch keineswegs nur durch die Umstände bedingt, er spielt auch eine positive Rolle: Man tauscht Informationen aus, die nicht in den Zeitungen stehen, man pflegt nützliche Beziehungen, man redet über die Arbeit, man hat das Gefühl des Gebrauchtwerdens (was bei der allgemeinen Tendenz zur Isolierung und Entwertung des Individuums besonders wichtig ist), man findet Verwendung für seine Talente (Verse, Witze, Erzählungen, Zeichnungen). Dazu gibt es natürlich schmackhaftes Essen. Im allgemeinen ist man bemüht, den Gästen das Beste vorzusetzen. Es hat sich sogar ein eigentümlicher Wettstreit entwickelt. Die Frauen zeigen sich, das heißt, sie zeigen ihre Toiletten. Woanders ist dazu gar keine Gelegenheit. Dabei wird ein ziemlicher Aufwand getrieben. Es wäre doch schade, wenn's keiner sähe. Und die Selbstbestätigung. Da hat es zum Beispiel einer geschafft, ins Ausland zu fahren. Das ist an sich schon ein Vergnügen. Aber noch wohltuender ist die Befriedigung, diesen Erfolg den anderen mitzuteilen, von der Reise zu berichten und für einige Zeit im Mittelpunkt der allgemeinen Aufmerksamkeit zu stehen. Mit einem Wort, der russische Gastaustausch ist eine spezifisch soziale Erscheinung. Nein, ich korrigiere mich sogleich, denn ich kann kein Urteil über seine Verbreitung in andern Teilen des Landes und in den verschiedenen Gesellschaftsschichten abgeben. Ich weiß nur, es ist eine typische Erscheinung in den Kreisen der Moskauer Funktionärsintelligenz. Vermutlich gibt es Variationen, je nach Gegend, sozialer Schicht, Jahreszeit, nationaler Eigenart.

»Komisch«, sagt Dima, »wir sind im zwanzigsten Jahrhundert, leben in einem zivilisierten Land und reden über uns, als ginge es um die Beschreibung der Lebensweise irgendeines kürzlich entdeckten wilden Stamms: Feuer erzeugen sie durch Reibung, ernähren tun sie sich von Würmern und Wurzeln, die Frauen bereiten die Nahrung zu, die Männer gehen mit Speeren auf die Jagd ...«

»Da ist gar nichts Komisches dabei«, sagt Anton. »Die Negation der Negation. Wir sind tatsächlich Wilde. In gewisser Weise befinden wir uns wieder am Anfang der Geschichte der Menschheit. Und wir müssen aufs neue den Weg bahnen, der zur Entstehung und Entwicklung der Zivilisation führt. Wir selbst wissen das nur noch nicht. Und im Westen wissen sie's noch weniger. So daß eine wahrhafte Beschreibung unserer Lebens- und Produktionsweise bis in die kleinsten Details hinein ein gewaltiges Werk der Selbsterkenntnis ist und zugleich der Erkenntnis dessen, was der Kommunismus bedeutet.«

»Nun, das ist noch nicht der Kommunismus«, sage ich. »Im Kommunismus wird es das nicht geben. Im Kommunismus wird, wie du weißt ...«

»Wir haben längst den echten Kommunismus«, sagt Anton. »Man nimmt von jedem, was er hergibt, und jeder bekommt, was er braucht. Es ist höchste Zeit zu begreifen, daß das alles leere Phrasen sind, die man kreuz und quer interpretieren kann. Unsere Gesellschaft bestimmt, welches deine Fähigkeiten und Bedürfnisse sind. Das ist eine soziale Erscheinung und keine psychologische. Wir alle sind nach Rubriken, Rängen, Zellen aufgeteilt. Unsere soziale Stellung entscheidet über alles weitere, was unser Leben betrifft. Die Korytows machen Urlaub in Italien. Hättest du dir das für dein Geld etwa nicht leisten können? Sogar ich hätte es gekonnt, wenn wir uns eingeschränkt und gespart hätten. Ihr wollt jetzt nach Bulgarien an den Goldstrand. Das hätten selbst wir ohne Schwierigkeiten geschafft, nur ... verglichen mit dir ist Kanarejkin ein vollendeter Kretin. Er ist Akademiemitglied. Und wo immer man über unsere großen Philosophen spricht, ist von ihm und nicht von dir die Rede. Wenn ihr zusammen auftretet, hat er immer den Vortritt. Und, entschuldige, Lebedew ist um einiges besser als wir alle zusammen. Dennoch wird er so gut wie nie erwähnt. Wenn doch, bist du im Vergleich zu ihm ein Genie. Die Gesellschaft weiß, wer welche Fähigkeiten und welche Bedürfnisse hat.«

»Du bist doch ein kluger Kopf, Anton«, sagt Dima. »Das ist eine interessante Situation. Ihr kennt ja den offiziellen Standpunkt: Der wissenschaftliche Kommunismus (das heißt die Wissenschaft vom Kommunismus) ist vor hundert Jahren entstanden, und den Kommunismus selbst als Realität gibt es noch nicht.«

»Es gibt erkennbare Anzeichen, einzelne Erscheinungen«, sage ich.

»Unsinn«, sagt Anton. »Die kommunistische Gesellschaft ist als empirische Erscheinung gedacht und nicht als abstraktes System. Jeder Wissenschaftler kennt die Binsenwahrheit: Wenn es keinen Gegenstand gibt, dann kann es auch keine empirische (das möchte ich betonen) Wissenschaft von ihm geben. Das Projekt eines Hauses, einer Maschine? Ein Projekt ist keine Wissenschaft, begreif das doch! Ein Projekt kann unter Zuhilfenahme der Wissenschaft realisiert werden, aber es ist selbst keine Wissenschaft. Es ist ein Projekt und nichts mehr. Die empirischen Wissenschaften eröffnen die universalen Gesetze ihrer Forschungsobjekte. Man kann ein Projekt irgendeiner zukünftigen Gesellschaft planen, indem man sich der Wissenschaft bedient, zum Beispiel der Soziologie, der Psychologie, der Geschichte, der Naturwissenschaften. Man kann ein wissenschaftlich fundiertes Projekt entwerfen. Aber das, was ihr mit wissenschaftlichem Kommunismus bezeichnet, ist nicht einmal ein wissenschaftlich begründetes Projekt. Gerade vom Standpunkt der modernen Wissenschaft ist es dummes Zeug, wenn man ihn wörtlich auffaßt. Unsere eigene Erfahrung bestätigt uns, daß er ein rein ideologisches Hirngespinst ist. Andererseits ist der Gesellschaftstyp, der sich bei uns tatsächlich herausgebildet hat (ich nenne ihn auch realen Kommunismus), wissenschaftlich noch ganz unerforscht. Das, was wir gelegentlich daran feststellen (zum Beispiel den Gastaustausch), ist so etwas wie ein Anfang seiner wissenschaftlichen Erfassung. Aber eben nur ein Anfang. Die Sammlung der Fakten. Gerade die wissenschaftliche Erforschung dieser Gesellschaft enthüllt die Tatsache, daß in einem bestimmten (und noch dazu dem einzig realistischen, gesunden) Sinn alle Ideale und Prinzipien des ideologischen (»wissenschaftlichen«) Kommunismus bei uns realisiert sind. Staat und Partei sind insofern abgestorben, als sie ihren politischen Charakter verloren haben. Moral und Recht sind als Produkte der Zivilisation und des Schutzes der Menschen voreinander und gegenüber der Macht abgestorben und durch einige Regelung für das ›technische‹ Verhalten der versklavten Geschöpfe ersetzt. Alle haben die Möglichkeit, ihre Fähigkeiten zu entwickeln und ihre Bedürfnisse zu befriedigen, nur eben im Rahmen des Vernünftigen, das von der Gesellschaft festgelegt wird. Bei uns übt in der Tat die überwiegende Mehrheit der Bevölkerung die Gewalt über eine Minderheit aus. Es stimmt zwar, daß sie sich dabei selbst vergewaltigt und der Verhöhnung durch manchmal sehr wenige aus freiem Willen aussetzt. Aber das sind bereits Kleinigkeiten. Selbst über Geld verfügen wir nicht mehr im Marxschen Sinne. Was ist das schon für Geld, wenn du für ein und dieselbe Summe mehr erhältst als ich, wenn du etwas für dein Geld bekommen kannst und ich nicht!«

»Ich stimme mit dir völlig überein«, sagt Dima. »Für mich als Naturwissenschaftler ist das absolut klar. Die Wissenschaftlichkeit im Begriff Gesellschaft besteht nicht darin, daß man ihm Werkbänke, Maschinen, Traktoren und dergleichen zugrunde legt, sondern vor allem darin, daß man von realen empirischen Fakten ausgeht. Worin ihre Wechselbeziehungen bestehen, das muß noch erforscht und nicht *a priori* verordnet werden. Wer weiß, vielleicht ist für unsere Gesellschaft eben die Ideologie das entscheidende Charakteristikum? Auch die Ideologie ist ein empirischer Tatbestand. Bei Marx gab es viele interessante Ideen und Überlegungen. Aber sie sind in einem Meer ideologischen Unsinns untergegangen, und die folgenden Generationen von Marxisten haben eben den ideologischen Aspekt aufgebläht, bis man ihn schließlich bei uns zur Staatsideologie erhoben hat.«

»Aber die Ideologie ist doch auch notwendig«, sage ich.

»Nicht unbedingt«, sagt Anton, »aber sie ist auch eine Realität, die man berücksichtigen und als empirisches Faktum studieren muß.«

Da konnte ich mich nicht länger beherrschen. Ich warf meinen Gesprächspartnern Unkenntnis der elementarsten Dinge vor: Materie, Bewußtsein, das Ideelle.

»Weiß der Teufel«, sagt Dima, »du bist doch eigentlich ein normaler Mensch und nicht dumm. Aber man braucht dich nur ein bißchen anzukratzen, dann gibst du einen solchen Stuß von dir, daß sich daneben selbst Kanarejkin wie ein Titan des Geistes ausnimmt. Wir wollen dir doch nicht deine Ämter und Gehälter nehmen. Schreib du ruhig deine Traktätchen. Sei, was du willst. Davon ist hier nicht die Rede. Unter uns können wir doch offen sprechen. Unser Problem heißt: Ist der gegenwärtige Zustand der Gesellschaft normal oder nicht, wird er sich künftig reproduzieren, gehören dabei die Massenrepressionen ebenso zur Norm wie das Fehlen der Redefreiheit und der Freizügigkeit in der Wahl des Wohn- und Arbeitsplatzes? Dein

Marxismus kann darauf keine ehrliche Antwort geben. Das muß die Wissenschaft leisten, eine echte Wissenschaft. Warum? Nun, und sei es nur deshalb, daß man irgendwie sein eigenes Leben planen kann. Wenigstens ein kleiner Teil der Gesellschaft. Wer dieses Bedürfnis nicht hat, soll es lassen. Aber in unserer Gesellschaft gibt es einige, die ganz ausgesprochen dieses Bedürfnis haben. Das ist doch nicht das erste Mal, daß wir darüber reden. Vielleicht aus beruflichem Interesse? Komm! Selbst bei dir ist das rein menschliches Interesse. Und dein Saschka? Und Lenka? Und ich? Was, zum Teufel, hab ich damit zu tun? Und doch, nachts kann ich nicht schlafen, meine Gedanken wandern im Kreis. Die Leute interessieren sich dafür nicht ohne Grund. Die Welt ist von den Erfolgen des Kommunismus aufgestört und möchte wissen, worin sein Wesen besteht. Es waren übrigens nicht die Bücher von Solschenizyn, die das Interesse der Welt an uns geweckt haben, sondern umgekehrt, das natürliche Interesse der Welt an der wachsenden Bedrohung durch den Kommunismus hat den Büchern von Solschenizyn das Interesse und den Erfolg gesichert.«

Im Fernsehen wird ein Meeting in irgendeiner Fabrik anläßlich der Übergabe eines Ordens an den Betrieb gezeigt. An dem Meeting nehmen fast sämtliche Spitzenfunktionäre und allen voran Er höchstpersönlich teil.

»Warum sind sie denn alle haufenweise gekommen?« wundere ich mich.

»Was heißt, warum?« staunt Dima über meine Verwunderung. »Es hatte doch dort während des letzten Parteitags

Stunk gegeben. So eine Art Streik. Jetzt wollen sie die Arbeiter wieder weich machen.«

Das Präsidium des Meetings wird gezeigt, völlig gleichförmige, hölzerne, aufgedunsene Physiognomien. Und Orden. Orden. Orden.

»Großer Gott!« kann Tamurka sich nicht verkneifen, »diese Fressen! Wo kommen die nur alle her!«

»Die produzieren wir selbst«, sagt Dima. »Es sind typisch sowjetische Fressen. Da habt ihr das Gesicht des Kommunismus. Bewundernswert in seiner Schönheit.«

Die Schwiegermutter

Meine Schwiegermutter ist eine gewöhnliche sowjetische Rentnerin, die zuverlässigste Stütze der Sowjetmacht. Man brauchte über sie kein Wort zu verlieren, wenn sie nicht mit zu den wesentlichen Voraussetzungen für die schöpferische Tätigkeit eines sowjetischen Gelehrten gehörte.

Meine Schwiegermutter also, eine ehemalige Verdiente Lehrerin der russischen Sprache und Literatur, ist eine Frau von ausgesprochener Intelligenz. Vor ein paar Jahren ist sie in den wohlverdienten Ruhestand getreten (Lenka sagt, man habe sie hinausgeschmissen), um die ohnedies überfüllten Reihen der sowjetischen Rentner-Terroristen zu verstärken. Oh, so ein sowjetischer Rentner, das ist eine in der bisherigen Geschichte der Menschheit noch nie dagewesene Erscheinung, weder in der Literatur beschrieben noch wissenschaftlich untersucht! Eine gewisse Kategorie sowjetischer Menschen (und sogar eine sehr beachtliche) ist ungewöhnlich langlebig, aber schon lange vor dem Eintritt ins Rentenalter verliert sie die Fähigkeit, nicht nur etwa normal zu arbeiten, nein, auch nur minimalsten Arbeitsanforderungen zu genügen. Bei den Arbeitern, heißt es, geht man gern »auf Rente«, weil einem die Arbeit nicht mehr leicht von den Händen geht. Aber Arbeiter gibt es ja nicht so viele. Bei den Angestellten – und die stellen einen riesigen Bevölkerungsanteil – werden die Leute gewöhnlich nur mit großer Mühe in Pension gejagt. Daher ist so ein gewaltsam ins Rentnerdasein versetzter sowjetischer Angestellter (unter ihnen sind Wissenschaftler, Lehrer, Ärzte, Professoren, Obristen) im Vollbesitz seiner Kräfte und nach Betätigung gierend, bestrebt, eine gesellschaftlich nützliche Arbeit zu vollbringen. Natürlich möglichst gegen eine gute Entlöhnung. Solch ein Rentner drängt sich in jegliche Art von Kommissionen, Komitees und Räten und spielt da keineswegs die letzte Geige. So ist seinerzeit die Kampagne gegen die »Schmarotzer« hauptsächlich mit Hilfe der Rentner geführt worden. Auch bei Dienstreisen ins Ausland kommt man an den Rentnern nicht vorbei. Man wird mit Sicherheit vor eine Kommission im Stadtbezirkskomitee der Partei zitiert, und dort sitzt ein Rentner, der dich (natürlich wird man dort nur geduzt) in die Enge treibt: Wo liegt Australien? Welche Gesellschaftsordnung hat Belgien? Was hat der

Genosse Sowieso zum Thema... gesagt? Versuch mal, nicht zu antworten! Oder versuch mal, so einer senilen Ratte den Respekt zu verweigern... Doch kehren wir zu meiner Schwiegermutter zurück.

Als man sie zur Rentnerin gemacht hatte, beschloß meine Schwiegermutter in schöner Übereinstimmung mit unserer Propaganda, daß jetzt alle und alles ihr verpflichtet seien, weil sie einen Anspruch darauf habe. Selbstverständlich mußte ihr in den öffentlichen Verkehrsmitteln ein Sitzplatz angeboten werden. Und obwohl sie nirgendwohin fahren mußte, entschied sie unverzüglich, ihr Recht wahrzunehmen. Nachdem sie sich Lenkas Begleitung gesichert hatte (die uns später davon berichtete), stieg meine Schwiegermutter in einen relativ leeren Wagen der Metro und suchte sich ihr Opfer aus – einen ziemlich jungen Mann mit Bart. Mit Bart – also ein Intellektueller. Einer von diesen Typen, diesen ungewaschenen. Sicher auch ein Flegel. Die muß man Mores lehren, diese Pfuscher! Sind zu üppig geworden! Ein junges Mädchen bot meiner Schwiegermutter seinen Platz an, aber das paßte ihr nicht. Sie mußte sich ihren Platz im Kampf erobern. Also arbeitete sie sich zu ihrem auserwählten Opfer vor und baute sich vor ihm mit dem Blick einer Königskobra auf. Eine Zeitlang bemerkte der Mann die über ihm schwebende Gefahr nicht (er tat natürlich nur so!). Dann sah er, daß vor ihm eine noch nicht alte Frau von recht ansprechendem Äußeren stand, und machte Anstalten, aufzustehen und ihr galant seinen Platz anzubieten. Aber er kam nicht mehr dazu.

»Flegel«, sagte meine Schwiegermutter. »Wie der sich hingeflezt hat! Und tut noch so, der Lümmel, als merke er nicht, daß vor ihm verdiente, allgemein geachtete ältere Frauen stehen! Diese Jugend von heute! Außer Rand und Band! Alles gehört ihnen!«

Als er das hörte, geriet der Mann in Verwirrung und vergaß seine ursprüngliche Absicht. Mit erstaunlicher Schnelligkeit erfaßte die Polemik den ganzen Waggon. Da die Mehrzahl der Passagiere stand und die meisten mittleren und betagteren Alters waren, wurden auch diese aktiv. Einer verlangte, die Personalien des Sitzenden überprüfen zu lassen und ihn dorthin zu schaffen, wo er hingehöre. Einer schlug vor, Meldung an den Arbeitsplatz, die Gewerkschafts-, Komsomol- und Parteiorganisation zu machen. Einer forderte, über den Vorfall müsse ein Bericht in die Zeitung. Man schwatzte über Oppositionelle, Kritikaster, Verleumder, ideologische Abweichler. Man schimpfte über Bärte, Miniröcke, Maxiröcke, Midiröcke, hautenge Jeans, weite Hosen, abstrakte Maler und Araber (das war erlaubt, seitdem sie uns in irgendeiner Sache nicht gehorcht hatten). An der Endhaltestelle erhob sich das Opfer meiner Schwiegermutter mühsam und schleppte, auf eine Krücke gestützt, die steifen Glieder zum Ausgang. Die Passagiere zerstreuten sich und gingen ihren eigenen Angelegenheiten nach. Meine Schwiegermutter fuhr zurück. Zu Hause drehte sie den Farbfernseher auf volle Lautstärke und verfolgte mit wachsendem Interesse, wie ein Mittelstürmer der Hockey-Mannschaft »Morgenröte des Kommunismus«, Robert Rylow, einem Verteidiger der Mannschaft »Ydschawacharlalpachtakajratkor« die Rippen zerdrosch. Ab und zu stieß sie ein Kriegsgeheul aus: »Den Puck, du Trottel!« »Stümper, Ficker!« »Bob, hau ihm in die Eier!« Als Rylow schließlich den Puck samt Torwart ins gegnerische Tor befördert hatte, sprang meine Schwiegermutter fast bis an die Decke und schrie aus vollem Halse in ihrem Fistel-Sopran:

Hockey ist ein Sport für Männer!
Nicht für Schlappschwänze!

Lenka wälzte sich vor Lachen.

»Omilein«, grölte sie unter Tränen, »du bist eine Wucht! Ein irrer Brummer!«

Da hielt ich's nicht mehr aus. Ich faßte mir an den Kopf (vollgestopft mit den Kategorien des dialektischen und historischen Materialismus) und stürzte in die Küche zu Tamurka.

»Ich flehe dich an, schaff sie fort, diese ... wie soll man sie nur ... deine liebe Mama! Ich bin schließlich mit kreativer Arbeit beschäftigt!«

»Dann kreier dir doch was Schönes«, sagte Tamurka gelassen. »Die stört dich doch nicht. Womit hat sie dich denn gestört? Der Fernseher? Dann schaff du erst mal deine Tochter weg. Vom frühen Morgen an läßt sie für die ganze Nachbarschaft ihre idiotischen Niggersongs laufen. Die Miliz war deswegen schon da. Sie hat sich nur herausgewunden, weil sie mit einer Meldung an die Vorgesetzten gedroht hat: Man mißbillige wohl unsere geniale Außenpolitik in der Negerfrage. Wenn es dir hier nicht gefällt, dann hau doch ab. Wir werden dich nicht halten. Hau ab zu deiner Puppe!«

Gemeint war offenbar Swetka. Wie hat sie das nur rausgekriegt? Ach was, keine Ahnung hat sie. Außerdem ist es ihr sowieso wurst. Sie weiß einfach, daß sie meine Sekretärin ist. Und selbst wenn ich nichts mit Swetka hätte, würde Tamurka dennoch behaupten, ich hätte etwas mit ihr. Es ist die übliche Form ehelicher Beziehungen. Polemische Technik, wie Dimka sagen würde. Mit Tamurka zu streiten ist sinnlos, davon hatte ich mich bereits in der ersten Nacht unseres gemeinsamen Lebens überzeugen können. Schon damals hatte sie mir erklärt, ich könne dahin gehen, wo der Pfeffer wächst. Ich laufe in die Diele, zwänge mich in meinen abgetragenen Mantel (einen neuen müßte ich kaufen, in dem alten kann man sich nicht mehr sehen lassen! Aber wohin zerrinnt nur das ganze Geld?!) und mache mich auf den Weg in meine Kneipe – ins Café »Jugend« – nicht weit von unserem Haus. Aus Lenkas Zimmer verfolgt mich das Geheul der Völker Afrikas, die sich vom Kolonialismus befreit und auf den Weg zum Aufbau des Sozialismus begeben haben. Die sind nun wirklich außer Rand und Band. Diese Nigger werden uns noch übel mitspielen. Ihr werdet an meine Worte denken!

Ereignisse

In der Kneipe habe ich einige Bekannte, die sich dort ebenso regelmäßig einfinden wie ich. Wer sie sind, weiß ich nicht. Und sie wissen nicht, wer ich bin. Unausgesprochen waren wir übereingekommen, dieses Thema nicht zu berühren. Einer von ihnen heißt Wiktor Iwanowitsch. Er ist etwas über dreißig, macht aber den Eindruck eines soliden und bedeutenden Menschen. Mein Saschka wird es bis ins hohe Alter niemals zu solcher Seriosität bringen. Ein anderer heißt Edik. Er ist wie ich weit über fünfzig. Er hat eine Glatze. Die Hälfte der sichtbaren Zähne fehlt ihm. Aber er wirkt wie ein Junge, hört gern gute Witze und erzählt manchmal selber welche. Er kennt alle Witze, die in Moskau kursieren. Ich vermute, daß er auch selbst welche erfindet. Etwas seltener taucht ein gewisser Rebrow auf. Einfach Rebrow. Gewöhnlich ist er betrunken. Er spricht fast gar nicht, aber an seinen Augen kann man sehen, daß er wie ein kluger Hund alles versteht. Dann ist da noch Lew Borissowitsch, ein stets informierter, geschäftiger Mensch, der immer in Eile ist. Aber ich vermute, daß er nicht einmal den Doktor hat. Und noch einige namenlose Menschen. Ich mitten unter ihnen. Ich finde das amüsant. Was denken sie über mich? Wahrscheinlich irgend etwas nicht besonders Schmeichelhaftes, am ehesten wohl, ich sei ein Spitzel.

Diesmal traf ich Rebrow. Er fragte, wie es ginge. Ich zuckte mit den Schultern: Wie immer, nichts Besonderes. In den USA wächst die Arbeitslosigkeit. Dort herrscht Inflation. In Südamerika hat es irgendwo ein Erdbeben gegeben. Die Ägypter haben uns zum Teufel gejagt. Wir haben uns in Angola eingemischt. Die werden uns demnächst auch zum Teufel jagen. Solschenizyn hat eine neue antisowjetische Rede gehalten. Die progressive Weltöffentlichkeit... Und bei uns wie üblich Sollübererfüllungen, neue Pläne, Reden, Initiativen, Inangriffnahmen, Ankurbeleien. Da gesellte sich einer der Namenlosen zu uns.

»Langeweile ist das Wesen unseres Daseins«, sagte er. »Unser normales Sowjetleben verläuft prinzipiell ereignislos. Da darf sich nichts Außergewöhnliches ereignen. Das wäre ein Abweichen von der Norm. Wie zum Beispiel Begabung oder Originalität oder unabhängiges Denken.«

»Erlauben Sie, daß ich Ihnen widerspreche«, sagte Rebrow zu unserem großen Erstaunen (er kann also sprechen!). »Außergewöhnliche Ereignisse gibt es auch bei uns. Und nicht seltener als im Westen. Wir wissen nur ihre Außergewöhnlichkeit nicht zu würdigen. Da schickt mich zum Beispiel meine Frau auf den Markt, um Kartoffeln zum dreifach überhöhten Preis zu kaufen. Sonst kommen am Abend die Gäste, und zu fressen gibt es nichts. Ich gehe am Obst- und Gemüseladen vorbei. Mein Mund verzieht sich zum Grinsen. Gemüse?! Ha-ha-ha-ha!... Gemüse im Geschäft?! Ha-ha-ha-ha!... Das erzähl einem andern!... Und Obst erst!! Wie ißt man das überhaupt? Ha-ha-ha-ha... Und plötzlich – na, denk ich, schau doch mal rein! Und ich schaue rein. Und was glauben Sie, was ich da sehe?! Kartoffeln!! In Säcken!! Und nicht mal alle faul!! Einige scheinen sogar eßbar zu sein!! Nein, so was! Und Sie wollen behaupten, es ereignet sich nichts bei uns! Oder hier ein anderes Beispiel – die Geschichte mit meinem Nachbarn. Ob Sie's glauben oder nicht, geht da mein Nachbar den Lenin-Prospekt entlang und sieht plötzlich, da gibt's Pulverkaffee! Allerdings muß man ein Kilo faule Äpfel dazunehmen. Aber das macht ja nichts. Hauptsache – Kaffee! Oder nehmt diese Geschichte. Ein Bekannter hat sich schwarz eine echte Pelzmütze verschafft. Er setzt sie auf, will damit angeben. Und unten im Hauseingang knallt man ihm – klatsch! – einen Ziegelstein auf den Schädel! Die Mütze haben sie natürlich geklaut. Er – hin zur Miliz. Dort wird ein Verfahren gegen ihn eingeleitet: Er habe die Mütze selbst versoffen, wolle das sowjetische Volk verleumden. Die Moskauer Miliz hatte zu der Zeit gerade eine sozialistische Selbstverpflichtung übernommen: die hundertprozentige Verbrechensaufklärung. Und ein nichtbegangenes Verbrechen zählt als aufgeklärtes. Einen ganzen Monat lang war sein Institut damit beschäftigt, meinem Bekannten aus seiner schwierigen Situation herauszuhelfen. Mit Mühe und Not gelang es. Man verbürgte sich für ihn. Aber sie ließen ihn erst ziehen, nachdem er allen Milizangehörigen je eine Pelzmütze geschenkt hatte. Wie später auf der Institutsversammlung berichtet wurde, war glücklicherweise das Unglück meines Bekannten zu einem guten Ende gebracht worden. Er kam mit einer Verwarnung davon.«

Einer der Namenlosen hatte Rebrow mit Vergnügen zugehört.

»Oho«, sagte er, »Sie sind ja, wie mir scheint, ein Denker. Ich gebe mich geschlagen! Sie haben sicher recht. Mir ist das irgendwie bisher nicht aufgefallen. Natürlich! Für einen sowjetischen Intellektuellen ist es zweifellos weit schwieriger, für seinen Sohn gleich nach Schulabschluß und ohne Beziehungen einen Platz an der Universität zu besorgen, als für einen Leutnant aus Korsika, Kaiser von Frankreich zu werden.«

»Für Sie ist das wohl ein aktuelles Problem?« fragte ich. »Na schön, ich will versuchen, Ihnen zu helfen. Natürlich nicht, um ihn zum Kaiser zu machen, sondern um ihn bei der Moskauer Universität unterzubringen. Und welche Fakultät?«

»Mein Gott«, sagte der Namenlose, »ist das nicht ganz gleich?! An die geisteswissenschaftliche? Von mir aus. Dann eben die geisteswissenschaftliche. Auch wenn er die Philosophie haßt und von der Physik träumt. Wenn er mal drin ist, wird man dann schon sehen!«

»Sehen Sie«, sagte Rebrow zu dem Namenlosen, »bei uns sind sogar Wunder möglich.«

Nachdem Rebrow gegangen war, wollte ich mir die Telefonnummer des Namenlosen aufschreiben und ihm meine eigene geben. Er nannte mir seinen Namen, und mir sprangen fast die Augen aus dem Kopf.

»Sie sind doch nicht etwa der ...?« fragte ich. »Und sogar Sie haben Probleme mit der Universität? Und sogar in Physik? Sachen gibt's!«

Und ich nannte ihm meinen Namen.
»Ich hoffe«, sagte der Namenlose, »nicht der …«
»Leider«, sagte ich, »eben der.«
Da mußten wir beide lachen.

Das Ding

»Wie geht die Sache mit dem Ding voran?« frage ich.

»Sie wollen es drucken. Jetzt suchen sie einen Korrektor. Das zieht sich alles schrecklich hin. Offenbar ist es auch drüben nicht ganz so einfach, gedruckt zu werden.«

»Überall dasselbe. Sogar Solschenizyn lag fast zwei Jahre in der Marinade, ehe er erscheinen konnte. Wappne dich mit Geduld.«

»Ich bin schon ganz Geduld. Aber ich kann es immer noch nicht glauben, daß mein Buch angenommen ist. Ich muß mich bei dir bedanken.«

»Keine Ursache. Wir sind doch feige und selbstsüchtige Liberale.«

»Mach nicht den Clown. Ich habe so was nicht gesagt.«

»Du hast es nicht gesagt. Aber andere von deiner Sorte. Ich bin auch nicht beleidigt. Was wahr ist, muß wahr bleiben. Hier, eine Telefonnummer für dich. Vom Vorwärts-Verlag. Verlag Stepan Iwanowitsch Trussow. Sag ihm, daß du von mir kommst. Er soll eine freie Redakteurstelle haben. Die Bezahlung ist doppelt so hoch wie hier. Außerdem gibt's zwei freie Bibliothekstage.«

Wissenschaft und Ideologie

»Und dennoch kann ich nicht glauben, daß eine so gewaltige Erscheinung im geistigen Leben der Menschheit einfach Unsinn, daß die grandiose Selbstbewegung des Lebens hin zum Kommunismus einen Abstieg bedeuten soll«, sage ich. »Man muß schließlich abwägen, sich einer gewissen Verantwortung vor den Menschen bewußt sein.«

»Genau«, sagt Anton, »man muß sich seiner Verantwortung bewußt sein. Behaupte ich etwa, daß der Marxismus Unsinn sei? Der Marxismus ist in der Tat eine großartige Erscheinung im Leben der Gesellschaft. Ich behaupte nur, daß er keine Wissenschaft, sondern eine Ideologie ist. Ich kann daran nichts Schimpfliches sehen. Die Ideologie ist nicht schlechter und nicht besser als die Wissenschaft. Es sind nur verschiedene Dinge. Mit verschiedenen Zielen, mit verschiedenen Funktions- und Strukturgesetzen, mit verschiedenen Mechanismen der Selbsterhaltung. Eine Ideologie kann mit dem Anspruch, eine Wissenschaft zu sein, auf der Grundlage einer Wissenschaft, zusammen mit einer Wissenschaft bzw. in enger Verflechtung mit ihr entstehen. Sie kann in ihrem Phrasenschatz viele wissenschaftliche Thesen enthalten. Und dennoch ist sie, einmal entstanden, keine Wissenschaft. Die tatsächliche Entwicklung der Welt zum Kommunismus hin halte ich nicht für einen Abstieg. Ich verwende überhaupt keine wertenden Begriffe (zumindest bemühe ich mich darum). Es ist ein imposanter Prozeß. Da ist nichts zu sagen. Mich interessiert nur, was er tatsächlich bringt, und nicht seine Losungen, seine Demagogie, seine Propaganda, sein Selbstbetrug und seine zynischen Lügen.«

»Gut«, antworte ich, »angenommen. Aber sag mir doch, ob die Thesen, die Materie sei primär und das Bewußtsein sekundär, die Welt sei erkennbar, Raum und Zeit seien objektive Kategorien, die Welt befinde sich in ständiger Veränderung, quantitative Veränderungen schlügen in qualitative um, unrichtig sind? Gibt es in der Gesellschaft etwa keine Basis und keinen Überbau, keine Produktivkräfte, Produktionsverhältnisse, Klassen, Parteien?«

»Auf den ersten Blick (womit sich die Ideologie begnügt, aber nicht die Wissenschaft) stimmt alles«, sagt Anton. »Aber erstens genügt es nicht, daß eine These zutrifft, damit sie auch wissenschaftlich ist. Damit ein Terminus als wissenschaftlich gilt, genügt es nicht, daß er eine reale Tatsache bezeichnet. Und zweitens erweisen sich bei näherem Hinsehen der Wahrheitsgehalt der marxistischen Thesen und der Bedeutungsgehalt seiner Terminologie als illusorisch. Ich könnte dich durch den gesamten Marxismus führen und dir das im Detail zeigen. Aber jetzt will ich nur einige Beispiele anführen, die geeignet sind, das Gehirn aufzurütteln. Die Welt ist erkennbar, sagst du. Und das Nichterkennbare erkennbar? Wo liegt der Ausweg? Entweder in der Tautologie ›Das Erkennbare ist erkennbar‹ oder in der Hypothese ›Alles ist erkennbar‹. Die jedoch ist äußerst riskant.

Die Existenz unlösbarer Fragen ist bewiesen. Man kann beweisen, daß die Folgen eines Ereignisses, das an sich möglich gewesen wäre, aber nicht stattgefunden hat, nicht erkennbar sind. Ich kann dir Dutzende solcher Beispiele anführen. Man könnte natürlich einwenden, es gehe hierbei um etwas anderes. Und worum? Um den objektiven Gehalt unserer Erkenntnisse, der unabhängig ist vom Menschen und der Menschheit überhaupt? In Ordnung. Ich kann dir auch da beliebig viele Gegenbeispiele nennen. Wie steht es etwa mit solchen Merkmalen der Dinge, die in den Dingen selbst nicht enthalten sind, selber aber einen Akt ihrer Einwirkung auf den Menschen darstellen? Natürlich, in den Dingen ist etwas Derartiges, das...

Aber das sind schon wieder andere Merkmale! Wie aber verhält es sich mit den zuerst genannten? Vertief dich nur in die Natur der menschlichen Erkenntnis, und du wirst feststellen, daß allen Produkten der Erkenntnis eben das erste, das ›Subjektive‹ und nicht das ›Objektive‹ zugrunde liegt. Um zu lernen, das ›Objektive‹ auszusondern, bedarf man gerade des ›Subjektiven‹ als Ausgangspunkt für alles weitere. Kant, mein Lieber, ist nicht der Dummkopf, als den ihr ihn hinstellt. Er ist ein Genie. Und da eben beginnt ihr euren betrügerischen Mummenschanz. Indem ihr alle klugen Leute des Irrtums, böswilliger Intrigen, der geistigen Armut anklagt. Oder ein anderes, ebenso interessantes Beispiel: Alles fließt, verändert sich, behauptet ihr und habt diese Banalität bei den alten Griechen gestohlen. Wirklich alles? Wie verändert sich zum Beispiel das Quadrat, die Wurzel aus minus eins, das Quadrat des Kreises? Kann sich etwas verändern, das unveränderlich ist? Klar, da muß man sich dann herauswinden. Wir denken dabei gewissermaßen an empirische, materielle Dinge. Gut. Und die ideellen verändern sich nicht? Und die empirisch unveränderlichen Gegenstände verändern sich? Stellt etwa die Ablösung der einen Idee durch eine andere eine Veränderung dieser Ideen dar? Eines der Existenzgesetze der Ideologie lautet: Wühle nicht in ihrem Phrasenschatz jenseits einer Grenze, hinter der ihre Integrität und ihre Größe bedroht sind. Alle Fragen, die ein vernünftiger Mensch unseren Philosophen stellen könnte, werden entweder sophistisch ›gelöst‹ oder als unzulässig zurückgewiesen. So bemüht man sich auch gar nicht, sie zu stellen: teilweise aus Angst, teilweise weil man ahnt, daß man keine Antwort bekommt, teilweise auch aus Gleichgültigkeit. Denk an meine Worte, auch du wirst eines Tages auf die Nase fallen, weil du dieses Gesetz verletzt hast. Zwar nur ein ganz klein wenig, aber du hast es verletzt. In deinen Arbeiten über die ökonomischen Gesellschaftsformationen spürt man ein solches Bohren. Du weißt doch wohl, daß man über dich in diesem Zusammenhang am Lehrstuhl für Philosophie an der Militärakademie (ich habe dort einen Bekannten) gesprochen hat? Daß du dich angeblich mit scholastischer Logisiererei um die Kategorien des historischen Materialismus bemühst?«

Antons Mitteilung alarmierte mich. Ich muß genauer erfahren, was dort wirklich geredet worden ist. Der Satan hat mich geritten, als ich mich auf diese Begriffsanalyse einließ! Weshalb, verdammt noch mal, war das nötig? Mode! Kybernetik! Erfolge der Logik! Vom System her begreifen! Strukturalistische Methode! Metawissenschaft! Semantik! Scheiße!

»Natürlich bin ich ein Trottel und ein Ignorant im Vergleich zu dir«, antworte ich. »Aber man muß den Leuten doch eine Weltanschauung liefern«.

»Wofür?« fragt Anton. »Für die Seele oder für den Verstand? Für den Verstand gibt die Popularisierung der Wissenschaft, die Bearbeitung ihrer interessantesten Ideen und Ergebnisse mehr her als der Marxismus. Auch das ist Ideologie. Der Marxismus schleicht sich ein in diese Ideologie, ordnet sie sich nur scheinbar unter. Für die Seele liefert der Marxismus nur einem bestimmten Teil der Bevölkerung etwas, und auch das nur so weit, wie es nützlich ist, daran zu glauben. Kaum einer der Sowjetbürger (der normalen, nicht der verrückten!) ist bereit, wegen seines Glaubens an den Marxismus zum Märtyrer zu werden. Du glaubst nicht daran, weil du eine Ideologie brauchst, sondern weil du ein kleines Rädchen im formalen Apparat der Ideologie bist. Wir werden hören, was du für ein Lied singst, wenn sie dich wegen Unbrauchbarkeit oder gar wegen schädlicher Aktivitäten gefeuert haben.«

»Mal nicht den Teufel an die Wand«, sage ich. »So was passiert hoffentlich nicht. Da solltest du besser an deine eigene Zukunft denken. Im Institut hat man einen eingehenden Bericht über dich angefordert. Für wen? Ich weiß es nicht. Ich muß eine Charakteristik über dich schreiben.

Was soll ich schreiben?! Übrigens, hast du dort angerufen?«

»Ich habe angerufen. Bin auch hingegangen. Mir scheint, deine Empfehlungen erregen jetzt eher Verdacht und gespannte Wachsamkeit. Komm, reg dich nicht auf. Sobald es nach dem Buch riecht, gehe ich.«

Mich packte dennoch die Unruhe. Nicht wegen seines Buchs (darauf kann ich pfeifen!), sondern wegen Antons Mitteilung über die Reaktion auf meine Empfehlung. Das Gesindel hat vermutlich irgendein Gerücht in Umlauf gesetzt, und jetzt untermauern sie es mit vereinten Anstrengungen, ergreifen ihre kleinen Maßnahmen im Rahmen des ihnen Möglichen.

Über Sozialpsychologie

»Die Sozialpsychologie des sowjetischen Menschen (SM werden wir ihn der Kürze halber nennen) ist noch völlig unerforscht«, sagte Edik. »Es wird sie auch kaum jemand ernsthaft untersuchen: eine zu triste Beschäftigung wäre das. Die Empfindungen eines SM, wenn er stundenlang Schlange steht? Keine. Stumpfes Warten, mehr nicht. Eines SM Empfindungen, wenn er sich zu einer Gemeinheit gegenüber seinem Nächsten anschickt? Das stumpfe Gefühl einer erfüllten Pflicht, das ist alles. Seine Empfindungen, wenn er befördert worden ist? Unzufriedenheit, weil die Beförderung nicht besser ausgefallen ist, und stumpfe Erwartung der nächsten. Und weiter in diesem Sinn. Dennoch verdienen einige Erscheinungen aus der Sozialpsychologie des SM Beachtung, und sei es auch nur darum, weil die Menschen wissen müssen, was ihre Nachkommen in dem schon ganz nahen und unabwendbaren lichten künftigen Gebäude des teilweisen oder vollständigen (was übrigens ein und dasselbe ist) Kommunismus erwartet. Das ist einer der Gründe. Wenn ein SM eine bedeutende Persönlichkeit geworden ist, die den Verlockungen unserer Wirklichkeit erfolgreich widerstanden hat, so heißt das nicht, daß er ein tugendreiches Leben geführt hat und in die Schar der Heiligen einzuordnen sei. Wenn ein SM tatsächlich ein solches Leben zu führen versucht, dann fällt er entweder sehr schnell aus dem allgemeinen Rahmen, und man wird mit allen Mitteln bemüht sein, ihn zu liquidieren, oder er entwickelt sich zu einem Kämpfer gegen die kleinen Ungerechtigkeiten in seiner nächsten Umgebung, der zu diesem Tun von der Sowjetmacht und ihrer Propaganda nach Kräften angespornt wird. So ein Streiter für die Wahrheit kämpft mit der Hausverwaltung um die Reparatur von Wasserhähnen, gegen das Rauchen in geschlossenen Räumen, gegen den Lärm der Transistorradios. So ein Streiter für die Wahrheit ist eine Stütze des Kommunismus. Niemals wird er so weit kommen, sich gegen unsere gesamte Lebensordnung zu stellen. Um sich aktiv zu widersetzen, muß man etwas unternehmen, lange genug leben und vieles überdenken, muß man aus diesem oder jenem Grund von der Gesellschaft selbst in eine solche Rolle gedrängt worden sein. Natürlich spielen dabei charakterliche Veranlagung, Erziehung, Ereignisse des vergangenen Lebens eine Rolle, manchmal sogar die entscheidende. Aber nicht immer. Und nicht immer kann man es erkennen. Wesentlich aber ist, daß so ein SM ein ganz gewöhnliches sowjetisches Leben geführt hat und seine Ausnahmestellung nur nach und nach erringt. Widow zum Beispiel ist in einer wohlsituierten, völlig sowjetischen Familie aufgewachsen. Er war ein Anhänger Stalins bis zu dessen Tod und wurde erst durch seine Künstlerkollegen wegen seines Schaffens in die Reihen der Sowjetgegner gedrängt. Dabei war er mit Mitarbeitern des KGB befreundet, mit hohen Sowjetfunktionären bekannt und bemüht, sich der Sowjetmacht gegenüber loyal zu verhalten. Selbst Rogosin war nach Stalins Tod in die Partei eingetreten, um aktiv gegen sein Regime innerhalb der Partei zu kämpfen, und das war auch der einzige Weg, wenn ein Mensch sich in dieser Sache einsetzen wollte. Es stimmt, daß dieser Weg, wie sich später herausgestellt hat, illusorisch war. Aber das ist schon eine andere Frage. Selbst Solschenizyn soll, wie man sich erzählt, eine Zeitlang Spitzel gewesen sein. Hätte er nicht eingewilligt, hätte man ihn sehr bald liquidiert, und er wäre nicht das geworden, was er heute ist. Um so weniger ist es verwunderlich, daß Petrenko (ich habe ihn gut gekannt) zunächst in den Komsomol eintrat, wie es sich gehört, als Freiwilliger an den ›Kleinen Feldzügen‹ teilnahm, früh in die Partei eintrat und daß er sich während des Großen Vaterländischen

Kriegs bis in hohe Ränge hinaufdiente (zu Kriegsende war er ein ordengeschmückter Oberst und kam in die Generalstabsakademie). Er wurde gerade zu dem Zeitpunkt auf einen bedeutenden Posten befördert, als in ferner Jugendzeit verborgene Umstände zu wirken begannen und ihn die Erleuchtung überkam, so daß er sich selber und den Menschen zurief: ›Nein, so kann ich nicht weiterleben!‹«

»Und weshalb erzählen Sie das?« fragte ich.

»Deshalb«, antwortete Edik, »weil wir hier so beisammensitzen, irgend so ein Dreckzeug essen, das Beefsteak genannt wird, und nicht wissen können, welchen Jux sich das Schicksal eben in diesem Augenblick für uns ausdenkt. Vielleicht werde ich plötzlich, wie aus heiterem Himmel, zu protestieren beginnen, oder Sie werden mit einemmal ein bekannter ..., nun, was soll ich Ihnen da unterstellen ..., sagen wir einmal ein bedeutender Revisionist.«

Mir wurde ein wenig unbehaglich zumute. Obwohl dieser Edik sehr gut ahnen konnte, wohin ich gehöre, und mich vielleicht nur foppen wollte. Aber doch eher nicht.

»Ich habe mein Leben gelebt«, sagte Edik und schob angeekelt den Teller mit dem absolut ungenießbaren Fleisch und dem mit einer undefinierbaren, widerlichen Soße übergossenen Püree aus verfaulten Kartoffeln zur Seite. »Sehen Sie nur, was wir essen! Und das ist noch eines der besten Cafés in Moskau. Nicht jeder kann sich das leisten! Wo waren wir stehengeblieben? Ah ja. Ich habe mein Leben gelebt. Und ich habe es restlos darauf verwendet, der sowjetischen Lebensform und ihren Gesetzen bis auf den tiefsten Grund nachzuspüren. Bis auf den tiefsten

Grund bin ich vorgedrungen. Aber in den Gesetzen, das gebe ich zu, hab ich mich nicht zurechtgefunden. Eine gewisse Vorstellung davon habe ich, aber nur in Kleinigkeiten. Ich schäme mich, darüber zu sprechen. Über dreißig Jahre des Grübelns, und dann dieses Ergebnis ... Unlängst war ich bei ... zu Besuch. Ich kam mit seinem Sohn ins Gespräch. Ein interessanter Bursche. Natürlich ein ausgekochter Lump. Aber kein dummer. Was der mir über unsere Gesellschaft verraten hat! Mich packte buchstäblich die Angst. Zugegeben, alle seine Redensarten waren durch schmutzigsten Zynismus verdorben. Und Zynismus tötet den Geist. Aber Tatsache ist: Was ich in all den Jahren an Erfahrung erworben habe, weiß er schon seit seiner Geburt. Selbst *in puncto* Frauen fühlte ich mich neben ihm wie ein Ignorant. Ich werde bald sechzig. Ob ich viele Frauen hatte? Sie sind an den Fingern abzuzählen. Er ist aber erst zwanzig und hat über dreißig gehabt. Nein, lügen tut er nicht, der Hund. Er ist stark, er ist schön, er ist geistreich und belesen, selbstsicher. Man merkt die große Erfahrung. Nein, der lügt nicht. Überhaupt, zum Teufel mit ihm! Weder beneide ich ihn, noch tadle ich ihn. Es liegt an unserer Zeit. Da kann man nichts machen. Darüber wollte ich auch gar nicht reden. Von einem aber bin ich endgültig überzeugt. Langweile ich sie noch nicht? Wollen Sie's hören?«

Edik verteilte den restlichen Wodka, hob sein Glas und brachte einen Toast aus: »Auf die Jugend, möge sie klüger und erfahrener sein als wir!« Er kippte den Wodka hinunter und fluchte.

»Ein Dreckzeug ist das«, sagte er. »Erstens hundert Prozent Chemie. Zweitens gepantscht. Und so ist unser ganzes Leben. Alles liegt am Menschenmaterial, aus dem sich unsere Gesellschaft zusammensetzt, das von ihr hervorgebracht wird und ihr Gesicht bestimmt. Diejenigen menschlichen Qualitäten und Formen zwischenmenschlicher Beziehungen, die in unserer Kunst vollständig totgeschwiegen und in der westlichen Kunst als zweitrangig angesehen werden, sind hier bei uns die wesentlichen. Die abstoßendsten Eigenschaften der menschlichen Natur stellen bei uns die Norm dar, nur ihr Besitz sichert das Überleben unter den sowjetischen sozialen Verhältnissen. Und überdeckt wird all diese Scheußlichkeit durch die großartigste und verlogenste Ideologie. Ein gewöhnlicher Sowjetmensch überragt haushoch jede westliche Beamtenseele, jeden Intellektuellen! Nicht mehr, nicht weniger! So wie das Leben an den Grenzen biologischer Existenzmöglichkeit (in der Wüste, im hohen Norden) bestimmte Lebensformen entwickelt, so bringt es auch an der Grenze der sozialen Existenzmöglichkeiten (und das eben trifft für unsere Verhältnisse zu) einen bestimmten Typ sozialer Individuen hervor: soziale Wanzen, soziale Würmer, soziale Ratten, soziale Schlangen, soziale Spinnen, soziale Skorpione ... Gerade diese sozialen Typen haben hier größere Überlebenschancen als jene Arten, die unter den günstigen sozialen Bedingungen der westlichen Zivilisation entstehen. Die sozialen Bedingungen in der Sowjetunion unterscheiden sich von denen des Westens ungefähr so wie die biologischen Bedingungen in der Wüste oder jenseits des

Polarkreises von denen Westeuropas oder Amerikas. Das ist die erste Erkenntnis, die für mich unwiderlegbar ist und auf die ich keine weiteren Gedanken mehr verschwenden werde. Und hier die zweite: Sie werden einwenden, daß heutzutage Menschen auch jenseits des Polarkreises und in der Wüste leben, und zwar nicht schlecht. Das stimmt. Aber es sind Menschen, die dort leben, das heißt Wesen, die sich unter günstigen Bedingungen entwickeln konnten und Unterstützung aus einer Welt erfahren, die selbst unter diesen günstigen Bedingungen existiert. Was ich damit sagen will? Wenn man uns uns selbst überließe, würde in allen Bereichen ein rascher Verfall einsetzen, sogar in unserem gegenwärtigen, verglichen mit dem im Westen, halbkümmerlichen Leben. Wir können uns nur deshalb mit Mühe und Not einen gewissen Lebensstandard bewahren, weil wir von den Ideen und Resultaten der vergangenen Geschichte und der westlichen Kultur leben. Ein sozialer Fortschritt ist in der Sowjetunion an sich ausgeschlossen. Sie ist ein sozialer Parasit, verstehen Sie?«

Der Namenlose, der sich uns angeschlossen hatte, zuckte mit den Schultern.

»Ich weiß nicht«, sagte er, »wie weit das richtig ist. Sie haben die Worte ›Fortschritt‹ und ›Verfall‹ gebraucht. Die sind aber recht vieldeutig. Ich würde vorerst lieber ohne wertende Begriffe auskommen. Zumindest vorerst. Mich einfach auf konstatierende Ausdrücke beschränken. Verfall auf der einen Seite verträgt sich durchaus mit Fortschritt auf der anderen. Wir produzieren zwar jedes Jahr immer schlechtere Romane und Filme, dafür steigen von Jahr zu Jahr unsere Erfolge auf dem Gebiet der Tanzkunst, des Eislaufs, wir schießen immer mehr Tore, stemmen schwerere Gewichte.«

»Das ist wahr«, sagte Edik. »Aber Literatur und Tanz sind doch nicht gleichwertig im Hinblick auf das Schicksal der Zivilisation.«

»Ich weiß nicht«, sagte der Namenlose. »Das hängt alles von der Anzahl und Kombination solcher Erscheinungen ab. Hier gibt es keine abstrakten apriorischen Gesetze. Da wirken empirische Gesetze. Um sie herauszufinden, braucht man Beobachtungen und Messungen. Und bedenken Sie, die Geschichte ist ein individueller Prozeß. Die ganze Welt ist eine individuelle Erscheinung. Das Leben hat sich einmal entwickelt. Das soziale Gefüge ist einmal entstanden. Die Sowjetunion hat sich einmal formiert. Wiederholbarkeit an einzelnen Orten, zu verschiedenen Zeiten? Ich weiß. Aber das ist etwas ganz anderes. Man muß den Prozeß als ein Ganzes sehen, so daß die Wiederholungen im Detail nur Details des Ganzen sind. Ich behaupte nicht die Unerkennbarkeit unseres Lebensprozesses. Ich habe mir auch über diesen Mist den Kopf zerbrochen und bin zu bestimmten Schlüssen gelangt. Die Sache sieht zum Beispiel viel ernster aus, als wir hier denken, als es sich die Sowjetmacht und ihre Ideologen vorstellen, als die Feinde und Kritiker der sowjetischen Lebensform meinen. Ich will jetzt gar nicht kategorisch entscheiden, ob die Sowjetunion eine Krebsgeschwulst am Körper der westlichen Zivilisation darstellt oder gesundes, lebensfähiges Gewebe. Ich gebe zu: Die Sowjetunion bedeutet eine völlige Veränderung aller Grundlagen der Kultur. Aber ist das eine Entartung? Für mich persönlich sind diese Fragen vorerst noch nicht geklärt. Über dieses Thema ist zwar ungewöhnlich viel geredet und geschrieben worden. Aber das alles hat nichts zu sagen. Zur Zeit begreift niemand – weder die Befürworter des Marxismus noch seine Kritiker –, was sich da vollzieht. Die Welt ist verunsichert. In den wesentlichen Fragen besteht keine Klarheit. Daher diese deprimierende allgemeine Hektik. Diese gewisse Oberflächlichkeit.«

»Und Solschenizyn?« sagte Edik.

»Solschenizyn entlarvt, konstatiert, wühlt auf«, sagte der Namenlose. »Aber begriffen hat auch er nicht. Das, was er vorschlägt, ist irrational. In unserem Zeitalter muß aber selbst das Irrationale ein Produkt wissenschaftlicher Forschung sein. Mystik tut not. Aber eine Mystik, die aus dem Begreifen entsteht und nicht aus dessen Fehlen.«

Ich hatte mit großem Interesse zugehört. Seltsam, daß unsere professionellen Arbeiten bei jedermann Langeweile hervorrufen, während man so einem laienhaften Gespräch stundenlang zuhören kann.

»Meiner Meinung nach«, sagte Edik, »wird die Rolle der Wissenschaft von Ihnen überbewertet. Uns fehlt etwas anderes, nicht Wissenschaft. Davon haben wir zuviel. Der Marxismus erhebt zum Beispiel Anspruch auf Wissenschaftlichkeit; sogar auf die allergrößte. Besser wäre ein wenig Güte. Ein wenig Naivität. Etwas Kindliches, vielleicht. Ein Märchen.«

Das Buch

Ein Buch zu schreiben fällt einem allein viel leichter als einem Kollektiv von mehreren Autoren. Wenn dieses Autorenkollektiv aber aus vierzig Mann besteht, dann wird das Schreiben des Buchs zu einem Alptraum. Allein ein halbes Jahr hatte die Erstellung eines Perspektivplans und Arbeitsprogramms gedauert, und wir waren noch für unsere schnelle Arbeit gelobt worden. Dabei gab man uns in der »Abteilung« zu verstehen, Eile sei nur beim Flöhefangen vonnöten und der Plan müsse gründlicher durchdacht werden. Auch im ZK wollte man wissen, ob eine solche Hast nicht nach Leichtfertigkeit aussehe. In der Akademie für Gesellschaftswissenschaften warf man uns geradezu abenteuerlichen Leichtsinn vor. Natürlich erbaten wir daraufhin bei der Direktion noch ein paar Monate zur Überarbeitung des Plans. In dieser Zeit werden wir ihn zu einer solchen Idiotie ausfeilen, daß uns selbst die Abteilung für Wissenschaftlichen Kommunismus an der Philosophischen Fakultät loben wird. Der Plan wird bestätigt und erhält Gesetzeskraft. Danach darf allerdings der einmal gesteckte Rahmen unter keinen Umständen gesprengt werden, das erlaubt man nicht. Was heißt hier »man«? Nun, wir selbst: die Autoren; dann die an den Beratungen Beteiligten, die Mitglieder der Direktion, die Rezensenten – die ganze Riesenarmee von Personen, die brennend daran interessiert sind, daß du nicht etwas Gescheites, Kluges, Originelles, Wahres sagst.

Jetzt sind wir dabei, die Aufgaben auf die einzelnen Autoren zu verteilen. Da kocht das Blut bei jeder Kleinigkeit. Selbst der absolut unerschütterliche Anton und der korrekte Stupak sind einander ein wenig in die Wolle geraten. Beide hatten Lust, das Kapitel über die Entwicklung der Wissenschaft zu schreiben, aber in keinem Fall gemeinsam. Also mußte ich es aufteilen: Der eine bekam die Entwicklung der Naturwissenschaften und der Technik, der andere die Geisteswissenschaften (natürlich mit Ausnahme der Philosophie und Politökonomie). Unter den Autoren gibt es zwei Korrespondierende Akademiemitglieder, acht Professoren, drei Professoren ohne Titel (weil sie zu alt und zu dämlich waren), ungefähr zwanzig Doktoren, ein Dutzend Doktoranden, denen die Mitarbeit an dem Buch eine erfolgreiche Verteidigung ihrer Dissertationen sichern soll, einige jüngere wissenschaftliche Mitarbeiter ohne akademischen Grad (zur Überprüfung der Zitate und für die Fußnoten) und zwei wissenschaftlich-technische Mitarbeiter (um die Manuskripte zu tippen, den Autoren, den Instanzen und dem Verlag nachzuhetzen und die Dokumentation vorzubereiten). Die beiden Letztgenannten arbeiten im mühsamsten Sinn des Wortes, und für einen Hungerlohn. Was sie an dieser Stelle hält, ist schwer zu sagen. Manchmal die Hoffnung, zu den wissenschaftlichen Mitarbeitern aufzurücken, manchmal die Möglichkeit einer geringfügigen Zulage oder einer Prämie. Manchmal warten sie auch einfach auf ihre Rente. Diese Kategorie von Mitarbeitern kenne ich kaum. Ich erteile ihnen Aufträge und erwarte deren Ausführung. Aber selbst das geschieht meistens durch meinen Stellvertreter. Die Arbeit der unpromovierten wissenschaftlichen Mitarbeiter ist leichter, aber es bleibt immerhin Arbeit. Ein Teil von ihnen möchte publizieren und eine Dissertation verteidigen. Die übrigen behalten diesen Status für immer bei und passen sich irgendwie den Verhältnissen an: hoffen auf Zuschläge, Prämien, Vergünstigungen. Sie verwachsen mit dem Alltag des Instituts (sitzen in der Wohnungskommission, verwalten die gemeinsame Unterstützungskasse, Dienstreisen, verbilligte Exkursionen) und spielen bisweilen eine beachtliche Rolle. Die übrige Meute kreativer Geistesarbeiter (ich schließe die externen Autoren aus, die nicht in unserer Abteilung arbeiten) führt ein ziemlich unbehelligtes Leben. Dieses Buch gibt ihnen die Möglichkeit, auf völlig legaler Basis entweder gar nichts zu tun oder ihren kleinen Nebengeschäften nachzugehen, die für viele von ihnen weitaus wichtiger sind als ihre Beteiligung an dem Buch. Und schließlich bin ich noch da, der Leiter des Autorenkollektivs. Aber das ist ein Kapitel für sich.

Danach beginnt die Arbeit der Autoren, oder genauer gesagt, die Arbeit mit den Autoren und die Arbeit für die Autoren. Die Arbeit für die Autoren ist noch das geringere Übel. An einem Buch mit einem großen Autorenkollektiv sind gewöhnlich auch Personen beteiligt, die allein schon aufgrund ihrer Stellung ihre Beiträge nie selbst schreiben (das übernehmen andere für sie, die in der Regel korrekt arbeiten), die irgendeinen Murks beisteuern (einen »Fisch«, das heißt ein Skelett, ein paar Gedanken) oder die nicht einmal einen »Fisch« anzubieten haben. Den Anteil dieser letzteren muß man rechtzeitig einkalkulieren. Sie sind in anderer Hinsicht nützlich. Ihren Beitrag schreibt gewöhnlich einer der leitenden Autoren (die auch arbeiten) oder der Redakteur selbst. So schreibe ich zum Beispiel die Sachen für Serikow. Die davor Genannten bilden dagegen eine reichlich diffuse Kategorie. Manchmal geraten anständige Autoren in sie hinein, die aus irgendwelchen Gründen diesmal geschludert haben. Darunter fallen auch Leute wie Serikow, über die man sich bisher falsche Vorstellungen gemacht, auf die man noch Hoffnungen gesetzt hatte. Alles Material, das diese Autoren liefern, muß von den leitenden Autoren nochmals überarbeitet werden. Die Arbeit mit den Autoren ist der schwierigste Teil der Arbeit an einem derartigen Buch. Unter den selbständig arbeitenden Autoren kristallisiert sich ein Kern von Mitarbeitern heraus, die anständig schreiben (natürlich immer ein und dasselbe, aber dieses Einunddasselbe machen sie fachmännisch) und korrekt. Die Hauptaufgabe im Umgang mit ihnen liegt im Erzielen einer gewissen Einmütigkeit. Deshalb werden von vornherein die Sektoren, Abteilungen und Autorenkollektive im Hinblick darauf zusammengestellt, daß dies auch möglich ist, daß zumindest eine gegenseitige Duldung gewährleistet ist. Wenn in diesem Kern Uneinigkeit entsteht, kommt das Buch nicht zustande. Verbleibt noch der größte Teil des Autorenkollektivs. Hier regieren die gängigen Qualitäten eines sowjetischen Geisteswissenschaftlers: Faulheit, Pfuscherei, Disziplinlosigkeit, Opportunismus, Engstirnigkeit, Einbildung, Arroganz, Ehrgeiz,

Prinzipienlosigkeit, Neid und so fort. Und hier (und nur hier!) begegnen einem manchmal auch die verabscheuungswürdigsten Eigenschaften dieser Geistesarbeiter: Bildung, Originalität des Denkens, Begabung, Kühnheit. Zum Glück gibt es nur sehr wenige von ihnen, und ein großes einmütiges Autorenkollektiv wird auch bemüht sein, sie nicht zur Kenntnis zu nehmen, sie aktiv zu ignorieren, und sollte das nicht möglich sein, solche Schlauköpfe in ihre Schranken zu verweisen. Begabung, Originalität und Kühnheit sind nur innerhalb der Gruppe der leitenden Autoren gestattet, wo sie Gott sei Dank nicht auftreten.

Die Arbeit eines Autorenkollektivs an einem Buch wie dem unseren bedeutet Monate und Jahre eines angespannten Lebens, über das man Romane schreiben könnte, die weitaus schrecklicher wären als die von Dostojewski oder Balzac. Dutzende und Hunderte von Sitzungen der Sektoren, Abteilungen, Direktionen, Gruppen, Grüppchen ... der Parteibüros der Sektoren, Abteilungen, Institute ... Wie viele Versammlungen, Reden, Referate, Rechenschaftsberichte, Pläne, individuelle und kollektive Selbstverpflichtungen, Denunziationen, anonyme Briefe ... Telefonanrufe, persönliche Gespräche, Gruppengespräche, Konsultationen, Audienzen, Anträge, Bitten ... Nehmen Sie dann noch die Veränderungen der Innen- und Außenpolitik hinzu, die Umgruppierungen in der Führungsspitze der Partei, die Sitzungen des Sekretariats, des Politbüros, des Plenums des ZK, die Beratungen im ZK, im Stadtkomitee, in der ›Abteilung‹, im Präsidium ... Die In-

Sie sich vor! Eines Tages hat man das Gerücht verbreitet, ich würde einen neuen Posten übernehmen, entweder im ZK oder in der »Abteilung« oder im Ausland. Das führte in unseren Kreisen zu einem solchen Palaver, daß ich mich fast schämte. Ganze Delegationen kamen angewandert und versuchten mich zu überzeugen, die »Sache« und sie selbst nicht im Stich zu lassen. Einige beschuldigten mich sogar des Verrats: Sie hätten mir ihr Schicksal anvertraut, und ich würde sie der Willkür der Waskins überlassen! Es gibt immerhin noch einen Unterschied zwischen solchen wie mir (das sind nicht so viele) und den Waskins (das ist die überwältigende Mehrheit), das heißt, zwischen uns, den »Liberalen«, und ihnen, den »Erzreaktionären« (den Konservativen). Tief im Innern unserer Gesellschaft wird ein ernster Kampf geführt, der sich in unseren zwischenmenschlichen Beziehungen widerspiegelt. Was für ein Kampf?

»Banale Frage«, sagte dazu in einem anderen Zusammenhang Anton. »Es sind die beiden traditionellen Tendenzen – die westliche und die einheimische. Die westliche ist etwas gemäßigter, freundlicher, frohlicher. Die einheimische ist härter, grauer, ernster (finsterer). Gewöhnlich beruft man sich auf den Westen von der einen Seite und auf China von der andern. In Wahrheit sind beide Tendenzen unserer Lebensform immanent. Sie liegen in der Natur des Menschen. Ich erinnere mich, wie in meiner Ausbildungszeit an der Fliegerschule während des Kriegs die Frage nach einer eigenen Arrestzelle aufkam. Von welchem Westen oder welchem China hätte damals die Rede sein können? Die an der Erörterung und Lösung des Problems Beteiligten schieden sich ohne jede äußere Beeinflussung in zwei feindliche Lager – die ›Sommerfrischler‹ und die ›Zuchthäusler‹. Es ist bemerkenswert, daß niemand die Notwendigkeit einer Arrestzelle bezweifelte. Der Streit ging nur um die Gestaltung.«

Unvorhergesehene Umstände

Als Folge des Beschlusses, den Prospekt der Erbauer des Kommunismus in eine Regierungsstrecke umzuwandeln (sie führt direkt in die außerhalb der Stadt gelegenen Paläste der höchsten Regierungsspitzen), wurden alle Lastwagen und der gesamte öffentliche Verkehr über den Marxismus-Leninismus-Prospekt umgeleitet. Da die Losung den Verkehr behinderte, mußten ein paar alte Gebäude und eine kleine Kirche aus dem 15. Jahrhundert abgerissen werden. Das Kirchlein, hol's der Teufel, wäre ohnehin zusammengefallen. Um die Häuser war es natürlich schade. Das eine war der komfortable Wohnsitz des Kaufmanns Begemotow gewesen, der seinerzeit mit den Bolschewiken sympathisiert und die modernen Künstler protegiert hatte. Für die Fußgänger wurde eine Unterführung gebaut. Während dieser Umbauarbeiten am Platz wurde die Losung mit Baugerümpel verstellt und geriet in Vergessenheit. Da schrieben die Rentner einen neuen Brief an alle

Zeitungen. Ein freiwilliger Arbeitseinsatz wurde geleistet und die Umgebung der Losung von dem Bauschutt entrümpelt. Den Zaun beschloß man vorerst für alle Fälle zu belassen, obwohl es jetzt schwierig geworden war, sich bis zur Losung durchzuarbeiten, und die moralisch labilen Elemente der Gesellschaft ihre Hauptansammlungen in die näher am Prospekt der Erbauer des Kommunismus gelegene Ödfläche verlagert hatten, so daß es rund um die Losung etwas mehr Luft gab. Die Bewohner der Metropole und die zugereisten Gäste konnten sich aufs neue an dem prächtigen Anblick der Losung erfreuen. In den Zeitungen schrieb man dazu, die Werktätigen hätten zu ihrem Feiertag ein neues Geschenk erhalten.

Das Ding

»Was macht dein Buch?«

»Sie suchen eine Druckerei und sagen, das sei schwierig, weil überall unsere Leute sitzen.«

»Das ist eine krasse Übertreibung. Wir haben uns schon daran gewöhnt, hinter allem und jedem den KGB zu sehen. Man erzählt sogar, Nixon sei einer unserer Agenten gewesen.«

»Würde mich nicht wundern, wenn es tatsächlich so gewesen wäre. Der hat sich doch wirklich aufgeführt, als hätten wir ihn gekauft. Die Amerikaner waren gut beraten, ihn zu feuern. Irgendwas an der Geschichte mit der Druckerei gefällt mir nicht. Mirowitsch hat seine Arbeit viel später als ich abgeschickt, das weiß ich genau, und die haben sie schon gedruckt.«

»Das ist doch nicht verwunderlich. Die Arbeit von Mirowitsch ist das übliche oberflächliche antisowjetische Geschmiere. Dein Buch muß man ernst nehmen. Außerdem weichst du in deinen Wertungen von allen unseren Dissidenten ab. Du gehst davon aus, daß die Revolution ein Segen war, daß Partei und Volk einig sind. Versuch doch einmal, das als westlicher Intelligenzler zu verdauen, der unsere Dissidenten protegieren will! Dort drüben denkt wahrscheinlich dieser oder jener, du seist ein Agent des KGB.«

»Das glaube ich nicht. Der Inhalt meines Buchs ist deutlich genug. Drüben muß es doch auch Leute geben, die nicht so dumm sind.«

»Warten wir's ab. Wir werden ja sehen!«

Das Spezifische der russischen Tragödie

»Das Spezifische der russischen Tragödie besteht darin, daß sie anfangs Gelächter, dann Entsetzen und zuletzt stumpfe Gleichgültigkeit hervorruft«, sagt Anton. »Ich hatte einmal Gelegenheit, in einer ganz vernünftigen Gesellschaft aus meinen Erinnerungen zu berichten. Ich erzählte, wie man bei uns im Lager nach Stalins Tod beschloß, die Liberalisierung zu praktizieren und ein Dampfbad zu bauen. Wir hatten gerade angefangen, uns einzuseifen, als sich herausstellte, daß man da einen Fehler gemacht hatte. Da drehten sie den Wasserhahn zu und jagten uns nackt und naß auf die Lagerstraße. Bei dreißig Grad Kälte. Was mich beeindruckt hatte, das waren die dünnen Eiskrusten gewesen, die sich auf den Körpern bildeten. Und stellt euch vor, alle meine Zuhörer brachen in Gelächter aus. Als ich ihnen dann erzählte, wie ein ganzes Flugzeuggeschwader ein angeblich meuterndes Lager mit mehreren zehntausend Insassen gleichsam von der Erde hinweggefegt hatte, erstarrten alle vor Entsetzen, beim Gedanken an das Ausmaß der Strafe. Aber schon nach wenigen Minuten fiel die Gesellschaft in ihren Normalzustand zurück. Man begann die ungefähre Zahl aller Lagerhäftlinge zu einer bestimmten Zeit, dann während der ganzen Zeit der Sowjetmacht auszurechnen. Wieviel Schuldige, wieviel Unschuldige. Und es war interessant, daß die Zahlen mit den später von Solschenizyn genannten annähernd übereinstimmten.«

»Und woran liegt das?« fragen wie aus einem Munde Lenka und Saschka.

»Da gibt es verschiedene Möglichkeiten«, sagt Anton. »Ich erkläre es damit, daß die russische Tragödie ebenso wie die Art und Weise, in der man sie aufnimmt, jenseits von Gut und Böse liegt, das heißt außerhalb einer moralischen Sphäre. Es ist eine rein psychologische oder sogar physiologische Reaktion auf einen schrecklichen Tatbestand. Zu Beginn des Kriegs beobachtete ich einmal zusammen mit einem Freund, wie einem Oberst der Intendantur durch ein Geschoß buchstäblich der Kopf weggerissen wurde, und der Oberst blieb weiter stehen. Das sah sehr komisch aus, bis uns der Sinn des schrecklichen Ereignisses ins Bewußtsein drang. Es ist eine außerhalb des sittlichen Empfindens liegende Reaktion. Eine ohne menschliches Moment, ohne moralische Entrüstung.«

»Haben denn die Menschen, denen Sie vom Lagerleben erzählten, nicht begriffen, daß das alles schlecht, daß das schrecklich, unmenschlich ist?«

»Sie wußten es, aber sie nahmen es nicht auf einer ethischen Grundlage auf. Sie haben ebenso wie die erdrükkende Mehrheit bei uns überhaupt keine derartige Basis.«

»Gehst du da nicht zu weit?« sage ich. »Sind wir etwa alle amoralisch?«

»Warte, Papa, unterbrich ihn nicht«, sagt Lenka. »Hier geht es um was anderes.«

»Ich denke an das Funktionieren eines bestimmten Mechanismus im geistigen Bereich des Menschen, der auch dann noch arbeitet, wenn es keine Zeugen, keine Gefahr der Entlarvung gibt, unabhängig davon, ob Bestrafung droht oder nicht. Wenn zum Beispiel ein Mensch sich weigert, einen anderen zu denunzieren, selbst wenn es niemand erfährt; wenn er sich weigert, ein Opfer zu töten, auch wenn er selber dafür umgebracht wird. Geht doch einmal ganz objektiv euer eigenes Leben durch. Glaubt ihr, ihr findet viel, was die Existenz eines solchen Mechanismus in euch selbst bestätigt? Und du, hast du unter deinen Bekannten viele, auf die du dich völlig verlassen kannst? Na?... Siehst du!«

»Warum sind wir so geworden?«

»Weil unsere Lebensbedingungen nicht unbedingt ein sittliches Verhalten erfordern; auch weil keinerlei Gelegenheit zur Erfahrung sittlichen Verhaltens besteht.«

»Was erzählst du da«, empöre ich mich. »Du sollst nicht töten! Du sollst nicht stehlen! Das hat man doch uns und ebenso unsere Kinder gelehrt!«

»Man bringt es uns bei. Man bringt uns auch bei, wie man Löffel und Gabel hält und daß man rechtzeitig Miete und Telefonrechnung bezahlt. Aber das, was früher einmal die Grundlage für die Erfahrung eines sittlichen Verhaltens gab, kann den heutigen Anforderungen nicht genügen. Die Zeiten haben sich gewandelt. Um eine moralische Persönlichkeit zu sein, genügt es heute nicht mehr, nicht zu töten, nicht zu stehlen, die Kleinen nicht zu verachten, den Alten seinen Platz anzubieten. Heute setzt sich das Bild von den Verhaltensweisen, die einen Menschen als moralische Persönlichkeit charakterisieren, anders zusammen.«

»Und welche Verhaltensweisen halten Sie für moralisch?«

»Da müßte ich weit ausholen. Es geht, kurz gesagt, um die Verhaltensweisen, die andere mitbetreffen und die weder juristischen noch anderen Normen unterliegen. Sie sind moralisch, wenn sie demjenigen, der sie praktiziert, keinen Vorteil verschaffen, mehr noch, fur ihn mit dem Risiko der Bestrafung verbunden sind. Und wenn Sie den

Betroffenen nützen oder zumindest keinen Schaden zufügen… Ist das fürs erste klar?«

»Darin liegt ein Widerspruch«, sage ich. »Wie kann eine Verhaltensweise überhaupt frei von Normen sein, wenn sie sich doch nach moralischen Normen richtet? Und gibt es die überhaupt?«

»Es gibt keinerlei moralische Normen. Eine Norm hat mit Moral nichts zu tun. Das, was man bei uns als moralische Normen bezeichnet, hat nichts mit Moral zu tun. Moral bedeutet nur eines: die Fähigkeit, diese oder jene Handlung den moralischen oder unmoralischen zuzuordnen. Dabei gibt es nur eine ›Norm‹: willst du eine moralische Persönlichkeit sein, dann verhalte dich als solche, begehe keine unmoralischen Handlungen.«

»Eine Tautologie«, sage ich.

»Nein«, sagt Saschka. »Langsam fange ich an, was zu begreifen. Man kann keine Aufstellung von an sich moralischen oder unmoralischen Handlungen machen. Eine moralische Haltung ist eine bestimmte Einstellung eines Menschen, die es ihm erlaubt (häufig ohne daß er nachdenkt), so zu handeln, daß er dem allgemeinen und einzigen Kriterium der Moral genügt. Ist es so?«

»So ist es«, sagt Anton.

»Ein moralisch denkender Mensch wird zum Beispiel niemals denunzieren und unter keinen Umständen seinem Kameraden in den Rücken fallen.«

»Wenn aber aus diesem Verhalten anderen ein Schaden entsteht, wie ist dann sein Verhalten im Hinblick auf diese anderen zu beurteilen?«

Es begann ein wilder, chaotischer Streit, der sich bis Mitternacht hinzog. Warum entstehen in den philosophischen Seminaren niemals solche Diskussionen zu diesem Thema?

Eine gute Idee

»An deiner Stelle«, hatte Swetka gesagt, »würde ich mir ein Arbeitszimmer mieten. Eine Menge Probleme hättest du mit einem Schlag gelöst! Du brauchtest keine ›Dienstreisen‹ mehr. Und überhaupt...«

Ich rief sofort Wadim, meinen Stellvertreter, an. Der Bursche ist findig, begreift, noch ehe etwas ganz ausgesprochen ist, und bringt alles tipptopp in Ordnung. Obwohl er eine Lakaienseele hat und wahrscheinlich zu unseren Spitzeln gehört, ist er mir nützlich, und ich kann ihn gebrauchen. In der Abteilung waren alle sehr verwundert, als ich meine Absicht ankündigte, ihn zu meinem Stellvertreter zu machen. Da umriß ich die Funktionen eines Stellvertreters und schlug vor, mir einen geeigneteren Kandidaten zu nennen. Es fand sich keiner, der das wollte. So geht es immer. Der Posten eines Stellvertreters ist natürlich mit Vorteilen verbunden. Doch diese Vorteile werden immer teuer erkauft. Man muß rennen, sitzen, sich drehen und winden, schwitzen. Einfach schwer schuften, in diesem verrückten Durcheinander. Kein Wunder, daß sich auf solche Arbeit nur geborene Gauner einlassen. Und außerdem würde sich jeder Anständige, der auf einen solchen Posten gerät, in ganz kurzer Zeit in eine ebensolche Kreatur verwandeln. Das weiß ich aus Erfahrung. Als ich noch einen Sektor leitete, hatte ich mir den anständigsten und vernünftigsten Mann zum Stellvertreter ausgesucht. Und was geschah? Schon nach einem halben Jahr hatte er sich zu einem solchen Mistkerl entwickelt, daß es selbst mir peinlich war. Die geborenen Opportunisten sind für diese Stellen besser geeignet, sie werden durch die Nähe zu den Spitzen der Kultur (ich bitte um Verzeihung für diesen Ausdruck) sogar ein wenig veredelt.

Kurz, Wadim hatte mir schon nach einigen Tagen ein ausgezeichnetes und relativ preiswertes Zimmer gefunden, ungefähr gleich weit von meinem und von Swetkas Haus wie auch vom Institut. Eine halbe Stunde zu Fuß. Das ist gut für meine Gesundheit, weil ich langsam Speck ansetze. Wadim und Swetka kamen gemeinsam in seinem Wagen zu mir, luden Manuskripte und Bücher ein, die ich für meine Arbeit brauche, und wenig später feierten wir schon den Einzug in mein neues Quartier. Wenn Sie wüßten, was es für eine Wohltat ist, endlich ein eigenes abgeschlossenes Zimmer in einer ruhigen, hellen und sauberen Wohnung zu haben.

Tamara nahm meinen Entschluß als einen völlig logischen Schritt in der Entwicklung unserer familiären Beziehungen auf. (Nach Meinung all unserer Bekannten sind wir eine der erfolgreichsten und glücklichsten Familien in ganz Moskau!)

»Aber scheiden laß ich mich nicht«, sagte sie entschieden. »Von mir aus kannst du vögeln, mit wem du willst, aber auf eine Scheidung laß ich mich nicht ein! Scheidung ist unmoralisch. Vergiß nicht, wir haben Kinder!«

Saschka verhielt sich diesem Ereignis gegenüber ganz gleichgültig. Lenka hüpfte vor Freude und johlte: »Oh, wie interessant! Ich werde dich heimlich besuchen, ohne daß Mama und Großmutter etwas merken.«

Dann stellte Tamara genaue Berechnungen an und teilte mir mit, wieviel Geld ich der Familie zu lassen habe und wieviel ich für meine Nutten verjubeln dürfe. Wie gut, daß sie nichts von meinem Nebeneinkommen und den kleineren Honoraren weiß. Das muß ich zu ihrer Ehre sagen: bei all meinen Bekannten plündern die Frauen ihre ehemaligen Männer bis aufs Hemd aus mit Hilfe eigens dafür beigezogener Anwälte, mit Briefen an das Parteibüro und Eingaben an die Gerichte.

Swetka hatte gesagt, sie wolle nach der Arbeit auf ein Stündchen bei mir hereinschauen. Seltsam, ich hatte, als ich allein geblieben war, nichts sehnlicher gewünscht, als daß niemand zu mir käme. Allein zu sein, niemals hätte ich geglaubt, daß das so großartig sei.

Meine Wirtin ist eine akkurate und sehr freundliche, etwa siebzigjährige Frau. Sie hat mir kleine blaugeblümte Vorhänge aufgehängt, überall weiße Tischtücher und Deckchen verteilt und mich mit frisch aufgegossenem Tee gestärkt. Ich fühlte mich wie ein kleiner Junge zu Hause bei seiner Mama.

Allerlei Varianten

»Laß uns die Lage einmal nüchtern betrachten«, sagt Anton. »Die liberale Epoche ist zu Ende. Heute ist sogar die Veröffentlichung von Büchern und Aufsätzen, die man vor drei Jahren noch gedruckt hat, praktisch unmöglich. Du hast das offensichtlich schon selbst erfahren. Außerdem ist es sinnlos, jetzt etwas Derartiges zu unternehmen. Es hätte keinerlei Wirkung. Die Zeit ist vorbei, auch für die Aufnahme unserer Erzeugnisse. Was sollen wir tun? Eine feine Aufgabe für die Kombinatorik, und eine ziemlich triviale noch dazu. Das ist unser Dilemma: Entweder verbleiben wir im Rahmen des Marxismus, oder wir sprengen ihn. Nehmen wir die erste Variante. Da gibt es wiederum zwei Möglichkeiten: Entweder man führt gehorsam alle Weisungen von oben aus und wird ein Schakal vom Schlag Waskins, oder man wird zum Neuerer. Die erste Möglichkeit ist nichts für dich. Selbst wenn du diesen Weg einschlagen wolltest, würde man es nicht zulassen. Dazu ist es zu spät. Nach *deren* Kategorisierung bist du ein Neuerer. Das kann man auf zweierlei Weise sein: Man kann entweder den Marxismus revidieren, das heißt seine Grundthesen überprüfen, weil sie der heutigen Wirklichkeit nicht mehr entsprechen, oder man kann ihn verbessern, das heißt entsprechend den neuen Bedingungen ›entwickeln‹, ohne auch nur einen Schritt von allen (nicht nur den fundamentalen) Prinzipien des Marxismus abzuweichen. Der Revisionismus ist bei uns *a priori* ausgeschlossen. Bleibt die Verbesserung. Aber wer entscheidet darüber, ob du etwas verbessert oder verschlechtert hast? Die Waskins. Wer entscheidet darüber, ob du abgewichen bist oder nicht? Wieder dieselben. Ob du also ein schwärmerischer oder ein wenig auf Abwege geratener Verbesserer oder ein Revisionist bist, das hängt nicht mehr von dir, sondern von den Waskins ab. Nach meinen Beobachtungen haben wir heute eine Situation, in der *sie* sich eher mit den Revisionisten als mit den Verbesserern abfinden, denn ein Verbesserer ist ein wirklicher Konkurrent. Auch Waskin wird jetzt seine Ansprüche anmelden, zum Korrespondierenden Mitglied gewählt zu werden. Und er hat dafür nicht weniger Gründe als du. Wenn er nur die geringste Möglichkeit sieht, dir ein Bein zu stellen, wird er das, ohne auch nur eine Sekunde zu zögern, tun. Ihr Verbesserer habt ohnedies die Waskins fast zwanzig Jahre lang in den Schatten gedrängt. Jetzt beginnt ihre Zeit. Je besser ihr also eure Arbeit macht, um so schlimmer für euch. Und wenn ihr sie schlecht macht, dann werden sie euch um so eher zerquetschen, denn schlecht arbeiten können *die* besser als ihr.«

»Im großen und ganzen hast du recht«, sage ich. »Laß die zweite Variante hören.«

»Sehen wir uns die zweite Variante an«, sagt Anton. »Das Überschreiten der Grenzen des Marxismus eröffnet folgende Möglichkeiten: Erstens, man verläßt überhaupt die Sphäre der Ideologie; zweitens, man verbleibt im Bereich der Ideologie. Die erste Möglichkeit ist nichts für uns, dafür sind wir schon zu alt. Bleibt die zweite Möglichkeit. Auch da gibt es wieder Varianten: erstens Kritik am Marxismus und seine Bekämpfung; zweitens Gleichgültigkeit dem Marxismus gegenüber. Hier ist die Situation wesentlich komplizierter als in den zuvor betrachteten Fällen. Auf die Kritik am Marxismus komme ich später zurück. Zunächst zur Gleichgültigkeit. Man kann sich mit Ideologie befassen und sich dennoch dem Marxismus gegenüber gleichgültig verhalten, wie zum Beispiel im Buddhismus oder in der Orthodoxie. Das ist heute ziemlich in Mode. Ich will diesen Weg nicht verurteilen, aber ich denke, du stimmst mit mir überein: Alle Formen ideologischer Aktivitäten dieser Art entsprechen nicht unserer Gegenwart. Sie bedeuten gerade die Abkehr von den wesentlichsten ideologischen Problemen unserer Zeit. Das ist nichts für uns, sondern etwas für Versager kleineren Kalibers. Es stellt sich die Frage: Kann man dem Marxismus gegenüber gleichgültig sein, wenn man sich mit dem Gesamtkomplex der wichtigsten ideologischen Probleme unserer Zeit beschäftigt? Leider habe ich mich persönlich davon überzeugt, daß das praktisch unmöglich ist. Der Marxismus, mein Lieber, ist eine ganz ernste Geschichte, wie man sieht. Daran kommst du nicht vorbei. Welches Problem auch immer du angehst, es ist ganz bestimmt auf die eine oder andere Weise im Marxismus untersucht und auf seine Art gelöst worden. Und was du auch dazu zu sagen hast, auf die eine oder andere Weise stößt du auf die marxistische Tradition, den marxistischen Protest oder seine Billigung. Der Marxismus ist eine große Ideologie, und wenn du dich mit zeitgenössischen ideologischen Problemen beschäftigst, mußt du auf ihn stoßen. Das ist eine Tatsache. Dich brauche ich davon nicht zu überzeugen. Was bleibt uns also? Der Kampf? Da eben liegt der Hund begraben!«

»Stellen wir uns nur für einen Augenblick vor«, fährt Anton fort, »man habe uns völlige Handlungsfreiheit gegeben: Zieht über unseren Marxismus her, Kinder, wie es euch beliebt! Und was würde geschehen? Hat es etwa zuwenig solcher freien Kritiker im Westen gegeben? Haben sie vielleicht zuwenig geschrieben? Im Gegenteil, viel. Und es waren auch keine dummen Leute. Gescheite Arbeiten haben sie geschrieben. Und ist etwas Vernünftiges dabei herausgekommen? Gar nichts. Der Marxismus ist wie zuvor unverwundbar geblieben. Und keineswegs deshalb, weil er richtig, weil er durchdacht wäre. Daran liegt es überhaupt nicht. Es geht vielmehr darum, daß der Marxismus, wie jede andere Ideologie auch, keine Wissenschaft ist. Er gibt sich wissenschaftlich, als Tribut an unsere Zeit. Aber er ist keine Wissenschaft. Man gibt sich alle erdenkliche Mühe, ihm Aussehen und Status einer Wissenschaft zu verpassen. Das ist für die Machthaber von Vorteil: Alles, was geschieht, ist ein Produkt objektiver Gesetzmäßigkeiten und nicht ihrer eigenen Dummheit, sie zeigen nur diese Gesetze auf, erkennen sie rechtzeitig und verhelfen ihnen zum Durchbruch. Erinnere dich an Stalins Worte: Man muß die Gesetze satteln! Das ist keine leere Phrase, es ist sogar sehr ernst zu nehmen. Sie üben die

Macht im Namen weltweiter Gesetze aus und nicht kraft der Regeln eines Gangstertums von ungeheurem Ausmaß. Das liegt auch im Interesse der riesigen Armee von Ideologen: Sie sind Wissenschaftler und nicht irgendeine Art von Popen! Das liegt im Interesse der übrigen: Man hält sich lieber für ein Opfer eherner Gesetze der Materie als für ein Opfer durchtriebener Gauner, Blutsauger, Karrieristen. Es gibt ganz bestimmte Merkmale der Wissenschaft und ebenso bestimmte Merkmale der Ideologie. Der Marxismus entspricht nicht den ersten, sondern den zweiten, das ist eine schlichte Weisheit. Seine Allianz mit der Wissenschaft stellt eine historische Besonderheit in seiner Eigenschaft als Ideologie dar. In unserem Jahrhundert der Wissenschaft, der Technik und der allgemeinen Bildung geht es nicht ohne sie. Eine Ideologie, die nicht den Anspruch erhebt, eine Wissenschaft zu sein, die sich nicht den Anschein einer Wissenschaft gibt, die nicht über die Mittel verfügt, für die breiten Massen das Aussehen einer Wissenschaft zu gewinnen, kann in unserer Zeit auch als Ideologie nicht bestehen. Da der Marxismus eine Ideologie und keine Wissenschaft ist, ist er für eine wissenschaftliche Kritik unzugänglich. Aber die gesamte Marxismuskritik, die eine beachtliche Rolle spielt, ist darauf abgestellt, seine wissenschaftliche Unhaltbarkeit zu beweisen. Kritik anderer Art, wie zum Beispiel von seiten der christlichen Ideologie, bleibt relativ wirkungslos. Gegen sie hat der Marxismus auch eine gewaltige Demagogie entfaltet. Und sollten wir den Marxismus in angemessener Weise kritisieren, stoßen wir auf das Problem: Zeigt doch euer Konzept her, das bessere! Aber sobald wir uns an seine Ausarbeitung begeben, werden wir uns wieder nach den Gesetzen der Darstellung einer Ideologie richten müssen, und dann werden wir genau dasselbe, nur mit geringfügigen Modifizierungen, reproduzieren. Schließlich ist der Marxismus auf der Marschroute der europäischen Zivilisation entstanden, und wenn wir eine Ideologie an derselben Stelle errichten, werden wir etwas Marxismusähnliches konstruieren. Was also kommt dabei heraus? Wohin du auch schaust, ist denn nirgends Land in Sicht? Oh, doch! Die verflossene Epoche war unter noch einem sehr bedeutsamen Aspekt interessant: Sie hat einen Ausweg gezeigt. Die Ideologie kann mit den Fakten jener Wirklichkeit geschlagen werden, die diese Ideologie selbst zu beleuchten vorgibt. In unserem Fall durch die Fakten jener sozialen Wirklichkeit, deren Verallgemeinerung, Voraussehbarkeit, Erkennbarkeit usw. sie beansprucht. Die Fakten treiben den Marxismus in die Falle, die er sich selbst gestellt hat. Deswegen haben die Rede von Nikita und die Bücher von Solschenizyn dem Marxismus einen weit kräftigeren Stoß versetzt als die Anstrengungen aller Kritiker des Marxismus: Es ist die kompromißlose Analyse unserer Gesellschaft selbst, die Bloßlegung der Fakten ihrer Seinsweise. Dieser Weg ist der einzig mögliche, und er ist zudem der einzige, auf dem sich eine der Lage des Menschen in der heutigen Gesellschaft angemessenere Ideologie als der Marxismus erarbeiten läßt.«

»Du magst recht haben«, sage ich. »Aber warum willst

du eine Ideologie ausarbeiten? Pfeif doch drauf! Untersuch unsere Gesellschaft und punktum.«

»Das ist mein persönliches Interesse«, sagt Anton. »Es gibt Menschen, die werden Arzt, um den menschlichen Körper zu heilen. Mich aber interessiert die Seele des Menschen. Nicht seine Psyche, sondern seine Seele – als ein rein soziales Phänomen. Und für eben diese Seele will ich etwas tun. Die Ideologie ist ein Mittel für die Seele. Der Marxismus aber hat der Seele nichts mehr zu geben. Er funktioniert nur noch als rein formaler Mechanismus der Ideologie. Das ist übrigens auch ein interessantes Thema – der Mechanismus der Ideologie in der sowjetischen Gesellschaft. Hier stellt er sich anders dar als im Christentum. Auch im Christentum gab es das Element der Gewalt, und auch im Marxismus gibt es das Element der Freiwilligkeit. Dennoch verhält sich der Marxismus feindlich zur Geistigkeit. Er ist antigeistig. Ich kann dir das nicht in einer verallgemeinerten Form erklären. Aber du brauchst dich nur mit unserer Gesellschaft und unseren Menschen, so wie sie wirklich sind und nicht in ihrer propagandistischen Abstraktion, zu beschäftigen, und du wirst es selbst in jedem konkreten Punkt begreifen.«

So hatten wir uns auch früher wiederholt unterhalten. Aber erst jetzt begann ich näher hinzuhören und in Antons Worten einen Sinn zu entdecken, der mir früher einfach entgangen war.

Die Kongreßdelegation

Die Wissenschaftsabteilung des ZK hat die Zusammensetzung der Delegation für den internationalen Kongreß bestätigt. Sie ist die letzte Instanz, abgesehen vom KGB, der noch ganz zum Schluß einige Mann zurückhalten und an deren Stelle seine Leute unterschieben wird (obwohl ohnehin fast alle Mitglieder der Delegation und der Touristengruppe zu seinen Leuten gehören). Trotzdem ist es interessant, was für eine Evolution sich in dieser Zeit vollzogen hat. Der Weg von der Zusammenstellung der Teilnehmerlisten für die Delegation und die Touristengruppe an der Basis bis zur endgültigen Bestätigung der Listen im ZK spiegelt in verkürzter Form diese Evolution wider, ja stellt sie gewissermaßen selbst dar. An der Basis (das heißt in den einzelnen Sektoren, an den Lehrstühlen) hatte man in diese Listen all jene aufgenommen, die in den vergangenen Jahren besonders produktiv gearbeitet und sich einen anständigen Ruf erworben hatten, das heißt alle angesehenen Liberalen aus unserer Mitte. Dann strich man in den Direktionen und Dekanaten einen Teil der anständigen Leute und setzte an ihre Stelle Schweine und Nullen. In den Rektoraten und Akademieabteilungen wurden noch einige von den verbliebenen Anständigen gestrichen und durch noch größere Nullen und Schweine ersetzt. In den Ministerien und in den Präsidien der Akademien tilgte man bis auf einen winzigen Rest alle Anständigen, das heißt die Leute der sechziger Jahre, und nahm statt dessen einen solchen Abschaum, wie man ihn früher nicht einmal auf lokale Tagungen losgelassen hätte. Schließlich brachte die Wissenschaftsabteilung des ZK diesen Prozeß zu seinem logischen Abschluß. Mich hat man in der Delegation belassen. Mir war das peinlich, aber meine Leute meinten, man habe mich nur deshalb darin gelassen, weil sich sonst alle Welt aufgeregt hätte. Ich aber weiß, warum ich darin geblieben bin. Das Akademiemitglied Kanarejkin (unser Delegationsleiter) hat darauf bestanden. Warum? Sehr einfach: Er muß doch einen Vortrag halten, und ein solcher Vortrag muß geschrieben werden. Wer aber könnte besser als ich einen Vortrag für ihn abfassen, der sowohl von oben gebilligt wird als auch dort drüben einen anständigen Eindruck macht! Serikow haben sie der Touristengruppe zugeteilt. Auch da ist klar, warum.

Die Zusammenstellung einer sowjetischen Delegation für einen internationalen wissenschaftlichen Kongreß ist überhaupt eine Angelegenheit von höchster staatspolitischer Bedeutung. Dabei sind die unterschiedlichsten Aspekte der Sache zu berücksichtigen: die Interessen der verschiedenen Organisationen, die nationale Zusammensetzung, Altersstreuung, Geschlechterverteilung, der richtige Anteil der verschiedenen Rangstufen, verwandtschaftliche Beziehungen usw. Wenigstens ein Jahr lang wird in zahlreichen Instanzen versucht, dieses Problem zu lösen. Die Frage der Teilnahme des KGB bei derartigen Gelegenheiten ist oft diskutiert worden und gründlich geklärt. Dabei gibt es jedoch einen sehr interessanten und weniger bekannten Aspekt. Daß jeder (oder fast jeder) beliebige von uns bereit ist, einen Auftrag des KGB auszuführen (und dies von Zeit zu Zeit direkt oder indirekt auch tut), ist bekannt. Wir sind schließlich Patrioten. Und noch dazu für eine solche Belohnung wie eine Reise ins Ausland auf Staatskosten, da sind wir auch noch zu mehr bereit. Allein der KGB gibt sich damit nicht zufrieden. In jede unserer Delegationen schleust er zusätzlich seine eigenen Leute ein. Wozu? Es wird verschiedenes gesagt. Um Aufträge auszuführen, die man gewöhnlichen wissenschaftlichen Spitzeln nicht anvertrauen kann. Um die Delegationsmitglieder zu überwachen. Um Fluchtversuche zu unterbinden. Natürlich, kein Rauch ohne Feuer. – Ich neige zu der Ansicht, daß sich die Sache einfacher verhält. Die Delegationsmitglieder überwachen einander nicht schlechter als professionelle Aufpasser. Auch sind ihre Informationen qualifizierter. Die Sonderaufgaben sind in der Mehrzahl Bluff. Wirklich ernsthafte Spionage wird so nicht betrieben. Fluchtversuche gibt es ohnehin immer wieder. Und dabei sind es überprüfte, vertrauenswürdige Leute, die weglaufen. Unzuverlässige läßt man ja gar nicht erst ausreisen. Nein, der KGB hat ganz einfach seinen gesetzlichen Anteil an allen Auslandsreisen, und er nutzt diese als ein besonderes Privileg im Interesse seiner Mitarbeiter. Nutzt sie wie die Wohnungen, Sanatorien, Mangelwaren, Eintrittskarten für Theater und Ausstellungen. Und das alles geschieht bei ihm (ich hatte Gelegenheit, mich mit seinen »Jungs« zu unterhalten) gemäß den allgemeinen Verteilungsgesetzen für die Güter des sowjetischen Systems. Die Mitarbeiter des KGB sind ebenso eifrig hinter allem Plunder her wie die Doktoren und die Professoren. Sie genießen nur einen Vorteil: Sie müssen keinen Vortrag vorlegen, müssen ihn nicht diskutieren und bei der Glavlit (der Zensur) durchbringen, sie brauchen nicht auf Sitzungen herumzuhocken. Vom intellektuellen Niveau her unterscheiden sie sich wenig von einem durchschnittlichen Delegationsmitglied. Im schlimmsten Fall, wenn ihre Dummheit nicht mehr zu verbergen ist, geben wir sie als Vertreter einer Nationalen Republik oder Überbleibsel des Stalinismus aus. Ihre schlechte Beherrschung von Fremdsprachen oder gar deren völlige Unkenntnis sind dabei von großem Vorteil.

Die Lumpensammlerin

Nach der Arbeit kam Swetka auf einen Sprung bei mir vorbei. Sie beklagte sich über die Mitarbeiter im Institut (»eine Saubande«). Über ihren Mann (»mein Scheich«) und über ihre Schwiegermutter (»das Aas!«). Sie jammerte, sie habe nichts anzuziehen (obwohl sie jeden Tag was anderes anhat und die Klatschtanten im Institut bis heute noch nicht ihre ganze Garderobe erfaßt haben). Nur mit Mühe gelang es mir, sie vor die Tür zu setzen (»Ich muß arbeiten«). Dann breitete ich auf dem Tisch meine Bücher und Blätter aus. Gedankenleer starrte ich aus dem Fenster. Da sah ich im Hof eine kräftige alte Frau in einem langen schwarzen Kittel. Sie wühlte im Abfall bei den Mülltonnen, klaubte etwas heraus (offenbar Lumpen, Papier) und packte es auf ihren kleinen Karren. Das Gesicht dieser Frau erschütterte mich: groß, bläulich-violett angelaufen, mit der unförmigen, großporigen Nase eines alten Säufers, aber mit einem Ausdruck, als habe man sie beauftragt, in unserem Jahrhundertwerk das Kapitel über das Wachstum des materiellen Wohlstands der Werktätigen zu schreiben. Es ist unmöglich, diesen Gesichtsausdruck zu beschreiben. Man kann nur darauf hinweisen und ihm einen Namen geben. Besser aber, man tut weder das eine noch das andere.

Die Lumpensammlerin schien mir zunächst sehr alt zu sein, so an die achtzig Jahre. Aber nach der Art, wie sie in dem Müll wühlte und den Plunder auf ihrem Wägelchen verstaute, konnte man ihr auch wesentlich weniger geben. Wenn ich eben jetzt gezwungen wäre, mich mit ähnlichen Dingen zu beschäftigen (was Gott verhüten möge!), würde ich kaum mit ihr Schritt halten können. Ich fragte meine Wirtin, wer diese Frau sei. Sie antwortete, das wisse niemand. Man nennt sie einfach die Besoffene Alte, obwohl sie noch niemand auch nur ein einziges Mal betrunken gesehen hat. Einmal in der Woche taucht sie im Hof auf. Niemand kann sich erinnern, wann es das erste Mal war. Man hatte es nicht bemerkt.

Ich versuchte mir das Leben der Lumpensammlerin

vorzustellen. Keine Freunde. Keine Verwandten. Kontakt nur mit einem Menschen in der gleichen Lage wie sie, dem Lumpenaufkäufer. Leben von Kopeken. Betrügereien um Kopeken. Streitereien um Kopeken. Und was mag sie wohl essen? Wo kann sie schlafen? Ein Alptraum! Wie muß ihr Bewußtsein von allen Seiten zurechtgehauen worden sein, daß sie so weiterleben kann! Aber wie, wenn sie ihren Verstand behalten hat und auch eine Vorstellung von einem besseren Leben?! Nein, das ist undenkbar. Nach ihrer Physiognomie zu schließen, vertrinkt sie jede erworbene Kopeke. Und was trinkt sie? Das ist heutzutage gar nicht mehr so billig. Wahrscheinlich verschafft sie sich irgend so eine Art denaturierten Spiritus. Daher auch die bläuliche Farbe im Gesicht.

Ich kehrte zu meinen Papierchen zurück. Aber die Alte ging mir nicht aus dem Sinn. Wir haben den entwickelten Sozialismus errichtet. In beschleunigtem Tempo bewegen wir uns auf den Kommunismus zu. Aber ihr ist das alles egal. Für sie gibt es keine Geschichte, keine Probleme. Sie wird bald verschwinden. Auch ich werde verschwinden. Im Nichtsein werden wir einander gleich. Aber von einer anderen Warte aus betrachtet, was ist es denn, was ich mache? Wo liegt der prinzipielle Unterschied zwischen meinem Dasein und dem dieser Alten? Befriedigung? Wer weiß, vielleicht ist sie mit ihrem Leben zufriedener als ich mit dem meinen. Ich quäle mich, möchte Akademiemitglied werden, einen Preis bekommen. Und sie empfindet vielleicht nicht einmal Neid gegenüber ihrem tyrannischen Aufkäufer, der sie um Kopeken prellt. Der Nutzen für die

Menschheit? Wer mißt denn, welchen Nutzen ich der Menschheit gebracht habe? Und habe ich das überhaupt getan?

Die Alte hatte ihren Karren beladen und zog ihn ohne Eile an der Kette, die sie sich über die Schulter gelegt hatte, davon. Menschen gingen an ihr vorüber, ohne sie überhaupt zu beachten. Sie existierte nicht für sie. Aber diese Menschen ebensowenig für die Alte. Da haben Sie die Koexistenz von zwei unabhängigen Welten, zwischen denen jedes gegenseitige Verständnis ausgeschlossen ist. Weshalb zu anderen Planeten fliegen, wenn durch unsere Straßen diese Besoffene Alte zieht, zu der wir auch keinen Kontakt herstellen können? Und das ja auch nicht wollen.

Ich dachte daran, daß es mir gar nicht schwerfallen würde, mit einem Griff aus meiner Tasche der Alten wenigstens ein halbes Jahr zu finanzieren. Aber ich tat es nicht. Ich weiß nicht warum. Jedenfalls nicht deshalb, weil es mir um das Geld leid getan hätte. Geld war mir niemals für irgend etwas zu schade.

Die Kneipe

»Gestatten Sie mir, Ihnen eine unbescheidene Frage zu stellen«, sagte der Namenlose. »Nach unseren Gesprächen zu urteilen, sind Sie doch ein gescheiter Mensch. Wie haben Sie es da nur fertiggebracht, so ... wie soll ich sagen ... seltsame Schinken zu schreiben?«

Die unerwartete Frage verwirrte mich, und ich versuchte etwas in der Art zu stammeln, daß meine Bücher nicht schlechter seien als andere. Viele meinten sogar, besser. In jedem Fall besser als die Arbeiten von Petin, Rimental, Kostjukow und Co.

»Das mag sein«, sagte der Namenlose besänftigend. »Ich sehe das nur als Außenstehender. Sie überblicken das selbstverständlich viel besser. Können Sie zwei ausgewachsene Wanzen voneinander unterscheiden? Nein. Nur nach räumlich-zeitlichen Koordinaten. Aber die selbst können einander vermutlich ganz gut unterscheiden. Ohne Zweifel gibt es begabte Wanzen, unbegabte Wanzen und geniale Wanzen.

Ich sagte, ich würde zur Zeit eine riesige Abteilung aufbauen, in die ich die begabtesten Leute steckte. Wir bereiteten ein großes Buch vor, in dem alle wesentlichen Grundprinzipien einer erneuten Durchsicht unterzogen würden.

»Revisionisten, was?« fragte der Namenlose.

»Denkste«, winkte ich ab. »Keine Spur! Wir liegen völlig auf der Linie, ganz im Geist und in völliger Übereinstimmung von und mit den Direktiven. Im Gegenteil, den Revisionisten werden wir es kräftig geben. Wir entwikkeln, vertiefen ...«

»Egal«, sagte der Namenlose, »ihr werdet alle als Revisionisten fertiggemacht. Den Marxismus zu entwickeln ist ein Prärogativ unserer Führer.«

»Dann sollen sie uns doch fertigmachen«, sagte ich. »Man muß schließlich wissen, was unsere sowjetische Gesellschaft eigentlich darstellt!«

»Oho, darauf wollen Sie hinaus«, sagte der Namenlose. »Dabei wird aber für Sie und alle Ihre begabten Leute nichts herauskommen, selbst wenn man euch nicht fertigmachen sollte (und ich bin davon überzeugt, daß sie es tun werden, sie können gar nicht anders!), selbst wenn man euch Sicherheitsgarantien gibt und die Erlaubnis, absolut alles zu schreiben, was ihr wollt. Wollen Sie wissen warum? Weil ihr alle nicht fähig seid, über den Rahmen des Marxismus hinauszugehen, selbst wenn man euch erlauben würde, zu den Gegnern überzulaufen. Ihr seid nicht einmal dazu fähig. Gesellschaftsformationen, Basis, Überbau, Produktivkräfte, Produktionsverhältnisse, Klassen, Staat usw., das sind, mein sehr verehrter Marxist (oder Antimarxist, das spielt keine Rolle!), nur romantische Bilder einer Ideologie, aber keine Begriffe der Wissenschaft. Wissenschaftliche Begriffe sind prosaisch. Und Sie können nicht aus den Wolken der Romantik heruntersteigen auf die schmutzige Erde der Realität und sie angemessen beurteilen. Sie werden unsere Gesellschaft nie begreifen, weil es Ihnen an den Voraussetzungen zu diesem Verständnis fehlt. Genauer gesagt, Sie werden sie so lange nicht verstehen, wie Sie die prinzipielle Bedeutung der kleinen Dinge in unserem Leben nicht erkennen. Ich wiederhole, der *kleinen* Dinge! Das Grandiose an unserer Lebensform ist eine Grandiosität im Kleinen oder die Grandiosität der Kleinigkeiten, darum geht es. Ihre erhabenen

Kategorien sind in bezug auf unsere Gesellschaft ebenso angebracht wie die Worte ›genial‹, ›weise‹, ›tiefschürfend‹, ›weitblickend‹, ›allseitig‹, ›wahrhaftig‹ usw. in bezug auf die idiotischen und verlogenen Reden unserer Führer, die noch dazu nicht einmal von ihnen selbst verfaßt werden.«

Die Worte des Namenlosen hatten mich getroffen. Aber ich bin ein gutmütiger Mensch, auf die Dauer kann ich niemandem böse sein. Dann begriff ich auch, daß die Urteile des Namenlosen einfach laienhaft waren, und mir wurde sogar fröhlich zumute.

»Sie urteilen ein wenig oberflächlich über den Marxismus«, sagte ich. »Um seine Begriffe und Prinzipien richtig zu beurteilen, muß man doch wohl vom Fach sein...«

»Ich verstehe«, sagte der Namenlose. »Verzeihen Sie, wenn ich Sie gekränkt habe. Ich bin natürlich ein Laie. Aber wenn Sie nichts dagegen haben, will ich Ihnen erklären, was ich meine. Vielleicht können Sie als Fachmann meine dilettantischen Überlegungen akzeptieren. Ich behaupte, daß man das wirkliche (und nicht das ideologische, propagandistische) Wesen unserer Gesellschaft nicht begreifen kann, ohne die Bedeutung der kleinen Dinge begriffen zu haben. Packen Sie ein beliebiges lebensnotwendiges Fädchen (das aus der Sicht Ihrer hohen Theorie natürlich unbedeutend ist), ziehen Sie daran, und Sie werden immer ein und dasselbe herausziehen... Nehmen Sie die Schlangen der Anstehenden, den Sommerurlaub, die Wohnungen, Theater- und Konzertkarten, Bücher, Auslandsreisen, Lebensmittel, Qualitätswaren... Ganz zu schweigen von der ernsten Lage auf dem Gebiet der medizinischen Versorgung, der Kriminalität, die jeden betreffen kann. Oder die Publikation von Büchern, die Titel und Grade, die Zulassung zu den Hochschulen. Nehmen Sie ganz einfach ein beliebiges Stück unserer Wirklichkeit und nicht Ihre unpersönlichen Produktivkräfte, Überbauten und das übrige Gefasel (man muß schon ein gut ausgebildeter Idiot im Geist unseres Jahrhunderts sein, um das ernst zu nehmen!). In irgendeiner Zeitschrift (ich erinnere mich nicht mehr in welcher) wurde unlängst über einen Burschen berichtet, der für nichts und wieder nichts zu fünfzehn Jahren verurteilt worden war. Wie muß erst die Wirklichkeit aussehen, wenn man sich schon in einer offiziellen Zeitschrift damit befaßt! Und in diesem Bericht war noch dazu alles geglättet, die größten Ungeheuerlichkeiten hatte man schon ausgelassen. Acht Jahre hat der Mann absitzen müssen. Und der Oberste Gerichtshof hat ihm nicht geholfen. Nur ein Zufall hat ihn gerettet. Wie viele Leute sitzen aber, denen kein glücklicher Zufall lächelt! Unerheblich. Ist es wirklich so unerheblich? Und erinnern Sie sich, daß man vor einiger Zeit eine Bande aufgedeckt hat, an der die Herren Söhne von Ministern beteiligt waren? Wie das ausgegangen ist? Sie kamen mit einem Jahr auf Bewährung davon. Man hat sie nicht einmal auf die Milizwache mitgenommen. Unerheblich? Worum geht es wohl hier? Um das Problem, daß sich der erste Bursche auf der untersten Sprosse der sozialen Stufenleiter befand. Er hatte keinerlei juristischen Schutz. Aber die Ministersöhnchen … Kapiert? Natürlich haben Sie mich verstanden. Es ist offensichtlich. Entsetzlich offensichtlich sogar. Man fragt sich nur, warum das von Ihrer Wissenschaft nicht berücksichtigt wird? Dabei drängt sich der Schluß doch von selbst auf: Nur durch die Anhebung deines sozialen Niveaus erhöhst du auch deine juristische Unantastbarkeit und die deiner Angehörigen. Einen anderen Weg gibt es nicht. Das aber ist keine Rechtsgesellschaft. Und die Menschen, die in dieser Wirklichkeit leben, kennen diese Binsenwahrheit von den Windeln an (zum Unterschied von den Theoretikern, die jahrelang studieren müssen, damit sie nur ja nichts von alledem bemerken). Nehmen Sie die Schlangen. Einmal anstehen – unerheblich. Hundertmal – unerheblich. Aber wenn das tagaus, tagein, Jahr für Jahr so geht? Immer und überall? Dann kann das einen Menschen zur Verzweiflung treiben. Der Ausweg? Sich in eine Position hinaufarbeiten, in der es keine Schlangen mehr gibt. Bonzenläden, Sondergeschäfte, Warenlieferungen frei Haus. Bekanntschaften, Verbindungen. Dafür muß man eine entsprechende Position einnehmen. Und dafür... Sie sind sozusagen dabei, in den Süden zu verreisen? Gestatten Sie die Frage, wo Sie die Reisedokumente herhaben?... Ach so! Und die Fahrkarten sind auch von dieser höchst ehrenwerten Organisation für Sie reserviert worden? Ja dann. Und ich hier, ich kann niemals dorthin, obwohl ich gern möchte. Das Geld würde schon reichen, ich habe unter der Hand zuverdient. Aber nein!... Was soll ich darüber reden. Sie sind ja kein Kind. Sie müssen doch wenigstens etwas begreifen. Da wird rundum ein verschärfter Kampf um Privilegien geführt, und das schändlichere Geschöpf siegt.

Und dieses Geschöpf wird für diesen Kampf erzogen. So kommt es, daß bei uns massenweise ein bestimmter Typ eines sozialen Individuums reproduziert wird, ein bestimmtes Menschenmaterial, das die Grundlage unserer gesamten Lebensweise bildet. Alles übrige (sowohl die Ökonomie als auch Politik, Moral, Kunst und alles weitere) ist davon ableitbar. Wenn Sie schon an dem Wörtchen ›Basis‹ Gefallen finden, nun, dann haben Sie hier die Basis unseres gesamten Lebens. Selbst die grandiosen Repressionen in der Stalinära (die ja auch heute noch nicht aufgehört haben) sind hieraus entstanden. Wenn Sie ein Wissenschaftler sind, dann versuchen Sie, dies zu verallgemeinern. Und denken Sie sich eine Theorie dazu aus. Aber nach den Gesetzen der Wissenschaft und nicht der Ideologie.«

Ich begann etwas von historischen Schwierigkeiten zu stottern, vom Übergangscharakter der Schwierigkeiten, von der Metro, von Kindergärten, Opfern im Namen des Fortschritts und dergleichen mehr.

»Stop«, sagte der Namenlose. »Sie haben, ohne es zu ahnen, die wesentlichste Frage angeschnitten, die Frage nach der Moral, der ersten Grundlage aller Zivilisation. Selbst wenn Sie tatsächlich das lichte Gebäude der kommunistischen Gesellschaft als irdisches Paradies errichten sollten, würde ich es nicht akzeptieren, weil es auf dem Blut der Opfer, auf Lüge und Gewalt errichtet worden ist. Ich werde dieses Gebäude aus Gründen des elementaren Anstands nicht betreten. Ich ziehe die Gemeinschaft mit den Opfern vor. Dem Opfer werden alle Sünden vergeben. Ein Opfer zu sein bedeutet anzufangen, ein Mensch zu werden.«

»Das ist Religion und nicht Moral«, sagte ich.

»Das ist keine Religion«, sagte der Namenlose, »sondern ein religiöses, das heißt ein sittliches Bewußtsein! Und das ist etwas anderes. Aber wenn Sie unbedingt ihr Etikett draufkleben wollen, bitte sehr! Mich stört das nicht. Meinetwegen Religion. Eines weiß ich sicher: Alles Tierische kommt aus der Natur, dem Natürlichen; alles Menschliche kommt von Gott, und das heißt, es ist erdacht, erfunden.«

Der Toast

»Onkel Anton«, fragte Saschka, »wofür hat man Sie eingesperrt? Für nichts, wie alle?«

»Für ein Vergehen, wie alle oder fast alle. Für ein Gedicht über einen Toast von Stalin.«

»Können Sie es noch?«

»Natürlich. So etwas vergißt man nicht.«

Klein wie er war,
erhob sich der Führer zum Prost,
stand grinsend da
mit seinem treuen Gefolge.

Alsdann begann er:
Ich bringe den ersten Toast
dar unserm großen
russischen Volke!
Kein härt'res Schicksal
gäb es für ein Schwein,
unendlich ist das Leid,
das treu es auf sich nimmt,
wenn dieses Volk nicht wär,
wir würden Sklaven sein –
und keineswegs die Herr'n,
jawohl, das stimmt!
Hat mehr als alle
Blut für uns vergossen,
hat mehr als alle sonst
im Schweiß gelegen,
und schlecht gegessen,
und war unverdrossen,
der allerletzten Sau
ging's gut dagegen!
Mit wieviel schmutzigen
Geschäften, unverschuldet,
hat man es stets
gefoltert und gequält –
soviel hat es von uns,
ich geb es zu, erduldet,
daß es die Hölle jetzt
für einen Kurort hält.

Was haben wir ihm
Gutes denn gebracht?
Ich kann bis heute
einfach nicht kapieren,
was alles es geschluckt,
und oft dazu gelacht,
zu all den frechen Lügen,
die wir ihm servieren!
Ist auf der ganzen Welt
ein einz'ger Arsch bekannt,
der uns ertragen würd
auf seinem Rücken?
Nennt mir doch einen,
der mit eigner Hand
noch seinen Henker schützt
aus freien Stücken!
Der Führer hob sein Glas –
trank einen Schluck daraus -
es leuchtete das Vaterauge
voller Huld,
er wischte sich den Bart,
es sah nicht danach aus,
als spiegele sein Antlitz
nur die Spur von Schuld.
Spontan kam es im Saal
zu Jubelszenen,
das Volk, von ihm
geschunden und bespien,

schluckt voll Begeisterung
der Rührung Tränen,
hat alle Sünden im voraus
ihm längst verziehn!

»Oho«, sagte Lenka. »Nach Solschenizyn hätte man Sie umbringen müssen.«

»Man hat mir meine Verdienste im Krieg zugute gehalten. Außerdem ging's damals in Richtung Chruschtschow-Ära.«

»Jedenfalls hat man Sie also nicht grundlos eingesperrt.«

»Nicht grundlos. Damals nahmen sie selten jemanden grundlos fest. Irgendein Vergehen ließ sich immer finden.«

»Sie haben natürlich Solschenizyn gelesen?«

»Ja.«

»Und was sagen Sie dazu?«

»Ich verehre ihn.«

»Was er schreibt, ist also wahr?«

»Wahr schon, aber nicht die ganze Wahrheit. Und eine Teilwahrheit entstellt das ganze Bild. Ich schatze ihn nicht wegen seiner Wahrheit, sondern wegen seiner Revolte gegen Lüge und Gewalt.«

»Wenn er recht hat, warum wird er nicht bei uns gedruckt?«

»Stell keine dummen Fragen«, sagte Saschka.

»Die Frage ist nicht dumm. Dumm sind die, die Solschenizyn hier nicht gedruckt haben. Wenn er hier erschienen wäre, hätte es keine so gewaltige weltweite Wirkung und kein so anhaltendes Interesse an seinen Werken gegeben. Verbrechen, die sich nicht verbergen lassen, sollte man besser offen zugeben.«

»Um so mehr, da es sich um die Verbrechen anderer handelt.«

»Wenn sie aber noch nicht aufgehört haben ...«

So antisowjetische Reden werden in meinem Haus ständig geführt. Ich habe nicht die Kraft, sie zu unterbinden, und, was das Allerschlimmste ist, ich will sie auch gar nicht unterbinden und nehme sogar selbst daran teil.

Toilettenpapier

Tamurka kam angerannt, mit vorquellenden Augen und schweißüberströmt.

»Schnell! Im Schreibwarengeschäft gibt's Toilettenpapier! Ich hab schon einen Platz in der Schlange.«

Wir (meine Schwiegermutter, Lenka und ich) ließen das eben begonnene Mittagessen im Stich und stürzten hinter Tamurka her. Nach ein paar Stunden kehrten wir heim, glücklich, beladen mit Bündeln von Toilettenpapier. Ich hatte befürchtet, die Vorübergehenden würden über uns lachen, aber sie zeigten volles Verständnis. Viele fragten uns, wo wir das Papier bekommen hätten, und liefen selbst los. Nur ein halbtrunkener Rüpel klammerte sich an uns und beklagte sich lärmend, daß sich die sowjetische Intelligenz versch...n habe. Aber weil er das einige Male wiederholte, nutzte sich der anfängliche Eindruck ab, und einige Passanten begannen ihn zur Ordnung zu rufen. Schließlich packten zwei kräftige Burschen (offenbar Studenten oder Doktoranden) den Krakeeler unter den Armen, befahlen ihm, die Fresse zu halten, und schoben ihn in entgegengesetzter Richtung davon. Wie dem auch sei, wir haben jetzt für ein halbes Jahr für saubere Hintern gesorgt. Ich muß zugeben, daß Tamurka in dieser Hinsicht (Versorgung mit Mangelwaren) schwer in Ordnung ist. Wenn sich ganz Moskau auf der Suche nach Sodawasser oder Waschpulver die Beine abläuft, dann ist dieses kostbare Gut bei uns sicherlich in ausreichender Menge vorhanden. Sie hat es sogar geschafft, einen Zwiebelvorrat für einige Monate anzulegen.

Der Erfolg mit dem Toilettenpapier hatte unsere zwar in Auflösung begriffene, aber immer noch gesunde sowjetische Familie in eine gewisse feiertägliche und friedfertige Stimmung versetzt. Mit Hingabe begannen wir alle unsere Bekannten durchzuhecheln. Tamurka behauptete, die Korytowa rieche immer schlecht. Wahrscheinlich wechsle sie ihre Wäsche monatelang nicht. Korytow selbst trage einen teuren (allerdings geschmacklosen) Anzug, aber billige Hemden und Schuhe. Ein richtiger Kutscher. Nataschka dagegen, das sei eine! Sie habe Anton zwar unter dem Pantoffel, aber das tue ihm nur gut. Meine Schwiegermutter meinte, Nataschka sei zu affektiert und hinterhältig, außerdem sei sie eingebildet und würde auf uns herabschauen. Ich fragte, woran man das erkennen könne. Und meine Schwiegermutter sagte, das könne man daran sehen, daß sie alle mit ausgesuchter Höflichkeit sieze. Bei uns sei das nicht üblich. Lenka erwiderte, sie würde es nicht zulassen, daß man Nataschka beleidige. Aber Nowikows Frau – die sei ein echtes Aas. Dumm. Habgierig. Hält sich für ein Genie, und spricht dabei wie ein Analphabet. Das ist mir eine Studierte!

Früher mochte ich derartige Gespräche nicht. Später gewöhnte ich mich daran, und inzwischen habe ich begriffen, daß überhaupt nichts Schlechtes dabei ist. Es ist die Realisierung des natürlichen Bedürfnisses, sich in seinem sozialen Milieu zu orientieren. Natürlich haben wir es dabei nicht mit realen Personen zu tun, sondern mit ausgedachten Figuren (wie Nikiforow sagt, mit Menschenmodellen). Aber das hat auch seinen Grund, denn die Handlungen der Menschen haben nicht nur für sie selbst einen Sinn, sondern auch für die andern, das heißt, sie lassen sich doppelt interpretieren. Da findet zum Beispiel eine Sitzung des Redaktionskollegiums unserer Zeitschrift statt, auf der der Artikel eines gewissen A. besprochen werden soll. Ich hatte seinerzeit zugesagt, mich dafür einzusetzen. Da werde ich eben zu diesem Zeitpunkt krank und gehe nicht zur Sitzung des Redaktionskollegiums. Für mich hieß das: Warum soll ich wegen des lausigen Artikels von A. nach der Grippe Komplikationen riskieren? Für ihn und viele andere bedeutete es dagegen, daß ich einen Rückzieher gemacht habe, daß ich mich wegen des mutigen Artikels von A. nicht mit den »Büffeln« anlegen wollte. Für *unsere* Kreise ist das ein mutiger Artikel. Dabei habe ich recht, und sie haben auch recht, denn für sie sind die Auswirkungen meiner Handlungsweise auf sie wichtig, und sie interpretieren sie natürlich negativ.

Das alles ist noch normal. Aber was mich noch immer empört, ist das nahezu gänzliche Fehlen guten Willens in der Auslegung des Verhaltens unserer nicht anwesenden Bekannten oder sogar Freunde. Da überwiegt eine rattenhafte Bosheit. Woher kommt das? Sie kann doch nicht in der biologischen Natur des russischen Menschen liegen. Der russische Mensch war früher für seine Güte bekannt. Davon ist nicht einmal in der Erinnerung etwas verblieben. Die dominierende Haltung des Russen gegenüber anderen ist heute Bosheit, Unduldsamkeit, Neid, Schadenfreude, Haß und ähnliches. Ich denke dabei gar nicht an Ausnahmesituationen, wenn Menschen für einige Zeit aus den Bindungen ihres sozialen Milieus herausgerissen sind, sondern an ganz gewöhnliche Alltagssituationen (öffentliche Verkehrsmittel, Schlangen vor den Geschäften, Amtsstuben). In unserem Buch wird es sogar ein eigenes Kapitel geben, das der Charakteristik des Sowjetmenschen gewidmet ist. Was werden wir da schreiben? Die üblichen demagogischen Phrasen von den hohen moralischen und sonstigen Qualitäten des Sowjetmenschen, von seinen Vorzügen gegenüber den Charakteren der bürgerlichen Gesellschaft. Wenn wir versuchen sollten, und sei es auch nur in der leisesten Form, auf Erscheinungen anzuspielen, die sich noch nicht einmal aus den Besonderheiten des Sozialismus, sondern ganz einfach aus dem Faktum der Ballung von Menschenmassen und Engpässen in der Versorgung ergeben, würde man uns den Kopf abreißen. Denn theoretisch haben wir das beste öffentliche Verkehrswesen in der Welt, kennen wir keine Versorgungsschwierigkeiten, haben wir stabile Preise. Vereinzelte, seltene Ausnahmen kommen natürlich gelegentlich vor... Im übrigen gilt, wie es so schön heißt: Unser sowjetischer Zwerg ist der größte Zwerg der ganzen Welt, und die sowjetische Paralyse ist die progressivste.

Die Idee der Gleichheit

Unsere Kneipe ist wegen Inventur geschlossen. Wahrscheinlich gab's zu viele Klauereien. Rebrow, der Namenlose und ich beschlossen, uns eine neue Bleibe zu suchen. Dabei kamen wir bis zum Marxismus-Leninismus-Prospekt: am einen Ort war eine Warteschlange, am andern war's schmutzig, ein dritter war geschlossen. In das Café »Jugend« kamen wir auch nicht hinein – auch da war schon eine Schlange. Da schlug Rebrow vor zusammenzulegen, jeder drei Rubelchen, und dafür ein paar Flaschen, Käse und Wurst zu kaufen. Er kenne in der Nähe ein ausgezeichnetes Plätzchen. So machten wir es auch, entschlossen uns, die alten Tage wieder aufleben zu lassen, wie sich der Namenlose ausdrückte (»hab schon lange nicht mehr aus der Flasche getrunken«). Dann führte uns Rebrow zu dem Zaun, der unsere Losung umgab, schob eine Latte zur Seite, und wir krochen ins Innere. Alle Plätze zwischen den Buchstaben waren belegt, aber zwischen den Buchstaben »C« und »H« im Wort »LICHTE« rückten sie etwas zusammen, und wir machten es uns auf Kisten bequem.

»Da haben Sie die Idee der Gleichheit für alle verwirklicht«, sagte Rebrow, nachdem wir die erste Flasche geleert hatten.

»Was gefällt Ihnen an dieser Idee nicht?« fragte ich. »Die Idee an sich ist gut. Die Idee ist nicht verantwortlich für diese oder jene Form der Verwirklichung.«

»Da bin ich nicht einverstanden«, sagte Rebrow. »Sie ist dafür verantwortlich, und wie. Bei uns ist sie übrigens voll verwirklicht. Sie wissen ja, daß die Idee, sobald sie die Massen ergreift ...«

»Ist das nicht ein wenig zu weit hergeholt?« fragte der Namenlose.

»Wieso zu weit hergeholt?« sagte Rebrow. »Lassen Sie mich erklären, worum es geht. Wir sitzen hier zu dritt beisammen und können die Idee der Gleichheit vollkommen verwirklichen: Wir haben unsere Auslagen zu gleichen Teilen aufgeteilt, wir trinken zu gleichen Teilen, essen zu gleichen Teilen, sitzen auf gleichen Kisten. Jetzt nehmen Sie ein Volk. Sagen wir zweihundert Millionen, wie bei uns. Um die Idee der allgemeinen Gleichheit wenigstens unter einem Aspekt zu verwirklichen, müssen diese zweihundert Millionen nach einem bestimmten System organisiert werden. Man muß einen speziellen Apparat schaffen, der diese Idee in die Wirklichkeit umsetzt und dafür sorgt, daß alles recht zugeht. Nehmen wir ferner an, daß die Menschen in sozialer Hinsicht gleichgestellt sind (und sehen wir dabei ab von Alter, Geschlecht, familiärer Situation, physischen Fähigkeiten, Wünschen usw.). In jedem Fall entsteht das Problem ihrer Verteilung auf die einzelnen Zellen der Gesellschaft sowohl in horizontaler als auch in vertikaler Richtung. Es entsteht das Problem der Verteilung der Lebensgüter. Die aber können im Prinzip nicht gleich sein. Außerdem ist das für jedes einzelne Individuum eine Sache der Erfahrung. Denken Sie an die Armee. Was für eine Gleichheit! Und dennoch sind nicht einmal die Stiefel gleich, obwohl es Standardstiefel sind. Die Lage der Pritschen in der Kaserne. Erinnern Sie sich, wie wir uns gestritten haben, um den oder jenen Dienst (Küche oder Wache), um den oder jenen Posten? Selbst wenn jeder sein Brot selber schneidet und es vor unseren Augen geschieht, gibt es ungleiche Teile, und wenn es auch nur den Anschein hat. Und hier erst, in unserer differenzierten Gesellschaft, die voll ist von Versuchungen aller Art! Überhaupt, warum lassen wir uns über all das aus? Über diese Banalitäten. Aber da haben Sie das Ergebnis: Ein System realer sozialer Ungleichheit, wie es in der ganzen Geschichte der Menschheit keines gegeben hat.«

»Das ist richtig«, sagte der Namenlose. »Aber daß es das bisher noch nicht gegeben hat, kann wohl nicht sein.«

»Das hat es schon gegeben«, sagte ich, »und noch schlimmer.«

»Es kommt auf den Standpunkt an«, sagte Rebrow. »Glauben Sie, es wird nicht mehr sehr lange dauern, und die Bevölkerung wird fein säuberlich in eine Herrenrasse und eine Sklavenrasse aufgeteilt. Übrigens wird man das sogar auf physiologischer Grundlage tun. Das ist ein irreversibler Prozeß. Wissenschaft und soziale Selektion würden dies bereits heute erlauben.«

»Ich erinnere mich, daß sich schon Adolf Hitler in dieser Richtung geäußert hat«, sagte ich.

»Hitler war dafür«, sagte Rebrow. »Aber ich bin dagegen. Das ist das eine. Außerdem hat Hitler dieses Problem als ein internationales zu lösen versucht, und ich sehe darin ein inneres, rein soziales. Bei uns wird es von innen gelöst, und deshalb kann man auch Erfolge verzeichnen.«

»Und wen haben Sie als Sklavenrasse vorgesehen?« fragte der Namenlose.

»Ich habe nichts vorgesehen, ich befürchte das«, sagte Rebrow. »Aber ich denke, es kann darüber gar nicht zwei Meinungen geben. Natürlich ist das russische Volk der erste Lieferant. Es ist schon seiner Natur nach dafür geeignet: unterwürfig, unverträglich, uneinig. Verfolgen Sie unsere Geschichte seit der Revolution ...«

»Solschenizyn«, sagte ich.

»Und was schlagen Sie vor?« fragte der Namenlose.

»Kampf«, sagte Rebrow. »Alles hängt von der Fähigkeit zum Widerstand ab. Wir warten, während sich die Dinge von selbst vollziehen, statt uns zur Wehr zu setzen. Ob wir dagegen ankämpfen oder nicht, davon hängt der Gang der Geschichte ab. Trinken wir auf die, die sich wehren!«

»Unsinn«, sagte ich. »Ich trinke mit. Aber gegen wen soll man kämpfen? Wofür? Wie? Außerdem können die Probleme der Verteilung der Funktionen und Aufgaben der Mitglieder der Gesellschaft und der materiellen Güter vernünftig gelöst werden.«

»Ah, da krieg ich Sie zu fassen«, sagte der Namenlose. »Was heißt vernünftig? Mit Hilfe der Vernunft? So gesehen ist jede beliebige Organisation von Menschen vernünftig, denn sie kommt unter unmittelbarer Beteiligung dieser menschlichen Fähigkeit, der Vernunft, zustande. Ohne diese Fähigkeit gäbe es keine menschliche Gemeinschaft, nur eine Herde, einen Schwarm, einfach eine Ansammlung von Lebewesen, wie ein Haufen Schaben oder Wanzen. – Oder nach irgendeiner gesellschaftlichen Zweckmäßigkeit? Wer sind die Richter? Stalin hat mit seiner Bande nach seinen Vorstellungen von einer derartigen Zweckmäßigkeit gehandelt. – Oder nach irgendwelchen Prinzipien der Gerechtigkeit? Was ist das? Welches sind die Kriterien? Wer wird sie durchsetzen? Verzeihen Sie bitte, aber Sie haben da eben gerechtigkeitshalber eine Kiste bekommen, nur ist da leider ein kleiner Nagel drin, und Sie werden sich Ihre Hose zerreißen. Worte, Worte, Worte. Aber die unerbittliche Realität bleibt.«

»Was schlagen Sie denn vor?« fragte ich.

»Das, was ständig und überall tatsächlich geschieht: Kampf.«

Auf dem Weg zu meinem »Arbeitszimmer« sah ich die Besoffene Alte in einem Hinterhof am Prospekt der Erbauer des Kommunismus. Nach vorn zusammengekrümmt mühte sie sich ab, ihren überladenen Karren von der Stelle zu bewegen. Niemand versuchte ihr zu helfen. Ich brachte es auch nicht fertig.

Lenka

»Papa«, fragt Lenka zum hundertsten Mal, »sagt Solschenizyn wirklich die Wahrheit?«

»Natürlich«, sage ich, »steckt in seinen Büchern auch ein Teil Wahrheit.«

»Wieviel?« bohrt sie weiter. »Die Hälfte, ein Zehntel? Wie groß ist er, dieser Teil?«

»Ich hab's nicht gemessen«, sage ich. »Das kann man jetzt nicht feststellen. Was hättest du davon?«

»Begreif doch«, sagt sie, »wenn auch nur ein Tausendstel von dem, was er geschrieben hat, stimmt, dann ist das ein Alptraum. Wir müssen das wissen. Sonst wird es später noch schlimmer. Früher oder später erfahren wir's ja doch. Nimm zum Beispiel deinen Kanarejkin. Von dem erzählt man sich, daß mehr als ein Dutzend Kulturschaffender aufgrund seiner offenen oder heimlichen Denunziationen und seiner Zeugenaussagen erschossen worden sind. Und dieser ... du weißt schon, der uns damals besucht hat ... dieser Hagere, mit den vielen Haaren ... Onkel Anton hat erzählt, daß seinetwegen viele verurteilt worden sind. Er hat einmal mit jemandem die Zelle geteilt, der aufgrund einer Denunziation dieses Mannes zehn Jahre bekommen hatte ... Aber du verkehrst mit ihm, gibst ihm die Hand ... wie ist das möglich?!«

»Du bist noch jung«, sage ich, »und begreifst vieles noch nicht. Wenn du älter wirst, wirst du von selber verstehen, daß dies alles nicht so einfach ist. Du weißt nicht, daß Onkel Anton fast die Hälfte seiner Zeit dort in der Schreibstube gesessen hat ...«

»Was du da sagst, ist eine Gemeinheit«, sagt Lenka, »wenn nicht noch schlimmer. Reg dich nicht auf, ich bin nicht so dumm, wie du denkst. Ich werde dir keine Schwierigkeiten machen. Ich bin eine vorbildliche Komsomolzin und eine ausgezeichnete Schülerin. Das brauch ich für mein Abgangszeugnis und die Beurteilung. Aber einiges möchte ich doch für mich selbst wissen. Zunächst nur für mich selbst.«

Wenn Lenka wüßte, daß dieser hagere Typ (es ist Iljin, einer unserer populärsten Philosophen) als Experte in dem Prozeß gegen eine Gruppe von Lehrern und Doktoranden mitgewirkt hat, die einen Lehrgang der »wahren« Geschichte der KPdSU verfaßt hatten und dafür zu langjährigen Freiheitsstrafen wegen Gründung einer antisowjetischen Untergrundorganisation verurteilt worden waren!

Einmal hielt ich in einem bekannten Moskauer Betrieb einen Vortrag über die Rolle der Partei. Der Versammlungsraum war groß, aber nur wenige Leute erschienen, und die waren noch unaufmerksam, unterhielten sich, verließen demonstrativ den Vortrag. Meine Stimmung war verdorben, und ich fuhr verärgert nach Hause. Während des Abendessens erzählte ich von dem Vortrag. Lenka sagte, ich sei selber schuld. Wir müßten nur verstehen, unsere Ware richtig zu verkaufen, dann würde man uns auch zuhören, soviel wir nur wollten.

»In einem Klub«, erzählte sie, »hat man einmal einen Vortrag zum Thema ›Die Partei und das Volk‹ angekündigt. Niemand kam. Was tun? Sie fragten Abramowitsch. ›Ach‹, sagte Abramowitsch, ›Kleinigkeit. Macht einen Anschlag: Vortrag zum Thema ‚Die drei Arten der Liebe'. Das taten sie auch. Der Saal war gestopft voll. ›Es gibt drei Arten der Liebe‹, begann Abramowitsch seinen Vortrag. ›Die erste ist die homosexuelle Liebe. Die ist nicht gut. Und darum lassen wir uns hier darüber nicht weiter aus. Die zweite ist die heterosexuelle Liebe. Die kennt ihr selbst sehr gut. Darum lassen wir uns darüber auch nicht weiter aus. Bleibt die dritte Art der Liebe: Und das ist die Liebe des Volkes zu seiner teuren Partei. Nun, über diese Liebe wollen wir uns ausführlicher unterhalten.‹«

Alle platzten vor Lachen, sogar meine superorthodoxe Schwiegermutter. Aber mir war dabei nicht wohl. Ich kann mir vorstellen, was für Gemeinheiten die Leser meiner Bücher über mich sagen! Aber was soll ich tun? Ich kann ihnen schließlich keine Vorträge singen, mit Gitarrenbegleitung, wie Okudschawa, Galitsch und Wyssozki!

Über das Gewissen

»Es ist nicht nötig, daß du im Institut über Solschenizyn und Sacharow redest. Dort erzählt man sich ohnehin, du gehörest zu ihren Anhängern.«

»Sollen sie reden.«

»Aber du bringst die Abteilung in Schwierigkeiten. Wir sind befreundet...«

»Und ich warne dich als meinen Freund: Ich habe nicht die Absicht, meine Einstellung zu diesen Personen zu verbergen. Zieh deine Konsequenzen. Ich such mir eine neue Stelle, nur, so einfach ist das nicht. Mach, was dir dein Gewissen diktiert.«

»Du bist kein kleines Kind, begreif doch...«

»Dann begreif du auch, daß wir nicht mehr die Jüngsten sind. Ein Weilchen noch, und wir sind nicht mehr da. Eh wir papp sagen können. Was werden wir in unserer letzten Stunde sagen? Mit diesem letzten Gedanken gehen wir in die Ewigkeit ein.«

»Das macht mir keine Angst. Ich hoffe, mich trifft der Schlag oder ein Infarkt. Oder ich verblöde, dann läßt mich das sowieso kalt.«

»Eine saubere Rechnung. Ich kann das nicht. Ich lebe mit dem Gedanken, jeder Augenblick könne der letzte sein. Das ist mir geblieben, seit dem Krieg. Der Mensch muß wohl so was wie ein Gewissen haben.«

»Ach, leck mich doch am A ... mit deinem Gewissen! Man hat mich ins ZK gerufen. Weißt du, wie viele Denunziationen man wieder gegen uns zusammengebastelt hat? Was macht euch das schon! Ihr habt ja ein Gewissen, oder? Und ich hab keins! Ich muß zur Direktion rennen, von der Direktion ins ZK, vom ZK ins Stadtkomitee, vom Stadtkomitee in die ›Abteilung‹.«

»Laß es! Niemand zwingt dich.«

»Einer muß es schließlich machen.«

»Die Bienen drängen sich um die Königin.«

»Ganz richtig. Wenn ich mal aufgebe, kommt dieses Schwein Waskin und schmeißt euch alle raus.«

»Gott gibt den Tag, er gibt auch die Speise. Wir haben keine Aussicht, uns zu habilitieren, und noch viel weniger, Akademiemitglieder zu werden.«

Die Leute sind doch komisch! Was ist Schlimmes dabei, daß ich Professor bin? Was ist Schlimmes dabei, wenn ich zum Korrespondierenden Mitglied gewählt werde? Ich kann doch höchstens mehr Gutes tun! ... So dachte ich bei mir, aber in den verborgensten Winkeln meiner Seele rührten sich andere Gedanken: Das ist doch alles Lüge! Du willst Korrespondierendes Mitglied werden, und fertig! Und warum sollte ich es auch nicht wollen? Stellung. Ansehen. Wohnung. Geld. Sondergeschäfte. Und was noch alles. Och, so schlecht bin ich auch wieder nicht. Andere sind nicht einmal fähig, sich das einzugestehen. Trotzdem, für die Wissenschaft ist es besser, wenn ich gewählt werde und nicht irgend so ein Waskin. Aber inwiefern unterscheidest du dich von Waskin in deiner

Eigenschaft als Theoretiker des Marxismus? Nicht mehr als eine Wanze aus Rjasan von einer Wanze aus Tula. Mach dir nichts vor. Sieh deine Arbeit genauso an wie jede andere Arbeit, die dir den Lebensunterhalt verschafft, aber leg nicht deine Seele hinein. Die Sache lohnt den Aufwand nicht.

Seit einiger Zeit geht mir Antons Existenz langsam auf die Nerven. Irgend etwas an ihm wirkt sich störend auf mein Leben aus. Das Gewissen? Was ist das? Anton (wieder er!) hat gesagt, das Gewissen sei für den Menschen nicht etwas Absolutes. Es sei immer ein anderer und nicht er selbst.

Vielleicht fürchtet man sich bei uns deshalb so panisch vor Menschen wie Solschenizyn und Sacharow. Man fürchtet nicht, entlarvt zu werden, man fürchtet, sein Gewissen zu entdecken. Die Entlarvung stört das gewohnte Leben nicht. Das Gewissen aber stört. Du kommst nicht mehr davon los, wenn es erst einmal geweckt ist in dir. So komme ich auch von Anton nicht los. Es zieht mich unaufhaltsam zu ihm hin. Ich kann keinen Tag vergehen lassen, ohne an ihn zu denken. Gleichzeitig empfinde ich keinen anderen Wunsch heftiger als den, mich von ihm zu trennen. Man schmäht die Dialektik, aber ich kann keinen Schritt ohne sie tun. Hier ein Beispiel: Der Liberalismus ist ohne seinen Gegensatz, das Dissidententum, undenkbar und umgekehrt. Der Gegensatz zum Liberalismus ist bei uns nicht der harte Stalinismus, sondern es sind die Dissidentenbewegung und die Opposition. Der Liberalismus ist nur ein aufgeweichter Stalinismus. Wie man sieht, können wir (die Liberalen) selbst diese Wahrheit zugeben.

Unsere Paradoxe

»Sagt Ihnen der Name Schtschedrow etwas?« fragte Wiktor Iwanowitsch.

»Natürlich«, antworteten wir alle.

»Na schön«, fuhr Wiktor Iwanowitsch fort, »er hat seine wissenschaftliche Karriere als Marxist begonnen. Er beschäftigte sich zunächst mit physikalischen Theorien und kam zu einigen interessanten Verallgemeinerungen, die eine Ähnlichkeit dieser Theorien mit dem ›Kapital‹ von Karl Marx aufwiesen. Man sagte ihm das und schlug ihm vor, das ›Kapital‹ unter diesem Gesichtspunkt zu analysieren. Die Sache gefiel ihm, und er schrieb eine höchst interessante Dissertation. Völlig marxistisch. Jedenfalls nützlich für den Marxismus. Und was geschah? Bei der Verteidigung ließ man ihn durchfallen. Das hatte es noch nie gegeben: Die beste Dissertation seit vielen Jahren (darin waren sich nahezu alle einig) wurde verrissen. Und Hunderte von Nieten ließ man, ohne mit der Wimper zu zucken, passieren. Was tat Schtschedrow? Er pfiff auf den Marxismus und bearbeitete dieselben Probleme anschließend ohne einen einzigen Hinweis auf die Klassiker und andere Marxisten. Seine neue Dissertation war im Grunde genommen eine scharfe Kritik an der marxistischen Methodologie. Und was geschieht diesmal? Die Dissertation kommt mit Glanz durch. Heute ist er auf seinem Gebiet eine Gestalt von Weltformat. Er hätte der marxistischen Philosophie wirklich einen wissenschaftlichen Anstrich geben können. Aber dort hat man ihn hinausgedrängt, sobald man zu ahnen begann, daß er ein fähiger Mann ist. Woran liegt das?«

»Ist doch ganz einfach«, sagte ich. »Ich kenne Schtschedrow seit langem. Er ist persönlich zu scharf und gradlinig. Das hat die Leute gereizt. Bei der Verteidigung pöbelte er die Mitglieder des Wissenschaftlichen Rats an und bezeichnete sie als Ignoranten.«

»Hat er nicht recht?« sagte Wiktor Iwanowitsch.

»Ja, aber es gibt schließlich ethische Normen. Und dann begann sich der übliche Neid der farblosen Masse gegenüber dem Talent auszuwirken, die Angst, was daraus nicht alles entstehen könnte. Für Schtschedrow war das nur von Vorteil. Er schrieb, was er wollte, und konnte es ungehindert publizieren.«

»Die Dinge liegen doch nicht ganz so einfach, wie Sie behaupten«, sagte Edik. »Neid, Gereiztheit etc., alles halbgare Erklärungen. Es ist ganz folgerichtig, daß man Schtschedrow aus dem Marxismus hinausgedrängt hat, denn der Marxismus ist keine Wissenschaft, und Schtschedrow wollte unter dem Mantel des Marxismus wissenschaftliche Probleme mit wissenschaftlichen Methoden lösen. Meiner Meinung nach ist dabei etwas anderes interessant. Das Christentum war – selbst Marx hat das zugegeben – bemüht, die besten Köpfe des Volks in seinen Dienst zu nehmen. Der Marxismus verhält sich in dieser Hinsicht genau entgegengesetzt zum Christentum. Er ist bemüht, gerade die besten Köpfe zu vertreiben und die hohlsten Köpfe in seinen Dienst zu nehmen. Das ist keine Hypothese, sondern eine empirische Tatsache, die einer theoretischen Erklärung bedarf. Und hier biete ich Ihnen meine Hypothese: Der Marxismus ist die Ideologie der Farblosesten unserer Gesellschaft, für und durch sie geschaffen. Er ist die Quintessenz der Mittelmäßigkeit. Eine langweilige Ideologie. Nicht ästhetisch. Eine Ideologie von Gewalttätern für Gewalttäter. Und für die Vergewaltigten.«

»Damit bin ich nicht einverstanden«, sagte ich. »Haben Sie das ›Kapital‹ gelesen? Und den ›Achtzehnten Brumaire‹? Und ... (Ich zählte eine ganze Reihe bedeutender Arbeiten der Klassiker auf.) Sind die etwa von unfähigen Leuten geschrieben?«

»Ich behaupte ja nicht, der Marxismus sei nicht von Genies begründet worden«, sagte Edik. »Ich behaupte nur, daß das Produkt ihres Schaffens, als es zu einer großen Ideologie geworden war, sich als Verkörperung der Talentlosigkeit für die Talentlosen, das heißt für die überwiegende Menge der Erdbevölkerung, erwiesen hat. Als solches war es gedacht, als solches ist es gelungen.«

»Nun, jetzt ist es jedenfalls so weit gekommen«, sagte Wiktor Iwanowitsch, »daß sich Schtschedrow für seine

Arbeit um die Genehmigung zur Ausreise in den Westen bemüht. Und das bedeutet für immer.«

»Das ist was Neues«, sagte der Namenlose. »Ich dachte immer, Rostropowitsch sei eine Ausnahme. Die Geschichte mit Schtschedrow wird, wenn man sie ein wenig aufbauscht, unserer Emigration bis zu einem gewissen Grad den national-jüdischen Anstrich nehmen. Und wie motiviert er das?«

»Völlige schöpferische Isolierung.«

»Wenn mein Gedächtnis mich nicht trügt, hat Neiswestny seine Ausreise ebenso begründet. Aber da er als Jude emigrierte, blieb diese Motivierung im Hintergrund.«

»Ist Schtschedrow etwa kein Jude?«

»Was denn noch, zum Teufel! Ein Russe braucht nur auf irgendeinem Gebiet persönlichen Erfolg zu haben, und schon wird er als Jude verdächtigt. Sie haben wahrscheinlich von S... gehört? Vor den letzten Akademiewahlen hatte man beschlossen, die Zahl der Juden zu reduzieren. Die Kandidatur von S... war allen recht (die Kandidaturen werden, wie Sie wissen, zuvor in den entsprechenden Abteilungen des ZK und des KGB festgelegt), aber es gab Gerüchte, er sei Jude oder wenigstens Halbjude. Man prüfte seine Papiere: Alles in Ordnung. Ein Bauer aus der Gegend von Wologda. Aber die Juden sind schlau! Also zitierte man S... vor die entsprechende Stelle, um zu klären, ob er Jude sei oder nicht. Er kam. Als man ihm die entscheidende Frage stellte, zog er sein Glied heraus und legte es auf den Schreibtisch. In der Kommission sollen

Frauen gesessen haben. Ich kann mir vorstellen, was da los war. Er wurde trotzdem gewählt. Aber das Amüsanteste an der ganzen Geschichte ist: Er war tatsächlich Jude. Sein Urgroßvater hatte sich taufen lassen und war Bauer geworden.«

Nichts Menschliches

So wie Marx ist auch mir nichts Menschliches fremd. Ich gab mich Tagträumen hin. Man wird mich erst zum Korrespondierenden Akademiemitglied wählen, später zum Ordentlichen – das ist dann kein Problem mehr. Danach entweder ins ZK, in die »Abteilung« oder zu einem der Vizepräsidenten. Besser ins ZK, da sind die Chancen größer, Sekretär für Fragen der Ideologie zu werden. Von dort bis auf den Platz dieses schwindsüchtigen alten Tatterichs ist es nur noch ein Katzensprung. Allerdings ist von dieser Stelle aus noch nie jemand Generalsekretär geworden, aber man könnte ja einen Präzedenzfall schaffen. Das wäre auch gerechtfertigt, schließlich sollten an der Spitze des Landes wirkliche Gelehrte stehen!

Ich war beflügelt von meinen Träumen. Radikale Reformen brauchen wir! Vor allem die Auslandsreisen müssen erleichtert werden. Natürlich kann man nicht jeden rauslassen. Auswählen muß man. Überprüfen. Nur Zuverlässige reisen lassen. Aber mit Verstand. Sonst kommen zu viele nicht mehr zurück. Natürlich müssen die Repressionen abgeschafft werden. Ganz ohne Gefängnis allerdings geht es nicht. Aber einsperren kann man nicht jeden. Legal muß das schon sein. Mit öffentlichen Gerichtsverfahren. Mit Beweisen. In die Zeitschriften muß Ordnung rein! Man kann natürlich nicht alles drucken, was gerade kommt. Bei zuviel Freiheit bringen sie solches Zeug heraus, daß niemand mehr unsere Zeitschrift für Philosophie oder gar den ›Kommunisten‹ lesen wird.

Mitten hinein in den Strom meiner gedanklichen Aktivitäten als Staatschef platzte Lenka.

»Hier, hör mal zu«, sagte sie, »was unser Junge, den du schon kennst, geschrieben hat ... Es heißt ›Der Traum eines Karrieristen‹.«

Nicht eure Lieder singen vor dem Mikrophon
und nicht als Zar das weite Land regieren,
nein, allen sichtbar *dort*, auf jenem Thron
vor roter Fahnenwand möcht ich posieren.
Dann prangte hinter meinem Rücken marmorweiß
die Büste des so sehr geliebten Toten,
dann säßen mir zur Seite, treu um jeden Preis,
die netten Speichellecker – Freunde, Idioten.
Dann könnte vor mir der unendlich große Saal
im Übermaß des Glücks sich kaum noch fassen,
dann starrten sie gebannt auf mich, den General,
ich würd mich, gütig lächelnd, feiern lassen.
Zum Weisesten der Weisen würd ich über Nacht

von Speichelleckern, Lumpenpack erhoben.
Dann würde man an jedem Tag, den Gott gemacht,
mich auf dem Bildschirm zeigen, nur noch loben.
Dann wird mir Mann für Mann vom frühen Morgen an
ganz gottergeben an den Lippen kleben,
und Proletarier aller Länder würden dann
mir Blumen streu'n auf allen meinen Wegen.
Durch meine Staatskarosse wie durch einen Schild
wär ich gepanzert, schwer bewacht geborgen
und würde immer ähnlicher, ja fast zum Ebenbild
IHM höchstpersönlich, lieber heut als morgen.
Doch einen kleinen Haken hat die Sache schon:
Wenn sich nun plötzlich doch ein Kluger fände
und stürzte mich, gestützt von andern, von dem Thron?
Dann wär mein wunderschöner Traum zu Ende.
Und fällt der Schuft erst über meinen Posten her,
klagt er mich an mit gnadenlosen Thesen,
dann werd ich wohl im riesengroßen Gräbermeer
versinken. Spurlos. Niemals dagewesen.
Da ist es dann schon besser...

»Das reicht«, unterbrach ich sie. »Versohlen sollte man den Burschen und zum Arbeitseinsatz an die Baikal-Amur-Linie schicken, damit er das Leben ein wenig kennenlernt.«

»Hat das etwa nichts mit dem Leben zu tun? Das Leben hat vielerlei Formen. Es muß nicht unbedingt die Baikal-Amur-Linie sein. Aber wenn du unbedingt die Baikal-Amur-Linie willst, kannst du sie ja haben!«

»Gott bewahre! Laß mich in Ruhe, ich muß arbeiten.«

Das Ende der Epoche

Jetzt spüre ich selbst, daß die Epoche des Liberalismus vorüber ist. Es ist anzunehmen, daß sie auch für mich bald zu Ende geht. Wann? In welcher Form? Ich muß, koste es, was es wolle, Korrespondierendes Akademiemitglied werden. Sonst geht es später nur noch bergab, und alles, was wir geschaffen haben, zerfällt zu Staub. Auch meine Leute wird man hinauswerfen. Also muß man Widerstand leisten. Wieso kann Anton nicht begreifen, daß das alles nicht so sehr meinetwegen als um der Sache willen notwendig ist? Schließlich konnte doch auch er all diese Jahre hindurch nur dank uns, den Liberalen, einigermaßen erträglich existieren. Wenn man uns fertigmacht, wird es auch ihnen (Leuten wie Anton) schlecht ergehen. Man wird sie erledigen. Es ist sehr leicht, uns als berechnend und karrieresüchtig hinzustellen. Aber anders geht es doch gar nicht bei uns!! Wenn du etwas Gutes tun willst, dabei aber ohne Rang und Würden, unbekannt und ohne materielle Güter bist, dann wirst du nichts erreichen. Willst du das Wohl der Gesellschaft, dann sorg für das eigene Wohl. Aber tu es auf eine ganz bestimmte Weise. Wir, die Liberalen, haben instinktiv richtig gehandelt. Wir konnten auch gar nicht anders. Je breiter unsere Basis, je leichter unser Zugang zur Macht geworden wäre, je mehr materielle und geistige Werte wir dabei ergattert hätten, desto größer wäre unser Einfluß auf die Gesellschaft geworden und desto mehr Gutes hätten wir erreicht. Ich lehne so uneigennützige Menschen wie Anton nicht ab. Ich bin bereit, sie in den Himmel zu heben. Aber sie können nur deshalb existieren, weil wir vorhanden sind. Ihr Einfluß auf die Gesellschaft ist nur deshalb möglich, weil wir über Einfluß verfügen. Das gilt in vielfacher Hinsicht: sowohl was ihr Überleben als auch was die Rezeption ihrer Ideen betrifft. Objektiv gesehen sind sie nur ein Sproß (und sei es auch der oberste) des Liberalismus, und keineswegs mehr. Aber sie gebärden sich wie Wesen einer besonderen, höheren Rasse. Würde man das von ihnen und das von uns Geleistete auf die Waagschale legen... Überhaupt, was sollen diese Vergleiche? Auch daran sind nicht wir schuld. Wir waren es, die in das »Wir« auch Leute wie Anton mit einbezogen. Dennoch haben sie sich stets und auf jede mögliche Weise von uns distanziert.

Heute ist in der Direktion unser Arbeitsplan durchgesprochen worden. Im großen und ganzen wurde er gutgeheißen und gelobt. Aber danach hat man ihn bis ins letzte Detail zerpflückt. Man schlug mir übrigens vor, die Kommentare und Illustrationen zu der genialen Rede unseres supergenialen Tattergreises vorzubereiten. Der ist mir auch so ein Genie! Ich weiß noch gut, welche Liedchen er zu Anfang trällerte: Schreib mir was möglichst Einfaches, Kurzes... Ich bin kein Theoretiker und auch kein Führer, ich bin nur ein einfacher Parteifunktionär... Und heute... Anton hat die Anzahl der Stalinverweise in der kriecherischsten Nummer der philosophischen Zeitschrift zu Lebzeiten Stalins und die Anzahl der Verweise auf unseren jetzigen Führer in einer der gemäßigt kriecherischen Nummern derselben Zeitschrift zusammengezählt. Bei einem solchen Vergleich nimmt sich Stalin wie ein Muster an Bescheidenheit aus. In dem Kapitel über Kritik und Selbstkritik wollten wir uns mit der Frage unserer Dissidentenbewegung auseinandersetzen. Nun hat man uns befohlen, diese Analyse in eine Kritik der ideologischen Abweichungen umzuwandeln, und uns dabei Unterstützung durch die Beschaffung von KGB-Material versprochen. Man hat uns vorgeschlagen, die jüdische Frage in Form einer Kritik am internationalen Zionismus zu behandeln. Und so ist man buchstäblich sämtliche Punkte unseres Plans durchgegangen. Zum Schluß hat man die Zusammensetzung des Redaktionskollegiums geändert. Da Waskin zum Prorektor der Parteihochschule ernannt worden war, hatte er unter Berufung auf seine Überlastung darum gebeten, ihn aus dem Redaktionskollegium zu entlassen. Das ist natürlich ein Schachzug, mit dem er eine ganz bestimmte Absicht verfolgt: Er will sich die Hände für später frei machen. Wir alle gehören schließlich zahllosen Räten, Kommissionen, Redaktionskollegien an, aber auf unsere Überlastung nimmt keiner Rücksicht.

Dann rief Korytow aus dem ZK an und bat mich für morgen zu einem sehr ernsten Gespräch zu sich. Ich glaube zu erraten, worum es geht. Wieder wird sich der selbstsüchtige und raffgierige Liberale herauswinden müssen. Und wofür? Wieso soll ich mich für Anton und ähnliche selbstlose, mutige Kämpfer (in welcher Sache?)

einsetzen? Statt dessen könnte ich ruhig leben. Das Gewissen läßt es nicht zu? Was heißt, läßt es nicht zu! Gewissen. Dummheit. Angst. Der Wunsch sich zu schützen. (Um nicht selbst gefährlich auszusehen – auch den Standpunkt gibt es.) Ist das nicht letztlich alles egal? Wichtig ist das Resultat. Und was hätte dieser superradikale Solschenizyn schon erreicht, wären nicht diese Liberalen, wären nicht »wir« gewesen? Jetzt, *post factum*, ist es leicht, uns zu beschimpfen. Warum hat man es nicht früher schon getan? O mein Gott, wie hab ich genug von alldem!

Das Ding

»Was gibt's Neues?«

»Wieder eine Verzögerung. Sie hatten eine Druckerei gefunden, aber die war wohl nicht zuverlässig. Nun verhandeln sie mit einer anderen. Ich habe so das Gefühl, als führe mich jemand geschickt an der Nase herum.«

»Dummes Zeug. Wir haben alle ein wenig den Kopf verloren. Es ist doch gut, daß man jetzt eine zuverlässigere Druckerei gefunden hat.«

»Sie haben kostbare Zeit verstreichen lassen. Stell dir vor, wie das Buch vor dem Parteitag eingeschlagen hätte! Diese Idioten hätten kräftig daran verdient. Und außerdem, verstehst du, habe ich das bestimmte Gefühl, daß ich genau beobachtet werde. Ob *die* etwas gewittert haben? Aber wie? Ich hab doch außer Natascha keinem meine Schreibereien gezeigt. Selbst dir nicht.«

»Reiß dich zusammen, sonst verlierst du noch völlig den Verstand. Geduld. Übrigens, hier hast du eine Telefonnummer. Ruf an. Sag, daß du von mir kommst. Eine ausgezeichnete Stelle. Und ruhig. Du brauchst keinen Finger krumm zu machen. Und, was die Hauptsache ist –, weit weg von aller Ideologie.«

Das Problem der Denunziation

Wir sehen uns gerade eine Sendung des »Klubs der Filmreisen« an, eine der wenigen in unserem Fernsehen, die genießbar sind. Saschka und Anton führen unterdessen eine recht seltsame Unterhaltung.

»Und wie sind Sie hineingeraten? Durch eine Denunziation?«

»Das ist nicht ganz so einfach, Saschka. Heute verurteilen wir solche Dinge als Denunziation. Aber damals war es keine Denunziation. Es war ein Beweis von Ehrlichkeit, so, wie wir sie damals verstanden.«

»Eine schöne Ehrlichkeit!«

»Richtet nicht, auf daß ihr nicht gerichtet werdet!«

»Die Geschichte ist aber doch sehr seltsam.«

»Nichts ist daran seltsam. Wir – ich und mein engster Freund – waren damals beide Parteimitglieder. (Ich war schließlich auch seit meinem 22. Lebensjahr Parteimitglied!) Und obwohl wir vieles über die Wirklichkeit des Stalinismus wußten und vieles ablehnten, waren wir doch im großen und ganzen überzeugte Stalinanhänger. Wenn einer in unserer Einheit auch nur ein böses Wort über Stalin gesagt hätte, wir hätten ihn von uns aus, auch ohne ›Sonderabteilung‹, in Stücke gerissen.«

»Und was ist denn geschehen?«

»Ich war auf Urlaub zu meinen Eltern gefahren und hatte mich umgesehen. Da packte mich der Zorn, ich erinnerte mich an den berühmten Toast Stalins auf das russische Volk und schrieb das folgenschwere Gedicht. Dann las ich es meinem Freund vor, und statt in der Militärakademie fand ich mich im Lager wieder.«

»Das ist doch eine Gemeinheit! Diesem Freund hätte ich die Fresse eingeschlagen.«

»Es gab auch für mich eine Zeit, in der ich von so was träumte. Aber als ich rauskam, habe ich mich bei ihm bedankt. Was wäre ohne diese Geschichte aus mir geworden? Ein Oberst im Ruhestand. Bestenfalls ein kleiner General. So habe ich das Leben begreifen und schätzengelernt. Das ist mehr, als ein Marschall zu sein.«

»Sie hätten sich auch ohne das Lager ändern können.«

»Wann? Vor Stalins Tod hätte ich es nicht gekonnt. Danach haben sich sehr viele verändert. Auch mein Freund hat sich verändert. Aber das ist nicht dasselbe. Das ist kein prinzipieller Wechsel.«

»Und Grigorenko?«

»Das ist nichts für mich. Ich bin kein Kämpfer für die Gerechtigkeit in Privatsachen. Außerdem kann man das heute weder beweisen noch widerlegen. Im Lager habe ich jedenfalls nur sehr wenig Leute kennengelernt, deren Weltanschauung sich wesentlich gewandelt hätte. So wie sie gekommen sind, so sind sie gegangen. Zugegeben, ich habe unter relativ erträglichen Bedingungen gesessen. Fünf Jahre davon habe ich im Büro gearbeitet. Zumindest im Warmen und Trockenen. Ich schloß dort mit einem leidenschaftlichen Stalingegner Freundschaft. In erbitterten Streitgesprächen mit ihm begann ich einiges zu begreifen. Nur auf sich selbst gestellt, fällt es dem Menschen schwer, zur Wahrheit zu gelangen. Er braucht einen Gesprächspartner, einerlei ob Freund oder Feind, er darf nur nicht gleichgültig sein.«

»Und wo ist dieser Stalingegner jetzt?«

»Man hatte ihn in ein anderes Lager gebracht. Dort kam es nach Stalins Tod zu Unruhen, zu einer Art Aufstand. Ich habe aber Zweifel und vermute, daß das provoziert worden war. Es gab so ein Gerücht. Also hat man das Lager mit Hilfe der Luftwaffe ausradiert (einschließlich der Menschen natürlich). Meine Kollegen bei den Jagdbombern haben sich darum gekümmert. Wäre ich nicht selbst ins Lager geraten, wer weiß, vielleicht wäre gerade ich Kommandeur eben jenes Geschwaders geworden, das das Lager vernichtete.«

»Wie grauenhaft«, sagte Lenka, die sich während des ganzen Gesprächs in eine Couchecke gedrückt hatte.

»Was für eine furchtbare Zeit! Was für ungeheuerliche Menschen! Kaum zu fassen! Und trotzdem, Onkel Anton, ist Ihr Freund ein perfekter Verbrecher. Ein Verräter und Denunziant. Gerade diese Lumpen waren und sind die Stützen des Stalinismus.«

»Was ist eine Denunziation?« fragte Saschka.

»Eine einfache Frage«, sagte Anton, »aber schwer zu beantworten. Ich bin über ein Dutzend Mal in die bewußte Organisation zitiert worden, um verschiedene schriftliche Kommentare abzugeben. Man verlangte von mir, Schweigeverpflichtungen zu unterzeichnen. Und ich habe geschrieben und unterschrieben. Ich schadete niemandem damit, mein Gewissen blieb rein. Aber erst vor kurzem habe ich begriffen, daß auch diese Kommentare und Unterschriften eine Form der Zusammenarbeit mit dem KGB sind. Ich habe noch keinen einzigen Menschen kennengelernt, der dies so beurteilt hätte. Erst jetzt, auf meine alten Tage, wo man mich nirgendwohin mehr zitiert (es sei denn, um mich zu verurteilen und einzusperren), bin ich auf diese schlichte Wahrheit gestoßen. Daß nämlich das Denunziantenunwesen eine normale Organisationsform unseres Lebens darstellt, auch heute noch. Eine solche Kleinigkeit wie die Unterschrift unter einer Schweigeverpflichtung wird nicht einmal als etwas Unmoralisches angesehen. Um so mehr, als in unserer Gesellschaft das moralische Bewußtsein in völliger Übereinstimmung mit den Voraussagen unserer Klassiker abgestorben ist.«

Das Geschenk

Dima hat Geburtstag. Was schenken? Dieses Problem ließ Tamurka und mir eine Woche lang keine Ruhe. Es brachte uns sogar einander wieder näher. Gemeinsame Schwierigkeiten... Schließlich entschieden wir uns dafür, in einem Antiquariat einen italienischen Bildband über einen offiziell abgelehnten Maler wie Chagall, Kandinsky, Picasso oder Magritte zu kaufen. Anjuta hat übrigens vor gar nicht so langer Zeit (in der liberalen Ära!) ein Buch herausgebracht, in dem sie alle diese Künstler in den Dreck zog. Das Buch hatte einen immensen Erfolg. Erstens war es ein Buch über die verbotenen Modernisten, und zweitens waren darin viele Reproduktionen ihrer Gemälde enthalten. Beschimpft hatte sie sie nur aus Gründen der Tarnung. Sonst wäre es nicht gedruckt worden. Anton sagte, das sei der typische Quatsch.

»Ein Schritt vorwärts? Warum denn? Weil man sie früher einfach verschwiegen oder mit den Volksfeinden auf eine Stufe gestellt hat und weil man sie jetzt beschimpfen darf?«

»Sie haben aber doch auch das eine oder andere positive Wort erlaubt«, widersprach Dima.

»Das ist es ja gerade, sie haben es erlaubt, wir haben es uns nicht selbst erkämpft«, sagte Anton.

»Gestattet einmal«, mischte ich mich in den Streit, »was

heißt hier erlaubt, erkämpft? Nehmen wir nur Anjutas Buch. An dessen ›Zulassung‹ war eine große Zahl von Personen verschiedener Rangstufen und Positionen, mit verschiedenen Überzeugungen und Geschmäckern beteiligt. Du hast selbst gesagt, die Entlarvung Stalins sei nicht einfach das Werk eines Mannes oder einer Gruppe von Personen gewesen, sondern eine soziale Erscheinung. Und hier? Ist das nicht dasselbe?«

»Ich verstehe«, sagte Anton, »was du sagen willst. Aber ich rede von etwas anderem. Ich rede vom eigentlichen Wesen unseres Fortschritts und von uns selbst als seinen Trägern. Wenn es eine gesellschaftliche Erscheinung ist, dann spielen selbst wir *denen* in die Hände. Darin ist ein gutes Stück Freiwilligkeit von unserer Seite enthalten. Anjuta hätte auch ein mutigeres Buch schreiben und sich dafür schlagen können. Lebedew hat es getan und ist damit durchgekommen. Aber Anjuta hat sich auf einen Kompromiß eingelassen: angesehener Verlag, große Auflage, Honorar, Garantie einer positiven Rezension. Lebedews Buch hat man totgeschwiegen. Selbst ein Honorar bekam er nicht, man hat ihn genötigt, darauf zu verzichten.«

So stritten wir damals miteinander. Übrigens ganz ohne Zorn. Wird es noch viele Jahre dauern, bis man auch Anjutas Machwerk verreißt? Ich kann mir ausmalen, wie man über sie herfallen wird, wenn Dima erst seinen Ausreiseantrag stellt. Aber über Lebedew immer noch keinen Ton. Auch das ist eine recht bezeichnende Erscheinung. Anjutas Buch ist völlig marxistisch. Das von Lebedew hat nichts mit Marxismus zu tun. Kein einziger Hinweis auf die Klassiker des Marxismus-Leninismus. Es ist wirklich ein großartiges Buch. Erstaunlich, daß man es durchgelassen hat. Es war gleich darauf im Westen in mehreren Sprachen erschienen. Rezensionen gab es dort noch und noch. Bis heute wird es immer wieder zitiert. Bei uns dagegen kein Sterbenswörtchen davon. Als wäre es überhaupt nicht vorhanden. Aber Entlehnungen aus Lebedew kann man sogar bei unseren gemeinsamen Freunden finden. Daß das Buch seinerzeit durchschlüpfen konnte, ist ein typisches Merkmal jener Epoche. Das haben »wir« bewerkstelligt, die Liberalen. Ich kenne schließlich alle Einzelheiten, habe seinerzeit selbst eine nicht für die Öffentlichkeit bestimmte Rezension geschrieben, in der ich bestätigte, daß es keinerlei für uns schädliche ideologischen Fehler enthalte. Auch daß man es totschwieg, ist ein typisches Kennzeichen jener Epoche. Über Anjutas Buch wurde viel gesprochen. Man hat es rezensiert. Zitiert. Über Lebedews Buch wurde geschwiegen. Wobei auch das auf »uns« zurückging. Wir wußten, daß Lebedews Buch hoch über dem von Anjuta stand. Wir wußten, daß es eine ernsthafte Publikation von internationalem Format war. Und eben deshalb schwiegen wir. Man wird es auch jetzt totschweigen. Lebedew zu kritisieren ist problematisch. Jede Kritik kommt ihm zustatten: Sie macht auf ihn aufmerksam. Es ist nicht so einfach, ihn zu liquidieren, er ist weltweit bekannt. Anton hat Rezensionen über Lebedew geschrieben, man ließ sie nicht durch. Ich gestehe, daß ich selbst als Mitglied des Redaktionskollegiums einer Zeitschrift für Philosophie eine Rezension zu Fall gebracht und empfohlen habe, Verweise auf ihn in einem anderen Artikel zu streichen. Heute weiß ich gar nicht mehr, wie ich das vor mir selbst und den anderen begründete. Vielleicht hat Anton wirklich recht: Wir Liberalen haben Millionen kleiner Geschäfte und Geschäftchen betrieben, die das allgemein primitive und niedrige Niveau der vergangenen liberalen Epoche bestimmten und ihr Ende beschleunigten. Wir selber haben unseren Absichten unüberwindliche Hindernisse in den Weg gestellt.

Wir gingen in das Antiquariat an der Gorki-Straße und machten eine Liste der dort erhältlichen westlichen Bücher über die provokativen Künstler (die überall gehandelt und reißend abgesetzt werden), zeigten sie Dima und fragten ihn, was er haben wolle (von wegen Überraschung!). Dima zauderte nicht und bestellte Salvador Dali, das allerteuerste Buch.

»Weißt du, wieviel es kostet?« fragte Tamara.

»Macht nichts«, sagte Dima, »es wird euch schon nicht ruinieren. Ich habe nur einmal im Jahr Geburtstag.«

Nicht weit von unserem Haus sahen wir die Besoffene Alte.

»Schau«, stieß Tamurka mich an, »wie entsetzlich! Die vertrinkt sicher alles bis auf die letzte Kopeke. Stell dir vor, wenn ich so eine Mama oder Schwiegermutter hätte!«

»Ein unglückliches Geschöpf.«

»Sei doch nicht so naiv. Weißt du, wieviel sie für diesen Trödel zusammenscharrt?«

Die jüdische Frage

»Du stehst also auf der endgültigen Teilnehmerliste«, sagte Dima. »Großartig! Da nimmst du auch meinen Brief mit. Sie werden euch nicht durchsuchen. Du steckst ihn dort in einen Briefkasten und fertig.«

»Du bringst mich in Teufels Küche«, sagte ich.

Aus irgendeinem Grund möchte ich den Brief nicht mitnehmen, aber ich spüre, daß ich es doch nicht umgehen kann. Es ist mir einfach unangenehm vor Dima, Anton, und selbst vor Tamara, die mich ohnehin für einen Feigling hält.

»In Ordnung«, sagte ich, »und was ist das für ein Brief?«

»Schau her, worum es geht«, sagte Dima. »Es ist heute nicht ganz einfach, über die offizielle Post eine Einladung aus Israel zu bekommen. Sie lassen die Briefe nicht durch. Aber im Amt für Visa- und Meldeangelegenheiten werden nur Einladungen anerkannt, die per Post eintreffen. Also habe ich mir folgendes ausgedacht: Man soll mir aus Israel einige Briefe mit passendem Umschlag schicken. (Es reicht, wenn nur einer davon durchkommt.) Der Inhalt ist belanglos. Meinetwegen sollen sie schreiben, es gehe in Israel schlecht, man rate mir von der Ausreise ab. Die richtige Einladung aber bringst du mit.«

Ich machte dabei offenbar ein solches Gesicht, daß alle losprusteten.

»Keine Angst«, sagte Dima. »Solange du die Reinheit des Marxismus vertrittst und unsern Führer zitierst, wird alles bestens gehen. Hauptsache, du steckst den Brief ein. Die Einladung aber bekommst du in einer Form, an der überhaupt nichts auszusetzen ist. Irgendein sowjetfreundlicher westlicher Marxist wird dir Sonderdrucke seiner Artikel übergeben oder auch etwas anderes.«

»Eine schöne Geschichte«, sagte ich. »Und du, Anton, welchen Auftrag hast du für mich? Soll ich einen Aufsatz mitnehmen, in dem du die Schwächen der sowjetischen Gesellschaft entlarvst? Oder vielleicht ein ganzes Buch?«

»Leider habe ich bisher noch nichts, was sich lohnen würde«, sagte Anton. »Aber bei deiner nächsten Reise ...«

»Eine nächste Reise wird es nicht geben«, sagte ich. »Diese ist die letzte. Also mußt du schon herausrücken, was du hast.«

»Sei nicht voreilig«, sagte Anton. »Noch ist nicht alles verloren. Du hast ja doch einige Chancen, Korrespondierendes Mitglied zu werden. Vorerst besteht kein Grund, dich zu schikanieren. Kanarejkin braucht dich wie das tägliche Brot, und vorerst hat er noch das Sagen. Aber er selbst ist bald auf dem absteigenden Ast und daher kräftig bemüht, dich als seinen Mann durchzubringen. Waskin ist nicht beliebt. Er ist zu widerlich. Seine Zeit rückt näher, aber noch ist sie nicht da. Die anderen Konkurrenten fallen nicht ins Gewicht.«

»Wie man's nimmt«, sagte Natascha ruhig, »in solchen Fällen schafft es gewöhnlich die allerunauffälligste, farbloseste, ungefährlichste Kreatur.«

»Nataschka hat recht«, sagte Dima. »Aber du hast noch Aussichten. Es ist jedenfalls prima, daß gerade jetzt ein Artikel von dir im ›Kommunist‹ erscheint.«

»Unsinn«, sagte ich. »Das ist eine lächerlich kleine, widerliche und kriecherische Glosse.«

»Der Inhalt ist belanglos«, sagte Anton. »Was zählt, ist die Tatsache der Publikation.«

»Und was hast du davon?« fragte Tamara.

»Ich möchte, daß dein Mann Akademiemitglied wird«, antwortete Anton. »Erstens ist es für mich von Vorteil, ein Schutz. Und dann bringt er mein brisantes Buch in den Westen. Und zweitens mag ich ihn ja. Er möchte gern Akademiemitglied werden. Also wünsch ich ihm das auch.«

Dann redeten wir über die Engpässe in der Lebensmittelversorgung, die Preiserhöhungen, die Dummheiten unserer Afrikapolitik, den bevorstehenden Karawajew-Prozeß, die letzten Äußerungen Solschenizyns usw.

»Sag mal«, fragte ich Dima, »bist du wirklich entschlossen? Warum denn bloß? Dir geht es hier doch ausgezeichnet. Du hast eine Wohnung, die Datscha, ein Auto. Eine Arbeit, für die du keinen Finger zu krümmen brauchst. Was fehlt dir denn noch? Du bist doch nicht mehr so jung, um damit rechnen zu können, daß ...«

»Weißt du, was ein Fabelwesen ist?« fragte Dima. »Das ist ein Judenjunge, den man an der Fakultät für Mechanik und Mathematik der Moskauer Universität zugelassen hat. Meine Kinder wachsen heran. Später einmal, wenn sie es zu nichts bringen, möchte ich nicht denken müssen, dies habe am Punkt fünf gelegen. Doch unter uns gesagt, ist das nicht einmal die Hauptsache. Das ist nur eine Kleinigkeit. Für mich persönlich ist das weitere Leben hier einfach kränkend. Nicht etwa deshalb, weil ich Jude bin, sondern weil ich ohnehin kein echter Sowjetmensch hätte werden können. Wenn sich mir also eine Möglichkeit bietet, warum soll ich es nicht riskieren? Übrigens hat man die jüdische Frage in der Sowjetunion restlos vernebelt. Niemand ist daran interessiert, sie wirklich aufzuhellen. Die Juden wollen als Verfolgte dastehen, das heißt als Opfer des Antisemitismus. Der Nutzen, den sie daraus im Westen wie auch hier ziehen, ist einleuchtend. Fällt ein Bursche beim Examen wegen mangelnder Fähigkeiten oder Kenntnisse durch, gleich heißt es – ein Jude! Hat man Iwanow einen Posten gegeben und nicht Abramowitsch – ein Jude! Kennt ihr den Witz vom Stotterer, der seinen Mißerfolg bei der Bewerbung als Fernsehsprecher damit begründete, daß er Jude sei? Darin steckt ein großer Teil Wahrheit. Auch unsere Machthaber sind daran interessiert, daß die Diskussion um die jüdische Frage nicht tiefer als bis zur Frage nach der Existenz bzw. der Nichtexistenz des Antisemitismus geht. Sie haben gewaltige Argumente zur Verfügung, um sich gegen den Vorwurf des Antisemitismus zu verteidigen. Von was für einem Antisemitismus könnte bei uns auch die Rede sein? Nehmt die Akademie der Wissenschaften: Physiker, Mathematiker – alles Juden. Nehmt den Film, die Musik, Medizin, Literatur ... Und dabei gibt es in dieser Frage zwei wichtige und schwerwiegende Probleme, über die alle fein schweigen.

Das erste ergibt sich aus der natürlichen Entwicklung, in deren Verlauf eine Minderheit alte Privilegien verliert und mehr und mehr unter die Wirkung der allgemeinen Gesetze des sowjetischen Lebens gerät. Worauf ich hinaus will? Wie viele Wissenschaftler, Lehrstühle, Professoren, Sektoren, Institute, Gesellschaften, Musiker, Juristen usw. hat es früher gegeben? Und heute? Meine lieben Freunde, allein zahlenmäßig sind die Juden nicht mehr imstande, den früheren Einfluß zu bewahren und die traditionelle jüdische Solidarität zu praktizieren. Schon die gigantische Armee der Völkerschaften Rußlands liefert eine ausreichende Zahl fähiger und gebildeter Menschen, die erfolgreich mit den Juden konkurrieren. Auch wenn ihr Prozentsatz nicht hoch ist, so ist doch ihre absolute Zahl gewaltig. Und selbst wenn die jüdische Bevölkerung nicht durch Mischehen von der übrigen Masse der Bevölkerung Rußlands assimiliert würde (jüdische Mischehen gibt es übrigens recht wenige; überhaupt sind Mischehen eine Seltenheit; die Völker vermischen sich, aber hauptsächlich durch räumliche Unterwanderung und die Aufgabe vieler alter nationaler Bindungen), hätte sie doch die höchst traurige Perspektive vor sich, im Laufe der Zeit dasselbe Leben zu führen wie die durchschnittliche russische Bevölkerung. Und dieser natürliche Prozeß wird von einem anderen, rein sozialen überlagert. Das ist das zweite Problem. Es besteht darin, daß die Juden dank ihrer nationalen Solidarität innerhalb der sowjetischen Gesellschaft eine Vielzahl inoffizieller Organisationen gebildet haben, die faktisch ein Pendant zu den staatlichen bzw. Parteiorganisationen darstellen. Diese Solidarität hat auch einen beachtlichen Teil der russischen Bevölkerung, insbesondere der Intelligenz, ergriffen. Ihr wißt ja selbst, daß die Russen als großes Volk nicht zu einer nationalen Solidarität wie der des jüdischen Volks tendieren. Sie neigen im Gegenteil eher zu nationaler Zersplitterung, gegenseitiger Feindseligkeit, wechselseitiger Ablehnung, alles Eigenschaften, die der sowjetischen Lebensform sehr entgegenkommen. Das Streben der russischen Intelligenz nach Zusammenschluß, das auf die vergangene liberale Epoche zurückgeht, entwickelte sich ganz natürlich über die bereits vorhandene jüdische Solidarität. Es ist bemerkenswert, daß gerade die im Grunde kosmopolitischen Juden eine aktive Rolle als Patrioten der russischen Kultur zu spielen begannen, während die russische Intelligenz zu einem großen Teil kosmopolitische Tendenzen entwickelte: eine Tatsache, die die These untermauert, daß es sich hierbei um ein rein soziales Problem handelt. Nur aufgrund der historischen Umstände hat dieses Problem den Charakter eines jüdischen Problems angenommen. Anders ausgedrückt: Die Tendenz der liberalen sowjetischen Intelligenz zur Konsolidierung stellt sich in der Form eines jüdischen Problems dar. Es ist deshalb überhaupt nicht verwunderlich, daß auch die extremste Erscheinungsform der liberalen Tendenzen dieser Epoche – die Dissidentenbewegung – die gleichen Züge aufweist. Infolgedessen hat sich der beständige Kampf der Machthaber gegen Dissidenten, Oppositionelle, Unzufriedene und natürlich gegen das liberale Milieu, das sie nährt und schützt, in einen

Kampf gegen die Juden gewandelt. Der sowjetische Antisemitismus, meine Lieben, ist vor allem ein Kampf der sowjetischen Machthaber gegen die soziale Opposition, der nur in seinen Folgen die jüdische Bevölkerung offener trifft als die russische Intelligenz. Die ist, auf die Dauer gesehen, ein gefährlicherer Feind des Kommunismus als die Juden. Die Juden sind im Grunde genommen ein zutiefst kommunistisches Volk.«

Dann begannen wir über den Antisemitismus in der Bevölkerung zu streiten. Die relative Klarheit, die nach Dimas Ausführungen eingetreten war, ging wieder verloren. Wir beschimpften einander, dann versöhnten wir uns wieder. Schließlich tranken wir darauf, daß *sie* alle verrecken mögen, und dann darauf, daß *es denen noch schlechter gehen möge!*

Auf dem Heimweg sagte mir Anton, unsere vielen wichtigen Probleme könnten wir nur nicht lösen, weil wir uns nicht zu restloser Offenheit durchringen. Da gibt es zum Beispiel in der jüdischen Frage bei uns Aspekte, über die alle aus diesen oder jenen Gründen schamhaft schweigen. Übrigens sei es genauso mit der Ideologie. Versuch mal inmitten unserer Oppositionellen zu sagen, der Marxismus sei eine ernst zu nehmende Sache. Auslachen würden sie dich! Oder versuch mal zu sagen, Solschenizyn gefalle dir als Schriftsteller nicht. Sie werden dich ächten!

»Ob Dimka wirklich auswandert?« fragte ich. »Das täte mir wirklich sehr leid. Unser Freundeskreis schrumpft katastrophal.«

Zu Hause fragte Lenka beim Gutenachtkuß vor dem

Schlafengehen ganz beiläufig, was eigentlich Internationalismus sei. Ich wollte gerade zu einer Erklärung ansetzen, da winkte sie ab.

»Alles Unsinn. Überholt. Internationalismus ist, wenn ein Russe, ein Grusinier, ein Ukrainer, ein Tschuwasche und noch andere sich zusammentun, um gemeinsam die Juden zu verprügeln.«

Wieder Lenka

Lenka kam aus der Schule gelaufen, warf ihre Mappe in ihr Zimmer und begann, ohne guten Tag gesagt zu haben, ein Gedicht herunterzuleiern:

Beim ersten Feindesüberfall
wurd ohne Heer er General.
Beim harterkämpften Siegesessen
war er noch keinesfalls vergessen.
Er erntete sogar Applaus,
wenn auch nur für sein Freudenhaus.
Doch eines Tages, unverhofft,
traf ihn ein Glücksfall, wie so oft.
Des Henkers Hand, o welch Entzücken,
berührte nun auch seinen Rücken.
Danach war er dann so la la,

nach Meinung aller unscheinbar.
Dann machte bei Gelegenheit
er sich auf Kosten andrer breit.
Aus jedem Handgemenge machte
er Heldentaten, selbsterdachte.
Das nochmals aufgebauscht, und schon
war Held er der Sowjetunion.
Dann hat er – blau, mit vollem Magen –
den armen Nachbarn totgeschlagen.
Und darob zitternd und zerfahren
hat er nen andern totgefahren.
Dann hetzt' er die Araber auf,
fuhr in den Westen bald darauf.
Und wenig später... Kurz und knapp:
Er gab sich nicht mit Kleinkram ab.
Er sprach mal hier, er sprach mal dort,
verstand von seinem Scheiß kein Wort.
Und dem Beschluß zuwider priesen sie
ihn als das allerweiseste Genie.

»Ratet mal, wer das ist!«

Tamurka gebärdete sich hysterisch. Meine Schwiegermutter zuckte mit den Schultern, drehte den Fernseher lauter und verfolgte weiter ihr Hockey-Spiel. Ich brüllte etwas wie, das müsse ein Ende haben, sie bringe uns alle noch in Teufels Küche. Aber das glitt an Lenka ab, wie das Wasser von der Gans.

»Ach, sieh mal an, ihr versteht also doch ab und zu was von dem, was ich nach Hause bringe. Toll! Ihr habt es erraten. Nur unsere Schulleiterin hat es nicht kapiert. Die verlangt von uns, daß wir den Autor verraten und sagen, wen er meint. Das ist vielleicht eine selten dumme Kuh!«

»Sie kriegen den Verfasser heraus und jagen ihn von der Schule.«

»Sie kriegen es nicht heraus. Es weiß doch niemand, wer der Verfasser ist.«

Lenka ging in ihr Zimmer, und wir schimpften noch eine Weile über die heutige Jugend. Dann meinte Tamurka (und das muß man ihr lassen, sie regt sich schnell wieder ab), das ginge alles bald vorüber. Heutzutage hätten alle Schüler eine große Klappe. Sobald sie an der Hochschule seien, kämen sie zu Verstand.

Agafonow

Die Frage der Gesetzmäßigkeiten einer erfolgreichen Karriere in unserer Gesellschaft ist noch ganz unerforscht. Ich beobachte all das schon lange. Ich halte mich selbst für einen Mann mit einer Karriere. Aber noch immer kenne ich mich in den Feinheiten dieser Problematik nicht aus. Sehr wahrscheinlich verfüge ich nicht über die Fähigkeiten eines echten Karrieristen.

Da ist zum Beispiel Wladilen Makarowitsch Jeropkin. Sein Vater war ein kleiner Krämer irgendwo in Sibirien.

Er paßte sich dem Regiment der Sowjets rasch an. Dem Sohn hat er einen höchst revolutionären Namen gegeben: »Wladilen«, das ist eine Abkürzung von Wladimir Lenin. Er selbst brachte es bis zum berüchtigten Tschekisten. Nicht einmal erschossen hat man ihn. Jeropkin kam als Doktorand an unser Institut und ließ seine Frau und zwei Kinder zu Hause zurück. Hier freundete er sich mit der Tochter von Mitrofan Lukitsch an, einer selten häßlichen und dummen Doktorandin unseres Sektors (mit Vornamen Elwira). Mitrofan Lukitsch hatte damals gerade seinen Höhenflug zu den Gipfeln der Macht angetreten. Jeropkin umgarnte die beneidenswerte Maid, verließ Frau und Kinder (auf der Hochzeit bemerkte er dann zynisch, man müsse der Wissenschaft Opfer bringen) und heiratete Elwira. Zwei Jahre später hatte er seinen Doktor, und noch ein Jahr darauf war er Mitglied des Redaktionskollegiums und Abteilungsleiter einer Parteizeitschrift, nach einem weiteren Jahr Korrespondierendes Akademiemitglied und noch ein Jahr später Direktor eines Parteiinstituts. Jetzt steht ihm der Weg zum Ordentlichen Akademiemitglied offen. Das ist eine Karriere nach allen Gesetzen sowjetischer Lebensart. Eine solche Karriere hätte ich nicht machen können: Ich bin nicht mittelmäßig und ungebildet genug, als daß Elwira bei mir angebissen hätte, und Mitrofan Lukitsch hätte in mir nicht eine verwandte Seele gewittert und Gefallen an mir gefunden, wie an Jeropkin. Soweit ist alles klar. Ich habe auch keine Ambitionen in bezug auf Jeropkin.

Dieser Agafonow hingegen hat alle meine Vorstellungen von einem sowjetischen Karrieristen durcheinandergebracht. Der Bursche ist keine Schönheit, aber auch nicht von unangenehmem Äußeren. Man kann nicht sagen, daß er besonders begabt wäre, aber er ist auch nicht dumm. Er hat nichts gegen einen kräftigen Schluck einzuwenden. Er ist nicht bösartig. Gutmütig. Träge. Irgendwie verschlafen. Ohne hochgestellte Verwandte. Niemand protegiert ihn, wie etwa Kanarejkin mich. Er hat ein paar populärwissenschaftliche Traktätchen zur Philosophie herausgebracht (Lehrbücher der Philosophie für Hausfrauen und geistig Minderbemittelte, wie sie selbst von so hervorragenden Degenerierten wie Kanarejkin und Petin bezeichnet wurden). Und dennoch schoß er mit einemmal steil in die Höhe. Mir nichts, dir nichts. Plötzlich nahm man ihn in das Redaktionskollegium einer bedeutenden Zeitschrift auf, erhielt er einen Lehrstuhl, machte man ihn zum Redakteur, wurde er zum Korrespondierenden Akademiemitglied gewählt. Das alles geschah unmittelbar vor meinen Augen. Ich war schon einer der bekanntesten Theoretiker des Marxismus und er eine unbekannte Null. Da überrundete er mich ohne jegliche Anstrengung und hat wahrscheinlich noch nicht einmal seine Grenzen erreicht. Woran liegt das? Anton meint, weil Agafonow ein anerkanntermaßen mittelmäßiger Mensch und daher nicht gefährlich sei, während ich in der Vorstellung unserer Führungsspitzen als begabter und daher gefährlicher Mann gelte. Aber das ist keine Erklärung.

Obwohl ich Agafonow behilflich gewesen war, seine ersten kümmerlichen Artikelchen durchzubringen, und sie selbst redigiert hatte, waren unsere persönlichen Beziehungen weiterhin die besten geblieben. Der Gedanke, eine gute Besprechung meines Buches in seiner Zeitschrift herauszubringen, war mir schon lange durch den Kopf gegangen. Doch hatte ich mich nicht beeilt, ihn in die Tat umzusetzen, da eine besondere Notwendigkeit dafür nicht gegeben war. So wie die Dinge jetzt stehen, ist es jedoch einfach töricht, eine solche Möglichkeit nicht auszunutzen. Ich rief Agafonow an. Am Abend fuhren Tamurka und ich zu ihm in seine neue Wohnung in einem der prächtigen ZK-Häuser im Zentrum. (Nach Zarskoje selo hatten die Agafonows nicht ziehen wollen.) Ich wußte, daß der Anblick der gigantischen Wohnung der Agafonows (ein Entrée von mehr als zwanzig Quadratmetern, die Küche ebenfalls zwanzig und das Arbeitszimmer dreißig Quadratmeter!!) Tamurkas Stimmung für eine ganze Woche verderben würde, aber im Interesse der Sache mußte man Opfer bringen. Der Abend verlief wie gewöhnlich bei den Agafonows: Man aß und trank reichlich, träge zog sich der Klatsch dahin, man glotzte stumpf in den Farbfernseher und schwieg. Agafonow nahm die Idee mit der Rezension sehr gelassen auf. Ich werde sie selbst schreiben, und Agafonow überlegt, wer seinen Namen daruntersetzen soll. Er selbst kann es nicht. Ohne Zustimmung des ZK darf er nicht mehr öffentlich in Erscheinung treten. Ich schlug vor, mit Jeropkin zu sprechen. Agafonow sagte, das sei eine gute Idee. Und wenn Jeropkin nicht einverstanden sein sollte, dann unterschreibt halt ...Kurz, das sei kein Problem.

Fortschritt

Nach seiner Umgestaltung war der Platz der Kosmonauten prächtig anzusehen. Am Fuß der einzelnen Buchstaben hatte man Blumenbeete angelegt. In der Mitte des Platzes war ein riesiges Mosaikporträt von Iljitsch mit ausgestrecktem Arm, zusammengekniffenem Auge und Schirmmütze errichtet worden. Abends strahlte es abwechselnd auf und erlosch wieder. Sehr wirkungsvoll. Das Auge flammte zuletzt auf, blinzelte eine Zeitlang verschwörerisch und erlosch. Anschließend verdunkelte sich nach und nach (vom Zentrum zur Peripherie hin) das ganze Porträt. Unter dem Porträt von Iljitsch hatte man (ebenfalls auf Betonfundamenten) dauerhafte Metallrahmen aufgestellt, in die an Festtagen die Porträts der Mitglieder und Kandidaten des Politbüros gesteckt werden konnten. Die Buchstaben der Losung waren durch neue aus Titan ersetzt worden, weil die alten aus rostfreiem Stahl aus unerfindlichen Gründen zunächst eine dunkle Tönung angenommen und sich später mit rötlichbraunen Flecken überzogen hatten. Man erzählte sich, daß bei dieser Geschichte irgend jemand entlarvt worden war, der beim Bau anstelle von rostfreiem Stahl gewöhnliches Blech untergejubelt hatte. Aber davon hat die Losung letzten Endes nur profitiert. Man begann sie den Ausländern zu zeigen, wie die Musterkolchose »Der Kämpfer«, die Sowchose »Vorwärts«, die Fabrik »Der Lichtstrahl« und die Nerzfarm »Winter«.

Der Traum eines kleineren Karrieristen

Lenka hatte wieder ein Gedicht von ihrem Freund mitgebracht. Ich fand, es sei auf mich gemünzt, und war beleidigt. Aber Lenka schwor hoch und heilig, nicht ich sei gemeint, sondern Waskin, und im Gegenteil, mir seien alle gewogen, weil ich ein netter und Waskin ein böser Mensch sei, und man merke das auch an unseren Büchern. Ich sagte, ich sei wirklich zu nett, aber ihr Freund da, der sei ein böser und sogar giftiger kleiner Kläffer. Welcher wohlmeinende Mensch könnte so was schreiben:

Nur eine Leidenschaft mein Seelchen quält,
wenn sie sich nicht erfüllt, verwind ich's nie –
daß endlich man mich kleinen Popel wählt
zum Mitglied der Akademie!
Es würd am Anfang mir auch reichen,
wenn's nur »korrespondierend« wär.
Ich gebe zu, ich würde mir damit erschleichen,
was nur an Privilegien möglich wär.
Doch das allein ist nie der Grund gewesen
für meinen Traum, daß man mich endlich wählt.

Ich möchte einmal nur in fremden Augen lesen
die stumme Frage, die ich mir so oft gestellt:
Wie schafft ein solcher Abschaum, solche Kreatur,
den Aufstieg bis in solche Höhen nur?!

Meine Schwiegermutter stellte dazu fest, daß Lenkas Freund in Literatur wahrscheinlich kaum mehr als eine Drei nach Hause brächte. Sie würde ihm jedenfalls nie mehr als eine Drei geben. Lenka sagte, alle großen Poeten träfe das gleiche tragische Los: zu Lebzeiten bekämen sie Dreien oder gar Vieren, aber nach ihrem Tod würden sie einem als Vorbilder für Musterschüler eingetrichtert. Tamurka sagte, ihr gefielen die Verse, für unser Scheißleben brauche man auch Scheißverse. Saschka fand, an den Gedichten von Lenkas Freund sei was dran und im Lauf der Zeit würde aus ihm ein mindestens so guter Dichter wie Galitsch. Was aber mich beträfe, so könne ich nicht Akademiemitglied werden (immer laut Saschka), weil meine Einstellung zu meiner Tätigkeit den inneren Ernst, das parteibürokratische Beben vermissen lasse. Das sei in allem zu spüren. Und das möge man natürlich nicht. Zum Schluß seiner Rede brachte er einen Vergleich, der mir einen kalten Schauer über den Rücken jagte. Er sagte, meine Situation innerhalb der sowjetischen marxistischen Elite sei mit der von Admiral Canaris unter Hitlers Horde von Banditen zu vergleichen. Tamurka sagte, Saschka habe ein bißchen zu hoch gegriffen, eher biete sich der Vergleich mit einem Freudenhaus an, in dem sich die eine Prostituierte von den anderen dadurch unterscheidet, daß sie sich anschickt, eine anständige, gesunde Familie zu gründen. Ich fand das nicht besonders geistreich. Tamurka wußte zu berichten, daß man bei der Neuauflage der gesammelten Werke unseres Führers erwogen habe, das Wort »Prostituierte«, das unser Führer besonders gern gebraucht, nur mit den Anfangs- und Schlußbuchstaben und Pünktchen dazwischen zu schreiben und das mit der Fußnote »Hure« zu erläutern. Aber man habe sich dann doch für die größere Originaltreue entschieden. Lenka fragte, wann man endlich seine Werke vollständig veröffentliche. Tamurka sagte, die müßten dann den Vermerk tragen: »Nicht für Jugendliche unter sechzehn Jahren«.

Rogosin

Die »Stimmen« (so nennt man die westlichen Rundfunkstationen, die Sendungen in russischer Sprache für die Sowjetunion ausstrahlen) hatten berichtet, Rogosin würde auf Einladung Israels ausreisen. Obwohl es schon Fälle von Ausreisen russischer Kulturschaffender aufgrund derartiger Einladungen gegeben hatte, waren sie bisher doch immer irgendwie gerechtfertigt gewesen: Bald hatte sich ein russischer Intellektueller zumindest als Halbjude erwiesen, bald war die Ehefrau Jüdin gewesen. Hier aber liegt ein klarer Fall vor. Rogosin hatte nicht verborgen, daß seine jüdische Verwandtschaft ein Bluff war. Bei irgendeiner Instanz hatte er auf die Frage nach dem Familiennamen des einladenden Verwandten ein zerknittertes Papier aus der Tasche gezogen und aus den Falten ein fremdartiges Wort entziffert. Als man ihn fragte, wer das sei, Mann oder Frau, gab er zur Antwort, er wisse das nicht, der Schreibweise des Familiennamens könne man es jedenfalls nicht entnehmen.

Ich kann mich gut an Rogosin erinnern. Er hatte sein Studium an unserer Fakultät begonnen. Dann war er wegen seines (zu jener Zeit und in unseren Kreisen) berühmten Auftritts bei der Verteidigung der Habilitationsschrift von Kadilow gefeuert worden. Kadilow hatte damals die Kampagne zum Kampf gegen den Kosmopolitismus an unserer Fakultät angeleitet. Seine Arbeit hatte er über Lenins Beitrag zur marxistischen Erkenntnistheorie zusammengeschmiert. Ein ganzes Kapitel war Lenins Beiträgen zur Logik gewidmet. Die Verteidigung rollte so ab, wie es bei einer Verteidigung dieser Art zu erwarten war. Die offiziellen Opponenten lobten Kadilow bis in den Himmel. Die inoffiziellen Opponenten (besonders diejenigen, die Kadilow zuvor als Kosmopoliten verfolgt hatte) krochen vor ihm auf dem Bauch. Plötzlich jedoch ergriff Rogosin das Wort und knallte etwas so Unerhörtes hin, daß es selbst Kadilow für einige Zeit die Sprache verschlug. Rogosin hatte ungefähr folgendes gesagt: Die Klassiker des Marxismus und insbesondere Lenin waren auf dem Gebiet der Logik völlige Ignoranten. Sie waren auch nicht im geringsten mit dem jeweiligen zeitgenössischen Stand der Logik vertraut. Ihre Äußerungen zur Logik sind lediglich eine biographische Tatsache. Für die Logik besitzen sie keinerlei positive Bedeutung. Wenn ihr sie nicht allgemeinem Gespött preisgeben wollt, dann verschweigt lieber ihre Äußerungen zu diesem Thema. Hier zum Beispiel ... Und Rogosin hatte ruhig (aus irgendeinem Grund hatte man ihn nicht vom Rednerpult verjagt) alle Äußerungen Lenins zur Logik (und davon gibt es nicht wenige) auseinandergenommen. Und zwar so, daß ihre Unsinnigkeit ganz offenkundig wurde.

Man hatte Rogosin danach zwar von der Fakultät relegiert, aber nicht eingesperrt. Man hatte ihm sogar erlaubt, sein Examen an der Fakultät für Mechanik und Mathematik zu machen (ehemaliger Frontkämpfer, kluger Kopf, Russe von bäuerlicher Herkunft). Rogosins Schicksal war in dieser Hinsicht eine der ersten Schwalben der heraufziehenden liberalen Epoche gewesen, sein folgender Höhenflug eine charakteristische Erscheinung dieser Epoche. Seine Ausreise ist in ebenso charakteristischer Weise mit ihrem Untergang verbunden.

Wo ist heute Kadilows Habilitationschrift? Wo sind die Ergebnisse der »genialen« Ideen Lenins auf dem Gebiet der Logik? Hunderte von Menschen haben vor und nach Kadilow über die gewaltige, weltweite Bedeutung dieser Ideen für die Logik geredet. Worin haben sie sich gezeigt? Doch Rogosin (das wird selbst bei uns anerkannt) hatte einen wirklich ernsthaften Beitrag zur Wissenschaft geleistet. Und nun verläßt er das Land. Von Stund an wird sein Name in seiner Heimat nie mehr und nirgends mehr erwähnt werden. Seine Erkenntnisse werden stückweise gestohlen und besudelt werden. Vielleicht wird man sie bei uns in zwanzig Jahren anerkennen, wenn sie aus dem Westen als die Erkenntnisse eines John, Hans oder Georges wieder zu uns gelangen. Vorausgesetzt natürlich, den Westen gibt's dann noch.

Ich beobachte, wie sich die Besoffene Alte da draußen mit ihrem Karren abmüht, und ich höre die »Stimmen«. Man berichtet von der letzten Erklärung Solschenizyns. Dann folgt der Kommentar eines der beiden »Marx-Brüder« (wie man die Medwedjews bei uns nennt). Er ist natürlich nicht einverstanden. Es wäre auch seltsam, wenn er einverstanden wäre. Übrigens ist auch Solschenizyn selbst nur mit wenigem einverstanden. Unsere russische Unduldsamkeit dem Nächsten gegenüber ist das Hauptübel unserer gesamten liberalen Bewegung, unserer ganzen Opposition. Die Besoffene Alte hat mit einem Strick die Kartons festgemacht, damit sie nicht herunterfallen, nun nimmt sie die Kette wieder auf und verharrt einen Augenblick bewegungslos. Dann wandert ihr Blick langsam über die Fenster unseres Hauses, und sie ruckt ihren Karren an. Für einen Augenblick kommt mir der Gedanke, hinauszulaufen und ihr einen Zehner zu geben. Während ich noch zögere, ist die Alte verschwunden.

Später hatte ich Rogosin im Redaktionskollegium unserer Zeitschrift wiedergetroffen. Wir hatten eine Diskussionsrunde zum Thema »Psychologie, Physiologie und Logik« veranstaltet und dazu angesehene Fachwissenschaftler eingeladen. Rogosin genoß damals Ansehen. Wir hatten ihn als einzigen Fachmann eingeladen, der mathematische Methoden zur Untersuchung des Verhaltens sozialer Individuen ausgearbeitet hatte. Alle hatten sehr kluge und sehr fortschrittliche Phrasen gedroschen. Rogosin sprach glänzend. (Er galt überhaupt als ausgezeichneter Redner.) Aber was er sagte, hätte man selbst zu den allerliberalsten Zeiten in unserer Zeitschrift nicht drucken können. Wir veröffentlichten die Beiträge der Diskussionsrunde, ohne den Namen Rogosins auch nur zu erwähnen. Als man im Redaktionskollegium den Beschluß faßte, Rogosins Beitrag und den ihn betreffenden (das heißt den interessantesten) Teil der Diskussion nicht aufzunehmen, hatte ich wie alle andern für die Nichtaufnahme gestimmt. Was du gesät, das wirst du auch ernten. Jetzt spüre ich am eigenen Leib die Folgen von Millionen solcher Taten, die »wir« vollbracht haben. Aber hätten wir damals anders handeln können?

Rogosin hatte interessante Dinge gesagt. »Bei Agatha Christie gibt es«, sagte er, »eine bemerkenswerte Gestalt: Miss Marple. In ihren Überlegungen geht sie davon aus, daß die Gesetze der menschlichen Natur überall und immer dieselben sind. Gerade diese absoluten und unveränderlichen Gesetze (Gesetze sind ihrer Definition nach unveränderlich!) der menschlichen Natur sind der Forschungsgegenstand der Psychologie. Nicht das Gehirn und seine Funktionen. Nicht die logischen Regeln des Operierens mit der Sprache. Sondern die allgemeinen Regeln menschlichen Verhaltens. Wir alle gehen intuitiv von dieser Voraussetzung aus, wenn wir von der Psychologie des Menschen sprechen. Wann aber treten wir praktisch in der Rolle von Menschen auf, die für sich in Anspruch nehmen, die Gesetze der menschlichen Seele, das heißt die Gesetze der Psychologie, zu erforschen, zu begreifen und anzuwenden? Nun, ich werde Ihnen gleich ein Beispiel vorführen, und Sie können nach Ablauf einer gewissen Zeit selbst überprüfen, wie genau meine psychologische Analyse in diesem Fall war.« Dann hatte Rogosin in allen Einzelheiten die Situation analysiert, die sich im Zusammenhang mit dem Problem der Veröffentlichung der Materialien zu unserer Diskussion ergeben würde. Und er hatte das Ergebnis vorausgesagt.

»Man hat«, sagte Rogosin, »aus Beobachtungen eine Unmenge Material zum Verhalten der Menschen zusammengetragen, das nun einer zeitgemäßen Form der Verallgemeinerung bedarf, darunter auch der Entwicklung einer mathematisch begründeten Theorie. Aber das ist natürlich noch zu wenig. Man braucht Experimente, Massenexperimente. Und wir haben diese Möglichkeit. Um psychologische Gesetze in reiner Form herauszuarbeiten, muß man die Einflüsse verschiedener Produkte der Zivilisation abstrahieren können, darunter auch die Einflüsse von Religion, Moral, Rechtsnormen. Da in unserer Gesellschaft diese Faktoren der Zivilisation eliminiert sind, hat uns die Geschichte unsere ganze millionenköpfige Gesellschaft als Laboratorium zur Verfügung gestellt.« Rogosin hatte zahlreiche eindrucksvolle Beispiele angeführt, die seine Arbeitsgruppe gewonnen hatte aus der Beobachtung großer Menschenkollektive und aus der Bearbeitung der Fülle von Informationen, die unfreiwillig von unseren offiziellen Institutionen gesammelt worden sind (Klagen, Eingaben, Zeugenaussagen, Reden auf Versammlungen, Denunziationen usw.).

Dann begann die Kampagne zur Diskreditierung Rogosins. Sie begann gleichzeitig von unten (von seiten der Kollegen) wie auch von oben (die Nichtveröffentlichung des mit Rogosins Beitrag verbundenen Teils der Diskussion war vom ZK sanktioniert worden). Nach zwei bis drei Jahren war von Rogosins Gruppe nichts mehr übriggeblieben. Fast zwanzig Jahre mühevoller Arbeit waren zum Aufbau einer kleinen Arbeitsgruppe nötig gewesen, und nur zwei Jahre hatten ausgereicht, um sämtliche Spuren ihres Wirkens aus unserer Wissenschaft zu tilgen. Eine erschütternde Tatsache! Jetzt baut man ein ganzes Institut im Geist der Ideen von Rogosin auf, mit einigen hundert Mitarbeitern, technisch großartig ausgestattet. Aber man bekommt keine Resultate (es sei denn die, die bereits Rogosins Leute erzielt hatten). Rogosin hätte der Stolz der russischen Wissenschaft werden können, eine Gestalt von der Bedeutung eines Mentschikow, Mendelejew, Pawlow. Er hätte. Aber er wurde es nicht. Unser System zieht es vor, Hohlköpfe (wie Kanarejkin, Petin, Bludow) zu gewaltigen Figuren aufzublähen, aber es duldet keine wirklich großen Persönlichkeiten.

Noch ein »Geburtstag«

Vor einem halben Jahr war Saschka zur Geburtstagsfeier bei einem Studienkollegen seines Jahrgangs gewesen. Er war erst gegen Morgen nach Hause gekommen, äußerst zufrieden. Das Fest war ein großer Erfolg gewesen. Eine nette Gruppe hatte sich zusammengefunden. Zwölf Mann: sechs Burschen und sechs Mädchen. Zunächst hatten sie getrunken, gegessen und getanzt. Dann hatte man sich bis zum Heiserwerden gestritten. Am Ende hatten sie beschlossen, zum Spaß eine »Vereinigung zum Kampf gegen« (jeder ergänzt, wie er will) zu gründen. Ziel der »Vereinigung« war es, die Geburtstage aller Anwesenden zu feiern. Da auf einige Monate mehrere Geburtstage entfielen, andere wiederum leer ausgingen, beschloß man, die Monate willkürlich auf die Personen zu verteilen und zuvor festgelegte »Geburtstage« zu feiern. Nun war Saschka an der Reihe. Von uns, den Alten, wurde nur eines verlangt: die Wohnung von unserer Anwesenheit zu befreien und die Unternehmung zu finanzieren. Nach langwierigen Diskussionen und gegenseitigen Beschimpfungen kam man endlich zu einem Beschluß: Meine Schwiegermutter würde mit Lenka für eine Woche zu ihrer Schwester nach Tambow verreisen (Lenka hat Ferien); Tamara wollte bei ihrer besten Freundin übernachten. Hinsichtlich meiner

Person gab es keine Probleme: Ich habe ein Dach über dem Kopf.

»Paßt auf«, sagte ich zu Saschka vor dem Weggehen, »daß man euch nichts anhängen kann!«

»Keine Angst«, sagte Saschka. »Wir befassen uns nicht mit Politik. Das sind alles zuverlässige Leute.«

Aber Saschkas »Geburtstage« bereiteten mir Sorgen. Ich hatte einige Male bei ihm Bücher von Solschenizyn gesehen, den ›Kontinent‹ und andere Emigrantenliteratur. Ich kann mir ausmalen, worüber sie sich auf ihren Zusammenkünften unterhalten. Woher haben sie diese Bücher? Eine müßige Frage. Kartoschkin zum Beispiel macht drei bis vier Auslandsreisen im Jahr, und es ist noch nicht einmal vorgekommen, daß er nicht einen Haufen Zeitschriften aller Art und derartige Bücher mitgebracht hätte. Antisowjetische Bücher in fremden Sprachen gibt es hier in Unmengen. Er hat eine ganze Bibliothek davon. Diese Bücher und Zeitschriften braucht er für seine Arbeit. Aber sein Andrej liest darin und versorgt seine Freunde damit (unter dem Siegel der Verschwiegenheit natürlich). Und obwohl Kartoschkin im KGB und im ZK (meine Lenka lästert: im ZK des KGB) aus und ein geht, ist er unter anderem auch ein Liberaler. Er ist einer von uns. Aber von wem und wann wird jemals all das Gute zusammengezählt, das dieser »feige« Liberale für unsere Gesellschaft getan hat? Ihr denkt, es koste ihn nichts, diese Mengen explosiver Literatur hereinzubringen und dann durch die Finger zu sehen, wenn sie aus seinem Haus verschwindet und sich über ganz Moskau ergießt? Wartet nur!

Es ist interessant, daß alle verbotenen Bücher, die Saschka ins Haus bringt, von allen Mitgliedern unserer Familie von der ersten bis zur letzten Seite gelesen werden. Wo ich auch hinkomme, überall unterhält man sich über diese Bücher, so daß eines ganz deutlich wird: Weite Kreise der Intelligenz und der Angestelltenhierarchie kennen diese Literatur besser als die russischen Klassiker aus ihren Lesebüchern. Geht das noch lange so? Zahlreiche bekanntgewordene Tatsachen sprechen dafür, daß der »Marasmus zu Kräften kommt«. Sachte beginnt man hier und dort Leute einzusperren. Vor allem junge Burschen, die niemand kennt. Die erwachsenen, mehr oder weniger bekannten Leute werden vorerst mit »häuslichen« Mitteln unter Druck gesetzt. K. hat immer noch keinen Arbeitsplatz. Demnächst beginnt der öffentliche Prozeß gegen Chlebnikow. Aber das ist jemand, den man in der Weltöffentlichkeit kennt. Da läßt sich nichts vertuschen. Gerüchte kursieren, daß man möglichst viele in die Irrenhäuser steckt. Man sagt, allein in Moskau seien mehrere davon eingerichtet worden und man habe wirksame Mittel: drei Spritzen – und deine Persönlichkeit ist auf Null. Und sie sind unangreifbar. Anton meint, es handle sich auch um Gerüchte, die der KGB zur Einschüchterung verbreite. Ich glaube, daß an den Gerüchten ein gut Teil Wahrheit ist. Kartoschkin aber hat mir im Vertrauen gesagt, daß sie nicht einmal die Hälfte der Wirklichkeit wiedergeben.

Am Morgen fragte mich Saschka wieder, ob das, was Solschenizyn über die Opfer der Stalinzeit geschrieben habe, der Wahrheit entspräche. Was konnte ich ihm antworten? Ich sagte, das sei eine schwierige Frage. Aber er ließ nicht locker.

»Gib mir nur eine klare Antwort, ja oder nein?«

»Wenn ich dir mit ›nein‹ antworte, so ist das nicht wahr, wenn ich aber ›ja‹ sage, so ist das eine Verletzung des historischen Standpunkts.«

»Laß deine historischen Prinzipien in Ruhe. Sag die Wahrheit, oder hast du Angst?«

»Nein, Saschka, ich hab keine Angst. Ich kann dir mit ›ja‹ antworten. Aber das ist nicht das, was du meinst. Es wäre keine Lüge, aber es wäre auch nicht die Wahrheit. Ich will niemanden rechtfertigen. Die Sache ist ganz einfach komplizierter.«

»Solschenizyn behauptet, der Stalinismus habe niemals aufgehört. Nur die Formen hätten sich geändert. Er meint, der Stalinismus sei das eigentliche Wesen des Kommunismus. Was sagst du dazu?«

»Das sind verantwortungslose Phrasen.«

Auf eine bestimmte Aussage konnten wir uns nicht einigen. Aber dieses Gespräch hatte Folgen. Ich meldete mich zu einem Besuch bei Mitrofan Lukitsch an.

Der historische und der soziale Aspekt

In Antons Buch gibt es eine Stelle, die speziell der Wechselbeziehung zwischen dem historischen und dem sozialen Aspekt im Begriff der kommunistischen Gesellschaft gewidmet ist. Hier die grundsätzlichen Gedanken. Der historische Aspekt: Im Land zerfällt die Wirtschaft und vor allem das System der Macht. Zur Zeit, oder schon früher, spontan, oder von außen aufgedrängt (oder in einer Kombination all dieser Möglichkeiten in diesen oder jenen Proportionen), bildet sich eine besondere Organisation, die sich die Machtergreifung zum Ziel setzt, »eine neuartige Partei«, die »Organisation der Revolutionäre«. Diese Partei setzt sich zusammen aus Gekränkten, Erfolglosen, Abenteurern, Fanatikern, Karrieristen, Ehrgeizlingen, »Idealisten«, das heißt aus Personen, die aus verschiedenen Gründen so ihre Ziele und Interessen verwirklichen wollen; die von der Gesellschaft selbst auf diesen Weg gebracht worden sind. Sie alle haben gemeinsame Merkmale, die für die Sozialpsychologie von Interesse sind. Diese Partei organisiert sich nach den Prinzipien des Gangstertums. Sobald sie mit Hilfe dieser oder jener Gesellschaftsschichten die Macht errungen (oder übertragen bekommen) hat, bezieht sie die unteren Bevölkerungsschichten in das Machtsystem mit ein (was sowohl im Verlauf der Machtergreifung möglich ist als auch bereits kurz davor und was ihr die Unterstützung dieser Bevölkerungsschichten bei der Machtergreifung sichern soll), indem sie ihnen alle möglichen Güter verspricht und diese Versprechungen mehr oder minder hält. Ist auch die Schicht der Fabrikarbeiter spürbar vertreten, so erhält das neu formierte Machtsystem den Namen einer »Diktatur des Proletariats«. Aber das Wort »Proletariat« kann sich auch in einem weiteren Sinn verstehen, so daß die Losung »Diktatur des Proletariats« immer eine präzise Bedeutung hat. Die Abkehr der französischen Kommunisten von dieser Losung ist keine ernstzunehmende Aktion, vielmehr eine temporäre demagogische Taktik. Der eben beschriebene »historische« Prozeß überlagert andere Prozesse, die nach sozialen Gesetzmäßigkeiten verlaufen. Das ist der soziale Aspekt. Dieser Aspekt betrifft im eigentlichen Sinn des Wortes nur wirklich große (nach Millionen zählende) menschliche Sozialgebilde. Kleine Länder berührt er gewöhnlich als etwas von außen, durch einen starken Nachbarn Aufgezwungenes oder als etwas nach dessen Vorbild Geformtes, und nicht spontan, nicht als »Schöpfung der Massen«. Unter diesem Aspekt entsteht ein gesellschaftlich-bürokratisches System, das große Bevölkerungsmassen nach zuvor festgestellten Mustern und in Formen organisiert, die für die breiten Volksschichten unmittelbar durchschaubar sind.

Diese beiden Prozesse verlaufen gleichzeitig, wobei allmählich der soziale Prozeß eine dominierende Bedeutung gewinnt. Die »Revolutionäre« bringen sich gegenseitig um, sie sterben aus oder lösen sich im gigantischen Apparat der »friedlichen« Macht auf. Dann folgt der Generationswechsel. Die soziale Hierarchie der Gesellschaft erweitert und vertieft sich. Selbstverständlich kein schmerzloser Prozeß. An die Stelle der Lenins treten die Stalins. Der sowjetische Stalinismus war so eine Periode der Herausbildung und Festigung des Kommunismus als soziale Struktur, aber unter den historisch gegebenen Formen und mit den Möglichkeiten einer revolutionären Periode.

Die historischen Gegebenheiten haben hier nichts Zufälliges und nichts Vorübergehendes. Sie sind ebenfalls für Jahrhunderte festgelegt. Abstrakt betrachtet, könnte man die Grenzen eines Staats ignorieren. Aber versucht mal, sie tatsächlich zu beseitigen! In der Phantasie kann man Moskau an einen neuen, geeigneteren Ort versetzen. Aber versucht mal, das durchzuführen! Moskau steht und wächst an dem von der Geschichte gewählten Ort. Noch schwieriger aber ist es, historisch gewachsene Formen sozialer Prozesse zu verändern. Auch sie sind für Jahrhunderte gegeben, ebenso wie ihr sozialer Kern. Nehmen wir zum Beispiel das Einparteiensystem. Soziologisch gesehen bedeutet es die Liquidierung aller Parteien, die Liquidierung des Prinzips der Parteilichkeit an sich. Die historisch gewachsene Form der Partei aber (mit ihrer eigenen Phraseologie, der Propaganda und der Organisation des Parteilebens) bleibt für Jahrhunderte als lebenswichtiges Organisationssystem einer ihrem Wesen nach parteilosen Gesellschaft erhalten. Analog realisiert sich auch unter den historisch gegebenen Rechtsformen ein System völliger Rechtlosigkeit, unter den Formen der Moralität ein System der Amoralität, unter den Formen der Ideologie ein System des ideologischen Zynismus. Die Schwierigkeit, die kommunistische Gesellschaft zu begreifen, besteht eben darin, daß sie sich in einem historisch individuellen Prozeß herausgebildet hat, aber unter äußeren Formen, die ebenso allgemein und beständig sind wie ihre wesensmäßigen Bindungen und Beziehungen. Ähnlich wie die Vorstellung von einem Wesen mit einer hochentwickelten Intelligenz bei uns mit der Vorstellung von dem biologischen Wesen *homo sapiens* untrennbar verbunden ist, so sind auch die den Kommunismus konstituierenden tiefer liegenden Erscheinungen undenkbar ohne ihre sichtbare Verkörperung in der Organisationsform konkreter kommunistischer Staatsgebilde. Für ihre Herausfilterung in reiner Form ist jene selbe Kraft der Abstraktion erforderlich, von der Marx gesprochen hat und die allen Theoretikern des Marxismus ohne Ausnahme abhanden gekommen ist.

Ehrlich gesagt, ich habe keine ausreichenden Gegenargumente. Ich habe nur eine andere emotionale Beziehung dazu. Ich setze nur die Akzente anders.

Unsere Kneipe

Als ich unsere Kneipe betrat, waren fast alle versammelt. Sie freuten sich, mich zu sehen, und das tat mir gut.

»Man könnte meinen, Sie hätten sich verabredet«, sagte ich.

»Ein Zufall«, sagte der Namenlose. »Wollen Sie wissen, wie groß seine Wahrscheinlichkeit ist? Nicht größer als die Wahrscheinlichkeit, daß wir beide Mitglieder des Politbüros werden. Trotzdem ist dieser Zufall, wie Sie sehen, eingetroffen. Ist er aber erst eingetroffen, kann man ihn nicht mehr ungeschehen machen. Er ist eine reale historische Tatsache.«

Wie üblich gab also eine scherzhafte Bemerkung Anlaß zu einer interessanten Unterhaltung. Früher hatte ich solchen Gesprächen keine Bedeutung beigemessen, ich sah sie so, wie ein Fachmann von semimondialem Renommee das Geplauder von Dilettanten und wissenschaftlichen Autodidakten sieht. Jetzt beobachte ich immer häufiger, daß sich in ihnen das wirkliche Leben nicht weniger widerspiegelt als in unseren hochtrabenden Theorien. Und all diese »Idealisten« und »Metaphysiker« kommen mir immer weniger vertrottelt vor, als wir sie darzustellen gewohnt sind.

»Sie haben gerade«, sagte Edik, »recht begründet kritisiert, daß der Namenlose von der Geschichte als von einem individuellen Prozeß höchst geringer Wahrscheinlichkeit gesprochen hat. Sie mögen recht haben. Aber gestatten Sie, daß ich ein interessantes Problem zur Diskussion stelle, das Problem der Ankettung der Menschen an ihren Wohn- und Arbeitsort. Ich will es gar nicht in seinem ganzen Umfang erörtern. Das würde sehr weit führen. Ich greife nur den einfachsten Aspekt auf, der meinen Gedankengang gut illustrieren kann. Unser Land ist groß. Unternehmen aller Art sind darüber verstreut. Dort werden Menschen gebraucht. Wie kann man sie an diesen Orten festhalten? Für die Theoretiker des Marxismus gibt es dabei überhaupt kein Problem: das hohe Bewußtsein der Werktätigen, die danach verlangen, die Pläne vorfristig überzuerfüllen; die gute Versorgungslage; Fernsehen; Kino; Theater; Bibliotheken; Verkehrsmittel usw. Wir gehen schließlich dem Kommunismus entgegen!! Und im Kommunismus – ihr wißt doch selbst ... Aber daneben gibt es die Realität der konkreten individuellen Situation. Unsere Versorgung? In Moskau gibt's schon nichts zu fressen, aber in den Randgebieten, wissen Sie, was sich dort abspielt?! Wer hat je nachgerechnet, wieviel Menschen tagtäglich Moskau auf der Suche nach Lebensmitteln und Massengebrauchsgütern überschwemmen? Werden bei uns viele Autos produziert? Und was kosten sie? Und wer kann sie sich leisten? Und die Straßen? Und die Dienstleistungsbetriebe? Und was zeigt man im Fernsehen? Versuchen Sie mal, Eintrittskarten für ein gutes Stück in Moskau zu bekommen! Was sollen wir also von den Randgebieten reden. Die Mal-, Gesangs-, Tanzclubs? Fahren Sie doch mal im Land herum und sehen Sie sich um. Alkoholismus. Langeweile. Krawalle. Kriminalität. Glauben Sie, es ist Zufall, daß hier in Moskau, wo kulturell was los ist, die jungen Leute niedrige Löhne und schlechte Wohnbedingungen in Kauf nehmen? ... Kurz, in der Abstraktion ist alles möglich. Auch die Forderung ›Jedem nach seinen Bedürfnissen‹ läßt sich in der Abstraktion erfüllen. Aber in der Wirklichkeit, da brauchen Sie den Menschen nur die Freizügigkeit zu geben, die Möglichkeit, sich an anderen

Orten einzurichten (schafft zum Beispiel die Zuzugsgenehmigungen ab), und es wird eine gewaltige Völkerwanderung einsetzen. Aus manchen Orten werden die Menschen davonlaufen. Jetzt muß man sie festhalten, mit allen nur denkbaren Mitteln an den Ort binden. Solche ›Kleinigkeiten‹ beachten wir überhaupt nicht. Und unterdessen vollzieht sich vor unseren Augen der grandiose Prozeß der Strukturierung unserer Gesellschaft, geographisch wie auch ›vertikal‹. Scheinbar eine Lappalie: Ein Junge, der seine zehn Jahre in der Schule von Tschuchlom absolviert, hat weniger Chancen, auf die Universität zu kommen. In Wirklichkeit nur ein Ergebnis des fixen Wohnsitzes: Steck deinen Schweinsrüssel nicht in die feine hauptstädtische Wissenschaft! Versuchen Sie doch mal, Ihre Kinder an der Hochschule für internationale Beziehungen unterzubringen! Abstrakt betrachtet ist das alles möglich. Glauben Sie, daß Kinder von Ministern, Akademiemitgliedern, Parteibossen, Verdienten Künstlern des Volkes auf einmal Arbeiter und Bauern werden? Vielleicht in Ausnahmefällen. Oder aus Propagandagründen. So sieht doch unsere Wirklichkeit aus. Aber selbst wenn sich, wie Sie behaupten, die Transportmittel weiterentwickeln, wenn man Verkehrswege baut, wenn das Flugzeug zu einer ebenso alltäglichen Erscheinung wie das Fahrrad wird, wenn man ins Ausland reisen darf... Wann wird das sein? Wenn diese Zeit anbricht, wird sich in unserer Gesellschaft längst eine stabile, traditionelle und ererbte soziale Struktur herausgebildet, werden wir eine dauerhafte Lebensform haben. Und es wird unmöglich sein, diese Entwicklung umzukehren. Hat sich aber erst ein solcher Koloß als soziales Wesen von bestimmtem Typus konstituiert, so wird er auch danach streben, in dieser Form zu überdauern. Er wird den Fortschritt seinen Interessen anpassen und sich nicht nach Ihren abstrakten Empfehlungen von sich aus ändern. Die herrschenden Kräfte und Tendenzen werden es nicht zulassen, daß eine dauerhafte und ihnen genehme Ordnung zerstört wird. Autos und Flugzeuge? Ja. Aber was für welche und für wen? Medizin und Kurorte? Ja. Aber was für welche und für wen? Ausland? Ja. Und wieder dieselben Fragen. Haben wir etwa viele Möglichkeiten, von den sowjetischen Kurorten zu profitieren, selbst wenn das Geld dafür vorhanden wäre? Und das ist noch kein Ausland. Da haben Sie nur ein Streiflicht von dem, was Geschichte als individueller Prozeß bedeutet. Wir sind dabei, uns zu einem wilden Tier zu entwickeln. Das geschieht nur einmal. Zu was? Einer Schlange? Einem Schakal? Einem Tiger? Einer Ratte? Laßt doch diese romantischen marxistischen Illusionen! Sie sind längst keine Illusionen mehr, nur noch Lüge. Ein Mittel zur Verdummung unserer modernen gebildeten Kretins. Der Marxismus selbst ist ein einheitliches festgefügtes Wesen geworden, das sich nicht mehr in etwas anderes umwandeln läßt. Die Evolution individueller komplizierter Systeme ist nicht umkehrbar. Das kann ich Ihnen als Theorem beweisen.«

»Bravo«, sagte der Namenlose, »Sie haben meine geheimsten Gedanken ausgesprochen.«

»In Rußland«, sagte Rebrow, »wird man trotz alldem

die traditionelle Lebensform bewahren. Ebenso wie in China. Im vergangenen Jahrhundert setzte der Prozeß der Anpassung Rußlands an die westliche Lebensweise ein. Aber nichts ist dabei herausgekommen. Die Revolution hat uns wieder in den Zustand der Leibeigenschaft zurückgeworfen. Und wieder hat für uns die blutige und schmutzige Geschichte eines Imperiums begonnen. Wieviel Opfer werden nötig sein und in welchen Sumpf werden wir noch treten müssen, damit die aktuelle Frage nach der Abschaffung der Leibeigenschaft wieder gestellt wird?!«

Wiktor Iwanowitsch sah Rebrow irgendwie seltsam an, verabschiedete sich von allen und ging. Unauffällig verschwand auch Lew Borissowitsch. Nur ich, der Namenlose und Rebrow blieben zurück.

»Haben Sie nicht den Eindruck«, sagte der Namenlose, »daß Wiktor Iwanowitsch sich merkwürdig benommen hat?«

»Sie meinen, er ist ein Denunziant?« fragte Edik. »Und wenn schon. Für *die* sind wir uninteressant. Wir tun schließlich nichts. Wir sind bloß Schwätzer, und damit hat sich's.«

»Die dort sind leider nicht alle Idioten«, sagte der Namenlose. »Die wissen heute ganz gut, daß den Worten früher oder später Taten folgen.«

Der Namenlose begleitete mich nach Hause.

»Unser sozialistisches System vereinigt in sich einen ungewöhnlich hohen Grad an Schmarotzertum und einen ungemein niedrigen Grad an Nutzung der schöpferischen

Potenzen der Bevölkerung. Es ist schrecklich, wenn man sich vorstellt, wieviel Verstand und Talent im Volk nutzlos verkommt. Nehmen Sie zum Beispiel Edik. Was für einen Soziologen könnte er abgeben! Statt dessen vegetiert er wahrscheinlich auf dem Posten irgendeines Redakteurs, allerhöchstens als höherer wissenschaftlicher Mitarbeiter.«

»Oder als Akademiemitglied«, sagte ich.

Wir lachten.

»Wissen Sie was«, sagte ich, »wollen Sie nicht mit Ihrem Sohn abends mal bei uns vorbeischauen? Meine Tochter steckt gerade in den Abschlußexamen. Die beiden könnten sich kennenlernen. Und ich habe noch ein paar Fläschchen Wein aus dem Devisenladen.«

»Gern«, sagte der Namenlose. »Und bitte, seien Sie uns nicht böse. Wir sind zwar nicht vom Fach, aber man kann nicht länger schweigen. Ich verstehe gut, daß die Theorie gewöhnlich wenig Ähnlichkeit mit den empirischen Tatsachen hat. Auch ich fühle mich nicht wohl, wenn sich inkompetente Leute über mein Fachgebiet auslassen. Aber Ihre Philosophen schwatzen einen solchen Unsinn daher, wie man ihn sich selbst vorsätzlich nicht ausdenken kann.«

»Das beunruhigt mich nicht«, sagte ich. »Ich fürchte vielmehr, daß sich meine berufliche Aktivität als ebensolcher philosophischer Unsinn erweisen könnte, wenn man sie mit einer echten Gesellschaftswissenschaft vergleicht, wie sie eben von Ihnen und Edik vertreten worden ist.«

Langeweile

Manchmal drängt es mich zu schreiben. Aber ich weiß von vornherein sehr gut, daß meine Schreiberei nur Langeweile auslöst. Ich bin unfähig, breite Leserkreise anzusprechen. Ich bin ebensowenig in der Lage, den Diskussionen unserer intellektuellen Elite Nahrung zu geben. Worüber könnte man auch schreiben, was wirklich von Interesse wäre? Witze? Ich merke sie mir nicht und mag sie auch nicht besonders. Tatbestände der Rechtlosigkeit? Damit habe ich nichts zu tun. Außerdem muß nach Solschenizyns Büchern hier ein Fachmann tätig werden. Dazu braucht man Kriterien. Kleine Alltagstragödien? Aber die haben nichts mit ihren literarischen Bearbeitungen gemein. Unser Leben ist in all seinen Bereichen schrecklich farblos und eintönig. Für uns alle zerfällt es in eine relativ kleine Anzahl von Standardelementen mit unbedeutenden Varianten und Kombinationsmöglichkeiten. So ziemlich auf gleiche Art essen wir, ziehen wir uns an, reden wir, richten wir unsere Wohnungen ein, leben wir dahin. Wir unterscheiden uns nach Schichten, aber nur quantitativ, nicht qualitativ. Meine Frau trägt einen Nutria, Natascha einen Biberlamm, Grobowojs Frau einen Nerz. Aber im Leben einer jeden von ihnen hat der Pelz dieselbe Funktion: eine soziale – das Prestige, die Ästhetik. Ich bin in verschiedensten Familien, Wohnungen und Städten gewesen. Überall dasselbe. Das kulturelle Niveau wächst nicht mit dem sozialen Niveau. Man frißt besser. Man säuft besser. Man kann sich anders anziehen. Der Klatsch bewegt sich auf einer höheren Ebene. Man ist besser informiert. Die Unterhaltungen sind widerlich, und die Langeweile ist erdrückend. Ihre Kinder, die alle Segnungen der Kultur genießen, nutzen sie so, daß einem schon vom Zusehen übel wird. Jemand hat mir kürzlich erzählt, daß nicht die Existenz privilegierter Gesellschaftsschichten entscheidend ist, sondern ihr Typus, was sie selbst darstellen und welchen Lebensstil sie der Gesellschaft aufdrängen. Unsere privilegierten Schichten säen Langeweile, Mittelmäßigkeit, Egoismus, Laster, Lüge, Schmarotzerei, Angeberei. Sie zwingen uns allen eine Lebensform auf, die all das abtötet, was einmal Gegenstand der großen russischen Literatur gewesen ist. Bei uns kann es als Literatur nur noch die schonungslose Beschreibung der Bedingungen geben, die eine echte Literatur ausschließen, und das mit der Wucht eines Solschenizyn.

Was geht mir da durch den Kopf? Wer kann sich vorstellen, daß einer der führenden sowjetischen Theoretiker des Marxismus (also prinzipiell ein Ignorant, Scholast, Reaktionär, Stümper) sich solchen Überlegungen hingibt? Das muß ein Ende haben! Noch in dieser Woche muß ich Kanarejkins Vortrag für den Parteitag zu Ende bringen. Meinen eigenen Beitrag werde ich schreiben, auf der Sitzung durchsprechen, ihn »glavlitifizieren«, absegnen lassen: Mit einem Auszug aus dem Protokoll der Abteilungssitzung wird er in fünf Exemplaren bei der Direktion eingereicht. Sobald er die Unterschrift des Direktors oder des für unsere Abteilung zuständigen Stellvertreters trägt, wird er bei der Auslandsabteilung unseres Instituts eingereicht, und die wieder schickt ihn dem Glavlit (das heißt der offiziell nicht existierenden Zensurbehörde). Das Ganze ist eine ziemlich langwierige Prozedur. Schließlich wird durch das Präsidium der Akademie die Übersetzung des Vortrags ins Englische veranlaßt. Auch Serikow muß ich seine Rede diktieren, wenigstens so an die fünf Seiten. Aber das fällt mir nicht leichter als mein eigener Vortrag. Mein Vortrag muß offiziellen Charakter haben; bei Serikow ist ein wenig Originalität erlaubt. Etwas in Richtung Massenkultur, das ist Mode. Mir hat man dagegen von oben her vorgeschrieben, daß ich über das Thema »Der Begriff der ökonomischen Gesellschaftsformationen« zu sprechen habe, einen der zentralen Begriffe des traditionellen (aber ewig revolutionären) Marxismus. Das Thema von Kanarejkins Vortrag ist der historische Materialismus als die allertiefgründigste, allerumfassendste soziologische Lehre der Gegenwart. Nicht mehr und nicht weniger! Die aller...ste! Merkwürdig ist, daß man unserm ganzen Schwulst dort noch mit Interesse lauscht. Mit Kanarejkin wird man sich wie mit einem bedeutenden Gelehrten unterhalten. Serikow wird man als jungen, begabten und gebildeten Wissenschaftler akzeptieren, der sich auf Weltniveau bewegt. Weshalb wundern wir uns überhaupt! Bei denen spielt sich doch dasselbe ab wie bei uns, nur die Aufmachung ist ein wenig besser. Mir hat man die Rolle des Konservativen, des Orthodoxen zugedacht. Ich habe zu verteidigen! Nun denn, in Ordnung, ich werde es euch zeigen! Ich setzte mich an meinen Vortrag und ließ mich fortreißen. In wenigen Stunden war er fertig. Er gefiel mir sogar selbst. Ich rief Anton an und bat ihn vorbeizukommen.

»Nicht schlecht«, sagte Anton, nachdem er mein Werk durchgelesen hatte. »Ganz ordentlich sogar. Wenn du erst diese marxistische Befangenheit abgelegt hast, kann aus dir noch ein großartiger Autor für soziologische Themen werden. Nur ein Rat: Zur Diskussion und Zensur leg was anderes vor, nicht das Original. Oder verschleiere es irgendwie, so daß sie nicht gleich dahinterkommen, worum es geht, sonst lassen sie es nicht durch, und zum Kongreß fährst du auch nicht.«

»Das versteht sich von selbst«, antwortete ich, vom Erfolg aufgewühlt. »Du brauchst keine Eulen nach Athen zu tragen! Und was sagst du zur Sache selbst?«

Anton begann, den Vortrag sachlich zu analysieren, und ich verfiel wieder in Niedergeschlagenheit.

»Der Begriff der Gesellschaftsformation«, sagte Anton, »ist teilweise aus einem Vergleich verschiedener Arten von sozialen Gebilden zustande gekommen, das ist offensichtlich. Aber nur das Wort ›Formation‹ und nicht die Merkmale, nach denen die Gesellschaftsformationen unterschieden werden. Der Begriff ist relativ, ich betone das noch einmal. Dessen muß man sich unbedingt bewußt sein, denn der Vergleich hat seine eigenen logischen Gesetze, die man unter keinen Umständen außer acht lassen darf. Stell dir vor, wir versuchten den Begriff ›Tier‹ zu konstruieren, indem wir Kaninchen, Wölfe, Wanzen, Ratten, Elefanten usw. miteinander verglichen. Was käme bei einem solchen Vergleich heraus? Aufgrund von Vergleichen würden wir entdecken, daß ein Teil der verglichenen Objekte ein bestimmtes Merkmal besitzt und ein anderes nicht, daß einige Merkmale allen verglichenen Objekten gemeinsam sind, daß ein bestimmtes Merkmal unterschiedliche Ausmaße oder Intensität besitzen kann. Wenn es also verschiedene Arten von Gesellschaftsformationen gibt, dann muß der allgemeine Begriff der Gesellschaftsformation offensichtlich einerseits diejenigen Merkmale berücksichtigen, die allen Gesellschaftsformationen gemeinsam sind (die also die Unterschiede der einzelnen Formationen außer Betracht lassen), und andererseits jene Merkmale, die die ökonomischen Gesellschaftsformationen von allen übrigen unterscheiden. Halten wir dies zunächst fest. Teilweise ist jedoch der Begriff der Gesellschaftsformation aus der Beobachtung eines bestimmten Gesellschaftstyps in seiner inneren Gliederung gewonnen worden, und zwar aus der Beobachtung der entwickelten bürgerlichen Gesellschaft. Von hier aus erfolgte die Feststellung bestimmter Elemente dieser Gesellschaft, wie zum Beispiel Produktivkräfte, Produktionsverhältnisse, Basis, Überbau. Dabei wurde in dieser Gesellschaft ein bestimmtes System der Beziehungen der Menschen untereinander festgestellt, das die gesamte Physiognomie dieser Gesellschaft bestimmt, das heißt alle übrigen Lebensbereiche beeinflußt. In der bürgerlichen

Gesellschaft sind das die Ware-Geld-Beziehung, Kauf und Verkauf der Arbeitskraft. Aus der Vermischung dieser beiden Aspekte (mindestens dieser beiden, und ich lasse hier vieles andere außer Betracht) ist ein solch unwahrscheinliches Durcheinander in der Auffassung ganz einfacher Dinge entstanden, das zu entwirren heute nicht mehr möglich ist. Es gibt nur einen Weg: diesen gordischen Knoten mit dem Schwert zu durchhauen, das heißt einfach, auf diesen ganzen Plunder zu verzichten und die Sache neu anzupacken. Nehmen wir zum Beispiel einen Begriff wie das Eigentum. In der bürgerlichen Gesellschaft gibt es das Privateigentum an Produktionsmitteln, bei uns aber nicht. In der bürgerlichen Gesellschaft ist das ein wesentliches Kennzeichen dieser Gesellschaftsformation als solcher. Und obwohl es auf dem Weg des Vergleichs mit anderen Gesellschaftsformationen (was nicht obligatorisch ist) gewonnen wurde, ist es ganz unabhängig von jedem Vergleich für diese Gesellschaft von Bedeutung. Aber ist es auch wesentlich für unsere Gesellschaft, daß wir kein Privateigentum an Produktionsmitteln kennen? Bei der Beschreibung der Geschichte ihrer Entstehung kann und muß man die Expropriation der Produktionsmittel berücksichtigen. Aber wenn sich diese Gesellschaft erst einmal herausgebildet hat und bereits viele Jahre als stabiles Gebilde existiert, dann ist es, wiederum ganz unabhängig von jedem Vergleich, bereits kein für sie typisches Charakteristikum an sich. Kennzeichen einer Schlange ist nicht, daß sie keine Beine hat, sondern daß sie kriecht. Es geht nicht darum, daß es bei uns – was nicht stimmt – angeblich kein Privateigentum an Produktionsmitteln gibt; das gerade gibt es. Aber das trägt absolut nichts zur Auffassung unserer Gesellschaft als einer Gesellschaft von einem bestimmten eigenständigen Typus bei. Dafür müssen wir zuallererst von einem Vergleich mit der bürgerlichen, der feudalen, der Sklavenhalter-Gesellschaft und dergleichen absehen und in unserer Gesellschaft selbst das aussondern, was alle übrigen Elemente und Erscheinungen unseres Lebens bestimmt. Was aber ist das? Beginne damit, unsere Gesellschaft nicht als verlogener Ideologe, sondern als ein wirklicher Forscher zu untersuchen, und du wirst merken, daß deine ganze erhabene marxistische Theorie eine Ideologie reinsten Wassers ist; daß sie nichts Wissenschaftliches besitzt mit Ausnahme von bei anderen gestohlenen Banalitäten. Und von deinem Begriff der Gesellschaftsformation bleibt nichts übrig außer der allgemeinen Bedeutung des Wortes. Da es verschiedene Arten von Tieren gibt, kann man den allgemeinen Terminus ›Tier‹ verwenden. Man kann Merkmale bestimmen, die jedes Tier besitzt. Unter diesem Gesichtspunkt unterscheidet sich die Wanze nicht vom Menschen. Es gibt verschiedene Arten der Gesellschaft. Man kann einen allgemeinen Terminus ›Gesellschaftstyp‹ (›Gesellschaftsformation‹) einführen. Man kann Merkmale aufzeigen, die für alle Gesellschaften zutreffen. Unter diesem Gesichtspunkt unterscheidet sich die Gesellschaft der Papuas nicht von der künftigen kommunistischen Gesellschaft. Eine menschliche Gesellschaft ist eine räumlich lokalisierte, untereinander verbundene, dauerhafte Ansammlung von Menschen, die ihren Lebensprozeß als geschlossenes Ganzes realisiert. Das ist natürlich keine Definition, sondern nur als Anhaltspunkt gedacht. Was jedoch die Typen der Gesellschaft (die ›Gesellschaftsformationen‹) anbelangt, so kommst du hier mit einer so albernen Klassifizierung, wie sie der Marxismus anbietet, nicht weiter. Davon gibt es Hunderte und Tausende. Hier bedarf es (falls erforderlich) empirischer Forschung und nicht des Wiederkäuens der primitiven Vorstellungen eurer Klassiker. Was aber unsere Gesellschaft betrifft, so kann man da mit dem marxistischen Apparat von Begriffen und Prinzipien absolut gar nichts begreifen. In einem konsolidierten Gesellschaftssystem (in der Art des unseren) verliert von einem bestimmten Zeitpunkt an all dies ›primär‹, ›sekundär‹, ›Basis‹, ›bestimmend‹, ›abgeleitet‹ jeden Sinn. Sobald es darum geht, diese Gesellschaft zu verstehen und eine wissenschaftliche Theorie zu entwickeln, die in der Lage ist, realisierbare Prognosen zu geben, müssen unsere Denkansätze eine ganz andere Richtung einschlagen. Welche? Beginne wenigstens bei den Tatsachen, zum Beispiel den Massenrepressionen, der Bindung an einen Wohnsitz, dem Fehlen der Freiheit des Wortes und der Presse, dem Mangel an unentbehrlichen lebensnotwendigen Gütern, der Vergeudung von Mitteln, dem Riesenausmaß der Korruption, dem Karrieredenken ... Was brauchst du denn noch? Ist dir das zuwenig? Es gibt Gesetze des sozialen Lebens, die sich allein aus der Tatsache ergeben, daß Millionen Menschen gezwungen sind, miteinander zu leben. Beginne wenigstens damit ...«

Wir unterhielten uns fast bis in den frühen Morgen hinein. Ich begleitete Anton nach Hause und übergab ihn Natascha.

»Um Himmels willen, liebe Natascha, sei mir nicht böse«, sagte ich. »Es war sehr wichtig. Aber ich bleibe nicht in eurer Schuld: Ganz bestimmt helfe ich deinem Mann, ein berühmter Dissident zu werden. Ich nehme es natürlich auf meinen Hals, aber ich werde helfen.«

Mein Gespräch mit M.L.

Wer die Korridore des ZK nicht kennt, der kann auch die sowjetische Gesellschaft nicht restlos begreifen. Nicht weil es da etwas Besonderes zu sehen gibt. Es gibt da absolut nichts Besonderes: ein gewöhnliches (allerdings sehr großes) Bürogebäude, sehr geschmacklos eingerichtet. Gerade daß es hier nichts zu sehen, zu hören, zu spüren gibt, ist das Besondere. Eine beängstigende Alltäglichkeit in allem. Das ist es.

Ich zeigte mein Parteibuch, erhielt einen Passierschein, stieg in die zweite Etage und ging über einen roten Teppich an das äußerste Ende eines langen Korridors, ohne jemandem zu begegnen. Stille. Der weiche Teppich dämpft die Schritte. Dabei wäre ein Teppich nicht nötig, ein Mensch, der in die Korridore des ZK eindringt, geht nicht im üblichen Sinn des Wortes, er schleicht, sozusagen auf den Hinterpfoten. Ich klopfte an die Tür des Zimmers, in das ich wollte, und nach dem vertrauten »Herein« trat ich ein. Zu meiner Begrüßung erhob sich Frol Iwanow – der Assistent von Mitrofan Lukitsch.

»Grüß dich«, sagte ich.

»Grüß dich«, sagte Frol. »Geh nur durch, Mitrofan Lukitsch erwartet dich.«

Ich betrat das Arbeitszimmer eines der mächtigsten Funktionäre unserer Partei, also des gesamten sowjetischen Volkes, also der gesamten fortschrittlichen Menschheit.

Ich kenne M. L. seit fast zwanzig Jahren. Wir sind uns in dieser Zeit nicht weniger als zwanzigmal begegnet. Und so machte mir der Empfang keinen besonderen Eindruck.

»Wie sieht er denn wirklich aus?« fragte mich später Saschka.

»Wie auf den Bildern«, sagte ich, »nur ungefähr vierzig Jahre älter. Etwas kleiner, bösartiger und galliger. Unstete Augen. Seine Hände zittern, und er stellt unentwegt alle Gegenstände auf seinem Schreibtisch um. Einen Ausdruck im Gesicht, als widere ihn alles an. Irgendwie entspricht es nicht der Rolle, die er in der Partei spielt. Mir scheint, daß er im Gebäude an der Lubjanka, das mit dem ZK durch einen unterirdischen Gang verbunden ist, viel natürlicher aussähe. Seinerzeit ging das Gerücht um, M. L. habe um den Posten des Ministers für Staatssicherheit gebeten, aber man habe dies unter dem Vorwand abgelehnt, das Land benötige eine Atempause. Seinen jetzigen Posten hat man ihm deshalb gegeben, weil man damals aus Naivität glaubte, die Ideologie sei leeres Gerede, das keine wesentliche Rolle spiele. Als sie den Irrtum erkannten, war es bereits zu spät.«

Ich sagte zu M.L., eine Angelegenheit von größter Wichtigkeit habe mich veranlaßt, ihn um seine Hilfe zu bitten. Man habe unserem Buch eine exzeptionelle Rolle zugedacht: Es soll eine summarische und verallgemeinerte Charakteristik dessen geben, was in der Zeit zwischen dem 20. und dem 25. Parteitag geschehen ist. Das Buch soll in alle westlichen Sprachen übersetzt und im Westen verbreitet werden. Indessen habe es in dieser Zeit außer den bedeutenden Ereignissen, von denen soviel auf der letzten Sitzung gesprochen worden sei, auch betrübliche Erscheinungen gegeben, über die man geschwiegen habe. Ich dächte dabei gar nicht an die Ereignisse in Ungarn, in Polen, in der Tschechoslowakei, da sei alles mehr oder weniger klar, sondern an die Vorgänge bei uns im Inneren. Die Selbstverbrennungen, das auch ihm bekannte Attentat, die Fluchtversuche und die Absetzbewegungen bei Auslandsreisen. Die zahlreichen Prozesse, Samisdat, Solschenizyn, Sacharow. Die jüdische Emigration, die Auswanderung angesehener Kulturschaffender wie Rostropowitsch, Neiswestny. Diese Tatsachen könne man nicht mit Schweigen übergehen, über so ein Buch würde man im Westen einfach lachen, aber auch bei uns könnte man wohl nicht mit einem besonderen Erfolg rechnen. Noch schlimmer wäre es, diese Dinge so zu erklären, wie wir das in unseren Propagandavorlesungen und entsprechenden Artikeln täten. Hier sei eine größere Elastizität und vielleicht sogar Kühnheit geboten. Da sei zum Beispiel im Westen in der Emigrantenzeitschrift ›Die neue Welle‹ ein umfangreicher Artikel veröffentlicht worden. Er enthalte Tatsachen, Zahlen, Namen. Ich hätte mich beim KGB und im Ministerium erkundigt: Es stimme alles. Wir könnten natürlich die Folgerungen, die Interpretationen kritisieren, aber die Tatsachen blieben, und wir müßten unsere Erklärungen abgeben. Nur reichten dazu unsere Kräfte nicht aus. Dazu bedürften wir seiner Hilfe, Direktiven, richtungweisenden Instruktionen. Zum Beispiel, inwieweit wir dies alles als Produkt innerer Prozesse und Widersprüche darstellen dürften. Der Sozialismus sei schließlich eine lebendige Gesellschaft und kein abstraktes Schema. Da seien auch eigene Schwierigkeiten und krankhafte Erscheinungen denkbar. Dafür könnten wir dann recht überzeugend und ohne es an den Haaren herbeiziehen zu müssen beweisen, daß derartige Erscheinungen, die (wenigstens teilweise) als ein Produkt unseres innerstaatlichen Lebens (unter dem Einfluß des Westens natürlich!) entstehen, nicht den Rahmen von Teilbereichen überschreiten und keinerlei Einfluß auf das allgemeine Bild unserer Gesellschaft, auf ihr eigentliches Wesen haben.

Ich legte ziemlich lange meine Konzeption des Buchs in diesem Bereich dar. M.L. hörte geduldig zu, während er Papiere, Bleistifte, Broschüren von einer Stelle auf die andere legte. Ich spielte darauf an, daß es nicht schlecht wäre, ein solches Buch unter der Redaktion von M.L. höchstpersönlich erscheinen zu lassen. Aber da biß M.L.

nicht an. Er ist trotz allem kein Dummkopf. So fängt man keine alten Füchse. An seinen Augen konnte ich ablesen, daß er sofort begriffen hatte, worum es ging. Ein solches Buch ist für ihn eine Falle, um nichts in der Welt wird er da hineintreten. Ich kann mir vorstellen, was für ein Geheul in der ganzen Welt losbräche, wenn das Buch unter seiner Redaktion erschiene! Das Buch stellt auch für mich eine Falle dar. (Jetzt endlich hatte ich das kapiert!) Aber wer bin ich schließlich? Ein Nichts! Einer, vielleicht sogar ein angesehener, aber doch immerhin nur einer von den Theoretikern, der sich irren kann, ja sogar dazu neigt! Mich kann man später korrigieren; das ist sogar sehr gut: Wir sind wachsam, wir arbeiten. Mit einem Wort, M.L. sagte, alle für das Buch notwendigen Beurteilungen und Direktiven wären in den entsprechenden Parteidokumenten enthalten. Wir sollten nur gründlich die Rede des Generalsekretärs studieren.

»Wie war's?« erkundigte sich Frol, als ich von M.L. herauskam.

»Schon gut«, sagte ich. »Viel klüger als zuvor bin ich nicht. Eine Bitte: Behalte es nicht für dich, daß ich mich eine ganze Stunde lang mit M.L. über das Buch unterhalten habe. Das wäre sehr wichtig für mich.«

»Und wie stellt M.L. sich dazu?« fragte Frol.

»Er hat mir gestattet, mich in dem Sinn auf unser Gespräch zu berufen, daß alle prinzipiellen Fragen zur Bewertung der Ereignisse der vergangenen Epoche kristallklar in den bekannten Dokumenten der Partei beantwortet sind«, sagte ich.

»Klar«, sagte Frol. »Du bist ein findiger Kopf. Ich wette zwei Flaschen Kognak, daß man dich zum Korrespondierenden wählt. Fährst du nach Kanada? Ausgezeichnet. Ich habe eine Bitte ...«

Im Flur erwischte mich Korytow und zog mich zu sich hinein. Korytow ist ein ehemaliger Student von mir, und selbst für einen Marxisten ein ausgesprochen durchschnittlicher. Er duzt mich, während ich ihn sieze. Meinen ehemaligen Studenten gegenüber kann ich mich nicht zum »Du« durchringen. Und da ich meine ehemaligen Lehrer, wer auch immer sie seien, sieze, regt mich Korytows Duzerei auf. Stellen Sie sich mal vor: Irgendein Instrukteur im ZK duzt Sie, als wäre er Hauptfeldwebel. Korytow faßt mein »Sie« auf seine Weise auf, er hält es nämlich für ein Zeichen der Ehrerbietung seiner Stellung gegenüber. Er duzt auch unseren Direktor ab und zu, und der schmeißt sich auf den Bauch vor ihm (obwohl er Akademiemitglied ist).

»Du verhältst dich nicht richtig«, sagte Korytow. »Du gibst dich mit jedem Gesindel ab. Wer ist denn dieser Simin? Oder Gurewitsch? Paß auf, daß dir das nicht übel bekommt. Du solltest uns mit deiner Frau besuchen. Wir sind vor kurzem aus Italien zurückgekommen. Vom Urlaub. Es gibt ein bißchen was zu erzählen. Komm vorbei, ich erwarte dich. Bis dann. Entschuldige, daß ich nicht mehr Zeit für dich habe. Die Arbeit!«

Korytow hat natürlich recht. Er ist der geborene Karrierist. Ohne Erfahrung und Wissen hat er eine der fundamentalen Regeln für eine erfolgreiche Laufbahn in unserer

Gesellschaft erspürt: Hast du einen Schritt auf der Stufenleiter nach oben getan, dann brich als allererstes alle kompromittierenden und deinen Wert herabmindernden Beziehungen und Bekanntschaften ab, knüpfe Verbindungen an, die deiner neuen Stellung entsprechen, und bemühe dich um nützliche Bekanntschaften auf einem höheren Niveau. Ich halte mich nicht an diese Regel und versuche das durch Bücher und Artikel zu kompensieren. Aber das ist kein sehr zuverlässiges Mittel. Ich muß wohl hin zu Korytow. Möglicherweise wird auch Frol dort sein. Überhaupt ist es ein Fehler, Möglichkeiten nicht zu nutzen, über die man ohne besondere Anstrengungen real verfügt. Stop, das letzte war eine Lüge. Das scheinen nur keine Anstrengungen zu sein. Mehr als zwanzig Jahre hingebungsvollen Dienstes am Marxismus, ist das etwa eine Bagatelle? Aber ist es auch uneigennützig? Rechne ich es ganz ehrlich auf, dann ist bei diesem hingebungsvollen Dienst nicht wenig für mich abgefallen. Dennoch bin ich kein raffgieriger Mensch. Ich bin nicht einmal ein Karrierist. Ich mache nur eben so viel, wie ich gerade muß. Was muß das erst für ein Mensch sein, der nach sowjetischen Kriterien ein Raffke und Karrierist ist! Und seltsam: Alle Menschen dieser Sorte haben, mit wenigen Ausnahmen, weniger Erfolg gehabt als ich. Man sagt, ich sei talentiert und aufgrund meiner Fähigkeiten vorangekommen. Stimmt das wirklich? Unterscheiden sich meine Arbeiten so sehr von analogen Arbeiten anderer?! Nein, daran liegt es nicht. Es liegt an der Epoche. Auch ich bin ein Raffke und Karrierist, nur in einer für die liberale Epoche typischen Weise, als man im Erfolg den natürlichen Lohn für persönliche Qualitäten sah. Aber da die liberale Epoche selbst für uns nicht typisch ist, kommen uns Erfolgsmenschen dieser Art auch nicht wie typische Karrieristen vor. Ich entspreche einfach nicht ganz unserer Gesellschaft. Und deshalb bin ich in den vergangenen Jahren nach oben gekommen. Wie wird es weitergehen? Abwarten. Wir werden es erleben.

Das Ding

»Was ist mit deinem Buch?«

»Es stockt wieder. Man hat kein Geld. Sie suchen eine billigere Druckerei. Die Zeit vergeht, aber denen ist das egal. Die haben keine Ahnung von den Verhältnissen, unter denen wir leben. Natascha und ich sind völlig überreizt. Es bedeutet schließlich eine Änderung unseres ganzen Lebens. Aber wenn sich diese Änderung hinauszögert ...«

Mir tun sie aufrichtig leid, Anton und Natascha.

»Hör mal, mir gefällt diese ganze Geschichte nicht«, sage ich. »Wie wäre es, wenn du auf diesen Verlag verzichten würdest?«

»Ich hab auch schon dran gedacht.«

Selbst wenn Anton sofort einverstanden wäre, das Buch einem anderen Verlag zu geben, würde es nicht vor einem halben Jahr erscheinen. Dann aber sind die Wahlen vorüber. Danach mag geschehen, was will.

Eine typische Unterhaltung

Ich weiß nicht, wie es bei Angehörigen anderer Berufe zugeht, aber bei uns zu Hause ist es für Gespräche in Anwesenheit von Gästen typisch, daß wir über den Marxismus herziehen. Ab und zu versuche ich, mich dem zu widersetzen, aber dann bringt man mich erbarmungslos zum Schweigen: »Klappe zu, du stehst nicht auf der Tribüne!« oder »Klappe zu, wir haben hier kein Philosophieseminar!« und so ähnlich. Der Strom der Witze über Themen des Marxismus reißt nun schon seit Jahren nicht mehr ab. Allein zum Thema Lenin ist eine gigantische Flut von Witzen entstanden; für jeden einzelnen davon hätte man früher nicht nur den Erzähler, sondern auch alle Zuhörer erschossen. Die Witze kommen aus der Schule (über Lenka), aus der Universität (über Saschka), aus der Akademie (durch alle meine Kollegen), aus dem ZK (durch Korytow, Iwanow), aus dem KGB (über Kartoschkin). Ganz zu schweigen von Dima und meinen Saufkumpanen in der Kneipe. Bald stürzt Lenka in einem völlig unerwarteten Augenblick aus ihrem Zimmer und platzt mit etwas Neuem heraus wie etwa: Vor dem Eingang zur Höhle eines Urmenschen hängt ein Spruchband mit der Aufschrift:

»Es lebe die Sklavenhaltergesellschaft – die lichte Zukunft der Menschheit!« Bald bringt Dima ohne Vorwarnung etwas aus dem Leninkult an: Nadeschda Konstantinowna erzählt den Kindern, was für ein guter Mensch Iljitsch gewesen sei. Eines Tages habe er sich gerade rasiert, als vorübergehende Kinder ihn grüßten: »Guten Tag, Wladimir Iljitsch!« »Haut ab, ihr Hosensch. ...«, antwortete Wladimir Iljitsch. Dabei hätte er ihnen glatt die Kehlen durchschneiden können, mit seinem Rasiermesser. So plaudert er munter ohne Unterbrechung eine geschlagene Stunde und wiederholt sich dabei kein einziges Mal. Dann stellt plötzlich Saschka eine idiotische Frage: Was ist eine revolutionäre Situation? Das ist, beantwortet er sie gleich selbst, wenn man unten nicht mehr will und oben nicht mehr kann. Aber die giftigsten Witze kommen von Iwanow und Kartoschkin. Ich bringe es nicht mal fertig, sie vor mir selbst zu wiederholen, weil ich nicht glauben kann, daß das Aussprechen solcher Gemeinheiten ohne Folgen bleibt. Ich bin weder Iwanow noch Kartoschkin, sondern vorerst nur ein Kandidat bei den Wahlen der Korrespondierenden Mitglieder der Akademie der Wissenschaften. Aber selbst nach der Wahl würden derartige Scherze für mich nicht ungefährlich sein. So bin ich seit einiger Zeit über die Art der Unterhaltungen in meinem Haus beunruhigt. Ich versuche, das Interesse der Versammelten auf Kleiderkram, Autos, Datschen oder Auslandsreisen zu lenken. Alle gehen gern darauf ein, aber da stolpern sie erst recht über die Realitäten unseres Systems, und die Schimpferei setzt mit verdoppelter Schärfe ein.

Swetka

Am Vorabend meiner Abreise zum Kongreß kam Swetka an. Sie sagte, sie würde über Nacht bleiben. Für ihren »Scheich« war sie auf einer dreitägigen Touristenreise (im Institut werden öfter derartige Reisen nach Rostow, Susdal, Nowgorod, Pskow usw. organisiert). Wo (genauer gesagt, mit wem) würde sie die nächste Nacht verbringen? Aber das ging mich nichts an.

»Stell dir vor«, sagte sie, »eben habe ich eine entsetzliche Alte getroffen. Grausig! In meinem Leben habe ich so was noch nicht gesehen. Wie können solche Ungeheuer nur leben?! Hier nimm! Hundert Dollar. Der Kurs ist eins zu sechs. Von dir nehme ich aus Freundschaft nur fünfhundert. Du kannst sie mir später geben. Paß auf, was du mir dafür besorgst...«

Sie hielt mir eine Liste hin. Die Dollar erschreckten mich, und ich schlug es glattweg ab, sie zu nehmen. Ich sagte, ich würde ihr von dem Geld was mitbringen, das man uns gebe. Aber Dollar – das rieche nach Knast, sie sei wohl verrückt geworden.

»Ein paar Groschen bekommt ihr, einen Sch...dreck kannst du dir dafür kaufen. Sie werden euch nicht durchsuchen, keine Angst. Alle machen das so. Komm, jetzt sei ganz lieb und nimm die Dollar. Ich war doch selbst schon ein paarmal im Ausland. Ich weiß, *die* wollen nur den

Dummköpfen angst machen, sie selber verlieren den Kopf nicht.«

Ich beharrte dennoch auf meinem Standpunkt, die Dollar lehnte ich kategorisch ab. Ich gestehe, daß mich nicht so sehr die Aussicht der ungesetzlichen Devisenausfuhr schreckte als vielmehr der Gedanke an die fünfhundert Rubel, die ich ihr danach zurückgeben sollte. Wofür? Für Kleinigkeiten! Selbst Tamurka habe ich nie derartige Geschenke gemacht. Swetka plusterte sich mächtig auf, nannte mich einen Feigling und Tölpel. Aber dann wurde sie wieder gnädig, sagte, sie werde die Dollar Serikow zustecken, sie rechne aber mit einem Geschenk von mir, so daß es mir doch nicht gelungen war, den fünfhundert Rubeln zu entgehen. Doch das letzte Wort ist noch nicht gesprochen. Streck diesem Haifisch die Fingerkuppe hin, und er verschlingt dich mit Haut und Haar.

Meine Stimmung war hin. Ich wünschte mit aller Macht, Swetka möge zusammen mit ihren Dollar in Serikows Bett verschwinden. Leider hat Serikow eine eifersüchtige junge Frau, und außerdem ist er ein in Lebensfragen erfahrener Bursche, der den Preis solcher Geschöpfe wie Swetka kennt. Ob er die Dollar nimmt?

Swetka warf sich ins Bett und schnarchte bald drauflos. Ich hatte noch die Kongreßunterlagen durchsehen wollen, aber meine Gedanken waren bei der Besoffenen Alten. Sie schien mir näher zu stehen als dieses schnarchende gesunde Weibsstück, nach dem die Männer auf der Straße lechzen. Näher als Serikow, mit dem zusammen ich ein Buch schreibe. Näher als Tamurka, mit der ich länger als zwanzig Jahre ein gesundes sowjetisches Familienleben geführt habe. Näher als Kanarejkin, Agafonow, Korytow, Iwanow ... Mein Gott, wer steht mir denn in dieser Welt wirklich menschlich nahe? Lenka? Saschka? Anton? Aus ihrer Sicht stehen sie mir am nächsten. Aber aus meiner Sicht? Ich war im Sessel sitzend eingeschlummert und träumte einen schrecklichen Traum, der mich mit einigen Variationen in der letzten Zeit häufig heimgesucht hatte: Ich lade und lade irgendwelchen Kram auf einen Karren, es sind wohl meine Bücher; die Bücher fallen herunter; ich ziehe an der Kette und kann den Karren nicht von der Stelle bewegen; dann reißt die Kette ...

Der Kongreß

Ich hatte Dimas Brief schon völlig vergessen, als er ihn mir am Abend vor dem Abflug unserer Kongreßdelegation brachte. Danach hatte ich eine schlaflose Nacht. Es ist schließlich eine Flegelei von Dima, daß er von mir verlangt, mich mit so einer Sache zu befassen. Wenn außerdem bekannt wird, daß er die Ausreisepapiere eingereicht hat, wird zweifellos irgendwer denen im Parteibüro oder noch weiter oben was ins Ohr flüstern. Meine Beziehungen zu Dima sind für niemanden ein Geheimnis. Nein, den Brief zu befördern ist zu riskant. In der Delegation werden natürlich einige KGB-Profis sein, ganz zu schweigen davon, daß wenigstens die Hälfte der Delegation aus nebenamtlichen Mitarbeitern des KGB besteht. Ich weiß das nur zu genau, weil ich doch selbst stets verschiedene Aufträge des KGB ausgeführt und nach der Rückkehr Berichte für das ZK geschrieben habe, die ganz offensichtlich für den KGB bestimmt waren. Natürlich geschah das in recht verschleierter Form, so daß man dies formal nicht mit mir in Verbindung bringen konnte. Aber wenn ich ehrlich sein soll, so war uns der Charakter unserer Beziehungen zum KGB immer bewußt. Nehme ich den Brief mit, wird das sicher schwere Folgen für mich haben. Offene Repressalien wird's nicht geben, die Zeiten sind vorbei, aber in meine Personalakte kommt ein entsprechender Vermerk, und mit Auslandsreisen ist es dann vorbei. So wurde ich schließlich mit mir selbst einig, den Brief zu vernichten. Dima ist ein schlauer Bursche, er wird die Sache ohnehin zweigleisig angelegt haben. Wenn er aber einige Zeit später, nachdem er keine Antwort erhalten hat, einen Brief abschickt, dann habe ich es inzwischen zum Korrespondierenden geschafft. Wie aber soll ich ihm erklären, daß ich keine Einladung mitbringe? Sehr einfach: Ich habe gewartet, aber niemand hat mir was übergeben, vielleicht haben ihn die Spitzel schon vorher abgefangen. Und Anton, der ist überhaupt ein Prachtmensch, nichts hat er mir zur Beförderung aufgedrängt und um gar nichts hat er mich gebeten.

Wie das bei uns so Brauch ist, erhielten wir Paß und Devisen buchstäblich ein paar Stunden vor dem Abflug, so daß wir unmittelbar aus der Auslandsabteilung im Präsidium der Akademie der Wissenschaften, wo man uns ein paar Stunden lang darüber belehrte, wie wir uns in unserer schwierigen Situation auf dem Kongreß zu verhalten hätten, nach Hause stürzten, um unsere Köfferchen zu schnappen und von da aus sofort zum Flugplatz zu eilen. Für einige Mitglieder der Gruppe hatte man die Pässe zwar vorbereitet, aber sie wurden ihnen nicht ausgehändigt. Das gehört zum normalen Ablauf. Entweder war im letzten Augenblick irgend etwas durchgesickert, oder man hatte, was wahrscheinlicher ist, von vornherein beabsichtigt, so mit ihnen zu verfahren. Solche kleinen Scherze gehören zu unserem Alltagstheater. Sie erzeugen Furcht und demoralisieren. Das Resultat: Niemand weiß bis zum letzten Augenblick, ob er die Reiseerlaubnis tatsächlich erhält. Es ist sogar schon vorgekommen, daß man die Leute noch aus dem Flugzeug geholt hat.

Der Kongreß verlief so, wie zu erwarten war, also ungemein langweilig. Wir wurden natürlich gefragt, warum dieser oder jener nicht mitgekommen sei. (Man nannte die, die in der vergangenen Periode eine aktive Rolle in unserer Philosophie gespielt hatten, jetzt aber in Ungnade waren.) In den Zeitungen erschien ein Artikel darüber, daß die Zusammensetzung der sowjetischen Delegation bezeichnend sei, daß sie die Wendung der sowjetischen Ideologie zurück zum Stalinismus beweise usw. Es hatte Provokationsversuche durch die Zionisten gegeben. Aber das alles geschah recht lahm, ohne Enthusiasmus. Wir erteilten ihnen natürlich wie immer eine Abfuhr. Wir verteidigten die Reinheit der Lehre. Den größten Teil der Zeit trieben sich die Mitglieder unserer Delegation und der Touristengruppe in den Geschäften herum, schnallten die Gürtel enger und kauften allerhand Krimskrams. Einige Delegationsmitglieder schafften es sogar, sich während des ganzen Kongresses mit den von zu Hause mitgebrachten Vorräten zu verpflegen. Ich selbst kaufte nur Kleinigkeiten, dafür viele, damit es für alle reichte.

Es gab zwei komische Zwischenfälle. Vor der Abreise hatte man uns in Sachen Emigranten ordentlich eingeheizt. Unser Instrukteur hatte ihre Verschlagenheit und die gefährlichen Folgen einer Kontaktaufnahme in grellen Farben ausgemalt. Eine dumme Gans von der Parteihochschule hatte das ernst genommen, und schon während der Instruktion bekam sie aus Angst vor möglichen Provokationen das Zittern. Unterwegs wurde sie ständig von Korytow und Serikow aufgezogen. So war sie bei der Ankunft leicht angeschlagen, und schließlich weigerte sie sich, ihr Hotelzimmer zu verlassen. Einer erzählte ihr, wenn die Provokateure erst mal wüßten, daß sie dort immer allein sei, würden sie ihr bestimmt auf die Bude rücken – und dann gnade Gott! Das hatte jedoch die gegenteilige Wirkung: Das blöde Weib von der Parteihochschule verkroch sich unters Bett. Sie mußte zusammen mit einem unserer »lieben Reisebegleiter« heimgeschickt werden.

Der andere Zwischenfall war bezeichnender. Als wir zur Besichtigung der Niagara-Fälle fuhren, ging Schljapkin (eine unscheinbare Figur aus dem Ministerium) verloren. Jemand setzte das Gerücht in Umlauf, er sei in den

Wasserfall gestürzt. Das war noch relativ harmlos. Dann vermutete man, er habe sich in die USA abgesetzt. Unsere »lieben Reisebegleiter« bekamen Quadratkiefer. Kanarejkin machte sich in die Hosen. Die Twarschinskaja faßte sich an die Stelle, wo zur Zeit ihrer dienstlichen Tätigkeit für Berija der Naganrevolver gehangen hatte. Panik brach aus. Sie wurde durch ein Mitglied der tschechoslowakischen Delegation noch vergrößert. Er berichtete, er habe gesehen, wie Schljapkin in Begleitung eines Policeman weggegangen sei. Kein Zweifel: Schljapkin hatte um politisches Asyl gebeten. Niemand dachte daran, daß Schljapkin in seinem Ministerium ein warmes Plätzchen hatte, ein Nebengehalt an der Universität, eine luxuriöse Wohnung, eine Datscha und einen Wagen. Und daß er an sich eine runde Null war, die im Westen niemand brauchen konnte. In Wirklichkeit hatte Schljapkin die Toilette gesucht und sich dabei verlaufen. Vor Schreck vergaß er seine kläglichen Englischkenntnisse. Er versuchte sich mit Gesten verständlich zu machen, aber das brachte ihn erst recht nicht dahin, wohin er wollte. Nach alter russischer Sitte stellte er sich in einen Hauseingang (er konnte es nicht länger aushalten!). Da erwischte ihn die Concierge, rief einen Polizisten, und der brachte den flennenden Schljapkin nicht aufs Revier (wie der dachte), sondern direkt zum Bus der sowjetischen Delegation. Als wir in dem Bewußtsein, daß alles verloren sei, zu unserem Bus kamen, empfing uns ein strahlender Schljapkin mit der Belehrung: Wo treibt ihr euch herum, wir müssen fahren.

Nach der Rückkehr gab es zahlreiche Sitzungen, auf

denen die Kongreßteilnehmer von ihren Eindrücken berichteten. Nach ihren Erzählungen stand unsere Delegation längst nicht mehr so kläglich da, wie das noch auf dem Kongreß der Fall war. Das Aas Twarschinskaja verstieg sich sogar zu der Behauptung, unsere Delegation hätte gewissermaßen alles um Haupteslänge überragt, was der Westen geboten habe. Mir warf sie in liebenswürdiger Form zu große Weichheit vor (als ich Fragen beantwortete, auf die man ihrer Meinung nach mit einem, vom Parteistandpunkt aus, prinzipiellen militanten Tobsuchtsanfall hätte reagieren müssen). Ein Hohlkopf unter den tschechischen Emigranten hatte mich gefragt, was die sowjetische Philosophie in der Lehre von den ökonomischen Gesellschaftsformationen im Vergleich zu Marx und Lenin Neues gebracht habe, worauf ich ihm ruhig einige Punkte meines Vortrags erklärte. Dem Auftritt der Twarschinskaja maß ich keinerlei Bedeutung bei, aber er ging mir auch nicht aus dem Kopf, und am Abend rief ich Anton an, um von ihm zu hören, was das bedeuten könne. Er sagte, man wolle mir offenbar in diesem Punkt eine Grube graben.

»Ich habe dich ja gewarnt«, sagte er. »Warum hast du überhaupt von dieser idiotischen ›asiatischen‹ Produktionsweise angefangen? Theoretisch bringt das nichts außer einem Vorwand für Stänkereien. Und dafür kannst du dir gar nichts Geeigneteres ausdenken. Das kann man zu einer Revision des Marxismus an einem zentralen Punkt der Gesellschaftslehre aufblähen. Hoffentlich geht alles noch mal gut.«

Dima reagierte zu meiner Verwunderung ganz ruhig auf die Tatsache, daß ich ihm keine Einladung mitgebracht hatte. Er sagte, das sei nicht weiter schlimm, und es eile ihm nicht damit. Er beschimpfte »sie« als Pfuscher. Er sagte, daß wir auf die ganze Welt einen destruktiven Einfluß ausübten, indem wir alle an schlechte Arbeit gewöhnten, und versprach, am Abend zu kommen, um meinen unterhaltsamen Berichten zuzuhören.

Das Problem der Gewalt

»Ich habe in Ihren Büchern alles gelesen, was das Problem der Gewalt betrifft«, sagte der Namenlose. »Da ist nichts auszusetzen. Dennoch gibt es da ein paar Aspekte, die Sie mit Stillschweigen übergehen. Wenn Sie nichts dagegen haben, will ich sie kurz aufzeigen.«

Das Gespräch fand in der Wohnung des Namenlosen statt, nach einem Abendessen, das man heutzutage als Standardessen bezeichnen könnte, das heißt, es war von den Möglichkeiten unserer Lebensmittelgeschäfte bestimmt. Lenka spielte mit dem Sohn des Namenlosen Schach, und es sah ganz danach aus, als ob sie ihn zu seiner allergrößten Verwunderung schlagen würde: Zum ersten Mal war ein Altersgenosse dabei, ihn zu schlagen, und noch dazu ein Mädchen.

»Man muß zwei Formen der Gewalt unterscheiden«, fuhr der Namenlose fort, »eine zum Nutzen der Individuen, die andere zu deren Schaden. Im zweiten Fall ziehe ich es vor, den Terminus ›Vergewaltigung‹ zu verwenden. In der Praxis verfließen beide Formen ineinander. Die Machthaber ziehen es jedenfalls vor, die zweite Form der Gewalt als die erste zu deklarieren. Aber das gelingt nicht immer. Die ›Vergewaltigung‹ wird dadurch gerechtfertigt, daß sie zum Wohl anderer angewandt wird. Ich werde im weiteren, wenn ich von Gewalt spreche, ausschließlich die ›Vergewaltigung‹ meinen. Ihr Marxisten behauptet, in unserer Gesellschaft übe die Mehrheit die Gewalt über eine Minderheit aus (das heißt, sie vergewaltigt diese). Schön. Nehmen wir an, das sei gerechtfertigt. Da ergibt sich doch folgende Frage. Angenommen, es gäbe ein Land mit zweihundert Millionen Menschen. Hundertein Millionen üben die Gewalt über neunundneunzig Millionen aus. Wie sehen Sie das? Ich habe übertrieben? In Ordnung. Lassen wir also hundertsiebzig Millionen dreißig Millionen unterdrücken. So war's doch. Es war sogar noch schlimmer. Sie widersprechen mir nicht? Erinnern Sie sich an unsere Gespräche über die Individualität des historischen Prozesses? Dreißig Millionen sind aber keine Kleinigkeit mehr. Selbst für den Kampf gegen einzelne Banditen und Dissidenten wird ein gewaltiger Apparat unterhalten. Und hier geht es um Millionen. Da bedarf es eines riesigen Machtapparats. Mehr noch, die ganze Gesellschaft muß in einem System organisiert werden, das Gewalt ausübt. Das ist auch geschehen. Und was weiter? Eine von Theoretikern und den ausführenden Instanzen unvorhergesehene Folge trat ein: Der Apparat und das System zur Ausübung der Gewalt durch die Mehrheit über die Minderheit wendet sich gegen diese Mehrheit selbst, wird zu einer selbständigen Kraft, deren sich ganz und gar nicht mehr diejenigen Schichten der Gesellschaft bedienen, um derentwillen die lichte Zukunft erdacht worden ist. Und so ist es auch geschehen. Aber das sind Binsenwahrheiten. Man mußte kein Supergenie sein, um solche Kleinigkeiten in Ihrem Projekt von einer lichten Zukunft vorauszusehen. Aber die Sache ist geschehen und nicht mehr umkehrbar. Der Apparat existiert. Das System ist vorhanden. Es braucht Nahrung. Sie haben schon alles verschlungen, für das sich nur irgendeine Begründung finden ließ. Und wie weiter? Man braucht Opfer der Gewalt, verstehen Sie?! Man hat sie verzweifelt nötig. All die vergangenen Jahre verliefen in qualvoller Suche nach potentiellen Opfern. Reinfall folgte auf Reinfall. Ein wenig Glück hatte man mit Ungarn, Polen und der Tschechoslowakei. Später mit den Selbstverbrennungen, Terroristen, Dissidenten, Künstlern, mit den Bewohnern von Nowotscherkassk, mit den Grusiniern, den ukrainischen Nationalisten. Aber das alles sind nur Tropfen auf einen heißen Stein. Kein gesamtstaatlicher Rahmen. Kein Schwung. Es fehlt ein gemeinsames Prinzip. Aber man braucht Opfer. Man braucht sie als gefährlichen inneren Feind. Warum? Auch das ist trivial: um die bedrohlich angestaute Wut der Bevölkerung auf ihn zu lenken (gehen Sie nur einmal durch Moskau und beobachten Sie, welche Wut die Menschen erfüllt), um die eigene Lage und die eigenen Handlungen zu rechtfertigen, um die Folgen der eigenen Dummheit auf ihn abzuwälzen, als Warnung für alle andern, für den Machtrausch der Massen (in dem sich der Machtinstinkt realisieren kann). Die Konsequenzen? Die Konsequenzen sind auch klar: Es gibt ein einziges Mittel wider die Gewalt – den Widerstand, die Entschlossenheit der Menschen, sich zu widersetzen. Aber das ist wiederum eine individuelle Erscheinung. Wovon hängt die zukünftige Geschichte Rußlands ab? Von einer Kleinigkeit: ob sich nämlich Iwanow, Petrow, Sidorow (das heißt Sie, ich, Ihre Tochter, mein Sohn) entschließen werden, Widerstand zu leisten (und sei es auch nur zu protestieren) oder nicht. Was schlagen Sie dagegen von der hohen Warte der allergenialsten Theorie vor? Produktivkräfte, Produktionsverhältnisse ... Zum Beispiel den Übergang von der Sklavenhaltergesellschaft zum Feudalismus ... Wieviel Jahre geben Sie uns noch für unsere Art zu leben? Tausend? Außerdem schließen Sie ja für unsere Gesellschaft den Klassenkampf aus. Sie schließen die Organisation der Unzufriedenen (der Opfer!) in einer Partei aus. Man stelle sich das vor: Es gibt eine theoretische Begründung dafür, daß es nur eine Partei geben dürfe! Aber es kann doch nicht sein, daß Sie praktisch nicht wüßten, was das in Wirklichkeit bedeutet: Wir werden vernichten! Und wir tun es auch. Gewalt im Namen der Mehrheit? Da stehen wir wieder am Anfang. Es ist traurig. Traurig ist es, weil alle all das sehr gut begreifen. Und alle lügen, heucheln, rechtfertigen es und sich. Und weshalb? Um der Kinder willen? Unsere

Kinder haben sich doch zum größten Teil schon von uns gelöst, und in zwei Generationen werden sie ganz fremde Menschen sein.«

Lenka hatte drei Partien gewonnen. Wir schöpften unsere Gesprächsthemen aus. Der Namenlose begleitete uns mit seiner Familie nach Hause, und sie versprachen, uns in allernächster Zeit zu besuchen.

»Ich danke Ihnen für den schönen Abend«, sagte ich zum Abschied.

»Die Möglichkeit der Kommunikation ist die größte Errungenschaft der Menschheit«, sagte der Namenlose.

»Übrigens«, sagte Lenka zu Hause, »der Junior des Namenlosen schreibt auch Gedichte, und sogar ganz ordentliche. Hör mal.«

Ein Wunder hat sich zugetragen:
Ich lernte Gott persönlich kennen.
Ich sollt ihm, hörte ich ihn sagen,
doch meine Lebenswünsche nennen.
Ich dachte: Ob ich's lieber lasse?
Ach wo, was soll denn schon geschehen!...
Und sprach: Mein Gott, ich hab ne Masse
zu bitten. Ach, so hör mein Flehen:
Laß Du die reine Liebe mich erfahren,
bewahr mich stetig vor Verrat und Rache,
gib einen Freund mir bei in den Gefahren,
daß Einigkeit uns stärker mache.
Gewähr mir Lauterkeit der Seele,
daß Worte nicht das Herz verraten,

daß ich mein Denken nicht verhehle
und Bückling mache vor den Bürokraten.
Laß Vorsicht nicht zur Tugend werden,
laß mich ihr Zeitungsglück nicht leben,
nicht sinnlos mutig mich gebärden,
doch den Verfolgten Schutz und Hilfe geben.
Und schließlich will ich noch um eines flehen:
Gewähr mir etwas von dem Recht der Narren,
in einem Trottel kein Genie zu sehen,
Gemeinheit nicht als etwas Edles anzustarren.
Mein lieber Vater, das sind meine kleinen
bescheid'nen Bitten für das Erdenleben.
Doch sollten sie Dir noch zu groß erscheinen,
würd ich mich auch mit einem Teil zufriedengeben.
Gott schien sich lange zu bedenken,
dann sprach er: Ich muß ehrlich sagen,
würd ich dir, was du bittest, schenken,
dann ging es dir an Kopf und Kragen.
Erschrocken sprach ich: Ich beliebte nur zu scherzen,
erbat mir viel zuviel, war zu vermessen.
Drum bitt ich Euch um eines nur von Herzen:
Ihr mögt, wovon wir sprachen, schnell vergessen.

Eine Alternative zum Marxismus

»Ich komme gerade vom Kongreß zurück«, berichtete ich. »Ich bin dort den verschiedensten Leuten begegnet. Natürlich auch Gegnern des Marxismus. Alle waren der Meinung, der Westen habe dem Marxismus keine Alternative entgegenzusetzen. Sie können dem Marxismus nichts Gleichwertiges, nichts von gleicher Tragweite entgegenstellen.«

»Na und?« sagte Anton. »Deine Gesprächspartner dort waren einfach Dummköpfe. Von was für einer Alternative ist denn überhaupt die Rede? Geht es um Wortgefechte mit Marxisten? Das ist sinnlos. Was willst du ihnen entgegenhalten? Wissenschaftliche Begriffe? Strenge Prinzipien? Beweise? Und sie? Demagogie. Doppelsinnige Begriffe und Behauptungen. Betrügereien. Fälschungen. Versuch mal, mit der Twarschinskaja zu streiten! Ich bin ihr gegenüber hilflos. Unsere Waffen sind zu ungleich. Was bedeuten für sie schon meine Appelle, sich an die Regeln der Entwicklung von Begriffen und Theorien zu halten, an die Regeln der Prognostik? Absolut nichts. Lamentieren, schäumen, Szenen machen wie sie kann ich nicht. Und wäre das Auditorium etwa groß, das mich verstehen und unterstützen würde? Aber sie rechnet mit dem zahlenmäßig größten, nämlich mit dem allerprimitivsten

Teil der Bevölkerung. Und vergiß nicht die gewaltige Unterstützung durch Partei und Staat.«

»Außerdem«, fuhr Anton fort, nachdem ich eine Menge von dem üblichen offiziellen Unsinn geredet hatte, »ist das Problem an sich nicht richtig formuliert, nicht auf der richtigen Ebene. Es gibt eine Alternative zum Marxismus. Da hast du, bitte sehr, erstens die Spaltung innerhalb des Marxismus selbst. Es gibt einen sowjetischen Marxismus und einen chinesischen Marxismus. Der eine hat mit dem anderen nur den Namen ›Marxismus‹ gemeinsam. Unter dieser gemeinsamen Bezeichnung sind prinzipiell unvereinbare Dinge zusammengefaßt. Wie wenn man in der Epoche der Herrschaft der Religion eine Alternative zur Religion gesucht hätte. Richtig wäre, von einer Alternative zum, sagen wir, Christentum zu sprechen. Und heute von einer Alternative zum sowjetischen Marxismus. Die gibt's. ›Marxismus‹, das ist einfach die Bezeichnung zahlreicher verschiedenartiger Formen der heutigen Ideologie. Zweitens schafft die Verwirklichung der Prinzipien des Marxismus Tatsachen innerhalb unserer Wirklichkeit, die ihm selbst entgegenwirken. Unter diesem Gesichtspunkt sind sowohl Solschenizyns ›Gulag‹ als auch Chruschtschows Rede eine gewaltige Alternative zum Marxismus. Unter den Fahnen des Marxismus (genauer gesagt, der Marxismen) sammelt sich die überwiegende Mehrheit der Bevölkerung dieses Planeten, die nach unserer Lebensform drängt. Für die meisten von ihnen ist unser Lebensniveau ein Traum. Unsere wirkliche Geschichte kennen sie nicht. Die uns bewegenden Probleme existieren für sie nicht. Bestimmte Bevölkerungsschichten (insbesondere unsere herrschenden Schichten) nutzen diese Tendenzen in ihrem Interesse, indem sie eine zügellose Propaganda betreiben. Welche Folgen das weltweit für die künftigen Generationen haben wird, bewegt kaum jemanden. Aber es gibt Kräfte in der Welt, die diesen Tendenzen und Prozessen entgegenwirken. Es gibt Menschen, die das Wesen des künftigen bzw. des bereits angebrochenen Kommunismus mehr oder weniger begriffen haben. Sie begreifen seine Siegesaussichten auf weltweiter Ebene. Die Aktivitäten dieser Menschen geben den antikommunistischen Kräften eine gewisse Einheit und eine gewisse ideologische Färbung. Das mag nicht sehr genau sein. Aber es ist eine Tatsache. Da hast du die dritte Alternative. Übrigens ist sie sehr aussichtsreich. Der Antifaschismus war von seinem Ideengehalt her auch nicht sehr klar definiert. Nebenbei war der sowjetische Marxismus in Wirklichkeit auch keine Alternative zum Faschismus.«

»Gut, damit haben wir uns bis zu einem gewissen Grad verständigt«, sagte ich. »Wo ist dein Platz?«

»Ich verberge meine Position nicht. Sie ist eindeutig. Aber ich will nicht gegen den Marxismus polemisieren. Jegliche Polemik gegen den Marxismus als Gesamtheit der Texte, Aussprüche, Losungen, Reden usw. kann ihn nur festigen. Ich will ihn aber nicht konsolidieren helfen. Ich möchte den Menschen sagen, was der Kommunismus als Lebensform bedeutet. Dann sollen sie selbst entscheiden, auf welcher Seite sie stehen. Da hast du die mächtigste Alternative zum Marxismus: Eine Flut von Texten, die die

Wahrheit über den Kommunismus sagt. Daraus könnte auch eine Ideologie entstehen, die sich dem Marxismus als Ideologie entgegenstellt.«

»Das schafft ihr nicht«, sagte ich. »Trotzdem wird die Welt uns glauben und nicht euch, denn sie will die Wahrheit nicht wissen. Und wenn sie anfängt zu begreifen, wird es zu spät sein. Ihr schafft es nicht!«

»Ich fürchte, du behältst recht. Aber für mich ist es keine Frage der richtigen Kalkulation. Selbst wenn morgen der Kommunismus auf der ganzen Welt siegt und mir heute niemand glaubt, wenn meine Stimme ungehört bleibt, würde ich dennoch zu sagen versuchen, was ich selbst gesehen habe.«

»Versuch's! Aber wird man dich machen lassen?«

»Das spielt keine Rolle. Ich muß es vor mir selbst tun. Hast du schon von einem Ding gehört, das man Gewissen nennt?«

Die Muttermale des Kapitalismus

Ich war lange nicht mehr auf dem Platz der Kosmonauten gewesen und wußte nicht, daß es dort unterdessen zu dramatischen Ereignissen gekommen war. Ich erfuhr davon aus einer Glosse in den ›Moskauer Nachrichten‹. Es hatte sich herausgestellt, daß irgendein Raffke aus dem Außenhandelsministerium (anscheinend der Chef der Hauptverwaltung) beschlossen hatte, das ganze Dach seiner zweistöckigen (!!) Datscha mit Hallenbad (!!) mit nichts Geringerem als Titan decken zu lassen. Also heuerte er irgendwelche Ganoven an, die für ein rundes Sümmchen die drei Anfangsbuchstaben (ES L) der Losung zu ihm auf seine Datscha transferierten. Das Verbrechen wäre unentdeckt geblieben (niemand achtete mehr auf die Losung, man hatte sich an sie gewöhnt), wenn nicht ein alter Rentner gewesen wäre. Der war mit seinem Urururenkelchen auf dem Platz spazierengegangen und hatte bemerkt, daß da was faul war.

»Da fällt mir ein«, krächzte er, »wie ich da mit Iljitsch so um den Platz herumgehe ..., da sehen wir auf diesem Platz ... daß, äh, ich weiß nicht mehr ... aber ganz bestimmt haben wir was gesehen.«

»Da war mal eine Kirche. Das Haus von Begemotow hat da gestanden.«

»Weiß ich, weiß ich. Das meine ich nicht. Da war so was Kommunistisches.«

Und erst dann bemerkte das Urururenkelchen, daß es die Buchstaben waren, die fehlten. Man unternahm wirklich grandiose Anstrengungen, um das Verbrechen aufzudecken. Die Leute erzählten, man hätte von einem Raumschiff aus das blitzende Dach auf der Datscha des Gauners entdeckt und das der bewußten Organisation gemeldet. Und damit hatte man unwiderlegbar den praktischen Nutzen der Raumfluge bewiesen. Da es kein Titan mehr gab, mußten die fehlenden Buchstaben aus grau angepin selten Brettern zusammengezimmert werden. Aber das Wahre war das nicht.

Die Korytows

Die Korytows hatten eine neue Wohnung in »Zarskoje selo« (so heißt ein Moskauer Stadtteil mit Häusern für ZK-Funktionäre). Zur Wohnungseinweihung versammelte sich ein Publikum von solchem Rang, daß Frol und ich zu den allerkleinsten Figuren gehörten. Da war auch Kanarejkin, der den ganzen Abend rührselige Komplimente über meine Fähigkeiten und Tamaras Schönheit verströmte. Ihm war wohl zu Ohren gekommen, daß wir vor der Scheidung seien. Nun wollte er mich mit Gewalt davon überzeugen, einen solchen Schatz zu hüten. Er schimpfte über die modernen flatterhaften Mädchen (»Raubkatzen«), tremolierte vom moralischen Charakter eines sowjetischen Wissenschaftlers. Dabei war dieses Schwein selbst schon zum dritten Mal verheiratet und hatte damals der Reihe nach mit allen Putzfrauen, Expedientinnen und Sekretärinnen sämtlicher Ämter, denen er vorgestanden hatte, geschlafen. Auf ein halbes Stündchen kam sogar der Vizepräsident der Akademie der Wissenschaften höchstpersönlich vorbei, und dann der Leiter der Wissenschaftsabteilung im ZK. Die ganze Zeit, während letzterer in der Wohnung war, standen wir alle (einschließlich Vize) wie auf das Kommando »Stillgestanden!«, lächelten salbungsvoll und lauschten seinem idiotischen Gelabere über die westlichen Verleumdungen wegen der angeblich ins Wanken geratenen Lebensmittelversorgungslage unseres Landes: Die Tafel der Korytows bog sich unter der Last von Speisen, deren Existenz ich schon lange vergessen hatte. Ich kann mich nicht einmal an ihre Namen erinnern. Besonders beeindruckten mich die köstlichen frischen Erdbeeren (um diese Jahreszeit!). Und Korytow ist schließlich nur ein kleiner Fisch im ZK-Apparat.

Als die wichtigsten Gäste gegangen waren, führte mich Korytow in sein luxuriös eingerichtetes Arbeitszimmer, zeigte mir seine Bibliothek – unerhört für die heutigen Möglichkeiten – und teilte mir streng vertraulich mit, man wolle in der Akademie für Gesellschaftswissenschaften meinen letzten Aufsatz diskutieren.

»Warum?« wunderte ich mich. »Darüber haben sie doch schon gesprochen. Inzwischen sind bereits Rezensionen erschienen. Das ist alles schon so lange her.«

»Das hängt mit deiner Rede auf dem Kongreß zusammen. Dein Freund Baranow macht sich da stark. Und Waskin und die Twarschinskaja stacheln ihn an. Keine Angst, das hat alles nichts zu bedeuten. Kanarejkin und Afonin stehen hinter dir. Selbst Mitrofan Lukitsch scheint von deren Absichten nicht begeistert zu sein. Jeropkins Rezension ist natürlich die stärkste Unterstützung. Aber paß auf! Das Leben ist voller Überraschungen. Du weißt ja.«

»Hören Sie«, sagte ich, »kann man diese Diskussion nicht so um zwei bis drei Wochen verschieben? Mir geht es nicht gut. Ich muß morgen oder übermorgen ins Krankenhaus. Und ich wäre natürlich gern bei der Diskussion dabei.«

Korytow hatte meinen Gedankengang sofort begriffen. In einem Monat sind die Wahlen in der Akademie. Wenn es gelingt, die Diskussion um zwei Wochen hinauszuschieben, dann verzögert sie sich automatisch um ungefähr zwei Monate: Unmittelbar vor den Wahlen wird keinem nach dieser Diskussion zumute sein. Baranow selbst reißt sich drum, Akademiemitglied zu werden, Waskin wird die Mitglieder der »Abteilung« mit Speis und Trank bewirten müssen, damit sie für ihn stimmen. Alles in allem: ein guter Schachzug.

»Ich will es versuchen«, sagte Korytow. »Es wird wohl gelingen. Ich hab übrigens die Beurlaubung für meine Habilitationsschrift. Einfach lächerlich – insgesamt nur drei Monate. Da habt ihr's ja in der Akademie wie Gott in Frankreich. Wir dagegen müssen Tag und Nacht schuften.«

Auch ich verstand Korytows Anspielung sofort. Ich sagte, wir würden in unserer Abteilung alles in unseren Kräften Stehende tun, um seine Verteidigung in kürzester Zeit durchzuboxen. Korytow drückte mir eine Mappe mit Manuskripten in die Hand.

»Seht euch das doch mal an, sagt eure Meinung, beratet die Sache«, sagte er. »Dann ruf mich an, und wir sprechen es durch.«

Es war schon spät, die Metro fuhr nicht mehr. Tamara und ich versuchten eine halbe Stunde lang, ein Taxi zu bekommen. Die Taxifahrer lehnten es ab, in unseren Stadtteil zu fahren, sie verlangten den doppelten Preis. Schließlich gelang es uns, einen »Privaten« zu überreden. Ich kam mir vor, wie durch die Sch... gezogen. Tamara war giftig wie ein Köter. Die Pracht der Korytowschen Wohnung und die Üppigkeit der Tafel hatten sie aus den Socken geworfen. Auf ihrem einstmals schönen Gesicht (andere behaupten, sie sähe auch jetzt noch recht annehmbar aus) malte sich Verachtung ab für einen so winzigen Wurm wie mich, der es nicht einmal fertigbrachte, Korrespondierender zu werden.

Korytow hielt sein Versprechen. Die Diskussion wurde auf die Zeit nach den Wahlen verschoben. Jetzt wird man diesem schlauen Kretin die Habilitationsschrift redigieren müssen. Wem kann ich das anvertrauen? Einem von den wissenschaftlichen Mitarbeitern, dem ich die Beförderung zum höheren wissenschaftlichen Mitarbeiter in Aussicht stelle. Vielleicht Kanzewitsch. Ein vernünftiger Typ, der so einen Mist in einem Monat zusammenschmiert. Außerdem ist es gerechtigkeitshalber an der Zeit, ihn zu befördern. Einfacher wissenschaftlicher Mitarbeiter ist er schon über sechs Jahre.

Saschka und Anton

»Onkel Anton«, fragte Saschka, »worin unterscheidet sich eigentlich Ihre Position von der Solschenizyns?«

»Verdirb mir meinen Sohn nicht«, sagte ich.

»Ich bin kein kleines Kind mehr«, sagte Saschka. »Irgendwie werde ich mich schon selber verderben. Also worin?«

»Das braucht eine zu lange Erklärung«, sagte Anton. »Aber soviel wenigstens zur allgemeinen Methode: Ich lasse dem Gegner alle Vorteile, bin bereit, alles anzuerkennen, worauf er besteht. Ihr glaubt, die Revolution geschah zum Wohl Rußlands? Einverstanden. Partei und Volk bilden eine Einheit? Einverstanden. Die Ideologie entspricht der Gesellschaft? Einverstanden. Jedem nach seinen Fähigkeiten? Einverstanden. Jedem nach seinen Bedürfnissen? Einverstanden. Verstehst du, ich erkenne alles an, was man für Pluspunkte des Sozialismus und des Kommunismus hält. Aber damit beginne ich nur. Und von diesen Pluspunkten ausgehend, versuche ich, alle unsere Minuspunkte zu erklären. Kurz, ich bin der Meinung, daß alle Mängel des Kommunismus (und des Sozialismus) keine vorübergehenden historischen Erscheinungen oder das Ergebnis der Nichterfüllung irgendwelcher Vermächtnisse sind, sondern daß sie gerade das Produkt der Verwirklichung der positivsten Ideale des Kommunismus darstellen. Kapiert? Ich bin der Auffassung, daß die lichtesten Träume und Ideale der Menschheit in ihrer realen Gestaltung die finstersten Folgen haben. Aber das ist keine ideologische Richtlinie oder eine voreingenommene Idee. Es ist das Resultat einer bestimmten Weise, unsere Gesellschaft zu untersuchen. Solschenizyn bringt einfach eine Summierung und Beschreibung von Tatsachen und einigen durch sie aufgedrängten Vorstellungen und Verallgemeinerungen, wie etwa: die Repressionen sind nicht zufällig, rundum herrschen Betrug und Korruption, es gibt keine Freiheit des Wortes. Ich habe eine andere Methode. Worin sie besteht? Mit wenigen Worten und in ganz vereinfachter Form kann ich sie dir vielleicht folgendermaßen erklären. Es gibt Gesetze menschlichen Verhaltens, die ich soziale Gesetze nenne. Sie betreffen sowohl die Verhaltensweisen der Menschen untereinander, das heißt des einen zum andern, als auch diejenigen einzelner Menschen gegenüber der gesamten Gesellschaft sowie ihre Tätigkeiten. Sie ergeben sich aus der Natur des Menschen und allein schon aus der Tatsache, daß die Masse der Menschen gezwungen ist, zusammen, das heißt im Kollektiv, zu leben. Diese Gesetze sind an und für sich (im Einzelfall und als Illustration) einfach und offensichtlich. Sie werden durch Beobachtung gewonnen, und die Menschen entdekken sie für sich selbst, indem sie das Leben im Kollektiv praktizieren. Stell dir folgendes vor: Auf einem begrenzten Raum ist eine ziemlich große Gruppe von Menschen versammelt. Man gibt ihnen Nahrung, Kleidung, Wohnung im Überfluß. Für alle gelten gleiche Bedingungen –

sie sind gleich in sozialer Hinsicht. Was denkst du, wie sie leben werden? Zuallererst stellt sich heraus, daß sie in irgendeiner anderen Beziehung voneinander verschieden, also ungleich sind, und die eben erwähnte soziale Gleichheit erweist sich als inadäquat (und ungerecht) hinsichtlich ihrer tatsächlichen Unterschiede. Sehr schnell werden sich die Menschen in Gruppen aufspalten, werden Führungspersönlichkeiten da sein, wird man ein System relativer Wertkategorien erstellen, die ihre wirkliche Ungleichheit widerspiegeln (ein Loch in der Nase, eine Feder im Haar, Zeichen auf der Stirn). Stell dir weiter vor, daß die Existenzmittel, die diesen Menschen zur Verfügung stehen, nicht den gleichen Wert behalten, daß sie sich differenzieren. Was geschieht? Der Prozeß der Strukturierung des Kollektivs beschleunigt sich und wird härter. Füge als weitere Bedingung hinzu, daß die Existenzmittel nicht mehr so zahlreich vorhanden, einige sogar so knapp sind, daß sie nicht für alle reichen. Und wenn weiter diese Existenzmittel durch Arbeit erworben werden müssen und so weiter und so fort. Natürlich führen die Menschen dabei Handlungen aus, die eine Wirkung auf ihre Lage in der Gesellschaft und auf die Lage der anderen Menschen haben, also soziale Handlungen. Sie brauchen nicht viel Verstand, um dahinterzukommen, welche Handlungen ihre eigene Position festigen und welche nicht. Wenn zum Beispiel dem Menschen A die Möglichkeit gegeben wird, eine Handlung X oder Y in bezug auf B auszuführen, so wird A diejenige von X bzw. Y vorziehen, die die Position von B schwächt oder weniger stärkt als eine andere Handlung. Stell dir schließlich Millionen von Menschen, Milliarden von Handlungen, ein förmliches Brodeln von kleinen menschlichen Aktivitäten vor. Die Menschen übernehmen von den vorausgegangenen Generationen oder erarbeiten sich die Regeln sozialen Verhaltens, die ihnen die angenehmsten Existenzbedingungen ermöglichen. Das ist soziales Leben (Sozialität) in seiner reinsten Form. Die wirkliche Geschichte der Menschen sieht so aus, daß zugleich mit dem Anwachsen der menschlichen Kollektive die künstlichen Mittel entdeckt und weiterentwickelt wurden, die die massive Wirkung der sozialen Gesetze, des sozialen Gefüges, einschränken und lenken. Das sind die tradierten Sitten, Moral, Recht, Religion, Eigentum, Kunst. Wenn du wissen willst, was Sozialismus (oder Kommunismus) als spezifischer Gesellschaftstyp bedeutet, dann stell dir eine Gesellschaft vor, in der alle künstlichen Beschränkungen des sozialen Gefüges (und die eben bedeuten die eigentliche Zivilisation) zerstört sind, in der die sozialen Gesetze entscheidende Bedeutung erlangt haben, indem sie sich alle übrigen Lebensbereiche unterordnen und ein ihnen adäquates System der Macht, Ideologie, Kunst entwickeln. Sozialismus bedeutet vor allem die Zerstörung aller Produkte der Zivilisation (die man bei uns Institutionen der ausbeuterischen Klassengesellschaft nennt) und die Schaffung von Verhältnissen, unter denen die Gesetze des kollektiven Lebens entscheidende Geltung gewinnen. Ein grandioser Machtapparat bildet sich heraus, der diesen Verhältnissen entspricht, nach den Gesetzen des Kollektivs existiert und ein Eigenleben führt. Da habe ich dir nur die allerprimitivsten Dinge geschildert, und dies noch in stark vereinfachter Form. Aber auch das reicht schon, um die allgemeine Richtung meiner Konzeption zu verstehen. Solschenizyn überblickt in seiner Kritik des Marxismus und einzelner Fakten des sowjetischen Lebens die ganze erschreckende Normalität des Kommunismus nicht.«

»Also ist der ganze Kommunismus eine einzige Schweinerei«, sagte Saschka.

»Das hängt ganz vom Standpunkt des Betrachters ab«, sagte Anton. »Die kommunistische Lebensweise verschafft einem beträchtlichen Teil der Bevölkerung unseres Landes Vorteile. Rechne mal zusammen, wieviel Minister wir haben, wieviel Stellvertreter der Minister, Chefs von Hauptverwaltungen und Kombinaten, Direktoren, Sekretäre der Gebiets- und Bezirkskomitees, Akademiemitglieder, Schriftsteller, Künstler, Offiziere und Generäle, bis hin zu den Milizionären, Leitern der Sektoren, Inhabern der Lehrstühle, Haus-, Lager- und Geschäftsverwaltern. Diese Gesellschaftsform ist ihre Gesellschaftsform. Hier haben sie eine relativ leichte Arbeit, deren minimalen Anforderungen fast alle genügen, und ein beachtlicher Teil der Bevölkerung lebt sogar recht gut. Insofern entspricht diese Gesellschaftsform der überwiegenden Mehrheit der Bevölkerung. Nicht auf allen Gebieten, natürlich. Aber doch im großen und ganzen.«

»Demnach ist es doch eine gute Gesellschaftsform«, sagte Saschka.

»Sie ist nicht gut, und sie ist auch nicht schlecht«, sagte

Anton. »Wir brauchen gar keine Wertungen, sie sind relativ und subjektiv. Sie ist so, wie sie ist. Da sie so ist, wie ich gezeigt habe, bedeutet sie gleichzeitig die Herrschaft von Mittelmäßigkeit, Opportunismus, Habgier, Korruption, Pfuscherei. Von einem bestimmten Zeitpunkt an wenden sich alle positiven Eigenschaften des Kommunismus gegen diejenigen, die ihn unterstützen und konsolidieren. Es zeigt sich, daß die Sattheit illusorisch war, Mangel an qualitativ guten Lebensmitteln und anderen Erzeugnissen stellt sich ein, das schöpferische Niveau sinkt, die geistigen Formen der Kunst werden durch rein motorische, gefühlsmäßige verdrängt, die Literatur geht zugrunde, Lüge und Demagogie ersticken alles auf Schritt und Tritt, Rechtsbeugung durch die Bürokratie wird zu einer zentralen Erscheinung des gesamten sowjetischen Lebens. Unausweichlich wird der Druck durch das System der Gewalt, der Verbote, der Zwangszuweisungen des Wohn- und Arbeitsorts verstärkt. Allgemeine Erbitterung und Gereiztheit werden zum Tenor unseres Daseins. Die Menschen sind auf Schlimmeres gefaßt. Man muß schon sehr genau alle objektiven Mechanismen unserer Gesellschaft studieren, um irgendeine Gewißheit und ein Programm für ein vernünftiges Verhalten herauszufinden, damit die negativen Folgen der positiven Qualitäten der kommunistischen Gesellschaft wenigstens teilweise paralysiert werden.«

»In gewissen Punkten«, sagte Saschka, »ähnelt Ihre Konzeption der von Solschenizyn. Aber ihrem Wesen nach (und das habe ich noch nicht ganz verstanden) sind sie verschieden. Könnten Sie uns nicht einen ausführlicheren Vortrag über dieses Thema in unserer Gruppe halten?«

»In welcher Gruppe?« fragte ich.

»Ich habe mich nicht richtig ausgedrückt«, sagte Saschka. »Wir feiern bald wieder Geburtstag bei einem meiner Freunde. Die interessieren sich für so was.«

»Ihr bringt euch noch um Kopf und Kragen mit euren ›Geburtstagen‹«, sagte ich. »Du weißt wohl nicht, daß man an der Technischen Hochschule ein paar Mann wegen solcher Zusammenkünfte eingesperrt und die übrigen Teilnehmer relegiert hat? Und das ist kein Einzelfall. Wo habt ihr denn euren Verstand gelassen? Lies zu Hause von mir aus, was du willst. Sprich dich aus. Ich hindere dich nicht daran, wie du siehst. Aber woanders ... Verdammt! Du kannst dir doch vorstellen, was passiert, wenn ... Mach wenigstens zuerst dein Examen ...«

»Ja«, sagte Saschka, »und dann muß ich an meinem Arbeitsplatz Boden unter die Füße bekommen oder die Dissertation zum Abschluß bringen. Erst die Dissertation verteidigen, dann die Habilitationsschrift ... Und dann ... Und dann ...«

»Nimm's mir nicht übel, Saschka«, sagte Anton, »aber ich werde bei euch nicht reden. Und zwar nicht deshalb, weil ich mit deinem Vater einverstanden wäre (ich bin es nicht), auch nicht aus Angst um mich (ich fürchte mich nicht), sondern weil es vom Standpunkt eurer Sicherheit aus töricht wäre. Man muß vorsichtig sein. Und du mußt dich klug verhalten, damit du nicht schon am Beginn deines Wegs zermalmt wirst. Außerdem bin ich der Auffassung, daß eine Polemik gegen Solschenizyn zum gegenwärtigen Zeitpunkt nicht angebracht ist. Solschenizyn hat uns soviel Nahrung zum Nachdenken gegeben, daß es Jahre braucht, sie zu verdauen. Ich könnte nur Schaden anrichten. Oder sähe auch noch aus wie ein Agent des KGB, der hinterhältig hilft, Solschenizyn bloßzustellen und zu diskreditieren. Er hat viele Vorstellungen, die mit dem übereinstimmen, was ich sagen könnte. Überdenkt sie selbst. Und gebt um Himmels willen euren Geburtstagen nicht den Anstrich eines politischen Spiels. Sie werden euch fertigmachen. Wie viele seid ihr? Zwölf? Dann muß unter euch zumindest ein Spitzel sein. Ich möchte niemanden von euch beleidigen. Aber behalte das im Auge. Auch das ist eines der Gesetze der kommunistischen Gesellschaft.«

Ich verlangte natürlich, daß Saschka mit dem Besuch dieser Geburtstage aufhören sollte, und ließ mein letztes, allerbanalstes Argument los: »Denk wenigstens an deine Familie, an mich, deine Mutter, an Lenka.« Saschka versprach, daran zu denken.

»Man muß nicht übertreiben«, sagte er. »Wenn wir auch quatschen, dann doch so, daß uns niemand was am Zeug flicken kann. Jetzt machen das doch alle. Alle kann man nicht relegieren und einsperren.«

»Wer weiß«, sagte Anton. »Notfalls können sie auch das.«

Sehnsucht nach der Vergangenheit

Heute ist es nur schwer vorstellbar, daß wenige Jahre zuvor noch Dinge geschahen, die jetzt absolut unmöglich wären. 1968 oder 69 (genau erinnere ich mich nicht) wurde bei uns im Institut ein Bunter Abend veranstaltet. Die Studenten hatten ausgezeichnete Sketche vorbereitet. Nikiforow und noch ein anderer (den man später wegen irgendwelcher politischer Sachen aus dem Institut gefeuert und in eine Nervenheilanstalt gesperrt hat) hatten sich als Bursche und Mädchen vom Lande verkleidet. Begleitet von einer Ziehharmonika, improvisierten sie philosophische Couplets. Die Anwesenden weinten buchstäblich vor Lachen. Selbst Kanarejkin erbat sich eine getippte Kopie der Couplets. Das ›Philosophische Gedicht‹ wurde in der Wandzeitung veröffentlicht. Aber wenige Jahre später tobten verdächtige Gestalten durch unser Institut auf der Suche nach einer Kopie dieser Lieder, bemüht, die Autoren festzustellen. Seltsamerweise hat niemand die Beteiligten verraten. Ich hatte mir damals das ›Philosophische Gedicht‹ abgeschrieben. Eben las ich es wieder durch und verfiel in eine trübe Stimmung. Ja, der beste Teil meines Lebens ist vorüber. Doch so eine Sache zu Hause aufzubewahren ist jetzt nicht ungefährlich. Ich muß sie vernichten. Nebenbei, ich muß auch Lenkas Zimmer kontrollieren. Es ist nicht ausgeschlossen, daß sie eine ganze antisowjetische Bibliothek zusammengeschleppt hat. Mit der Vergangenheit muß Schluß gemacht werden. Die Vergangenheit hat nur noch in der Erinnerung Raum, und auch da nur in Maßen. Noch besser, überhaupt nicht mehr daran denken.

Lenka kam herein und sammelte die Papierschnipsel des Gedichts auf. Nachdem sie zum Schluß gekommen war, es müsse wohl eines meiner Werke sein, das ich da zerrissen hatte, sah sie darin einen großen Fortschritt: Bis anhin hatte ich noch nie etwas von mir zerrissen. Stets brachte ich es in einem Zug zu Papier und trug meine Korrekturen nur noch in das getippte Manuskript oder sogar erst in den Umbruch ein, was mir den Haß der Setzer und Redakteure eintrug. Lenka erinnerte mich, daß ich in mein Wahllokal zu gehen habe. Ich hatte ganz vergessen, daß gewählt wurde. Wen wählen wir jetzt eigentlich? So ehrlich du dich auch um eine positive Haltung bemühst, hier hast du wieder ein zum Himmel schreiendes Beispiel der Lüge und Heuchelei, würde Anton sagen. Und wahrscheinlich auch Saschka. Lenka würde so was nicht sagen. Sie hat das Wissen, daß alle unsere Wahlen Augenwischerei sind, mit der Muttermilch eingesogen. Darauf verschwendet sie keine Gedanken und Emotionen. Ein bißchen Spott, damit hat sich's. Dieser Bluff hat keinen Einfluß auf ihr Leben. Dafür werden wir in unserem Buch einen ganzen Abschnitt der Entwicklung der sowjetischen Demokratie widmen, indem wir unser wahrhaft demokratisches Wahlsystem dem verlogenen amerikanischen gegenüberstellen. Was ist das für eine Demokratie, in der es überhaupt keine Rolle spielt, ob ich »für« oder »gegen« stimme? Da hängt von mir doch absolut gar nichts ab. Ein einziger Kandidat (Auswahl aus einem!), und der wird durch den Machtapparat bestimmt, auf den der Wähler keinerlei Einfluß hat. Eigentlich habe ich nicht die Wahrheit gesagt, was die »Gegenstimmen« anbelangt. Es heißt, daß man in solchen Fällen feststellt, wer die Gegenstimme abgegeben hat, und Sanktionen ergreift. Wer wird übrigens diesen Abschnitt in unserem Buch übernehmen? Edik Nikiforow. Der wird sich schon herauswinden. Ein talentierter Bursche. Der wird zur Stützung der These, daß unser Wahlsystem den Gipfel der Demokratie darstelle, noch solche Argumente finden, daß selbst Kanarejkin ihn bitten wird, ein wenig zurückzustecken (damit es nicht nach Lackierung der Wirklichkeit aussieht!). Anton hat natürlich recht: Wir, die Liberalen, unterscheiden uns von den Konservativen nur dadurch, daß wir dasselbe lediglich ein klein bißchen besser als sie tun, mit ein wenig anderen Methoden und mit mehr Scham oder, was auf dasselbe hinausläuft, mit mehr Zynismus.

In Lenkas Zimmer hatte ich nichts Kriminelles entdeckt. Nur dieses Gedicht:

Was? Gauner sollen wir gewesen sein
und Schurken, die sie heute richten müßten?
Nehmt einfach doch für Wirklichkeit den Schein
und glaubt, wenn es so wär, daß wir es wüßten!
Laßt ruh'n Vergangenes, seht, was wir heute sind.
Wie sehr der Wunsch nach Rache alle euch bewegt:

Es ist nichts Neues, und es weiß heut jedes Kind,
wie schwer an ihrer Last stets die Geschichte trägt.
Ja, blick du nur mit Unschuldsmiene wieder auf die Leute
und tu, als wär da nie ne Schweinerei gewesen,
was du geschickt vertuscht, verborgen hast bis heute,
das ist an deiner Fresse deutlich abzulesen.

Ist der »Bekannte« etwa sie selbst? Wenn sie das selbst sein sollte, dann müssen unverzüglich Maßnahmen ergriffen werden. Welche? Dann muß ich mit Tamurka reden. Die wird keine großen Umstände machen. Die wird sie sich so vornehmen, daß ...! Das Mädel tut mir leid. Aber da hilft nichts. Einen andern Ausweg gibt es nicht.

Die Besoffene Alte

Auf dem Weg ins Krankenhaus begegnete mir wieder die Besoffene Alte. Ich blieb stehen, aber sie beachtete mich nicht. Hätte sie auch nur das geringste Interesse an ihrer Umwelt gezeigt, ich hätte ihr alles Geld, das ich bei mir trug, gegeben. Aber sie zog mit ihrer ächzenden Karre vorüber, als ob sie durch mich hindurchginge, als ahnte sie nichts von meiner Existenz. Und sie nahm irgendeins von meinen sehr wichtigen ungelösten Problemen mit sich. Welches? Als ich noch ein Kind war, tauchten in unserem Haus Hamster auf. Es waren sehr possierliche Tierchen, die mich faszinierten. Sie erregten meine Neugier aber auch durch irgend etwas Geheimnisvolles. In einen ähnlichen Zustand geriet ich jetzt, wenn ich die Besoffene Alte sah oder über sie nachdachte. Als ob ich etwas sehr Wichtiges vergessen hätte, mich aber unmöglich erinnern könnte, was es war.

Meine Krankheit

Unser Akademie-Krankenhaus ist eines der besten im ganzen Land. Ein imposantes Gebäude. Gute Betreuung. Erträgliche Verpflegung. Aber dieses Krankenhaus ist vor allem eine Einrichtung für Gesunde und für eine riesige Anzahl von Ärzten, die vornehmlich administrativ-bürokratische Funktionen haben. Und für Menschen wie mich, die sich hier aus diesen oder jenen Gründen für einige Zeit aus dem Verkehr ziehen wollen. Nur um gesund zu werden, wird hier keiner behandelt. Man betreut uns sorgfältig, das heißt, wir müssen uns einmal im Jahr einer Generaluntersuchung unterziehen. Da wandern wir dann zu einer bestimmten Zeit von einem Untersuchungsraum in den andern, vom Urologen zum Augenarzt, vom Augenarzt zum Stomatologen. Wir sitzen stundenlang herum oder stehen Schlange. Dann sieht man uns in die Ohren, in den Mund, steckt uns den Finger in den Hintern und macht lange Aufzeichnungen in gewichtigen Büchern (den Krankengeschichten) über das, was wir denen, je nach unserer besonderen Situation und unseren Absichten, selbst vorjammern. Wenn wir ein Attest für eine Auslandsreise benötigen, dann tun wir so, als strotzten wir vor Gesundheit, und sie bestätigen uns ein »praktisch gesund«, selbst wenn man gerade an einem akuten Geschwür leidet. Will man aber irgendwelchen unangenehmen Dingen aus dem Weg gehen, dann gibt man vor, an dem jeweils für solche Zwecke bevorzugten Organ erkrankt zu sein, und legt sich zur Beobachtung und Behandlung in sein Krankenhausbett. Viele unserer Leute im Institut benutzen das Krankenhaus als geeignetes Mittel zur Regelung ihrer Angelegenheiten. Doch um gesund zu werden, wird hier keiner behandelt. Dazu ist unsere Medizin nicht da. Sie existiert als Selbstzweck. Und sie pflegt gute Beziehungen zu denen, die sich, ohne Arbeit zu verursachen, in Behandlung begeben. Niemand aber läßt sich so leicht kurieren wie ein Gesunder.

Ich habe ein Einzelzimmer mit Telefon. Blumen (meine mich liebenden Untergebenen haben sie mir gebracht). Eine ganze Bibliothek. (Die Bücher stammen von Lenka, Saschka, Anton und denselben liebevollen Mitarbeitern.) Mit Obst, Gemüse und anderen seltenen leckeren Genüssen hat man mich fast zugeschüttet. Der Kühlschrank ist zur Hälfte mit meinen Lebensmittelvorräten vollgepfropft. Da der größte Teil davon dem Pflegepersonal zugute kommt, lassen sie (sozusagen schwarz) zu jeder Zeit, wen auch immer es danach gelüstet, zu mir herein. Mir geht es nicht schlecht, und ich habe das Gefühl, ein guter, von allen geliebter und für die Gesellschaft sehr nützlicher Mensch zu sein.

Die Hauptsache aber ist, daß ich Baranow, Waskin, der Twarschinskaja und dem übrigen Gesindel aus dieser Bande eine lange Nase gedreht habe. Bis zu den Wahlen findet die Diskussion nicht statt.

In der Zeitung ist eine Liste der Kandidaten für die Korrespondierenden und die Ordentlichen Akademiemitglieder erschienen. Kandidaten gibt es viele, aber nur drei Plätze (zwei Korrespondierende und ein Ordentliches Mitglied). Zum Ordentlichen Mitglied wird es wahrscheinlich Jeropkin bringen. Für den Korrespondierenden haben (außer mir) noch zwei Mann reale Chancen: Waskin und der neue Redakteur unserer Zeitschrift. Mir haben alle schon im voraus gratuliert. Ich wehre scherzend ab. Aber im Innern meiner Seele macht es mir Vergnügen. Und ein wenig Angst.

Das Problem der Sättigung

Vor lauter Nichtstun muß ich an Antons Buch denken. Ein Gedanke darin hatte mich mehr als alles andere betroffen gemacht. »Der Kommunismus«, hatte Anton geschrieben, »wird großartig mit Problemen fertig, die er aus der Vergangenheit übernimmt oder die ihm von außen aufgebürdet werden – Hunger, wirtschaftlicher Ruin, Landplagen, Epidemien –, das heißt mit fremden Problemen. Aber die eigentlichen Probleme des Kommunismus entstehen dann, wenn die Gesellschaft eine relative Stabilität und Sättigung erreicht hat. Es ist leichter, einem Hungrigen ein Stück Brot zu geben, als die Gelüste eines satten Menschen zu befriedigen, der weiß, was Kaviar, geräucherter Störrücken, Sterlet und Schaschlik ist... Es ist leichter, einen Frierenden zu kleiden, als die Bedürfnisse eines normal angezogenen Menschen zu stillen, der den Wert von kostbaren Pelzen, Edelsteinen und teuren Abendroben kennt... Es ist leichter, dem Obdachlosen ein Dach über dem Kopf zu bieten, als einen Menschen von seinen Leiden zu erlösen, der ein Einzelzimmer oder sogar eine kleine Wohnung besitzt und dabei weiß, daß andere riesige Luxusappartements und Wochenendhäuser außerhalb der Stadt ihr eigen nennen... Kurz gesagt, die eigentlichen Probleme des Kommunismus sind Probleme einer normalen und gesunden Lebensform und nicht Abweichungen von einer erreichten und allgemein anerkannten Existenznorm. Aber die Geschichte kennt keine einzige Gesellschaft, die aus innerer Kraft in der Lage gewesen wäre, mit den Problemen ihres normalen Alltags fertig zu werden. Man kann einen Kranken heilen. Aber man kann keinen Gesunden kurieren. All das, was jetzt als Geschwüre der sowjetischen Gesellschaft gebrandmarkt wird, ist in Wirklichkeit nichts anderes als eine normale Erscheinung der gesunden Natur des Kommunismus. Dadurch unterscheidet sich meine Konzeption wesentlich von den Konzeptionen der übrigen Kritiker des Kommunismus.«

Saschka

Saschka brachte mir ein Buch von Iwanizki, das in Paris erschienen ist. Eine Art Anti-Utopie wie die von Orwell. In dem Buch gibt es einen Abschnitt über jene Epoche unserer Geschichte, die man für ihr Goldenes Zeitalter hält. Wegen dieses Abschnitts hat Saschka das Buch mitgebracht.

»Lies mal, vielleicht kannst du es brauchen«, sagte Saschka. »Im großen und ganzen ist das Buch ziemlich zäh. Natürlich kein Solschenizyn. Aber ein paar Gedanken stecken drin.«

Als Saschka gegangen war, las ich folgendes:

»Was war das doch für eine erstaunliche Zeit! Heute hat das sowjetische Volk beinah erreicht, was die Klassiker und weisen Führer vorausgesagt haben. Wie man so sagt, wofür sie gestritten, das haben sie erlitten. Kaum zu glauben, daß es diese Zeit einmal gegeben hat. Das sind doch Altweibergeschichten, sagt die Jugend. In den Geschäften hat man Fleisch verkauft?! Und die Kartoffeln waren nur ein bißchen angefault?! Man mußte nur eine Stunde anstehen? Und man hat nicht alle verhaftet, wegen der Witze? Verscheißer uns nicht, Pappilein! Wir sind schließlich keine kleinen Kinder mehr, wir sind längst der Kleinkinderkaserne entwachsen! Versuch mal, diese von Skepsis verseuchte Jugend davon zu überzeugen, daß es all das wirklich einmal gegeben hat! Diese Jugend glaubt andächtig unserer genialen Führung, daß wir dank der unaufhörlichen Verbesserung des materiellen Wohlstands der Gesellschaft und der unbeirrten Festigung der Demokratie erst in allernächster Zukunft eine solche Blüte erreichen werden. Aber zuerst... Mit einem Wort, das Goldene Zeitalter liegt vor und nicht hinter uns, denn so lautet die Direktive. Natürlich ist auch die Zeit, in der wir gerade leben (sofern wir überhaupt leben), schon sehr golden. Aber die Zeit, der uns unsere geliebte und geniale Führung entgegenführt, der wir uns asyp... astymp... amsypt... verdammte Sch...!... ohne einen halben Liter Fusel kann man das gar nicht aussprechen!... Nun ja, eben die, der wir entgegengehen, die wir aber niemals erreichen werden... obwohl es manchmal so aussehen mag, als ob wir ganz dicht davor stünden... also diese Zeit ist jedenfalls noch goldener. Sie eben wird das Goldene Zeitalter unserer Geschichte sein. Und das liegt immer vor und niemals hinter uns, wie Verleumder und böswillige Kritiker behaupten. Das spielt jetzt übrigens sowieso gar keine Rolle mehr. Heute kann sich sowieso niemand mehr besinnen, wo in unserer Geschichte hinten und wo vorne ist.

Was du auch denken magst beim längsten aller Märsche
zu einer lichten Zukunft, noch und nöcher,
wenn du dich wunderst, siehst du doch nur lauter Ärsche,
und wenn du vorwärtsblickst, nur ebensoviel Löcher!
Also brauchst du dir auch den Kopf nicht mehr zu zerbrechen. Von nun an bis in alle Ewigkeit wird es keine Probleme mehr geben. Höre auf die Obrigkeit, lächle und applaudiere. Mehr wird von dir gar nicht verlangt.«

Ein Interview mit Rogosin

Die »Stimmen« brachten ein Interview mit Rogosin. Auf die Frage nach der Lage der Kulturschaffenden in der Sowjetunion gab er folgende Antwort: »Die überwiegende

Mehrheit ist zufrieden, und es geht ihr nicht schlecht. Es sind einzelne, die leiden. Aber diese einzelnen sind charakteristischer als zehn- und hunderttausend andere. Wer sie sind? Solschenizyn, Rostropowitsch, Maximow, Neiswestny. Ich bin davon überzeugt, daß man Solschenizyn nicht so sehr wegen seiner politischen Aktivitäten vertrieben hat als vielmehr deshalb, weil er ein begabter Schriftsteller ist. In der Sowjetunion gibt es Zehntausende von Schriftstellern. Zehntausende von Flaschen. Sie können in ihrer Mitte kein echtes Talent dulden. Nun, und wenn man über Solschenizyn noch streiten könnte, so ist der Fall Neiswestny völlig eindeutig. Neiswestny war durch und durch ein Sowjetmensch. Aber in zwanzig Jahren hat es keine einzige Ausstellung von ihm gegeben. Warum? Weil er ein hervorragender Künstler ist. Seine Künstlerkollegen waren es, die ihn hinausgedrückt haben, einige tausend talentloser Kollegen. Ich selbst will und kann mich natürlich nicht mit diesen Menschen vergleichen. Aber soziologisch betrachtet, liegt mein Fall ebenso. Sobald sich um mich herum eine originelle Arbeitsgruppe abzuzeichnen begann und sobald die Arbeiten unserer Gruppe eine weltweite Resonanz fanden, hat man uns zerschlagen, und ich selbst lebte in völliger schöpferischer Isolierung.«

Wie seltsam, mußte ich denken. Auch in meinem Schicksal steckt ein Stück der Rogosinschen Variante. Gegen unsere Abteilung wetzt man die Messer, weil sie besser als alle anderen dasteht. Der Vorwurf, uns seien Fehler unterlaufen, ist nur die übliche Angriffsmethode.

Lenka

Lenka ist schrecklich beschäftigt. Dennoch kommt sie ab und zu angelaufen.

»Unsere Idioten«, sagt sie, »sind jetzt endgültig übergeschnappt. Stell dir vor, wir sollen eine Neuinterpretation (wie sie es nennen) des alten Kindermärchens von der ›Roten Blume‹ versuchen. Einerseits tun wir es nicht unter Antonioni, Bergmann oder zumindest Tarkowski, und andererseits sollen wir den Marxismus-Leninismus pflegen. Weißt du, wie bei uns das Ungeheuer, der Gemahl der Märchenheldin, aussieht? Das errätst du nie. Er ist ein fortschrittlicher Komsomolze, ein Meliorator, der die Sümpfe trockenlegen will, und die Hexe, die im Dienst des Imperialismus steht, zaubert mit Hilfe von Chemie und Genetik. Dabei vertritt sie eine eindeutig zionistische Weltanschauung. Also, ich bin schon weg. Wir haben heute wieder eine Probe, wir müssen eine Feier zum Tag des Sieges vorbereiten. Das wird ein großartiges Spektakel! Ich spiele eine Partisanin. Nur ein Malheur ist dabei – die Kinder sind für Faschisten alle ein wenig zu klein geraten. Ich bin einen Kopf größer als alle andern. Unsere Direktorin sagt, das sei gut so: ein Sowjetmensch müsse alle anderen um Haupteslänge überragen. Das sei symbolisch!«

»Erinnerst du dich, daß du mal das Gedicht deines

Freundes nicht zu Ende aufgesagt hast? Wie war der Schluß?«

»Ich glaube so:

Ich antworte: Ich habe bei den damals Lebenden gehört,
wie das Gerücht voll Grauen dort die Runde macht:
Ihr hättet ganz umsonst und soviel mehr zerstört,
als wirklich unserm Volk und dem Jahrhundert Glück gebracht.
Es seien um des heut'gen Paradieses willen
so viele Köpfe schuldlos in den Sand gerollt.
Laut von Humanität geschrien habt ihr und doch gewußt im stillen,
daß eurer Macht allein der blutige Tribut gezollt!
Ja, werden jene sagen, wozu es denn heut verbergen?
Wir haben Mist gebaut, auch hier und da ein Leben mal geraubt,
doch sind wir heute nur deshalb die Sieger, weil als Schergen
des Kommunismus an die lichte Zukunft wir geglaubt!
Ach was, gib Ruhe, denn was war, das ist nun mal gewesen,
nach dem Bedürfnis friß und schufte, nach der Fähigkeit.
Es gab da Opfer, ja, doch das war'n Reisespesen,
und die Erinnerung an sie erlischt, das wird auch langsam Zeit.
Das heißt, es gab die Henker, sage ich darauf.
Das heißt, sie haben doch erschossen und begraben.
Das heißt, wir fressen heut die fetten Krapfen auf,

die wir den andern nicht gegeben haben?!
Das heißt, daß ich in euer Haus nicht gehen werde.
Ich falle lieber hier, an seiner Schwelle nieder,
denn trotten wir hinein, wie eine Hammelherde,
gehen wir denselben Weg doch wieder nur und wieder.

»Deinem Freund sollte man kräftig den Hintern versohlen.«

»Danke«, sagt Lenka. »Ich werde ihm deine Auffassung übermitteln. Eine so hohe Einschätzung wird ihm sicher schmeicheln. Möchtest du einen Witz hören? Unser Gensek (Generalsekretär) besucht mit seinem Enkel das Mausoleum. Der Enkel fragt ihn: ›Opa, wirst du auch hier wohnen, wenn du gestorben bist?‹ ›Natürlich‹, antwortet der Großvater. Da steht Lenin auf und spricht: ›Was fällt euch ein? Ihr glaubt wohl, das sei ein Apartmenthaus!‹«

Lenka lacht wie verrückt. Ich finde das nicht komisch. Ich bin alarmiert. Was soll aus dir werden, mein Kind? Wird dich dein beschleunigtes Wachstum schützen? Wirst du Durchhaltevermögen aufbringen, lernen, dich anzupassen, dich zu wehren?

Eingeständnisse

Vor einigen Jahren war ich mit Tamurka zur Erholung in einem ZK-Sanatorium im Süden. Eines Tages aalten wir uns am Strand. Außerhalb des Sanatoriumsgeländes drängte sich eine Unmenge Volk – wie die Sardinen. Bei uns dagegen, auf einer Länge von einem halben Kilometer herrlichsten Sandes, waren's ganze zehn Mann. Nicht weit von uns schmorten zwei bejahrte Emporkömmlinge, zwei hohe Funktionäre, in der Sonne. Sie hechelten die höchsten Personen im Staat so durch, wie wir das mit unseren ahnungslosen Bekannten tun. Sie erzählten einander schlüpfrige Histörchen und plumpe antisowjetische Witze, begleitet von immer wieder aufbrechenden Lachsalven. Tamurka und mich nahmen sie gar nicht zur Kenntnis.

»Weißt du, wie ein Mensch heißt, der seiner Geliebten keine Geschenke macht?«

»Wie denn?«

»Gratisf... k! Ha-ha-ha-ha!«

»Ha-ha-ha-ha!«

Ab und zu ließen sie sich auch auf ein ernsthaftes Thema ein.

»Was sich da abspielt... ist doch eine verdammte Schweinerei! Wir produzieren in Riesenmengen intelligente, gebildete, begabte, anständige Leute. Aber wo du auch hinsiehst, gedeiht Dummheit, Unwissenheit, Mittelmäßigkeit, Korruption, Raffgier, Karrieristentum ... Wohin soll das führen?!«

»In den A ... natürlich. Im Lauf der Zeit wird man diesen Mißstand liquidieren!«

»Kaum. Dann wird's noch schlimmer.«

»Das kommt ganz darauf an, was man für schlimmer hält. Wenn dieser Mißstand verschwindet, dann wird's erst richtig schlimm.«

Sie lachten herzhaft. Sie sahen und verstanden alles sehr gut. Da sie hohe Staatsposten hatten, wußten sie viel mehr davon, als wir erfahren können. Und sie waren keine Ausnahmen. Ich kenne keinen einzigen Menschen in unseren Kreisen oder höher oben, der nicht über die wirkliche Lage der Dinge Bescheid weiß. In der Regel kennt man die unten nicht und begreift sie auch nicht. So gesehen, ist die soziale Bildung in den gehobenen Schichten höher als in den unteren. Möglicherweise hat sie allein auch einen wirklichen Wert? Anton hat recht. Wir sehen unser Leben durch ein Netz alter Begriffe und Wertkriterien. Die heutige Jugend steht der Wirklichkeit näher. Deswegen ist sie uns auch fremd. Uns sind die Kanarejkins und die Twarschinskajas vertrauter. Sie sind auf begrifflicher und auf emotionaler Ebene mit uns vergleichbar. Die Kluft zwischen den Generationen ist keine Frage des Altersunterschieds. Wir kennen keine derartige Kluft zu unseren Vorgängern. Auch bei unseren Kindern wird es das nicht geben. Und ebensowenig bei den Kindern unserer Kinder.

Irgendwo in der jüngsten Vergangenheit hat sich ein weitaus tieferer Umbruch vollzogen als alle vorangegangenen Umwälzungen im Leben unserer Gesellschaft: Wir haben unsere Unschuld verloren, haben uns mit der Wirklichkeit des Kommunismus als einer Daseinsnorm ausgesöhnt und alle Illusionen begraben. Und dieser Umbruch, der die Seelen der Kanarejkins und Twarschinskajas heil gelassen, der die Seelen der heutigen Jugend überhaupt nicht berührt hat, ist mitten durch die Seele meiner Generation gegangen und hat eine Generation von phantastischen Geschöpfen hervorgebracht – zynische Idealisten, selbstlose Raffkes, ehrliche Emporkömmlinge. Alles in allem einen solchen Abschaum, daß es selbst uns anwidert.

Vom Tod

Obwohl ich vollkommen gesund bin, muß ich in letzter Zeit oft an den Tod denken. Manchmal liege ich deshalb ganze Nächte wach. Und manchmal gerate ich dabei in einen Zustand, daß ich vor Furcht und vor Mitleid mit mir selbst schreien möchte. Plötzlich ist mir ein interessanter Gedanke gekommen. Warum empfinde ich eigentlich Angst, wenn ich an den Tod denke? Doch wohl deshalb, weil ich eine unzulässige Extrapolation meines

Bewußtseins in einen Zustand vornehme, in dem ich über ein Bewußtsein gar nicht mehr verfüge. Weil ich mir die Sache so vorstelle, als ob ich nicht wäre und dennoch wüßte, daß es mich gar nicht mehr gibt. Worunter ich unendlich leiden würde. Aber gerade das kann ja nicht sein. Nachdem ich mir das bewußtgemacht hatte, beruhigte ich mich. Jetzt bin ich wieder unbeschwert. Nun kann ich sogar mit Humor an die überstandenen Ängste denken.

Die Kräfteverteilung

Die sozialpolitische Struktur unserer Gesellschaft ist nicht so einfach, wie das auf den ersten Blick erscheinen mag. Gewöhnlich geht man zum Beispiel davon aus, daß jemand, der sich mit dem Historischen Materialismus und (erst recht) mit dem wissenschaftlichen Kommunismus beschäftigt, *a priori* ein Konservativer, ja mehr noch, ein Erzreaktionär sein müsse. Aber das ist bei weitem nicht so. Reaktionäre gibt es unter den Mathematikern und Physikern nicht weniger als unter den Philosophen. Selbst unter den Musikern. Bitten Sie zum Beispiel Kolmogorow oder Schostakowitsch, einen beliebigen gegen Solschenizyn oder Sacharow gerichteten Brief zu unterschreiben, und sie werden, ohne zu zögern, ihren Namen daruntersetzen. Aber ich kenne Philosophen, die es abgelehnt haben, so etwas zu tun, obwohl sie wußten, daß man sie dafür zur Rechenschaft ziehen würde. Selbst die Physiker können an »anständigen« Leuten unter den bekannten Größen nur zwei oder drei Namen nennen, nicht mehr. Sie führen gewöhnlich Kapiza an. Und was hat er gemacht? Er hat es abgelehnt, sich an Gemeinheiten zu beteiligen, und nur das. Natürlich ist das unter unseren Verhältnissen viel. Doch derartige Erscheinungen verwischen die Trennlinien im sozialpolitischen Bild unserer Gesellschaft.

Vor allen Dingen muß man den Begriff des relevanten Individuums einführen. Ich kann ihn nicht genau umreißen, nur erläutern. Kürzlich haben zum Beispiel die Arbeiter einer Moskauer Fabrik so etwas wie einen Streik organisiert. Das ist natürlich eine sehr ernst zu nehmende aktive Handlung. Aber diese Arbeiter sind keine Individuen, mit denen man rechnen müßte (sagen wir, die sozial relevant wären). Nehmen wir andererseits einen Menschen wie Kapiza, der sich niemals aktiv politisch betätigt hat. Aber er ist sozial relevant. Ein sozial relevantes Individuum wirkt allein durch die Tatsache seiner Existenz und seine gewohnte alltägliche Tätigkeit oder durch reguläre Handlungen auf den allgemeinen Zustand des Landes in sozialpolitischer Hinsicht ein. Meine weiteren Differenzierungen werden sich nur auf solche Individuen beziehen.

Die erste Unterteilung ist die in Beteiligte und Nichtbeteiligte (oder Außenstehende). In den verschiedenen Tätigkeitsbereichen erfolgt diese Unterteilung nach unterschiedlichen Merkmalen. So gehören zum Beispiel bei uns in der Philosophie solche Personen zu den Unbeteiligten, die den Marxismus ignorieren, obwohl sie sich mit den gleichen Problemen wie der Marxismus beschäftigen. Das sind nur wenige. Die meisten von ihnen weichen so sehr in eine andere Richtung ab, daß sie praktisch ihren Beruf wechseln und aus dem Kreis der relevanten Personen ausscheiden. Obwohl sie sich abfällig über unsere Philosophie und Lebensform äußern, sind sie im Grunde genommen unbedeutend, weil sie in ihrem neuen offiziellen Leben gewöhnliche, für den vorliegenden Fall irrelevante Bürger darstellen. Die wenigen »Abtrünnigen«, die übrigbleiben, spielen dagegen eine wesentliche Rolle. Sie haben ihre Auswirkung auf die Liberalen (auf die ich später zurückkomme). Bei uns zum Beispiel haben sich unter dem Einfluß dieser »Abtrünnigen« nicht nur die Liberalen, sondern auch Erzreaktionäre bemüht, die Verweise auf die Klassiker des Marxismus auf ein Minimum zu reduzieren, hat man sich auf die Positivisten wie auf ernst zu nehmende Gelehrte berufen. Solche »Abtrünnigen« sind in der Regel mehr oder weniger bedeutende Persönlichkeiten. Manchmal kommen aus ihrer Mitte aktive Dissidenten. Aus dieser Kategorie stammen Sacharow, Turtschin, Schafarewitsch, Rostropowitsch. Viele von ihnen sind emigriert. Ein charakteristischer Zug dieser »Abtrünnigen« ist das fehlende Verlangen oder auch die Unfähigkeit, sich in die sowjetische Lebensweise und Ideologie zu integrieren.

Die zweite Unterteilung betrifft die Beteiligten selbst. Die Beteiligten sind Personen, die aufgrund ihrer beruflichen Tätigkeit zu den relevanten Personen zählen. Und zwar gerade wegen ihrer beruflichen Tätigkeit. Unter diesem Gesichtspunkt fallen zum Beispiel Schafarewitsch und Turtschin nicht unter diese Kategorie, weil sie nicht aus beruflichen Gründen, sondern auf andere Weise in die Politik geraten sind. Dagegen sind Neiswestny, Tarkowski, Maximow, Okudschawa und viele andere Künstler über ihren Beruf in eine gesellschaftliche Aktivität hineingezogen worden. Die so Beteiligten gliedern sich (grob gesprochen) in »Liberale« und »Konservative«. Wieder ist es ziemlich schwierig (falls überhaupt möglich), eine genaue Bestimmung der Kategorien vorzunehmen. Die Grenzen zwischen ihnen sind unscharf, fließend, schwer zu fassen. Aber man kann sie annähernd beschreiben, kann Beispiele anführen, und das wird genügen. Ein charakteristisches Beispiel für die »Liberalen« ist der Dichter Twardowski. Unter den Akademiemitgliedern war es Nesmejanow. Weniger bekannt ist das Akademiemitglied Rumjanzew. Er war seinerzeit ein hoher Parteifunktionär, später Vizepräsident der Akademie. In den Jahren der stärksten Liberalisierung hatte er die konkrete Soziologie gefördert und sich dabei die Finger verbrannt. Er wurde seines Postens als Vizepräsident und Direktor des Instituts für konkrete Sozialforschung enthoben. Auch Chruschtschow war ein Liberaler geworden. Und selbst Breschnew schien noch in gewisser Weise, nach dem Gesetz der Trägheit, vom Liberalismus geprägt zu sein. Ein

Liberaler unterscheidet sich von einem Konservativen nicht so sehr dadurch, daß der Konservative auf Gefängnissen beharrt und der Liberale dagegen ist – ein Liberaler sperrt die Leute nicht schlechter ein als ein Konservativer, und auch ein Konservativer kann den »Personenkult« kritisieren –, sondern vielmehr durch eine rein persönliche Neigung zu gewissen Abschwächungen in allem, zu etwas mehr Menschlichkeit und Weichheit, Höflichkeit und Leichtigkeit, Unbekümmertheit, Trägheit.

Die Liberalen sind ebensowenig wie die Konservativen eine homogene Gruppe. Für einige von ihnen ist der Liberalismus einfach ein Charakterzug, den man in der Nachstalinära zeigen oder sich zulegen konnte. Für andere war er ein bequemes Mittel zur Selbstbestätigung und für eine erfolgreiche Laufbahn. Für einen dritten Teil ein Tribut an Mode und Zeit. Und nur für einen verschwindend kleinen Teil handelt es sich dabei um etwas Prinzipielles. Alle Liberalen treten für die sowjetische Lebensform ein. Sie sind nur gegen Extreme und für Verbesserungen. Natürlich für Verbesserungen mit dem Ziel der Konsolidierung der sowjetischen Gesellschaft. Sie werfen den Konservativen Unfähigkeit vor, der kommunistischen Sache in der rechten (den Forderungen der Zeit entsprechenden) Weise zu dienen. Sie glauben, sie selbst verstünden das besser. Liberale gibt es sogar unter den Mitarbeitern von ZK und KGB. Eine Zeitlang sprach man davon, daß der KGB die liberalste Organisation in unserem Lande sei. Der Liberalismus ist das Verlangen unserer Gesellschaft, ein klein wenig freier zu atmen, das eine bestimmte Kategorie von Menschen für eigene egoistische Pläne nutzt.

Aus der Gesamtheit der Liberalen hebt sich eine kleine Personengruppe ab, die sich aus diesen oder jenen Gründen nicht in die sowjetische Lebensweise zu integrieren vermag. Ein typisches Beispiel dafür ist Neiswestny, der dank der Bemühungen seiner Kollegen nur deshalb aus dem sowjetischen Leben verdrängt wurde, weil er zuviel Talent und Originalität gezeigt und im Westen Berühmtheit erlangt hatte. Und gerade er war durch und durch ein Sowjetmensch gewesen, und in der Fähigkeit, sich unseren Lebensbedingungen anzupassen, war er den andern weit voraus. Dasselbe trifft auf Rogosin zu, und meiner Meinung nach gilt es auch für Okudschawa und Tarkowski, selbst wenn sie nicht emigriert sind.

Nimmt man schließlich die Gesellschaft als Ganzes, so ist es nur ein sehr kleiner Personenkreis, der in die Rolle der Oppositionellen, der Kämpfer für Gerechtigkeit, der Ankläger gedrängt wird. Ihre Namen sind gut bekannt. Ihr Einfluß auf die sowjetische Gesellschaft ist gewaltig, obwohl man auf jede erdenkliche Weise bemüht ist, ihn herunterzuspielen. Die Aktivitäten Solschenizyns und Sacharows bedeuten eine ganze Epoche in der sozialpolitischen Entwicklung der sowjetischen Gesellschaft. Übrigens ist auch Solschenizyn nicht nur durch den Inhalt seiner Werke und Reden in die Rolle des Oppositionellen gedrängt worden, sondern auch durch die Tatsache, daß er ein begabter Schriftsteller ist. Die riesige Armee unserer unbegabten Schriftsteller hat ihn aus ihrer Mitte entfernt, damit er nicht ihre gewohnte Lebensweise und die etablierten Bewertungskriterien gefährde.

Ich überdachte das alles (das Nichtstun im Krankenhaus verführt zu solchen Überlegungen) und hatte vollkommen vergessen, daß ich den Ausgangspunkt dafür voll und ganz aus Antons Buch übernommen hatte. Als ich das bemerkte, sagte ich mir: Wozu denn Anton, ich wäre auch ohne ihn dahintergekommen, das sind doch ganz offensichtlich banale Wahrheiten. Aber auch das waren Antons Worte. Im Vorwort zu seinem Buch hatte er geschrieben, er sähe seine Aufgabe nicht in der Enthüllung sensationeller Geheimnisse über die sowjetische Gesellschaft, sondern in einer gewissen Systematisierung offenkundiger und allgemein bekannter Dinge und im Aufsuchen ihrer Gesetzmäßigkeiten.

Anton

Anton war hier. Er hat erzählt, man sei am Lehrstuhl für Philosophie in der Parteihochschule über mich hergezogen. Wieder wegen derselben Geschichte – der Gesellschaftsformationen.

»Da hast du mich aber ganz schön aus dem Konzept gebracht«, sagte ich scherzend.

»Du weißt, worin deine größte Schwäche besteht«, sagte er. »In der Halbherzigkeit. Sie werden dich ohnehin abhalftern. Nach den Wahlen bist du dran, das ist doch klar. Und weshalb? Wegen Lappalien! Wenn man schon geprügelt wird, dann doch wenigstens aus einem Grund, der es lohnt. Du hättest bis zum Ende gehen müssen. Dann hätten sie dich vielleicht nicht angegriffen. Sie wären verwirrt gewesen und hätten geschwiegen. Es wäre nicht opportun gewesen, dich anzugreifen. So wie bei Lebedew.«

»Ich bin nicht, wie du meinst, aus Dummheit oder Feigheit auf halbem Wege stehengeblieben«, sagte ich. »Du mußt doch wissen, daß ich kein Feigling bin. Deine Konzeption überzeugt mich nicht! Du glaubst, daß einige universelle soziale Gesetze, frei von Einschränkungen, die auf die Entwicklung der Zivilisation zurückgehen, das Wesen und alle Teilbereiche des Lebens unserer Gesellschaft bestimmen. Aber wie? Das mußt du mir erst beweisen.«

»Das kann ich nicht beweisen«, sagte Anton, »das muß man sehen. Und danach muß man die Gesellschaft unter diesem Gesichtspunkt untersuchen. Dann muß man eine Theorie oder eine ganze Kette von Theorien formulieren, nach denselben Regeln, nach denen Theorien in empirischen Wissenschaften erstellt werden. Schließlich muß die Theorie an den Tatsachen überprüft werden. Das alles kennst du selbst sehr gut.«

»Dann erklär es mir wenigstens ungefähr, damit ich es sehen kann«, sagte ich.

»Das ist ganz einfach«, sagte Anton. »Ich begreife nicht,

warum du es nicht von selbst siehst. Du bist doch gescheiter als andere. Nimm eine beliebige bedeutende Institution und sieh dir die Struktur des zugehörigen Menschenkollektivs an. Beobachte, was in dieser Struktur vom Interesse der Sache und was von anderen Prinzipien bestimmt wird. Sektoren, Abteilungen, Institute ... Was hängt dort von den Gesetzen der Physik, der Biologie, der Sprache ab, die die betreffende Wissenschaft zu erforschen hat? Nichts. Von den Interessen der Administration? Natürlich. Und was ist das? Ist das etwa die Sache? Das eben ist das soziale Leben. Und die aufgeblähten Etats, beruht das auf derselben Basis? Die Faulheit? Die Schlamperei? Die Verantwortungslosigkeit? Sogar deine Produktivkräfte erfahren an sich die entscheidende Wirkung der sozialen Gesetze. Verfolg doch den Zustand und die Entwicklung unserer Industrie, und du wirst allem ihr Siegel aufgeprägt finden. Selbst die Weltraumflüge sind durch sie diktiert und nicht durch Bedürfnisse der Produktion. Schon ganz zu schweigen von Dingen wie dem monströsen Parasitismus eines großen Teils der Bevölkerung, der niedrigen Arbeitsproduktivität, der erzwungenen Bindung der Bevölkerung an einen Wohnort. Nimm den ganzen Sektor der Kultur. Welchen Nutzen ziehst du daraus, daß wir nur gesellschaftliches Eigentum an Produktionsmitteln kennen, keine Ausbeuterklassen? Halt dich an den Weg, den ich dir nun schon so viele Jahre predige, und alles wird durchsichtig und klar. Auch vom Standpunkt der Mechanismen. Sechzigtausend unbegabte mittelmäßige Schriftsteller, die in dieser Gesellschaft nicht schlecht leben und von einem mächtigen Partei- und Staatsapparat unterstützt werden, der sich auch nicht schlecht eingerichtet hat, werden jeden Versuch zur Schaffung einer wahrhaften, begabten Literatur im Keim ersticken. Mit Solschenizyn hat man nicht deswegen abgerechnet, weil er entlarvte, sondern hauptsächlich weil er das in gekonnter Weise tat. Und wegen des Inhalts. Es gibt menschliche Probleme, die daraus resultieren, daß in der Gesellschaft ein aktiv wirksames Moralsystem funktioniert, und andere, die eben auf das Fehlen eines solchen Systems zurückzuführen sind. Nur die ersten geben den Boden her für eine geistig hochstehende Literatur. Denunziation, Treuebruch, Verrat, Betrug erzeugen keine Probleme, die würdig wären, Probleme einer großen Kunst zu sein, und noch dazu in einer Gesellschaft, in der Moralität als sozial wirksamer Mechanismus nicht existiert. Große Kunst bedeutet die Geburt einer ethischen Zivilisation, ist eine ihrer Funktionen. Deshalb gibt es bei uns keine große geistige Kunst und wird sie auch nicht geben. Wir können das ganze Land dazu bringen, zu tanzen, Schlittschuh zu laufen, in Chören zu singen. Aber wir lassen es nicht zu, daß bei uns große Schriftsteller vom Range eines Dostojewski und Tolstoi auftauchen. Was soll ich weiter reden. Fakten gibt es im Überfluß. Sie bieten sich der Wissenschaft geradezu an. Aber wir sind bemüht, sie mit allen Mitteln von uns fernzuhalten.«

Neuigkeiten

Serikow, Nowikow und Swetka besuchten mich. Sie berichteten von der Arbeit am Buch. Die Sache scheint normal voranzukommen. Sogar noch besser. Meine Abwesenheit wirkt sich also wohltuend aus. Dann erzählten sie das Neueste und den letzten Klatsch. Sidorow aus der Ethik-Sektion hat man einen Ledermantel mit Innenpelz gestohlen. Bei der Kitajewa hat eine Revision die Veruntreuung von Gewerkschaftsmarken im Wert von tausend Rubel festgestellt. Das Institut kocht. Mehr als zwanzig Jahre ist die Kitajewa im Institut. Altes Parteimitglied. Die Vorgesetzten wollen sie als wertvolle Mitarbeiterin (Denunziantin?) retten, aber von unten schreit man nach Blut. Eine Delegation aus Jugoslawien ist angekommen. Sie will mich unbedingt sehen. Die Twarschinskaja sieht darin ein Verbrechen, weil die Jugoslawen bekanntlich Revisionisten sind. Karassew hat man wieder nicht zu einem Symposion ins Ausland gelassen, drüben hat es dann deswegen einen kleinen Skandal gegeben. Der neue wissenschaftliche Sekretär plagt das ganze Institut mit papierener Formalistik. Bei den Leuten vom DIAMAT hat man zu wühlen begonnen, man sucht positivistische Schwankungen. Und so geht alles wacker weiter bergab. Alle sind überzeugt, daß ich es zum Korrespondierenden bringe. Man unterhält sich darüber, daß es Zeit sei, unsere Abteilung in ein selbständiges Institut umzuwandeln.

»Und damit ein Pogrom auszulösen wie bei den Soziologen«, sagte ich lachend. »Nein, zuerst müssen wir noch ein paar seriöse Bücher als Kollektivarbeit herausbringen, ein paar Sammelbände und Monographien. Dann, in zwei Jahren vielleicht, wird man auch die Frage eines Instituts anschneiden können.«

Schließlich erzählten sie mir die neuesten Witze. Alle über den Parteitag. Kommt ein Kind aus dem Kindergarten, weint und sagt, es gehe dort nicht mehr hin. Warum denn, wird es gefragt. Ach, weil die Erzieherin uns die ganze Zeit erschreckt: Die KPdSU ißt unsere Mutter! Der Parteitag ißt alles! Oder den: Vor dem Eingang zum Kreml bitten die Leute die Delegierten um überzählige Eintrittskarten. Wozu braucht ihr die? wundern sich die Delegierten. Da soll es eine tolle Komödie geben, antworten die Leute.

»Aber jetzt rat mal«, sagte Nowikow, »was das ist ...«

Er macht ein Kußgeräusch und wischt sich über die Backe. Natürlich weiß ich es nicht ...

»Das ist die Ankunft der Partei- und Regierungsdelegation.«

Serikow zitierte ein Gedicht:

Es murrt das Volk und ist betrübt,
weil die Partei ihm viel zu wenig gibt.
Bin ich denn eine Hure, spricht tadelnd die Partei –
daß jedem ich, der nach mir schreit, gleich zu Gefallen sei?!

Wir hatten uns gut amüsiert. Nachdem sie mich verlassen hatten, tauchte Dima auf. Er brachte eine Unmenge Verpflegung mit und einen sehr ausführlichen Bericht über den Chlebnikow-Prozeß. Der war noch gut davongekommen: mit bloß fünf Jahren. Wir unterhielten uns über die Dissidenten allgemein und kamen zu dem einhelligen Schluß: Die sowjetische Dissidentenbewegung hebt sich vom allgemeinen Liberalismus nur im Grad ihrer negativen Einstellung zur sowjetischen Wirklichkeit ab, aber nicht durch ein wohldurchdachtes positives Reformprogramm. Dagegen waren wir völlig geteilter Meinung in der Bewertung ihrer praktischen Aktivitäten. In Dimas Augen waren sie Helden, ich aber sagte, sie spekulierten auf bestimmte Situationen, sie dächten nicht so sehr an die Gesellschaft als an die Befriedigung ihres eigenen Ehrgeizes. Dima sagte, so zu denken sei eine Gemeinheit. Aber vernünftige Argumente hatte er nicht. Natürlich gibt es unter ihnen heroische Persönlichkeiten. Aber nicht die bestimmen das allgemeine Bild. Dima sagte, daß selbst dann, wenn bei ihnen unter tausend Taugenichtsen nur ein einziger Held wäre, dieser eine das Ganze heroisch machte. Ich konnte das nicht begreifen, dann sprachen wir von anderen, unbedeutenden Dingen.

Im Namen des Volkes

»Arbeiten und sich aufopfern«, sagte Saschka. »Und weshalb? Im Namen des Volkes, sagst du? Dem Volke dienen? Demagogie ist das, und du selbst weißt das ganz genau. Stalin und seine Bande haben ihre Scheußlichkeiten im Namen des Volkes begangen. Hunderttausende seiner Handlanger haben Menschen im Namen des Volkes gefoltert und umgebracht. Auch heute betreiben bei uns Hunderttausende von Raffkes und Karrieristen ihr Werk im Namen des Volkes.«

»Nicht alle sind schließlich Raffkes und Karrieristen.«

»Nicht alle. Aber kannst du unter deinen Bekannten viele aufzählen, die anders sind? Und frag sie mal, in wessen Namen sie so sind. Was ist das überhaupt, das Volk? Die Bevölkerung?«

»Nein, natürlich nicht die Bevölkerung. Das Volk ist eine soziale Kategorie. Siehst du...«

»Ich sehe. Im vergangenen Jahrhundert hatte das noch einen Sinn. Aber heute doch nicht mehr. Arbeiter? Bauern? Putzfrauen? Soldaten? Kanzleiangestellte? Studenten? Lehrer? Wo ist es denn, dein Volk als soziale Kategorie?! Die, die schlechter als alle anderen leben? Eine schöne Kategorie! Inwiefern leben denn die Arbeiter schlechter als Onkel Anton? Du selbst hast doch geschrieben, daß das Lebensniveau der breiten Bevölkerungsmassen vom

Charakter der Gesellschaftsstruktur bestimmt wird. Du hast zwar auch geschrieben, daß wir ein hohes Niveau haben, das wächst und ständig steigt. Ich möchte gerne wissen, ob du das geschrieben hast, nachdem du Kartoffeln einkaufen wolltest oder davor?! Solschenizyn hat recht: Von der Wurzel her muß man unser ganzes System von Begriffen, Wertungen, Zielsetzungen verändern. Die Forderung nach Freiheit des Wortes ist etwas Reales. Die Zensur abzuschaffen ist etwas Reales. Die Freiheit zu emigrieren ist etwas Reales. Die Freiheit der Presse ist etwas Reales. All das ist aber etwas anderes als dieses ›im Namen des Volkes‹. Ich meine, daß auch dem ›Volk‹ damit besser gedient wäre. Allerdings werden die, die solche Forderungen erheben, im Namen des ›Volkes‹ mundtot gemacht, im Namen des ›Volkes‹ und durch die Macht eben dieses ›Volkes‹. Aber Arbeit im Namen der Gesellschaft, des Staates, der Partei ist einfach zynische Karrieremacherei oder Stumpfsinn.«

»Du verstehst doch alles selbst. Wozu weiter darüber reden?! Meine Meinung ist für dich langweilige anpassungsbereite Philosophie. Was willst du also?«

»Ich weiß nicht. Ich weiß nicht. Und deshalb bin ich wütend. Demnächst komm ich aus der Universität. Und dann?«

»Leben, einfach leben, so wie alle.«

»Einfach leben kann man bei uns nicht. Und wie alle zu leben bedeutet sich winden, stoßen und sich durchschlängeln. Hast du irgendwann mal versucht, einfach so zu leben? Es sei denn im Sanatorium. Bei uns kann man nicht leben, wenn man nicht funktioniert. Um ›einfach zu leben‹, braucht der Mensch eine gewisse Unabhängigkeit von der Gesellschaft. Man braucht die Freiheit, nach eigenem Gutdünken zu leben. Natürlich im Rahmen von Recht und Sitte, aber doch bis zu einem gewissen Grad unabhängig vom Kollektiv, an das man gebunden ist.«

»Nun, du bist ja nicht ständig daran gebunden.«

»Ständig. Selbst im Bett. Sogar auf der Toilette. Unsichtbar hält es dich unter seiner ständigen Kontrolle.«

»Eine solche Unabhängigkeit muß man sich erkämpfen.«

»Wie? Indem ich Karriere mache? Das ist doch keine Unabhängigkeit. Ein Genie werden und berühmt? Das ist nicht jedem gegeben. Und wenn du ein gewöhnlicher, durchschnittlicher Mensch bist?«

»Was willst du denn?«

»Genau weiß ich's nicht. Wahrscheinlich werde ich versuchen, mich für einige Jahre auf irgendeine der Großbaustellen zu verpflichten. Sagen wir mal – zur Baikal-Amur-Linie.«

»Du bist wohl verrückt geworden?«

»Bei anderen ist es eine Heldentat, bei deinem Sohn aber Verrücktheit? Das ist doch nicht fair. Komm, keine Angst. Vorläufig bin ich noch nicht verrückt.«

Diese Unterhaltung hatte mich sehr verunsichert. Es waren nicht einmal so sehr die Perspektiven von Saschkas Schicksal. Er ist ein kräftiger Bursche, er wird es aushalten. Es ist vielmehr der Kern des Problems. Man hat sich daran gewöhnt, unsere ideologische Propaganda für leeres Geschwätz zu halten. Alle wissen, daß es hohles Gerede und vom Inhalt her ohne wesentliche Folgen ist. Der Hund bellt, der Wind trägt es fort. Aber das ist ein fundamentaler Irrtum. Es scheint nur so, als ob unsere Ideologie die Seelen der Menschen nicht berühre oder ihnen allenfalls Skepsis und Verachtung einflöße. Es gibt einen formalen Mechanismus, mit dem die Ideologie in die menschlichen Seelen eindringt und der ganz unabhängig von ihrem konkreten Inhalt ist. Es ist die Tatsache ihrer Existenz an sich und die Art ihrer Einwirkung. Dieser Mechanismus webt im Bewußtsein der Menschen auf völlig unerfindliche Weise ein hauchfeines Netz, in dem später das eben geborene menschliche »Ich« zittert und bebt. Und wenn dieses »Ich« herangereift ist, ist es schon zu spät. Dann ist es bereits dicht eingesponnen von diesem unsichtbaren Netz der Ideologie. Außergewöhnliche Umstände sind notwendig, um es zu zerreißen oder die Ideologie in einer Seele gar nicht erst wirksam werden zu lassen. Das ist nur wenigen gegeben. Auch wenn Saschka aufbegehrt, so ist er doch schon in diesem Netz gefangen, und niemals, das spüre ich, wird er sich daraus befreien. Wahrscheinlich ist das sogar zu seinem Besten. Ein Genie ist er nicht. Und unter die Dissidenten zu gehen lohnt die Mühe nicht. Es ist auch fade.

Tradition und System

Stupak kam mit Nikiforow und noch einer von unseren jungen Mitarbeiterinnen. Sie brachten eine Flasche Kognak mit, die wir gleich auf der Stelle höhlten. Dabei berichteten sie von dem neuen System der Begutachtungsprozedur für Monographien und Sammelbände sowie von dem neuen Verfahren bei der Vorbereitung und Verteidigung von Dissertationen.

»Oho«, sagte ich, »jetzt wird man also für eine räudige Broschüre mindestens fünf Jahre totschlagen, und an die Verteidigung einer Dissertation ist praktisch gar nicht mehr zu denken.«

»Je nachdem«, meinte Stupak. »Auch das alte System war nicht viel anders. Das ist nicht der springende Punkt. Aber bisher hatte sich trotz des formal-bürokratischen Systems eine gewisse Tradition herausgebildet. Natürlich haben sich an dieser Tradition in erster Linie die Emporkömmlinge die Hände gewärmt. Aber das eine oder andere Anständige ist dabei auch mit durchgeschlüpft. Tatsache bleibt, daß in diesen Jahren bei uns einige Dutzend Bücher und Artikel gedruckt worden sind, die sich ganz auf dem Weltniveau der jeweiligen Sparte befanden. Und unter denen, die ihre Dissertation erfolgreich verteidigt haben, könnte man etwa drei Dutzend auswählen und ein erstklassiges Institut gründen. Weitaus produktiver als unser eigenes mit seinem halben Tausend Mitarbeitern. Das neue System bedeutet die Zerschlagung der Traditionen der sechziger Jahre. Die Schwindler werden auch weiterhin gedruckt, und sie werden ihre Dissertationen verteidigen wie bisher. Aber die anständigen Leute brauchen sich jetzt auf Publikationen und Verteidigungen überhaupt keine Hoffnungen mehr zu machen.«

Dann erzählten sie Witze. Wir sprachen über die Preiserhöhungen, über den Chlebnikow-Prozeß, über die zunehmenden Wohnungseinbrüche, über die Bürokratie, die sich nun im Institut breitmacht.

Über Literatur

Saschka brachte mir einen neuen Roman von Tikschin, der zur Zeit ganz Moskau verrückt macht.

»Du mußt ihn unbedingt lesen. Ein erschütterndes Buch. Da werden Alpträume geschildert, neben denen sich manchmal selbst Solschenizyn fad ausnimmt. Und der Mann hat sich durchgesetzt. Man hat ihn gedruckt!«

Ich mühte mich durch das Buch. Besondere Begeisterung löste es nicht aus. Kompliziert-verwickelt in modernem Stil. Psychoanalyse mit einer gewissen Verspätung (mit der Verspätung einer Sowjetmacht, wie Stupak es ausdrückt). Neorealismus mit der Verspätung der ganzen

Nachkriegszeit. Die Helden quälen sich selbst und quälen einander. Fast alle sind völlige Nieten. Es gibt auch Anständige. Es gibt auch Begabte. Aber worin ihre Anständigkeit und ihre Begabung bestehen, das geht aus dem Buch nicht hervor. Das muß man einfach hinnehmen. Die Helden sind gespalten und führen einen inneren Kampf, ohne sich darüber Rechenschaft zu geben. Die Nachkriegsereignisse in unserem Milieu werden als kleine Intrigen im Bereich der Lehrstühle, Fakultäten, Hochschulen dargestellt. Neid. Abrechnungen. Es gibt natürlich auch Anspielungen. Ich erinnere mich gut an diese Ereignisse, denn ich war selbst daran beteiligt. Alles war viel einfacher, durchsichtiger, ohne jede Psychologie. Und nichts hat damals irgend jemanden verwundert. Erledigen? Bitte schön. Keinerlei Probleme. Wen? Von mir aus auch den. Weshalb? Meinetwegen auch deshalb. Wiederum keinerlei Probleme. Einer der Haupthelden des Buches, ein prinzipienloser unbegabter Opportunist, endet damit, daß er Alkoholiker wird und bis auf den »Grund« absackt: Er wird Packer in einem Möbelgeschäft. Das ist nun wirklich komisch. So was gibt's bei uns nicht. Es entspricht einfach nicht dem Geist unserer Gesellschaft. Ein Gauner mit höherer Bildung braucht nicht auf den »Grund« zu sacken. Er kann sich auch in hohen Positionen, von denen es bei uns jede Menge gibt, prächtig vollaufen lassen. Das tun bei uns sehr viele (bis hinauf in die höchsten Spitzen) – sie betrinken sich in ihren Arbeitszimmern, in luxuriösen Wohnungen, auf ihren Datschen, selbst auf offiziellen Empfängen. Außerdem, als Packer in einem Möbelgeschäft – das ist noch nicht der »Grund«. Und überhaupt ist es sinnlos, vom »Grund« zu sprechen, wo wir doch alle auf demselben »Grund« leben.

Anton kam, sah das Buch und lachte.

»Du auch? Es würde mich nicht wundern, wenn ich dich bald als Stammgast im Theater an der Taganka sähe. Welch ein Fortschritt!«

»Nicht schlecht, das Buch. Sehr aktuell. Kühn. Und wie du siehst, hat man es sogar gedruckt.«

»Das ist es ja, sie haben es gedruckt. Heutzutage druckt man so was häufig: Seht her, wir fürchten uns nicht, die Wahrheit zu zeigen. Mein lieber Kandidat für die Wahl zum Korrespondierenden Mitglied! Jeder, wie er kann. Aber gerade du müßtest doch wissen, daß unsere Obrigkeit und die in ihrem Namen Zensurierenden ein Gespür für echte Literatur besitzen. Wenn sie es also durchgelassen haben, dann such nach dem schwachen Punkt. Natürlich wird in diesem Buch, was die Kleinigkeiten anbelangt, vieles richtig dargestellt. Es gibt darin treffende Beobachtungen. Einzelne Bilder sind gelungen. Aber im großen und ganzen ist es das übliche sowjetische verlogene Geseiche, das die Zensur passieren läßt. Mit Andeutungen, mit der Faust in allen Taschen, aber dennoch Schwindel. Da werden die Dinge absichtlich kompliziert: um zu zeigen, daß im Leben alles zu einem verworrenen Knoten verflochten ist. Unsinn! In unserem Leben ist alles durchsichtig wie in einer Kaserne oder in einem Büro. Und wenn es etwas Kompliziertes gibt, dann liegt das an unserem üblichen Puff, an unserem Stumpfsinn. Aber nicht am Prinzip. Gib doch zu, hast du jemals Schwierigkeiten gehabt, unsere Menschen und die Situationen zu verstehen, die ein Drama ausgelöst haben? Ich auch nicht. Wir haben oft im Dreck gesteckt, nicht weil die Menschen oder die Situationen kompliziert waren, sondern weil unsere Existenz Zufälle zuläßt und auch weil wir es selbst so wollten. Tikschins Helden sind innerlich gespalten, liegen mit sich selbst im Kampf, und daraus ergeben sich diese oder jene äußeren Konflikte und Prozesse. Wie sieht es dagegen in Wirklichkeit aus? Kämpfe werden zwischen einzelnen Menschen und Menschengruppen ausgetragen. Doch sie entstehen nicht aus den Seelenzuständen der Individuen, sondern aus der Tatsache, daß große Menschenmassen unter den Bedingungen der sowjetischen Gesellschaftsordnung zusammenleben (das Kollektiv, dem das Individuum unterworfen ist, gibt ihm alles, läßt es reüssieren, etwas schaffen; diese Gesellschaft hat kein moralisches Bewußtsein, keine Institutionen, die es stützen; sie gewährt dem Individuum keinen Rechtsschutz; das Individuum ist seiner Bewegungsfreiheit beraubt; es gibt keine Freiheit der Wahl). Nur als Individuum reflektiert der Mensch die Bedingungen des sowjetischen Lebens. In der Masse ist er ihnen adäquat. Die Nichtadäquaten aber kommen um, so wie ein Fisch auf dem Trockenen nicht lange überleben kann. Die Menschen haben natürlich ihre persönlichen Probleme. Aber bei uns sind sie einfach, durchsichtig, primitiv, es sind Standardprobleme. Sie sind an sich kein Gegenstand der Literatur. Diese Seelenzustände aus ihrem Anlaß heraus zu beschreiben wäre vergleichbar mit der Beschreibung der Seelenzustände bei Haarausfall, Verstopfung oder Potenzverlust mit zunehmendem Alter. Gegenstand einer echten Literatur wäre ihre Alltäglichkeit, Farblosigkeit, Durchschnittlichkeit. Davon aber müßte man irgendwie anders sprechen. Etwa in der Form einer Untersuchung, wie sie Solschenizyn im ›Gulag‹ vorgelegt hat. Nebenbei ist der ›Gulag‹ weniger ein historisches Dokument als vielmehr ein geniales Kunstwerk, das sich auf historische Fakten stützt. Du und ich, wir haben doch gemeinsam zu der Zeit und in dem Milieu gelebt, von dem Tikschin berichtet. War es etwa so? Nein, nicht so. Weder schlechter noch besser. Ganz einfach nicht so. Wenn man aber schon von all dem spricht, was wirklich geschehen ist, dann muß man auch offen und ohne Andeutungen reden. Ja, es hat ein Projekt zur Massenrepression der Juden gegeben. Unser lieber Tschesnokow hat ein ganzes Buch zu deren Rechtfertigung vorbereitet, weshalb er auch von Stalin befördert wurde. Das Projekt platzte. Warum? Hatten sich irgendwelche in der Tiefe gärenden dramatischen Prozesse ausgewirkt? Nichts dergleichen. Eine seelenlose Berechnung. Es hatte sich als unzweckmäßig herausgestellt. Wäre es anders gekommen, auf ein einziges Zeichen hin hätte man voller Wonne die Juden durch Moskaus Straßen getrieben, und ab mit ihnen nach Sibirien. Aber man fürchtete die Analogie zum Faschismus. Wir traten damals schließlich in der Rolle von Errettern der Menschheit auf! Die Kampagne gegen die Kosmopoliten? Das war eine breit angelegte Kampagne wie alle übrigen. Von oben die Anweisung und unten die Bereitschaft zur Ausführung, die Opfer waren vorbestimmt, begeisterte Helfershelfer gab's mehr als genug. Und keine anderen psychologischen Phänomene außer Angst, Schadenfreude und dem Wunsch, sich selbst herauszuwinden. Man muß den allgemeinen Mechanismus einer Sache beschreiben, dann hat man etwas Wahres. Aber das Leben eines Ameisenhaufens oder einer Ansammlung von Mäusen mit Hilfe der Psychologie einer einzelnen Ameise oder Maus zu erklären ... Ich habe nichts gegen Tikschin. Er ist kein schlechter Schriftsteller. Aber schließlich ist er ein Preisträger. Man schreibt viel über ihn. Das ist bezeichnend. Die echte Wahrheit wird bei uns unterdrückt und totgeschwiegen.«

»Du übertreibst wie gewöhnlich. Warum sollte es bei uns keine offiziell zugelassene echte Literatur geben? Da bleibt doch noch das Alltagsleben. Liebe. Familie. Abenteuer. Romantik. Nun, eben all das, worüber Schriftsteller gewöhnlich schreiben.«

»Du bist Marxist. Aber deine Prinzipien willst du im Hinblick auf unsere Gesellschaft nicht akzeptieren. Familie, Liebe, Freundschaft, Romantik, Abenteuer, all das bedeutet doch sowjetische Familie, sowjetische Freundschaft, sowjetische Romantik, sowjetische Abenteuer. Nimm zum Beispiel die Raumflüge. Wie heldenhaft! Aber es ist doch nicht so, daß dies freiwillige Enthusiasten auf ihr eigenes Risiko hin täten. Sie werden sorgfältig ausgewählt. Vor allem nach Fragebogendaten. Und Kriterien, die nichts mit der Sache selbst zu tun haben. Ein Weibsbild haben sie hochgeschickt. Warum? Wir haben den ersten weiblichen Kosmonauten! Das gilt auch für alles weitere dieser Art. Gibt es unter den Kosmonauten viele Juden? Sie sagen, die Juden seien zu feige, so wie damals im Krieg. Das ist doch einfach gelogen, das weißt du selbst. Laß ausrufen: Juden, wer von euch möchte ins Weltall fliegen?! Und du wirst dich ihrer nicht erwehren können. Dann wird es heißen, es bringe Vorteile. Es bringt tatsächlich Vorteile. Sind vielleicht viele Kosmonauten umgekommen? Wie sieht es mit der Belohnung aus??! Bei uns Kosmonaut zu sein, das, Bruderherz, bedeutet Einzug in die hohe Politik. Und die Freundschaft? Wenn dir was zustößt, werden dich alle deine Freunde aus deiner Abteilung auf der Stelle fallenlassen. Auch Swetka. Und Nowikow. Und Serikow. Und Iwanow. Und Korytow. Und Kurizyn. Unter sowjetischen Verhältnissen wird Freundschaft durch den beiderseitigen Nutzen und durch irgendwie kleinliche, abgeschmackte, aufdringliche Übereinkommen von besonderer, typisch sowjetischer Art verdrängt. Du selbst kennst das noch besser als ich.«

»Das ist mir alles klar. Soll es aber heißen, daß ein Schriftsteller heute überhaupt nichts mehr schreiben kann? Schreibt er die Wahrheit, wird er zerquetscht. Lügt er, ist es auch nicht gut.«

»Ich verwehre ihnen nicht zu schreiben. Sie tun's ja auch. Sie schreiben viel und gern. Und sie lügen freiwillig und manchmal sogar mit Begeisterung. Ich sage nur meine Meinung.«

Die lichte Zukunft

»Und dein Buch?«

Anton winkte nur ab. Er begann mir leid zu tun. Schließlich bin ich ein guter Mensch. Das wird auch mein Untergang sein. Und das Buch ist, ehrlich gesagt, nicht schlecht geschrieben. Wenn es erscheint, wird es ein Ereignis.

Fast ein Drittel seines Buchs hat Anton den Aussichten des Kommunismus gewidmet. Über dieses Thema haben wir wenig miteinander gesprochen. Und höchstens im Spaß. Ich drohte à la ›Krokodil‹: Wartet nur, wenn wir erst den Kommunismus errichtet haben, werden wir euch unsere Fähigkeiten und unsere Bedürfnisse zeigen! Anton sagte dann, unter diesem Aspekt ließe sich der Kommunismus relativ schnell und leicht errichten, darin läge auch seine große Anziehungskraft für die breite Masse der schlecht lebenden, unterdrückten, rückständigen Bevölkerung. Doch zwei bis drei Generationen später, wenn das Analphabetentum praktisch beseitigt sei, wenn die Bevölkerung Hunger und erschöpfende Arbeit vergessen habe, wenn sie sich allmählich ordentlich zu kleiden beginne, wenn sie im Vergleich zu früher einen gewissen Lebensstandard erreicht habe, dann fingen die spezifisch kommunistischen Probleme erst an. Dann sei es den Leuten völlig Wurscht, wie es vor der Revolution war. Sie stellten dann zeitgenössische Vergleiche an. Die Erinnerung an die Vergangenheit spalte sich. Die offizielle Propaganda ziehe aus der Vergangenheit alles Schlechte heran, um die Bevölkerung davon zu überzeugen, daß es ihr jetzt wunderbar gehe. Die Unzufriedenen würden auf alles Gute in der Vergangenheit hinweisen, um ihre kümmerliche Lage hervorzuheben. Die einen wie die anderen verfälschten die Vergangenheit, und sei es auch nur, weil sie einen Aspekt herausholten und nach heutigen Kriterien beurteilten. Das sei aber normal, weil das Zurückgreifen auf die Vergangenheit nur ein Mittel zur Bewertung der Gegenwart sei.

Sobald wir uns einer positiven Charakteristik der spezifisch kommunistischen Probleme und den Aussichten für eine zukünftige Lösung näherten, brachen unsere Gespräche gewöhnlich ab oder arteten in kleinlichen Zank über ungeschickte sprachliche Formulierungen unserer Gedanken aus. Dabei ist in Antons Konzeption gerade die Frage nach der Zukunft des Kommunismus ein zentrales Problem, das bei ihm erst an dem Punkt einsetzt, bis zu dem sich die Kritiker und Befürworter des Kommunismus so oder so durchgerungen haben.

Ich hatte diesen Teil von Antons Buch nur sehr flüchtig durchgesehen, aber mir dennoch ein gewisses (wenn auch bruchstückhaftes und unvollständiges) Bild davon gemacht. Anton lehnt es ab, die Zukunft der Sowjetunion so wie Amalrik zu betrachten. Er sagt überhaupt nichts über das historische Schicksal dieses oder jenes Volkes oder Staates und über die Folgen ihrer Beziehungen untereinander. Er betrachtet lediglich die bereits mehr oder weniger deutlichen Tendenzen, die sich aus dem eigentlichen Wesen der kommunistischen Sozialstruktur ergeben. Die Haupttendenzen sind:

Die Aufspaltung der Gesellschaft in neue Schichten und die erbliche Kontinuität dieser Schichtenzugehörigkeit (die stellenweise bis zur Vererbung der Berufe reicht). Das Erben der eigenen Stellung in der Gesellschaft erfolgt nicht nach dem Recht der Geburt (ein solches gibt es nicht), sondern nach den realen Möglichkeiten der Eltern. Kinder aus den oberen Gesellschaftsschichten werden höchstens ausnahmsweise in niedrigere Schichten absteigen und umgekehrt. Natürlich sind in den sich berührenden Schichten Übergänge aus der einen Schicht in die andere häufiger. Man kann den Koeffizienten dieser wechselseitigen Durchdringung berechnen. Da es eine Hierarchie der Schichten gibt, nehmen die Möglichkeiten des Übergangs von einer Schicht in die andere mit zunehmendem Abstand ab. Aber selbst unter den heutigen Bedingungen, mit der noch recht flexiblen Aufgliederung der Gesellschaft in der Sowjetunion, zeichnen sich die Konturen der einzelnen Schichten bereits ab, und beim Übergang aus den niedrigeren in höhere Schichten gibt es schon ernsthafte Schwierigkeiten. So, wie es auch effektive Möglichkeiten gibt, den Kindern ein ausreichend hohes soziales Niveau zu erhalten.

An dieser Stelle mußte ich daran denken, daß ich selbst alle Anstrengungen unternehme, damit Lenka eine höhere Schulbildung erhält, und nicht nur irgendeine, sondern eine »mit Aussichten«, und daß Saschka einen ordentlichen Arbeitsplatz mit Aufstiegsmöglichkeiten findet. Wer von den Kindern unserer Bekannten ist Arbeiter, kleiner Büroangestellter, Lehrer oder so was geworden? Niemand! Die Kinder unserer Akademiemitglieder sind zum größten Teil unbegabt (wenn nicht noch schlimmer), aber sie sind alle bestens untergebracht. Diese Tendenz ist für jedermann deutlich erkennbar, aber ebenso einmütig schweigt jedermann darüber.

Anton bringt eine Klassifizierung der Schichten der kommunistischen Gesellschaft. Er unterscheidet die gehobenen, die mittleren und die unteren Schichten. Innerhalb einer jeden Schicht gibt es Abstufungen. Er legt seiner Gliederung die Bestimmung des Medianwerts und das Prinzip der Unstetigkeit zugrunde. Das sind ziemlich ausgeklügelte mathematische Finessen, die ich nicht verstanden habe. Stark vereinfacht kann man es wohl so darstellen: Die Gliederung der Schichten ist etwas, was auch im Bewußtsein der Menschen verankert ist und dank dieses Bewußtseins existiert. Da es in einer großen Gesellschaft in Wirklichkeit eine gewisse Kontinuität im Lebensniveau und in der Lebensart gibt, braucht man für das Bewußtmachen des Abstands zu einer niedrigeren Schicht einen Vermittler, ein Zwischenglied, das die Differenzierung der Gesellschaft verdeutlicht. Aber es geht natürlich nicht nur darum. Es gibt Merkmale, die die prinzipielle Grenze zwischen den erwähnten drei Schichten kennzeichnen. Diese Merkmale betreffen alle wesentlichen Lebensbereiche der Individuen, die Verteilung der materiellen und geistigen Werte, die Freizeitgestaltung, medizinische Versorgung, den Rechtsschutz usw. Heute gibt es noch häufig Fälle, in denen Vertreter der unteren Schichten besser leben als die Vertreter der höheren Schichten. Solche Fälle wird man mit allen zu Gebote stehenden Mitteln verfolgen und beseitigen (wie es auch bereits geschieht).

Zur Zeit besteht ein Mißverhältnis zwischen dem kulturellen Niveau der Vertreter einer gegebenen Schicht und ihrem sozialen Rang. Das kommt darin besonders deutlich zum Ausdruck, daß bei uns das kulturelle Niveau der unteren und mittleren Schichten eines gewissen Teils der Intelligenz recht hoch und das kulturelle Niveau der regierenden oberen Schichten extrem niedrig ist. Das ist allerdings eine vorübergehende Erscheinung. Schon jetzt macht sich eine starke Tendenz zur Hebung des kulturellen Niveaus der oberen Schichten bemerkbar (Spezialschulen, Fremdsprachenkenntnisse, Zugang zu den besten Werken der zeitgenössischen Kunst). Nach zwei bis drei Generationen werden auch die Hauptkonsumenten und Kenner der höchsten Kulturerzeugnisse fast ausschließlich die höchsten Schichten der Gesellschaft sein (wie das schon immer üblich war). Bereits heute gibt es eine rigorose Politik der »Kultur für das Volk«, die den unteren Schichten der Gesellschaft völlig entgegenkommt, eine Politik der Schaffung niedrigster Formen der Kultur (demagogisch »höchste« Kulturformen genannt) für die untersten Schichten. Angesichts der Tatsache, daß das »Volk« wesentlich schlechter ernährt wird als die oberen Schichten, wäre es lächerlich zu glauben, man versorge das »Volk« mit einer geistigen Nahrung, die über der stünde, die die höchsten Schichten für sich selbst beanspruchen. Das Niveau der geistigen Nahrung für die Mittelschicht (zu der auch das Millionenheer der Ärzte, Lehrer, Ingenieure, Techniker, wissenschaftlichen Mitarbeiter, Offiziere zählt) ist etwas höher als das der untersten Schichten. Ab und zu wirft man ihr von oben einen Brocken vor. Noch versteht sie es, sich selbst was abzuzwacken. Aber es läuft darauf hinaus, daß man sie in den festen Rahmen der ihr »rechtmäßig« zustehenden Kultur verweisen wird. Und sie selbst reißt sich nicht besonders um die zeitgenössischen Spitzenerzeugnisse oder zumindest um die nach oben drängenden Erscheinungen in der Kultur. Und so gibt es bereits eine Tendenz zur Herstellung des Gleichgewichts zwischen dem kulturellen Niveau und dem sozialen Rang der verschiedenen Schichten der Gesellschaft.

Die territoriale und produktionsabhängige Fixierung von Personen der unteren Gesellschaftsschichten ist heute ganz offensichtlich. Sie erfaßt auch die höheren Schichten der Gesellschaft, aber diese haben Möglichkeiten, ihre Auswirkungen zu überwinden: Versetzungen, Dienstreisen, Transportmittel, Ausbildung, Eheschließung usw. Die kommunistische Gesellschaft verfügt über mächtige Mittel, den einzelnen unabhängig von der Größe des Landes an einen Wohn- und Arbeitsort zu binden: durch das System der Wohnraumverteilung, der Lohnerhöhungen, Prämien, Kindertagesstätten usw. Ganz zu schweigen vom System der Zuzugsgenehmigungen. Nicht zu vergessen ist die Tatsache, daß soziale Prozesse in der Gesellschaft eng mit biologischen verbunden sind: Die biologisch wertvollsten Individuen haben größere Chancen, ihr soziales Niveau anzuheben (vorteilhafte Heirat, sportliche Erfolge), so daß eine ungemein starke Selektion nach sozialen Schichten erfolgt. Man könnte meinen, im Lauf der Zeit würden selbst die höchsten Führungsspitzen im Lande anständiger aussehen als heute. Betrachtet man diese Schichten in ihrer Gesamtheit, so kann man bereits jetzt eine gewisse Vergrößerung des Wuchses und eine Verbesserung der Physiognomien in den oberen Schichten beobachten. Einige Überbleibsel (wie »proletarische« Herkunft, die »gesunde« sozialistische Familie) wirken sich bei uns hemmend auf die biologische Vervollkommnung der Oberschicht aus. Unter den historisch gewachsenen Bedingungen, unter denen die kommunistische Gesellschaft entstanden ist, gibt es gewichtige Faktoren, die der Realisierung dieser (und anderer) Tendenzen im Wege stehen. Aber das ist nur eine Frage der Zeit. Heute gilt zum Beispiel noch die Direktive, die Kinder der Intelligenz nicht sofort nach Abschluß der höheren Schulen an den Hochschulen zuzulassen. Aber praktisch wird diese Direktive nicht befolgt, sie fördert nur das Wuchern von Korruption und Bestechung in diesem äußerst wichtigen Bereich unseres Daseins.

Die Unifizierung des Machtsystems. Diese Tendenz ist ebenfalls offensichtlich, da das System der gewählten Macht bei uns typischer Bluff ist. Ob sich die riesige parasitäre Institution der »gewählten« Macht bei uns hält oder nicht, wird von den Umständen abhängen. Dieses System ist äußerst kompliziert und aufgebläht. Weshalb? Dafür gibt es einige Gründe. Insbesondere liegt das im Interesse der Reproduktion der regierenden Schicht selbst. Dazu gehört auch die Reduzierung der Machtfunktionen zu äußerster Primitivität und die Beseitigung jeden Risikos (das heißt, Schaffung eines Systems, das die persönliche Verantwortung beseitigt und die strafrechtliche Immunität sichert). Schon jetzt werden die Machtfunktionen mindestens durch ein Fünftel der Bevölkerung (die Familienmitglieder einbezogen) ausgeübt. Das sind Dutzende Millionen Menschen. Doch das Machtsystem stellt an sich keine selbständige Schicht dar. Die Aufgliederung nach Schichten erfolgt in einem anderen Querschnitt. Die Macht selbst ist in Schichten gegliedert. So gehört zum Beispiel der Abschnittsbevollmächtigte der Miliz einer niedrigeren Schicht an als ein Professor, der in seinem Abschnitt wohnt.

Auf diese Weise ging Anton sämtliche Lebensbereiche der kommunistischen Gesellschaft durch. Er beschrieb ihren Wirtschaftstypus, jenen des Rechtswesens, der Kunst und der Wissenschaft, der Ideologie, des Systems der Kindererziehung, der Verteilung, der persönlichen Beziehungen. Als ich das Buch durchblätterte, schien es mir zunächst, als habe er absichtlich die negativsten Erscheinungen unseres Lebens gesammelt und in den Rang gesellschaftlicher Gesetze erhoben. Aber bald stellte ich fest, daß er nicht wertet, er konstatiert einfach Tatsachen und führt Argumente zugunsten seiner These vom organischen Charakter der kommunistischen Gesellschaftsstruktur an. Bei einer dieser Tendenzen lohnt es vielleicht noch kurz zu verweilen. Aber da ich schon davon gesprochen habe, seien zunächst noch ein paar Worte zum Kommunismus als sozialem Gesellschaftstyp gesagt.

Anton geht bei der Bestimmung der kommunistischen Gesellschaft von einer ihrer Zellen aus, von einer einzelnen Institution (Industriebetrieb, Institut, Büro, militärische Abteilung, Schule). Diese Zelle hat eine bestimmte Struktur, die allgemein bekannt ist. Entscheidend ist, daß das Individuum über die Zelle seine Kräfte der Gesellschaft widmet und dafür von der Gesellschaft alles über die Zelle erhält und daß alle Individuen in dieser Hinsicht gleichgestellt sind. Die Gesamtheit solcher Zellen bildet die Gesellschaft. Zu einer Gesamtheit werden sie durch die Wirkung sozialer Mechanismen, wie sie auch für die Zelle gelten. Wegen des riesigen Ausmaßes dieses gesellschaftlichen Organismus erfolgt seine Differenzierung nach den allgemeinen Gesetzen der Differenzierung großer Systeme sozialer Individuen, aber unter Bedingungen, die für das ganze Land und jede seiner Zellen in gleicher Weise gelten. Ausgehend von einigen sehr einfachen Regeln für die Wechselbeziehungen der Individuen innerhalb derartiger Zellen, entwickelt Anton danach die sich notwendig ergebenden Tendenzen, die ich zum Teil bereits erwähnt habe. Dazu gehört auch die Tendenz zu Massenrepressionen, über die man gesondert sprechen muß. Heute ist das als Folge von Solschenizyns Büchern eines der wichtigsten Themen auf der ganzen Welt.

Massenrepressionen. Erstens sind sie offen und approbiert. Zweitens kann man sie ungestraft verwirklichen.

Drittens sind sie in vieler Hinsicht nützlich: für die Abrechnung mit Andersdenkenden und Konkurrenten, zur Aufrechterhaltung der Ordnung, im Kampf um Posten, bei der Beschaffung kostenloser Arbeitskräfte. Und viertens erwachsen der modernen Gesellschaft ständig Aufgaben, die man nur mit massenweiser Zwangsarbeit bewältigen kann. Das ist vielleicht sogar das Wichtigste. Aufgaben solcher Art sind nicht zufällig. Die heutigen riesigen Gesellschaften können ohne deren Bewältigung gar nicht leben. Teilweise lassen sich diese Aufgaben so lösen, daß der Zwangscharakter der Massenarbeit verborgen bleibt. Das gilt zum Beispiel für die Einberufung der Jugend in die Armee und die Ausnutzung der Armee als Arbeitskraft; das gilt für studentische Baubrigaden; für den Einsatz von Mitarbeitern städtischer Einrichtungen bei der Gemüseernte auf dem Lande; für die Komsomolzenappelle zur Mitarbeit auf den »Großbauten« des Kommunismus. Aber das sind nur halbe Maßnahmen, bei denen die erforderliche Anzahl von Freiwilligen nicht zusammenkommt. Außerdem wird der normale Ablauf der eigentlichen Arbeiten gestört. Und die Hauptsache ist, daß diese Menschen die Vorstellung von ihren gewohnten Lebensbedingungen mitbringen, die dann in einem gewissen Ausmaß befriedigt werden müssen. Nicht für jede Arbeit und nicht unter allen Bedingungen läßt sich eine solche Armee von Arbeitern verwenden. Man braucht ein permanentes riesiges Heer an Arbeitskräften, deren Unterhalt billig ist, die man wo und wie auch immer einsetzen kann. Mögliche Einsatzorte für sie sind im Überfluß vorhanden.

Die Gesellschaft muß auf diese oder jene Weise ihren Bedarf an einer derartigen Sklavenarmee decken. Sie hat auch bereits eine geeignete Form gefunden: die der Repressionen, das heißt der Bestrafung für irgendein Vergehen. Diese Form gibt sowohl die »juristische« wie auch die »moralische« Rechtfertigung für die Tatsache der Existenz von Sklavenarmeen und deren unmenschliche Ausbeutung. Bisher hat sich die Geschichte gnädig gezeigt: Revolution, Bürgerkrieg, der Krieg mit Deutschland und andere reale Gegebenheiten unseres Lebens haben im Überfluß sowohl das Menschenmaterial für eine solche Armee als auch die »moralisch-juristische« Abwicklung bereitgestellt. Dann aber trat eine Stockung ein, deren Gründe allgemein bekannt sind. Natürlich haben die Repressionen niemals aufgehört, aber sie wiesen doch in dieser ganzen Zeit keinen Massencharakter auf. Es gibt viele Häftlinge, aber das sind im wesentlichen Kriminelle. Ihre Zahl bewegt sich vorerst noch in einem für solche Erscheinungen normalen Rahmen (sie ist bisher ein »statistisches Faktum«). Aber lange kann das so nicht weitergehen. Entweder liefert die Geschichte von sich aus einen geeigneten Anlaß und eine passende Form für die bevorstehenden Massenrepressionen, oder die Gesellschaft selbst produziert spontan Ereignisse, die zu demselben Ergebnis führen. Am wahrscheinlichsten ist eine Verbindung der beiden Möglichkeiten (wie das übrigens auch früher schon war).

Das System der Massenrepressionen ist jedoch mit einem schweren Mangel behaftet: Es verlangt die Erzeugung eines bestimmten Zustands der Gesellschaft und die Schaffung bestimmter Organisationen zur Durchführung der Repressionen über einen ausreichend langen Zeitraum. Das aber ist, wie die Erfahrung gelehrt hat, eine Kraft, die die Neigung hat, außer Kontrolle zu geraten. Die Führung des Landes fürchtet deshalb das System der Massenrepressionen nicht weniger als die liberalen Intellektuellen. Das wirkt sich hemmend aus. Auch auf lange Sicht? Der Kampf um die Macht wird die »liberale Gruppierung« hinwegfegen, und die Orientierung auf die Massenrepressionen (in verschleierter Form natürlich) wird als Argument im Kampf für die »rechte Gruppierung« dienen.

Danach solidarisiert sich Anton mit Schafarewitsch in der Auffassung, daß die kommunistische Gesellschaft viele Gemeinsamkeiten mit den Gesellschaften der Inkas, der alten Ägypter, der Chinesen habe. Aber er glaubt, daß es wesentlicher sei, ihren Unterschied zu den alten »Imperien« hervorzuheben. Dieser Unterschied besteht vor allem im Menschenmaterial selbst, das den Leib des Imperiums bildet und in sich geschichtliche Fakten wie Wissenschaft, Technik, Kunst resümiert. Ein beachtlicher Teil dieses Menschenmaterials ist zu bisher ungeahnten geistigen Leiden und zum Widerstand verurteilt. Wie die kommunistische Gesellschaft der Zukunft tatsächlich aussehen wird, das hängt vom Kampf ihrer inneren Kräfte ab.

Schließlich betrachtet Anton eingehend die Möglichkeiten der Opposition gegen die vorherrschenden Tendenzen des Kommunismus, und er kommt zu folgendem

Schluß: Die Führer des Kommunismus müssen von nun an bis in alle Ewigkeit eine friedliche und harmonische Bewegung hin zu einer lichten Zukunft vergessen, bei der sie die Anweisungen geben und die Entscheidungen treffen, die übrigen Bürger aber die Ausführenden sind, die die gestellten Aufgaben übererfüllen und das Lob der geliebten Führer singen. Die lichte Zukunft, das ist der bereits in Gang gesetzte Kampf gegen die überdeutlich gewordenen Abscheulichkeiten des Kommunismus. Ein blutiger Kampf mit vielen Opfern. Er wird noch Beispiele ungeheuren persönlichen Heldenmuts hervorbringen, die neben denen der Vergangenheit bestehen können. Die erste Etappe dieses Kampfs, die bereits begonnen hat, trägt eine genaue Bezeichnung: Solschenizyn. Anton hält seine Konzeption für den Ausdruck eines historischen Optimismus (im Unterschied zu den Konzeptionen von Samjatin, Orwell, Schafarewitsch).

Wenn so ein Buch erst geschrieben ist, glaubt man, man hätte es leicht selber schreiben können, denn der Autor spricht von Dingen, die einem wohlvertraut sind. Aber versuch mal so etwas zu schreiben! Und hast du es geschrieben, bring den Mut zur Veröffentlichung auf! Und dann finde noch den Weg dazu! Ich kann nicht begreifen, welche Kräfte Menschen wie Anton bewegen. Dabei kenne ich ihn nicht erst seit zehn Jahren. Er erinnert mich an die Besoffene Alte. Obwohl wir Seite an Seite leben, zieht er mit seinem Karren an mir vorüber, über mich hinweg in einer unbekannten Dimension des Lebens. Wohin? Warum?

Im Namen der Zukunft

Morgen werde ich aus dem Krankenhaus entlassen. Letzte Nacht konnte ich nicht schlafen, da ich den ganzen Tag geschlafen hatte. Zunächst überdachte ich meine Chancen. Während meiner »Krankheit« habe ich einige Punkte zu meinen Gunsten buchen können (ausgezeichnete Rezensionen meines Buches in Deutschland, Bulgarien und Polen; im Institut der Länder des Ostens Diskussion über ein Problem, in der fast alle meine Konzeption unterstützten; im ›Kommunist‹ ein Artikel, der eine für mich positive Bemerkung enthielt; der eigene Artikel gedruckt). Aber einiges hat sich auch gegen mich gerichtet (eine positive Rezension in Jugoslawien; man erzählt sich etwas über einen im Westen erschienenen Artikel, in dem man mich lobte; auf dem Lehrstuhl in der Militärakademie ist man über mich hergezogen, sie haben mich beim ZK angeschwärzt). Auf der einen Seite (»pro«) beachtliche Tatsachen, auf der anderen Seite (»contra«) – Lappalien. Aber in unserem System taugen herkömmliche Überlegungen nichts. Da findet zum Beispiel eine Diskussion über deine Arbeit statt. Zehn Mann haben sich »dafür« ausgesprochen, unter ihnen bedeutende, einflußreiche Personen. Nur zwei waren dagegen, nicht die einflußreichsten. Ist die Diskussion zu deinen Gunsten ausgefallen? Je nachdem! Vor zehn Jahren haben zwei »Dafür« gegen zehn

»Dagegen« die Angelegenheit in deinem Sinn entschieden. Und jetzt? Bei den Verhältnissen, auf die wir zutreiben, hat selbst ein schwächliches »Dagegen« eine Signalwirkung. Irgend etwas ist mit dem Mann nicht in Ordnung, denken alle. Gerüchte entstehen, die die Kraft einer öffentlichen Meinung haben. Manchmal provozieren solche Gerüchte eine Entscheidung, die zuvor nicht möglich gewesen wäre.

Unter dergleichen Überlegungen kam ich zum Schluß, gegenwärtig könne niemand den Ausgang der Wahlen voraussehen. Eine unvorhergesehene Bagatelle kann alles entscheiden. Chancen hab ich. Chancen wie nie zuvor und wie ich sie vor allem nie wieder haben werde.

Unmerklich, müde geworden von den Gedanken an die Wahlen, kam ich auf Antons Buch. Mir fiel mein letztes Gespräch mit ihm ein.

»Komische Wesen sind wir«, hatte ich gesagt. »Wir hasten, machen Pläne, leiden ... Und vielleicht hat die ganze Geschichte der Menschheit nur den einen Sinn: Wenn auf der Erde das Leben unmöglich wird, werden die Menschen ein großes Raumschiff bauen, tausend der besten Individuen auswählen, an einen schönen Ort fliegen und dort zu leben beginnen. Sie werden eine neue Zivilisation schaffen. Der wahre Kommunismus entsteht!«

Ein Trost für Idioten. Oder der demagogische Trick eines Erziehers nützlicher Idioten. Die Losung ›Für eine lichte Zukunft leben‹ ist doch nur die schlecht getarnte Aufforderung, für die Bequemlichkeiten der privilegierten Spitzen der Gesellschaft zu arbeiten. Hier und heute, für deine irdischen Ziele mußt du leben. Ein anderes Leben gibt es nicht. Die Zukunft ist nur ein Nebenprodukt der Gegenwart. ›Im Namen der Zukunft‹ – das ist für diejenigen nützlich, die schon heute gut leben, und ein Trost für diejenigen, die keine Chancen haben, heute einigermaßen anständig oder überhaupt zu leben. Für die ersten ist es eine Maske, für die zweiten die letzte Hoffnung.«

Es   be de Kom   ismus

Ich hatte genug vom Krankenhausleben und war froh über meine Entlassung. Draußen war Vorfrühlingswetter. Spatzen flogen herum wie Verrückte, und kleine Vögel, die ich früher nie bemerkt hatte, zwitscherten fröhlich. Dickbäuchige Katzen blinzelten in der Sonne und räkelten sich in der Wärme, ganz hingegeben an wohlige Erinnerungen. Die Mädchen hatten begonnen, ihre bezaubernden Reize zu entblößen. Zum Teufel, offensichtlich hat Moskau eine gewaltige Menge sympathischer junger Mädchen produziert. Das Leben ist wunderschön! Es lebe das Leben! Es ist schön zu leben, selbst in unserer lichten kommunistischen Gesellschaft. Besser unter dem Kommunismus lebendig als nichtlebendig in einer Gesellschaft voller Demokratie und Wohlstand. Ich muß meine Garderobe erneuern, sonst sehe ich noch wie ein Oberst im

Ruhestand aus. Ich mag mich selbst nicht mehr ansehen. Dabei bin ich noch gar nicht so alt. Einiges spricht dafür, daß ich sogar noch Chancen habe. Swetka hatte gesagt, daß ich ihr unabhängig von Ruhm und Würden gefallen habe – sie habe zuerst nicht gewußt, wer ich sei. Aber Swetka ist ein qualifiziertes Luder. Unsere Beziehungen gehen sowieso ihrem Ende entgegen.

Ich beschloß, einen Teil des Wegs zu Fuß zu gehen. Er führte über den Platz der Kosmonauten. Schon von weitem sah ich, daß dort nicht alles zum besten stand. Dem Führer war ein Auge herausgefallen, und sein Gesicht erweckte nun nicht mehr den Eindruck von Schläue, gepaart mit Güte, sondern den eines boshaften Mißmuts. Früher schien es zu sagen: »Genossen, ihr geht den rechten Weg!« Aber jetzt drückte es etwas anderes aus: »Wo seid ihr bloß hingeraten, verdammt noch mal!« Vermutlich ist das nur mein Eindruck unmittelbar nach dem Krankenhausaufenthalt. Die Burschen und Mädchen, die an mir vorübergingen, bemerkten zwar das ausgefallene Auge des Führers und den veränderten Gesichtsausdruck auch, aber sie erklärten einhellig, so sei es viel besser.

Als ich näher herantrat, fühlte ich mich bis auf den Grund meiner Seele getroffen. Ein Teil der Buchstaben aus der Losung war ganz verschwunden, ein anderer Teil zerborsten. Der Rest war von Tauben so verkackt, daß selbst mathematische Linguisten sie nicht mehr hätten entziffern können. Böse Vorahnungen stahlen sich in meine Seele. Der Wunsch, zu Fuß zu gehen, war mir vergangen. Ich schnappte mir ein Taxi. Die ganze Fahrt über schimpfte der Fahrer über die Idioten, die den Weg mit diesem Mist versperrt hatten (gemeint war unsere Losung). Ehe wir auf die Brücke einbogen, hielt uns ein Verkehrspolizist an. Der Chauffeur gab ihm einen Rubel. Den restlichen Teil der Fahrt schimpften wir mit vereinten Kräften über unsere Zustände. Zum ersten Mal in meiner langjährigen Taxi-Praxis gab ich ein Trinkgeld mit Vergnügen.

Die Ergebnisse des Kongresses

Als ich aus dem Krankenhaus kam, lag das letzte Heft der ›Probleme der Philosophie‹ auf meinem Schreibtisch. Darin waren ein Artikel von Kanarejkin abgedruckt (das heißt sein von mir für ihn geschriebener Kongreßvortrag), ein Artikel der Twarschinskaja mit einer Kritik der Hauptströmungen des Antikommunismus, ein Artikel von Waskin mit einer Kritik der wichtigsten Richtungen des modernen Revisionismus und ein Überblick über den Kongreß, unterzeichnet von Serikow und geschrieben von mir. Serikow hatte in dem Bericht von sich aus lediglich eine Korrektur angebracht: Er hatte den Passus, der meinen Vortrag betraf, gestrichen und die Teile, die den Vorträgen der Twarschinskaja und Waskins gewidmet waren, ausgeweitet. Dabei war mein Vortrag unter allen sowjetischen Beiträgen der einzige gewesen, der eine lebhafte Diskussion hervorgerufen hatte. Dieser Serikow ist doch ein Mistkerl. Das lasse ich ihm nicht durchgehen! Du hast es eilig, mein Bürschchen!

Die gute Stimmung war mir vergangen. Ich kaufte mir eine Flasche Kognak, dazu was zu essen und ging in meine »Arbeitswohnung«. Dann rief ich Swetka an. Sie sagte, sie sei beschäftigt. Ach, geh zum Teufel, du Luder! Ich trank die Flasche allein und war schön betrunken. Angezogen wie ich war, fiel ich in einen tiefen Schlaf und schlief durch bis zum Morgen. Beinahe hätte ich den freiwilligen Aufbaueinsatz verschlafen.

Über Romantik

Diesmal brachte Lenka ein Gedicht über die Romantik mit. Ich sagte ihr, es sei höchste Zeit, daß ihr Freund damit aufhöre, und machte mich bereit zuzuhören.

Vier volle Stunden sitz ich nun schon rum,
stumpfsinnig blick ich rauf zu dem Präsidium.
Die Speichellecker lecken, und die Schwätzer schwätzen,
mir wird ganz schlecht, hör ich, wie sie die Zungen wetzen.
Doch durch mein Hirn ziehn Schwaden der Romantik,

Es hallt dort nicht der Feinde Kampfgeschrei,
ganz furchtbar braust darin – o nein – nicht der Atlantik!
noch hackt jemand mit Säbeln sich entzwei –
die alten Kinderträume reizen mich nicht mehr,
ich träum dafür, ich wäre Erster Sekretär!
Ich fürcht als Kapitän den Sturm nicht auf der Brücke,
am Pulte nur in meiner Zahlenreihe eine Lücke,
ich greife in die Höhle nach dem Schatze nicht,
nein, in die Mappe, nach dem fertigen Bericht!
Und die Romantik? O ich bin gar nicht so simpel,
bin ich erst Erster Sekretär, und nicht mehr nur ein Gimpel –
ein Wink von mir, und aus dem Teich wird dann der Ozean,
als Marschall, nicht als Kapitän, steh ich dann meinen Mann!

Ich ärgerte mich, aber bis zum Ende konnte ich die Rolle nicht durchhalten und lachte mit.

»Bei euch ist es genauso!«

»Und wie, aber wir haben uns längst daran gewöhnt. Du müßtest bloß mal sehen, was sie mit den ABC-Schützen anstellen. Stell dir vor, die büffeln die Kongreßmaterialien. War es zu eurer Zeit etwa nicht so?«

»Ungefähr. Aber zu meiner Zeit ist die ›Brigantine‹ geschrieben worden. Ich war übrigens mit dem Autor bekannt. Wir haben sogar eine Zeitlang gemeinsam studiert.«

»Toll! Erzähl, wie war der?«

»Ein mustergültiger Komsomolze. Stalinanhänger. Patriot. So wie wir alle.«

»Nicht möglich. Der hat es ganz einfach nicht geschafft. Hätte er länger gelebt, hätte er sich geändert.«

»Wer kann das wissen!«

Ein kommunistischer Aufbaueinsatz

Die Hauswarte räumten träge den vom Winter zurückgebliebenen Abfall beiseite. Zwei Aktivisten unter den Rentnern kratzten demonstrativ das letztjährige Laub zusammen und schimpften dabei auf die Jugend und die Juden. Draußen eilten salopp gekleidete Bürger in ihre Büros, wo sie Arbeitsenthusiasmus und ein wahrhaft kommunistisches Verhältnis zur Arbeit an den Tag legen sollten. Besonders geschäftig waren die Frauen. Sie nutzten die Gelegenheit, zwangen ihre fülligen Körper in enge Hosen und wackelten verführerisch mit den Hüften. Ein erhebender Anblick.

Im Institut rückten die technischen Mitarbeiter Schränke, wischten Staub und rissen die noch vom Winter stammenden Dichtungen von den Fensterrahmen. Die wissenschaftlichen Mitarbeiter verstreuten sich in ihre Sektoren und Abteilungen. Jeder beschäftigte sich, wie er konnte. Die einen hielten Gewerkschaftsversammlungen ab, andere Parteiversammlungen, wieder andere Produktionsversammlungen. Die vierten hatten eine Sektorsitzung, die fünften eine Autorenkollektivsitzung, die sechsten eine Seminarsitzung. Der Unterschied bestand nur in der Bezeichnung. Überall schwatzte man drauflos, was einem gerade einfiel, man erzählte sich Witze und neuen Klatsch, blödelte. Dann trank man Tee und schaute auf die Uhr, ob der ganze Spuk nicht bald vorüber sei.

»Wie weit man doch diese an sich großartige Idee verschandelt hat«, sagte ich.

»Weshalb verschandelt«, sagte Anton. »Ganz im Gegenteil, man hat sie mit Leben erfüllt. Was willst du? Es ist die echt kommunistische Einstellung zur Arbeit! Mein Lieber, das ist doch klar: Wir arbeiten gratis, qualifizierte Geistesarbeiter übernehmen die Aufgaben von Putzfrauen, und deshalb schludern wir und machen in Augenwischerei.«

Dann wurden alle in den großen Versammlungsraum gescheucht und eine Gewerkschaftsversammlung zur Verleihung des Abzeichens »Aktivisten der kommunistischen Arbeit« veranstaltet. Im Namen der so Ausgezeichneten hielt die Twarschinskaja eine Rede.

Lieber Gott! Zum Verrecken langweilig!

Am anderen Tag waren in allen Zeitungen Rechenschaftsberichte über die Ergebnisse des Freiwilligen Aufbaueinsatzes, und in allen dasselbe!

»Der kommunistische Aufbaueinsatz zeigte einen wohlorganisierten Ablauf mit großem arbeitstechnischem und politischem Elan, er wurde in allen Bereichen der städtischen Volkswirtschaft und im Bereich von Wissenschaft und Kultur als ein Aktivistentag von hoher Arbeitsproduktivität begangen. So wurde er zu einem Massenfeiertag der kommunistischen Arbeit, zu einer klaren Demonstration des Triumphs der Leninschen Ideen vom lebendigen, schöpferischen Anteil der breiten Massen der Werktätigen am Aufbau der neuen Gesellschaft. In Fortsetzung und weiterer Entfaltung der Großen Initiative nahmen die Werktätigen am kommunistischen Aufbaueinsatz aktiv und aufopferungsvoll teil und demonstrierten auf diese Weise ihr hohes Bewußtsein, ihren Patriotismus, ihre selbstlose Hingabe an die Ideale des Kommunismus. Der ›Rote Samstag‹ ist zu einem erneuten klaren Beweis der unzerstörbaren Einheit von Partei und Volk geworden, der engen Geschlossenheit der Werktätigen um die Kommunistische Partei und ihr leninistisches Zentralkomitee. Vor Beginn des freiwilligen Aufbaueinsatzes hatten überall in den Betrieben und Organisationen zahlreich besuchte Massenkundgebungen stattgefunden, auf denen die Werktätigen ihre völlige und grenzenlose Unterstützung der Politik der KPdSU und des Sowjetstaates, ihre einmütige Billigung der zielstrebigen, vielseitigen Tätigkeit des ZK der KPdSU, des Politbüros mit dem Generalsekretär des ZK der KPdSU, dem Genossen ..., an der Spitze bekräftigten.«

Ich las das, spie aus und sagte mir: Geschieht dir recht, du Lump! Darin steckt nicht wenig von deiner eigenen Arbeit!

»An dem freiwilligen Aufbaueinsatz beteiligten sich sechs Millionen zweihunderttausend Werktätige. Alle Arbeiter auf dem Gebiet der materiellen Produktion und der

Dienstleistungsbetriebe arbeiteten an ihren Arbeitsplätzen. Ihre Anstrengungen waren darauf gerichtet, ein Höchstmaß an Arbeitsproduktivität zu erreichen ... Ihren Beitrag zum Moskauer kommunistischen Aufbaueinsatz leisteten auch die Mitarbeiter der wissenschaftlichen Forschungsinstitute, der Planungsorganisationen und der staatlichen Einrichtungen. So hat man beispielsweise im Institut ...«

Ich ärgerte mich, spuckte und schimpfte, ärgerte mich weiter ... und ging so alle Zeitungen durch, was ich früher noch nie getan hatte. Ich wußte, das war alles fauler Zauber, und hatte es deshalb nie gelesen. Diesmal aber nahm ich eine so ungewohnte Dosis unserer Presseerzeugnisse zu mir, daß ich echt erschrak. Wird das etwa alles gelesen?! Natürlich wird das gelesen! Und es wirkt!

Ich zerfetzte die Zeitungen, stürzte auf die Straße und eilte schnurstracks zu unserer Kneipe.

»Mir reicht's«, dachte ich beinahe laut. »Wenn ich erst Korrespondierender geworden bin, mache ich auf all das ein Kreuz. Die Jahre vergehen, und ich habe noch nichts Ernsthaftes gemacht. Man muß doch irgendwas tun, solange die körperlichen und geistigen Kräfte reichen!«

In der Nähe der Kneipe traf ich Edik. Dann schloß sich uns noch der Namenlose an.

Die Lehren der Geschichte

»Diese verlogenen Phrasen, als ob uns die Geschichte nichts gelehrt hätte«, sagte Edik. »Hitler zum Beispiel hat Deutschland eine solche Lehre erteilt, daß die Deutschen in alle Ewigkeit als mögliche Führer der Weltgeschichte gestrichen sind. Und nicht etwa deshalb, weil sie nach ihrer Niederlage in einer ungünstigen Position wären, sondern weil auf ihnen in alle Ewigkeit das historische Gedächtnis lastet, das sich durch nichts tilgen läßt. Wissen Sie, warum es jetzt bei uns keine Massenrepressionen gibt wie unter Stalin? Der Wunsch, Menschen einzusperren, ist durchaus da. Lager gibt es genug. Arbeit für die Gefangenen bis zum Hals. Trotzdem werden die Menschen nicht im gleichen Ausmaß verhaftet. Weil man das historische Gedächtnis fürchtet. Die Lehre! Obwohl man bei uns die Vergangenheit verschweigt und allmählich Stalin rehabilitiert, wirkt das historische Gedächtnis weiter über unsichtbare und unkontrollierbare Kanäle. Ich hab zum Beispiel im KGB einen Bekannten mit höherem Dienstgrad. Er kämpft gegen die, die den ›Gulag‹ lesen. Aber sein eigener Sohn kennt den ›Gulag‹ auswendig. Da geh und kämpfe! Wir unterschätzen die Rolle Solschenizyns in unserer Geschichte. Er hat das Gedächtnis der Geschichte nahezu in den Rang einer Religion erhoben. Das ist heute bereits eine historische Tatsache. Ein Wendepunkt, an dem die neue Zeitrechnung beginnt. Er hat einen solchen Pfahl in das Grab des Stalinismus getrieben, daß es keine Rückkehr mehr gibt. Der Chruschtschowismus? Immer noch besser als der Stalinismus.«

Wir schlenderten gemächlich zum Platz der Kosmonauten. Unsere Kneipe ist noch immer geschlossen. Rebrow hat uns für heute eine Flasche Kognak versprochen, er hat ein Honorar für eine unveröffentlichte Broschüre bekommen.

»Für diesen Mist kassier ich schon das vierte Honorar«, sagte er. »Jetzt bring ich ihn zu Dingsbums da ... eine weitere Möglichkeit. Ich schließ einen Vertrag und schnapp mir noch einen Brocken. Wie ich das schaffe? Ein Kinderspiel. Nein, ich habe keine Bekannten. Von Vetternwirtschaft halte ich nichts. Meine Methode ist anders. Ich suche mir eine geeignete Institution. Mein Thema ist ewig aktuell, ich biete es an, lege Rezensionen von großen Leuchten vor, das ist kein Problem. Man reißt sich um mich, plant mich auf der Stelle in das Verlagsprogramm ein, gibt grünes Licht. Drucken lassen will ich diesen Sch... natürlich nicht. Das wäre peinlich und auch nicht gewinnbringend. Dann organisiere ich ein Briefchen, und zwar so, daß danach an den Druck meines Manuskripts nicht mehr zu denken ist. Es nicht zu drucken geht nun aber auch nicht mehr. Dann fangen sie an, nach einem Ausweg zu suchen, und ich warte. Ich brauche nur geduldig abzuwarten, weiter nichts. Im allgemeinen endet es damit, daß ich mein Manuskript wieder an mich nehme mit dem Recht, es an anderer Stelle zu veröffentlichen (gewöhnlich rät man mir sogar, wo), aber als Kompensation für den erlittenen moralischen Schaden bekomme ich das volle Honorar. Die haben dort entsprechende Bestimmungen, so daß alles höchst korrekt zugeht.«

»Das ist doch unmoralisch«, sagte ich.

»Warum denn«, sagte Edik. »Was haben Sie für ein Gehalt? (Die Frage ist an Rebrow gerichtet.) Nun, sehen Sie! Bei uns bekommen die Putzfrauen mehr. Versuchen Sie mal, mit den paar Groschen auszukommen. Und dann wahrscheinlich noch eine Genossenschaft, stimmt's? Bitte, das seh ich doch schon an Ihrer Physiognomie, daß für Sie in Ihrem Betrieb rein gar nichts abfällt. Also, wieviel hat bei dem ganzen Schwindel für Sie herausgeschaut?«

Rebrow nannte eine Summe, bei der es mir kalt über den Rücken lief. Edik lachte schallend. Der Namenlose spuckte und stieß einen kräftigen Fluch aus.

»Sie haben eben das Wort ›unmoralisch‹ gebraucht. Wissen Sie auch, wieviel Mschwanadse mit seiner lieben Familie ergaunert hat?! Und die Nasreddinowa?! Ein Verwandter von mir in der Sonderabteilung hatte kürzlich eine Unterschlagung zu untersuchen – eine alltägliche Sache. Die Untersuchung wurde eingestellt. Hätte man tiefer gegraben, hätte man die gesamte Partei- und Regierungsspitze der fraglichen Republik einsperren müssen. Und da reden Sie von ›unmoralisch‹.«

Diesmal standen wir unsere Schlange vor dem Café »Jugend« durch, fanden einen einzelnen Tisch, und nach einer Stunde ließ sich die noch junge, aber schon grobe, vulgäre und vollgefressene Kellnerin widerwillig herab, unsere bescheidene Bestellung entgegenzunehmen.

Mein Geburtstag

Zu meinem Leidwesen fiel Tamurka ein, daß mein Geburtstag bevorstand.

»Wir müssen ihn feiern, wie es sich gehört. Und da feiern wir gleich auch das runde Jubiläum unseres glücklichen Ehelebens. Wir laden ein paar nützliche Leute ein. Diese Gelegenheit lassen wir uns nicht entgehen. Der Waskin hat ein tolles Bankett gegeben. Was Waskin kann, kannst du auch!«

Ich widersetzte mich mit allen Kräften, eingedenk Antons Rat: Mach dich ganz klein, spiel den Toten für einige Zeit – als ob es dich nicht gäbe. Kein Feuerwerk, fall nicht auf. Aber dem Ansturm Tamurkas und dem der Mitarbeiter aus meiner Abteilung, die auf fremde Kosten fressen und saufen wollten, hielt ich nicht stand.

Die Auswahl der Gäste war ein Problem und auch die Frage, wie man es mit den engsten Freunden halten sollte – mit den Simins und den Gurewitschs. Wir beschlossen, uns nach allen Regeln einer erfolgreichen sowjetischen Karriere zu richten und die Geladenen aufzuteilen. So geschah es auch. Mit den Simins und Gurewitschs trafen wir uns »im engen Familienkreis«. Der Abend verlief langweilig und gezwungen. Unter dem Hinweis auf die Geschäfte des nächsten Tages gingen wir früh auseinander. Dafür gelang der zweite Abend – »für die übrigen« – großartig. Die Kanarejkins, Bludows, Agafonows, Korytows, Iwanows und andere einflußreiche Personen kamen. Man aß, trank und schrie viel. Nachdem die alten Akademiemitglieder gegangen waren, ließen sich die anderen völlig gehen. Man begann zu tratschen und Witze zu erzählen. Korytow hatte eine ganze Serie »Leniniana« parat. Man redete über Solschenizyns ›Lenin in Zürich‹ und gab dabei Dinge von sich, die ich, hätte ich sie nicht mit eigenen Ohren gehört, um nichts in der Welt geglaubt hätte. Am meisten taten sich die Bestinformierten – Korytow, Iwanow, Nikiforow und selbst Serikow – hervor. Wenn man sie hörte, dann war Lenin eine vollkommene Null gewesen, unwissend, psychotisch, ehrlos, und unsere Revolution war nur dank deutschem Geld zustande gekommen. Dabei versuchte einer den anderen zu übertrumpfen, indem er »Geheimnisse« ausplauderte, wie sie sich selbst die erbittertsten Feinde nicht ausdenken können. Gut, daß Anton nicht dabei war. Schon der Gedanke daran war schrecklich. Da mischte sich plötzlich Nowikow in die Unterhaltung.

»Das ist doch alles Unsinn. Was bringt es schon zu wissen, wer wie war. Was, zu wissen, was wirklich passiert ist. Das erklärt überhaupt nichts. Es trifft nicht den Kern der Sache. Der Kern der Sache ist, daß Rußland bis in seine Grundfesten erschüttert war und sich nur auf dem allerprimitivsten Niveau gesellschaftlicher Organisation halten konnte. Es stand vor dem völligen Untergang. Ein Überleben war nur unter einer kommunistischen Gesellschaftsstruktur möglich, unabhängig davon, ob es zuvor Marxisten, einen Lenin und eine Partei gegeben hatte oder nicht. All diese prächtigen Dinge wären auf jeden Fall spontan entstanden. Einfach aufgrund der Gesetze der sozialen Organisation großer Bevölkerungsmassen unter den Bedingungen einer relativ komplizierten Wirtschaft.«

Nowikows Rede hinterließ einen seltsamen Eindruck. Obwohl Korytow, Iwanow und die anderen praktisch die Revolution, die Partei und Lenin diskreditiert hatten und Nowikow diese scheinbar verteidigte, hatte doch in ihren Tiraden nichts wirklich Feindseliges gelegen. Aber das Plädoyer Nowikows ließ alle sogleich wie auf einen feindlichen Ausfall aufhorchen. Warum? Ihre Stänkereien sind vertrauter Tischklatsch, sind legitimes, besoffenes Sichgehenlassen, für das man heute nicht einmal zur Rechenschaft gezogen wird. Aber Nowikows Worte hatten den Kern der Sache getroffen.

»Es geht gar nicht darum«, fuhr er fort, »was für ein Mensch Lenin war, wie sich die Partei zusammensetzte, von wem sie Geld erhielt, sondern darum, was dabei tatsächlich herauskam. Unsere Position ist weitaus stärker, wenn wir zugeben, daß die Revolution von Genies und Helden gemacht wurde, von durch und durch edeldenkenden Menschen, in der bestmöglichen Weise. Wenn Schurken eine Schurkerei begehen – dann gehört das zur Ordnung der Dinge. Wenn aber die Schurkerei trotz des Einsatzes von so viel Tugend geschieht, dann lohnt es sich, an dieser Stelle mit dem Nachdenken zu beginnen.«

»Du hast dich ganz unnötig in das Gespräch gemischt«, sagte ich später zu Nowikow.

»Entschuldige, ich konnte mich nicht länger zügeln. Lenin, die Partei, die Revolution und all das – sie gehen mit diesen Dingen um, als sei es ihr Eigentum. Wenn ihnen danach zumute ist, heben sie sie in den Himmel. Wenn nicht, ziehen sie über sie her. Als seien es Objekte, die ihnen gehören. Sie polemisieren ja nicht gegen Solschenizyns Interpretation von Lenin. Sie sind nur empört, daß er es gewagt hat, sich an ihrem Recht auf beliebige Interpretationen zu vergreifen. Vielleicht ist auch alles noch einfacher als das: Sie bekamen einfach Angst, ich würde sie bei der zuständigen Stelle denunzieren. Man hätte es tun sollen. Das hätte ein Gaudi gegeben! Wetten, daß sie immer noch vor Angst schlottern und warten. Dabei haben sie selbst schon in aller Stille für alle Fälle ihre eigenen Anzeigen gegen mich und gegeneinander gebastelt. Und natürlich gegen dich.«

Ich fühlte mich schlecht nach diesem Gespräch. Mein ganzer großartiger und teurer Geburtstag kam mir jetzt vor wie eine Provokation. Selbstprovokation – auch eine spezifisch sowjetische Erscheinung. Nowikow ist gut! Übrigens, wenn nicht er, dann wäre es ein anderer gewesen. In einem großen Kollektiv findet sich mit Sicherheit ein Individuum, das sich gegen alle anderen stellt. Daher ist auch unsere sowjetische Opposition unausrottbar, und sei es einfach als ein Faktum sozialer Kombinatorik (wieder Anton?!).

Anton war keineswegs verwundert, daß Nowikow seine

Funktion als Widersacher übernommen hatte. Es hätte auch Nikiforow sein können. Und viele andere. In Moskau erzählte man sich von unserem gewaltigen Bankett, an dem sozusagen nur noch M. L. selbst gefehlt habe. Die erste Frage, die mir Kanarejkin dann stellte: Ob es wahr sei, daß man nach seinem Fortgang über Solschenizyns Buch gesprochen habe. Ich sagte, man habe nicht darüber gesprochen, sondern man habe es heftig kritisiert, und von Nowikow sei der Vorschlag gekommen, eine vernichtende Rezension zu schreiben. Kanarejkin fand, es wäre gut, sich darüber Gedanken zu machen. Es werde allmählich notwendig, diesem Parvenu eine qualifizierte Abfuhr zu erteilen. Obwohl wir dadurch natürlich die Aufmerksamkeit auf seine gräßlichen Schwarten lenken. Andererseits würden die Leute, wenn wir schwiegen, denken, er habe recht. Und schließlich verhedderte sich Kanarejkin endgültig in diesem läppischen Problem.

Besser erziehen

Eine gewöhnliche Zeitung. Ein gewöhnlicher Artikel eines gewöhnlichen Direktors einer gewöhnlichen Schule. Das gewöhnliche Geschwätz über die historische Bedeutung des Parteitags und die Verwirklichung seiner Richtlinien in der Schule. Aber gerade in dieser Gewöhnlichkeit hatte ich in der letzten Zeit begonnen den großen Sinn aller Geschehnisse zu erblicken.

»Die Materialien zum 25. Parteitag mit ihrer Vielzahl neuer und tiefschürfender Ideen, Gedanken und Aufgaben haben den Bemühungen zum Umbau des gesamten Unterrichts- und Erziehungsprogramms in der Schule, der Suche nach neuen Formen und Methoden der Arbeit mit den Lernenden einen gewaltigen Impuls gegeben.«

Das ist keine leere Phrase. Ich kann mir das Durcheinander vorstellen, das in den Schulen herrscht! Die armen Lehrer! Man hat sie wahrscheinlich bis zum Überdruß, bis zur völligen Abstumpfung drangsaliert!

»Versammlungen, Seminare, Pionier- und Komsomolzenveranstaltungen werden in der Schule in verstärktem Umfang durchgeführt. Ihr Thema ist der Parteitag, der neue Fünfjahresplan. An dieser Arbeit beteiligen sich die Schüler aller Klassen.«

Genau: aller Klassen. Darunter auch die Jüngsten. Ich kann mir vorstellen, wieviel Kübel von propagandistischem Spülwasser gerade jetzt über die Köpfe der Kleinsten ausgegossen werden!

»Bei dieser gewaltigen Erziehungsarbeit ist vor allem die Unterrichtsstunde geschickt zu nutzen. Im schöpferischen Umgang mit dem jeweiligen Unterrichtsstoff erhält der Pädagoge die Möglichkeit, die Grenzen kindlichen Denkens zu erweitern und eine Darbietungsweise des Themas zu finden, die die historischen Geschehnisse im Lande den Kindern nahebringt und verdeutlicht.«

Jede Unterrichtsstunde. Selbst Mathematik- und Physikstunden verwandeln sich in widerliche demagogische Belehrungen! Von Literatur und Geschichte ganz zu schweigen!

»Von den Ideen des Parteitags ist zur Zeit das gesamte Unterrichts- und Erziehungswesen durchdrungen. Die ernsthafte, zielstrebige Arbeit der Schüler beim Studium der Materialien zum 25. Parteitag der KPdSU hat eben erst begonnen. Aber heute schon hat sie zur Anhebung der erzieherischen Effizienz im Unterricht beigetragen.«

Das ist wirklich so. Alle ohne Ausnahme (angefangen vom Direktor bis hin zum letzten Schulanfänger und der Putzfrau) kotzt die durchdringende Dauerberieselung an. Aber versuch mal, dich dem zu entziehen! Erstens würden dich die höheren Instanzen erwürgen, und zweitens würde man sich gegenseitig zerfleischen. Übrigens hat man in der Schule ein ganzes System konkreter Maßnahmen ausgearbeitet und durchgesetzt, die für alle einen Verlust an Zeit, Kraft, Verstand, Talent und guter Stimmung bedeuten. Was soll zum Beispiel die folgende Maßnahme:

»›Tagebuch des Fünfjahresplans‹ – so heißt ein umfangreiches Heft mit sauber eingeklebten Ausschnitten aus Zeitungen, Zeitschriften, mit Notizen und Aufzeichnungen, die von der schöpferischen Arbeit des Sowjetvolks handeln. Vom vierten Schuljahr angefangen, führt jeder Schüler in der Schule ein solches Tagebuch.«

Vom vierten Schuljahr an wird jedem künftigen Sowjetmenschen aktiv beigebracht, daß er ein Wesen ist, das sich nur wenig von einem alten kleinen Parteifunktionär unterscheidet, der wegen Dummheit auf Rente gesetzt worden ist. Ich fragte Lenka, ob sie wirklich auch so ein ›Tagebuch des Fünfjahresplans‹ führe.

»Reine Formalistik«, sagte Lenka. »Man hat es bei uns versucht, aber dabei ist nichts herausgekommen. Du hast wohl vergessen, daß wir eine privilegierte Schule sind. Jemand von den Eltern hatte es mitgekriegt, die Direktorin zu sich gebeten (ich weiß nicht, ob ins ZK oder in den Ministerrat oder in den KGB) und ihr befohlen, mit der Idiotie aufzuhören.«

Lenkas Antwort hat mich deprimiert. Es ist wohl so, daß selbst *in puncto* Hirnverkleisterung durch unsere fortschrittlichste, genialste und über aller Wissenschaft stehende Ideologie die Kinder der privilegierten Schichten eine Sonderstellung einnehmen. Weshalb wundere ich mich eigentlich! Ich hatte früher schon bemerkt, daß die Studenten der privilegierten Hochschulen dem Marxismus-Leninismus weniger Beachtung schenken, daß sie ihm gegenüber eine größere Leichtigkeit zeigen, häufig sogar Spott und Verachtung.

Kurz, von welcher Seite auch immer man unser Leben betrachtet, überall sieht man, wie einige Schichten unserer Gesellschaft sich die Möglichkeit zu sichern suchen, wenigstens in Teilbereichen nicht nach den Gesetzen des kommunistischen Daseins leben zu müssen, glücklicher, fröhlicher und freier sein zu können. Innerhalb der Gesellschaft wird der erbittertste Kampf darum geführt, in diese Schichten vorzustoßen. Es ist ein weiteres Paradox unseres Lebens: Eine der Grundtendenzen der kommunistischen Lebensform besteht im Streben nach der Möglichkeit, in dieser oder jener Weise frei von den Gesetzen der kommunistischen Lebensform zu leben.

Ich wollte mich gerade über die glücklich gefundene Formulierung freuen und dachte, ich sei gar kein so großer Dummkopf und könne durch Nachdenken auf dieses oder jenes kommen. Aber da war es schon wieder vorbei mit der Fröhlichkeit. Ich erinnerte mich, woher ich diesen Gedanken hatte: natürlich aus Antons Buch. Der Teufel soll es holen! Komme ich denn nie mehr aus dessen Pranken los? Was auch immer ich denke, welche Wahrheit ich auch selbst formulieren mag, jedes Mal finde ich mich wieder in der Rolle des Plagiators. Und wessen?! Eines Menschen, der noch keinen einzigen bedeutenden Aufsatz publiziert hat. Eines Autors, dessen Buch niemals gedruckt wird. Das ist ungerecht. Ich bin selber zu solchen Folgerungen fähig. Wieso regst du dich denn so auf? Ja, dann zieh doch deine Schlüsse, wie es dir gefällt, und veröffentliche sie. Aber eben da ist der Hund begraben. Werke wie Antons Buch können jahrelang herumliegen, wer will, kann sich daraus bedienen, aber niemand tut es. Warum nicht? Mach es mal, stiehl was draus! Wer wird es denn wagen, so was zu drucken?! Und wenn er es wagt – einzeln genommen ist jeder Gedanke trivial. Aber so ein Ganzes zu entwikkeln, dazu ist niemand außer dem Autor imstande.

Ein typischer Fall

Die Golubkina hat mich angerufen. Sie ist einmal meine Doktorandin gewesen und hat keine schlechte Dissertation geschrieben. Später hat sie ihre Habilitationsschrift verteidigt und sich zu einer aufgeblasenen, phänomenal dummen Gans entwickelt. Mir gegenüber hegt sie weiterhin (wie sie selbst oft betont hat, was auch recht symptomatisch ist) die allerbesten Gefühle. Sie sagte, Barski habe sie gebeten, eine Rezension des Sammelbands, in dem die Materialien zu einem vorvorvorjährigen Symposium veröffentlicht sind, zu schreiben. Der Sammelband sei eben erst erschienen. Dabei habe Barski jedoch zur Bedingung gemacht, die Golubkina müsse meinen Beitrag kritisieren, und er hatte ihr auch die Punkte genannt, bei denen sie ansetzen müsse. Nun wisse die Golubkina nicht, wie sie sich verhalten solle, ob sie die Rezension ablehnen oder doch schreiben, dabei aber die Stellen über meinen Beitrag abschwächen solle. Da ihre Einstellung zu mir höchst positiv sei, wolle sie mich um meinen Rat fragen. Wenn sie es ablehne, werde die Sobakina die Rezension schreiben, und dieses Biest warte nur auf den geeigneten Augenblick, um mir ein Bein zu stellen. Wenn sie selbst aber, die Golubkina, sich bereit fände, die Rezension zu schreiben, dann hätte sie gern gewußt, wie sie die Stelle über meinen Beitrag im Hinblick auf Barskis Wünsche abfassen solle.

Barski habe gesagt, daß seine Forderung mit den zuständigen Personen abgesprochen sei.

Offen gesagt bin ich verwirrt. Erst gestern rief Barski bei uns an und unterhielt sich mit Tamurka (ich war gerade in meinem »Arbeitszimmer«). Er lobte meinen Beitrag über den grünen Klee und sagte, es sei der einzige Aufsatz im ganzen Sammelband, der Beachtung verdiene. Tamurka meinte dazu, Barski habe wahrscheinlich irgendeine Gemeinheit vor, sofern sie ihre Menschenkenntnis nicht täusche. Ich hatte sie noch getadelt, daß sie von den Menschen immer Schlechtes denke. Barski ist natürlich ein aalglatter Kunde. Aber im ganzen ist er doch kein schlechter Kerl und hat sich mir gegenüber immer anständig verhalten. Ich wollte offenbar von Gemeinheiten nichts wissen. Jetzt wird mir klar, daß Barski mich die ganze Zeit über beneidet und jedes meiner Bücher, jeden Aufsatz, jeden Hinweis auf meine Arbeiten, jede Erwähnung meines Namens eifersüchtig verfolgt hat. Diesmal hat er beschlossen, die günstige Gelegenheit zu nutzen und mir eine Grube zu graben. Aber (und das entspricht seinem Charakter) – nicht selbst. Er selbst möchte sauber und anständig dastehen. Mehr noch, er wird die Sache so drehen, als habe er sich die größte Mühe gegeben, mich vor dem Pogrom zu retten.

Auf der anderen Seite ist da die Golubkina. Die Rezension schreibt sie in jedem Fall. Wahrscheinlich hat sie ihre Zustimmung schon gegeben. Mich hat sie nur angerufen, um ihr Gewissen rein zu halten, vielleicht aber auch aus noch viel niederträchtigeren Gefühlen. Sie hat auch alles getan, was sie konnte. Mehr noch, sie wird diese Unterhaltung in ganz Moskau hinausposaunen, und es wird noch so aussehen, als habe ich selbst diesen Angriff gegen mich geschrieben. Was für eine hinterlistige Bestie, wird man von mir sagen.

Ein treffendes Beispiel für die Evolution unserer liberalen Epoche zu etwas anderem. Früher hätte sich so eine Laus wie Barski nicht einmal in Gedanken erlauben dürfen, mich anzutasten, obwohl ihn das sehr gereizt haben mußte. Jetzt sind selbst solche Nullen wie die Golubkina oder die Sobakina (die übrigens für heutige Begriffe als progressiv gelten) bereit, mich in aller Öffentlichkeit zu beißen. Dabei stehen wir mit einem Bein immer noch in der liberalen Epoche: Man läßt mich wählen, wie ich ausgepeitscht werden will.

All das ging mir blitzartig durch den Kopf. Ich stellte eine einfache Berechnung an und kam zum Schluß, daß selbst bei schleunigster Abfertigung, das heißt Diskussion im Redaktionskollegium und Aufnahme in das nächste Heft, die Rezension nicht mehr vor den Akademiewahlen erscheinen würde. Danach aber kann es mir egal sein. In gewisser Hinsicht wird es mir sogar wohltun: Ich gehöre dann zu den von den Reaktionären verfolgten Talenten.

»Tun Sie, was Ihnen Ihr Gewissen rät«, sagte ich der Golubkina. »Ich kann Ihnen konkret nichts anderes antworten.«

Aber meine Stimmung war ohnehin verdorben. Obwohl man weiß, daß unser Sowjetmensch mit erstaunlicher Leichtigkeit zu Gemeinheiten bereit ist, obwohl man auf Gemeinheiten von nahezu jedem nahestehenden Menschen gefaßt ist, treffen sie einen doch völlig unerwartet, wenn es tatsächlich geschieht. Was habe ich Barski Böses getan? Was habe ich irgendeiner Sobakina angetan, die ich nur ein einziges Mal in meinem Leben und dabei nur von ferne gesehen habe? Ohne mich hätte die Golubkina nicht einmal mit Erfolg doktoriert. Woher kommt in den Menschen dieses unausrottbare Verlangen nach kleinen Gemeinheiten? Was gewinnt Barski damit für sich? Und die Golubkina? Ich verstehe das alles nicht!!!

Über sozialistischen Realismus

Man hat die Listen der neuen Leninpreisträger veröffentlicht. Selbstverständlich hat Malkow einen Literaturpreis erhalten. Wie Lenka behauptet, hat er ihn für idiotische Gedichte für Kinder im Säuglingsalter bekommen. Wie etwa dieses:

Eiapopeia ei –
gepriesen sei die Partei,
auch dreijähr'ge Bürger mit ihrem Brüllen
schon den nächsten Fünfjahresplan überfüllen!

Malkow steht an der Spitze der viele tausend Mitglieder zählenden hauptstädtischen Schriftstellerorganisation. So weit, so gut. Aber daß sie Chwostow einen Preis verliehen haben, das ist wirklich unerklärlich. Auch früher hat man die Preise nicht nach Verstand und Talent verteilt, sondern an diejenigen, die der Partei und dem Sowjetstaat treu und wacker gedient haben. Zumindest hat man sie denjenigen gegeben, die diesen Dienst wirklich besser als die anderen verrichtet hatten. Er war verdient, was. Und heute?! Chwostow ist da ein klassisches Beispiel. Den Preis hat er für seinen Roman ›Die Kasadschikische Steppe‹ erhalten, der höchst aktuellen Problemen unseres Lebens gewidmet ist: dem sozialistischen Wettbewerb, sowohl dem persönlichen wie auch dem gesellschaftlichen, der Pflichterfüllung, der Liebe und der Familie unter den Bedingungen der entwickelten sozialistischen Gesellschaft. Ein Roman mit mehreren Handlungsebenen, wie die Rezensenten schrieben, polyphon sogar, wie die Romane Dostojewskis. Aus den Bergen von Schund dieser Art hebt sich Chwostows Roman nicht einmal als mittelmäßig ab. Selbst meine Schwiegermutter fand, es sei ein grausiger Bockmist. Der Anspruch eines halbgebildeten Idioten, die Klassiker zu übertrumpfen. Offenbar (fügte meine Schwiegermutter hinzu) hat er *dort* eine hilfreiche Hand. Wahrscheinlich irgend so einen Schwager von *denen.* Aber nein, ich weiß genau, daß es keine solche Hand gibt. Er ist eine ähnliche Type wie unser Agafonow. Seinen Preis hat er gerade wegen dieses Anspruchs eines Stümpers auf Genialität bekommen, für etwas, was jeder Begabung in krassester Weise widerspricht.

Seinerzeit, als der Roman Chwostows erschien, wurde

er so etwas wie ein Bestseller. Auf dem Schwarzmarkt soll er angeblich so hoch gehandelt worden sein wie Solschenizyns Bücher. Ganz Moskau schüttelte sich vor Lachen über diesen phänomenal albernen und prätentiösen Schinken. Wendungen daraus gingen als Witze und Beispiele für Platitüden durch die ganze Stadt. Der Roman beginnt damit, daß der Held in seinem Wagen durch die endlose Kasadschikische Steppe braust – ein Doktor der Philosophie (!!), der sich bereitgefunden hat, als Kolchosvorsitzender in der Kasadschikischen Steppe Neuland zu gewinnen. In unseren Kreisen hatte man sich besonders darüber erheitert, daß der Held ausgerechnet ein Doktor der Philosophie sein sollte. Wenn überhaupt jemand, dann mußten wir es wissen: Jemand, der sich entschlossen hat, sein Leben der Philosophie zu weihen, und der es darüber hinaus sogar bis zum Doktor der Philosophie gebracht hat, ist für ein anderes Leben bestimmt. Er wird sich mit allen Kräften an das Leben in der Hauptstadt oder wenigstens einer großen Stadt klammern. Dann wird er versuchen, sich zu den schmackhaften Stellen des Gesellschaftskuchens durchzubeißen, an dem bereits Parasiten aller Art nagen. Doch wie dem auch sei, unser Held, Vorsitzender und Philosoph, fährt nun in seinem Wagen dahin und gerät ins Träumen. Nein, nichts Schöneres gibt es auf dieser Welt als die Kasadschikische Steppe. Wohin du auch blickst – kein Hügel, kein Bäumchen, keine lebende Seele. Nur für einen Augenblick schlüpft ab und zu eine Zieselmaus aus ihrer Röhre, macht Männchen, schaut dich voller Verwunderung an, um sofort wieder zu verschwinden. Kein Wölkchen am Himmel. Die Sonne brennt so, daß selbst ein Dutzend Steppjacken und die Pelzmütze aus jungem Karakullamm nicht mehr helfen. In großen Tropfen perlt der Schweiß von der Nasenspitze direkt in den Mund, rinnt in angenehmen kühlen Bächen über den Rükken die Beine entlang in die Stiefel. Und du spürst nur das eine Verlangen: einen Kessel mit Quellwasser zum Kochen zu bringen, eine Handvoll Salz hineinzuwerfen, dazu ein Blättchen grünen Tee und ein Stück frischen Hammeltalg, und zu trinken, trinken, trinken... Doch, o weh, zuerst die Pflicht.

Diesem idiotischen Vorsitzenden kommt die Frage gar nicht in den Sinn: Welcher Supertrottel hat sich nur einfallen lassen, die kultivierten Ländereien im europäischen Rußland, in der Nähe der großen Städte, aufzugeben und diese Steppe, die Millionen Stück Vieh ernähren und Fleisch liefern könnte, in eine unfruchtbare Staubwüste zu verwandeln (und das in allernächster Zukunft, wie kluge Fachleute und die Alten vorausgesagt haben)? Dann wird es weder Getreide noch Fleisch, noch Wolle geben. Unser System verfügt eben nicht nur über die Möglichkeit, das Land aus dem Ruin heraus-, sondern auch ganze Wirtschaftszweige in den Ruin hineinzuführen. (Anton behauptet sogar, dies treffe der Tendenz nach für die gesamte kommunistische Wirtschaft zu, überhaupt sei der ganze Kommunismus ein unentwegter Kampf gegen den Ruin und gleichzeitig ein permanentes Hinüberleiten des Landes in den Ruin; lediglich die kapitalistische »Umwelt« trage manchmal dazu bei, uns auf einem gewissen

Niveau zu halten). In Chwostows Buch ist übrigens zugegebenermaßen diese blind zerstörerische Gewalt des Systems sehr gut beschrieben (gegen den Willen des Autors allerdings, der etwas anderes ausdrücken wollte) – diese Manie der gigantischen Maßnahmen und dieser unbeugsame »Wille«, sie zu Ende zu führen, koste es, was es wolle.

Im weiteren Verlauf der Geschichte läßt sich der Held in lange und öde philosophische Betrachtungen darüber ein, wie schlecht die Menschen in Westeuropa und in Amerika leben. Das Buch ist überhaupt nach irgendwann einmal modern gewesenen westlichen Mustern konzipiert: Der Held und sein Gegenspieler fahren im Auto, überlassen sich ihren Erinnerungen und führen eine Diskussion über brennende Probleme der Gegenwart: Ob man mit seiner Braut vor der offiziellen Eheschließung schlafen solle oder nicht, ob man den Kindern bei der Karriere behilflich sein solle oder nicht, ob man den Leuten die Wahrheit über unsere Fehlschläge sagen solle oder nicht. Der Mitfahrer und Gegenspieler ist gegen seinen Wunsch, aufgrund einer Verfügung, dem Kolchos zugeteilt worden. Er ist der Sohn eines Bonzen, der, kurz bevor sein Sohn die Hochschule abschloß, wegen irgendwelcher früheren Verfehlungen gefeuert wurde. Man nahm ihnen ihre luxuriöse Wohnung, und das Doktorieren ist für den Gegenspieler nun, wie er sich selber ausdrückt, erledigt. Der Held bemerkt dazu, ihnen sei recht geschehen, obwohl er selbst seine Wohnung in Moskau hat und sich auf die Verteidigung seiner Habilitationsschrift vorbereitet. In

Wirklichkeit ließen sich zu derartigen hurrapatriotischen Schritten (wie beispielsweise Fahrten ins Neuland) nur ganz unbegabte Streber hinreißen, die nicht damit rechnen konnten, den Absprung in eine Moskauer Karriere anders zu schaffen.

Der junge Spezialist ist eindeutig vom westlichen Virus infiziert, er ist mit der sowjetischen Gesellschaftsordnung nicht einverstanden (weil sie ihn der Segnungen der Zivilisation beraubt hat). Als der Held mit Zitaten aus den zentralen Parteiorganen (aus der Rubrik ›Wie sie leben‹) diesem Westler unwiderleglich beweist, daß die Menschen im Westen zu leiden haben, verkündet der letztere, er leide deshalb, weil er nicht so leiden könne, wie die Menschen im Westen leiden. Daraufhin kann der Held nun genau bestimmen, was dieser junge Fachmann eigentlich ist: ein innerer Emigrant. Diese Stelle des Buches ist eine offene Denunziation und Provokation. Der Autor erklärt kategorisch, folgendes sei die Ursache unserer Opposition aller Schattierungen (darunter auch der Dissidentenbewegung): 1. mangelnde Information der Jugend darüber, wie schlecht man im Westen lebt; 2. mangelnde Information der Jugend darüber, wie gut man bei uns lebt; 3. Abhören fremder Rundfunksendungen, Lesen ausländischer Bücher, Kontakte mit Ausländern, Reisen in den Westen (aber dort lebt man doch schlecht?!); 4. Übersättigung; 5. Fehlen einer festen Hand; 6. zu hoher Bildungsstand (jetzt plappert fast jeder fünfte englisch, und früher hat man dafür ... du verstehst!). Und so weiter in diesem Sinn. Durch den Mund seines Helden trägt der Autor einen

»fundierten« Rationalisierungsvorschlag vor: eine allgemeine Arbeitsverpflichtung für die Dauer von drei Jahren auf den Großbauten und überhaupt an »schwierigen« Arbeitsplätzen.

Dann bleibt der Wagen stehen: Das Benzin ist alle. Es stellt sich heraus, daß der junge Spezialist vergessen hat, die Benzintanks zu füllen. (Da habt ihr sie, diese westlichen Einflüssen erlegene Jugend!) Kein Wasser. Keine Verpflegung. Bis zur nächsten Siedlung mindestens dreihundert Kilometer (was zum Teufel haben sie hier eigentlich verloren?!). Der junge Spezialist bekommt es mit der Angst zu tun (?), und er schlägt vor, sich zu Fuß auf den Weg zu machen. Für den Helden kommt das einer Fahnenflucht gleich. Es zeigt sich, daß sie irgendwelchen wertvollen Plunder in den Nachbarkolchos bringen wollen. Läßt man ihn ohne Bewachung zurück, werden ihn die Zieselmäuse fressen. Kurzum, der junge Spezialist marschiert los, und der Held bleibt zurück, um den kostbaren Plunder vor den Zieselmäusen zu schützen. Der junge Mann erreicht sein Ziel und rettet seine Haut (!!). Der Held aber kommt um – er fällt in Ohnmacht, und die Zieselmäuse fressen ihn auf. Es wäre interessant zu wissen, ob wirkliche Zieselmäuse wirkliche Doktoren fressen oder nicht. Ich muß Lenka fragen. Am Ende macht der junge Spezialist geistig Bankrott. Seine Braut weigert sich, ihn zu heiraten, und geht *postum* die Ehe mit dem Helden ein. Das ist zweifellos nicht nur in unserer, sondern sogar in der Weltliteratur ein einmaliger Geistesblitz. An der Stelle, an der der Held seinen Tod fand, entsteht eine neue komfortable Stadt, in die die fortschrittliche Jugend strömt. Und Getreide beginnt man in der Steppe in solchen Unmengen zu ernten, daß man nicht weiß, wohin damit, man muß es zu Schleuderpreisen an die hungerleidenden Amerikaner verkaufen. Wie einer der Kritiker bemerkte, zeigt sich hier in vollem Umfang eines der wichtigsten Prinzipien des sozialistischen Realismus – die Darstellung des Lebens in seiner revolutionären Entwicklung. Der Autor hat die allernächste Zukunft auf dem Lande aufgezeigt. Und das nach unseren skandalösen Getreidekäufen in eben diesem »hungerleidenden« Amerika!

Man hat das Gefühl, als ob in den Tiefen unseres Daseins ständig eine zähflüssige, klebrige Dummheit produziert würde. Sie sammelt sich an und beginnt schließlich nach außen zu drängen und alle Poren unseres gesellschaftlichen Lebens zu verstopfen. Nichts kann man dagegen unternehmen, denn diese Dummheit ist ein natürliches Produkt unseres eigenen Lebens.

Das Irrenhaus

Als die Nachricht kam, daß man Iljitsch dem Zweiten (so wird Er, der große Boss, in unserer Familie genannt) den ordentlichen Rang eines Marschalls verliehen habe, konnte sich selbst meine Schwiegermutter vor Lachen nicht halten.

»Eine glänzende militärische Karriere! Es sollte mich nicht wundern, wenn man ihn im nächsten Jahr zum Generalissimus befördert.«

»Und den Sieges-Orden wird man ihm verleihen, ihn zum zehnten Mal zum Helden der Sowjetunion machen«, fügte Tamurka hinzu. »Mein Gott, was für Geschichten. Wie in einem Irrenhaus! Außer Rand und Band geratene Idioten!!«

»Warum tut ihr euch so schwer?« wunderte sich Lenka. »Laßt denen doch ihr Vergnügen! Es sind alte Leutchen, und die Alten sind wie die Kinder.«

»Nicht alle werden im Alter kindisch«, sagte meine Schwiegermutter, die in sich selbst die Ausnahme sieht.

»Ein schönes Vergnügen«, sagte Saschka. »Und was, wenn ein Krieg kommt? Dann werden wir wieder von senilen Marschällen kommandiert. Ich denke, eine zweite derartige Erfahrung würde unser Land nicht überstehen.«

»Dazu wird es gar nicht kommen«, sagte Lenka. »In einem künftigen Krieg wird von den Oberkommandierenden nur eines verlangt: daß sie sich möglichst tief in ihren komfortablen Bunkern verkriechen und das Kommando für den Knopfdruck geben. Dafür braucht man keinen Verstand, und was danach kommt, weiß ohnehin niemand.«

»Seid ihr eine Familie oder ein Generalstab?« fragte ich. »Um über so ernsthafte Dinge urteilen zu können, muß man vom Fach sein...«

»Besonderes Fachwissen habe ich in den Reden der Militärs und der Politiker nicht bemerkt«, sagte Saschka. »Küchen-Banalitäten geben die von sich.«

»Überhaupt«, sagte Lenka, »braucht man heute zur Führung von Armee und Staat weder besonderen Verstand noch eine besondere Ausbildung. Man muß es nur verstehen, sich bis dahin durchzuschlagen und die Macht an sich zu reißen. Da kluge, fähige und anständige Menschen sich damit nicht befassen wollen oder auch weniger Aussichten haben, steht bei uns an der Spitze...«

»Weißt du, was du sagst«, brauste meine Schwiegermutter auf. »Dafür... dafür... dafür...«

»Dafür geschieht vorerst gar nichts. Heute werden solche Überlegungen überall und von allen angestellt. Die Wahrheit kommt doch an den Tag!«

Am nächsten Tag brachte Lenka aus der Schule ein Gedicht ihres Freundes mit:

Historisch jede Geste gleich empfunden,
und epochal wird jeder Schritt vollbracht,
als Theoretiker nichts Neues rausgefunden,
als Feldherr nie gewonnen eine Schlacht!
Doch jedes Wort durchdrungen von Genie,
ein Rütteln gleichsam an dem Weltgefüge –
die ganze Menschheit, ach, wo wäre sie,
wenn er des Wissens Last für sie nicht trüge!
So geht das Jahr um Jahr, und keiner hat den Mut und läßt
endlich den Wahn wie eine Seifenblase platzen,

statt dessen hält man an dem Tattergreis und Säufer fest,
und der steht sabbernd da und schneidet der Geschichte
Fratzen.

Tamurka nahm Lenka stillschweigend das Blatt mit dem Gedicht aus der Hand, zerriß es in Fetzen, gab Lenka eine Ohrfeige und sagte, wenn sich so was wiederhole, werde sie aus dem Haus gejagt. Lenka sagte, das sei unlogisch und sie werde das nicht vergessen. Ohne die Tränen abzuwischen, ging sie hinaus und warf die Tür hinter sich zu. Meine Schwiegermutter stürzte sich auf mich (das sei meine Erziehung). Ich sagte, ich sei für die Errichtung der Sowjetmacht nicht verantwortlich und ich sei auch nicht derjenige, der Iljitsch dem Zweiten den Rang eines Marschalls verliehen habe. Tamurka aber nahm mich beim Wort und sagte, ich hätte diesen Idioten zum Genie erhoben. Ich erklärte, das sei keine Familie, sondern ein Irrenhaus, und ging fort in mein »Arbeitszimmer«.

Über Ideologie

Auf dem Weg zu meinem Arbeitszimmer kam ich zum Schluß, daß der Zynismus die wahre Ideologie der herrschenden Schichten unserer Gesellschaft sei. Und wie immer war ich auch diesmal wieder nicht originell. In Antons Buch ist die Unterscheidung von realer und formaler

Ideologie eingeführt, werden die Typen der realen Ideologie für die wesentlichen Bevölkerungskategorien beschrieben. Er hat auch den Zynismus nicht als menschlichen Charakterzug dargestellt, sondern als eine Form der Ideologie, die praktisch das Verhalten der Menschen reguliert. Bei der individuellen Persönlichkeitsbildung führt der Weg zu so einer Ideologie über die Erkenntnis der Wahrheit, die Bestimmung der eigenen Position und die emotionale Trennung von der Masse. Offenbar befinden sich meine Kinder auf diesem Weg. Dabei können krankhafte Erscheinungen auftreten. Aber unter der riesigen Anzahl von Fällen haben sie nur einen statistischen Wert. Sie machen nur einen winzigen Prozentsatz aus. Aber wie wäre es, wenn gerade du in diesen winzigen Prozentsatz miteinbezogen wärst? Daran denkt man besser nicht. Man tut's auch nicht, ebensowenig wie man an die Möglichkeit einer Mißgeburt denkt, wenn man die eigenen Kinder plant. Der Zynismus ist eine in jeder Hinsicht rationalistische Ideologie.

Ein relativ hoher (natürlich nicht auf die Zeitungen gestutzter) Bildungs- und Informationsstand sind seine notwendigen Voraussetzungen. Deshalb kann er auch keine Ideologie für die unteren Bevölkerungsschichten sein. Fügt man dem noch die Möglichkeit der Verteidigung gegenüber der Macht und dem Druck des Kollektivs hinzu, dann wird diese Folgerung zu einer unbestreitbaren Wahrheit. Was man für den Zynismus der unteren Bevölkerungsschichten in bezug auf die Ideologie hält, ist nur eine bestimmte Haltung dieser Schichten zur formalen und offiziellen Ideologie, aber keine Ideologie an sich. Ideologie ist das Verhältnis zur sozialen Wirklichkeit und der eigenen Stellung darin, aber nicht zur Ideologie selbst. Untere wie obere Bevölkerungsschichten können der offiziellen Ideologie gegenüber gleichgültig sein, sie können sich ihr gegenüber ironisch und sogar kritisch verhalten. Aber das charakterisiert nicht ihre praktische Ideologie. Die praktische Ideologie der unteren Bevölkerungsschichten entsteht unter der Wirkung von bestimmten Faktoren, wie Mangel an allen lebensnotwendigen Dingen, schlechter Informationsstand, Angst vor Schlimmerem, Wunsch und Hoffnung auf eine Verbesserung, Wehrlosigkeit gegenüber den Machthabern. Kurz gesagt, man beschreibe nur die wesentlichsten negativen Lebensbedingungen dieser oder jener Bevölkerungsgruppe, stelle die gegebenen und (vom Standpunkt des Individuums aus) zulässigen Verteidigungsmöglichkeiten fest, untersuche das Verständnis dieser Mittel zur Selbstverteidigung im historisch gegebenen Kontext der Kultur, und man erhält die wahre Ideologie dieser Gruppe. Die Prognose wird wahrscheinlich mit den empirisch gewonnenen Ergebnissen zusammenfallen, weil die Menschen sich selbst in ihren »feinsten« Regungen den allgemeinen Gesetzen der Kombinatorik und der Selbsterhaltung unterordnen.

Die formale (oder offizielle) Ideologie ist eine heuchlerische, aber sehr geeignete Form zur Verhüllung des schändlichen Wesens sowohl der »Obrigkeits«- als auch der »Volks«-Ideologie. All die Reden über Ehrlichkeit, gegenseitige Hilfe, Arbeitsliebe, Selbstverleugnung haben mit der Ideologie ebensowenig zu tun wie mit der Ethik. Sie übernehmen in unserer Zeit nur die Rolle von Informationen über Sanktionen, die die Gesellschaft gegen einzelne Individuen ergreifen kann für den Fall, daß diese bestimmte Handlungen begehen. Sie bringen in die reale Ideologie und in die reale Moral nichts ein, was deren textuellem Inhalt entspräche, weil sie der wirklichen Ideologie und Moral widersprechen. Sie sind nur Elemente sozialen Wissens.

Jetzt tut es mir sehr leid, daß ich Antons Ausführungen nicht aufgezeichnet habe. Ich maß ihnen keine Bedeutung bei. Es tut mir auch leid, daß man mir sein Buch nicht wenigstens für ein paar Tage überlassen hat. Heute würde ich mir natürlich die notwendigen Notizen machen. Aber jetzt kann man nichts mehr tun. Mit welchen Praktiken auch immer man das Erscheinen von Antons Buch hinauszögern mag, früher oder später wird es doch herauskommen. Und ich schaffe es nicht mehr... Wie kann ich all das verwerten? In Form einer Kritik? Und wem schreibe ich diese Ideen zu? Außerdem würde es einige Zeit erfordern, um all das in ein System zu bringen. Wenigstens ein Jahr. Mein Gott, was bin ich doch für ein Trottel gewesen! Dutzende von Malen hat mir Anton seine Vorstellungen zu jeder wichtigen Frage des Kommunismus vorgetragen, und ich habe mir nicht die Zeit genommen, sie wenigstens ihrem Wesen nach zu notieren. Was ich mir jetzt ins Gedächtnis zurückrufen kann, das sind einzelne, aus dem Zusammenhang gerissene Brocken... Wie, wenn ich Anton bäte, mir das Manuskript seines Buchs für einige Zeit zu leihen? Das ist eine Idee! Aber wenn er nun kein einziges Exemplar mehr bei sich hätte? Und was wird er denken? Nein, das wäre nicht gut. Ich muß noch einmal die Arbeiten unserer Dissidenten lesen. Eine schöne Situation: Einer der führenden Theoretiker des orthodoxen Marxismus und Kommunismus schöpft seine Ideen aus den dilettantischen Arbeiten der Gegner des Marxismus und Kommunismus! Hat Anton etwa auch darin recht behalten? Er sagt nämlich: Der Marxismus (und der Kommunismus) als Ideologie ist gestohlenes Gut, wobei man die Quellen, aus denen man es zusammengestohlen hat, unter Fortsetzung der Plünderung mit glühendem Haß zu zerstören sucht, genau so, wie der wahre Kommunismus als Gesellschaftsstruktur ein parasitärer Auswuchs am Körper der westlichen Zivilisation ist, ihr Nebenerzeugnis und sekundäres Produkt. Ein Parasit, der im Begriff steht, das Lebewesen, das ihn hervorgebracht und genährt hat (und bis auf den heutigen Tag noch nährt), umzubringen. Kann dieser Parasit in sich selbst schöpferische Kräfte entwickeln, oder wird er die Menschheit in eine Sackgasse von der Art eines Ameisenhaufens oder eines altchinesischen (oder vielleicht neuchinesischen) Imperiums führen?

Einmal hatte ich mich mit Anton über die starke Anziehungskraft unterhalten, die Spiritismus, Parapsychologie Joga und ähnliche Praktiken auf gewisse Teile unserer Gesellschaft ausüben. Nachdem er zuvor dargelegt hatte, daß diese Erscheinungen als dauerhafte ideologische Phänomene keine Zukunft hätten, stellte er fest, daß sie nicht zufällig seien. In seinem Buch hatte ich dann flüchtig die Ausführungen zu diesem Thema durchgeblättert. Ich erinnere mich in diesem Zusammenhang an eine interessante Idee. In unserer Gesellschaft, hat Anton geschrieben, spürt man die Ohnmacht sowohl des Individuums als auch jeder beliebigen Gruppe, den negativen Erscheinungen des heraufkommenden oder schon Wirklichkeit gewordenen Kommunismus zu widerstehen. Von daher kommt das natürliche Verlangen, die Gefahr abzuwehren und wenigstens von innen her die eigene Person zu schützen (eine Tatsache, die sich ebenso nach den Gesetzen der Wahrscheinlichkeitsrechnung bestimmen ließe), ein System von Regeln zu erarbeiten, um die schädlichen Einwirkungen der Gesellschaft auf das Individuum abzuwenden oder doch zu neutralisieren. Dieses Bestreben durchdringt alle Schichten der Gesellschaft und trägt etwas von sich in alle Teilbereiche und Formen der realen Ideologien hinein.

Nimmt man noch die wechselseitige Durchdringung und Beeinflussung der einzelnen Schichten hinzu, so kann man höchst einfach eine Tendenz zur Herausbildung einer gewissen einheitlichen realen Ideologie der kommunistischen Gesellschaft voraussagen. Innerlich mag sie gegliedert sein, aber sie ist eine einheitliche Ideologie. Unter diesem Gesichtspunkt ist zum Beispiel der Zynismus als Ideologie in dem eben betrachteten Sinn ein Teil dieser einheitlichen Ideologie. Und der wiederholte panische Sturz aus dem Zustand bedingungslosen Glaubens an die demagogischen Losungen in den Zustand äußersten Unglaubens daran erfaßt auch die höchsten Gesellschaftsschichten, löst von Zeit zu Zeit Anfälle von Massenhysterie aus.

Mir ist völlig klar, daß Antons Überlegungen zum größten Teil Überlegungen eines Dilettanten sind. Aber sie sind aufrichtig und ehrlich. Nur aus solchem Dilettantismus (und nicht aus den modernen Büchern westlicher Soziologen, Sowjetologen, aus dem Antikommunismus und dergleichen mehr) kann eine wirkliche Wissenschaft von unserer Gesellschaft entstehen. Ich bin überzeugt davon, daß Antons Buch, wenn es erst erschienen ist, bei uns in keiner, selbst nicht in der allergeheimsten Bibliothek zu haben sein wird, während jedes beliebige westliche »schädliche« literarische Machwerk heute sogar in den Arbeitszimmern vieler höherer wissenschaftlicher Mitarbeiter steht.

Über Persönlichkeit

»Onkel Anton«, sagte Saschka, »in unsern Büchern und Filmen über den Krieg werden immer so wunderbare zwischenmenschliche Beziehungen dargestellt. Ist das verlogen?«

»Nein, fast alles ist wahr.«

»Also ...«

»Was ›also‹? Warst du schon mal in einem Sanatorium? Wie waren da eure Beziehungen?«

»Prima. Aber der Krieg ist schließlich kein Sanatorium.«

»Nein, natürlich nicht. Aber beide haben Gemeinsamkeiten. Im Krieg gibt es viele Situationen, die der in einem Sanatorium insofern entsprechen, als der Einfluß sozialer Faktoren ausgeschlossen ist. Man macht zum Beispiel in der Regel weder im Sanatorium noch im Feld eine Karriere. Aber es genügt, in eine solche Situation einen starken sozialen Faktor hineinzutragen, damit sich das Bild sofort völlig ändert. Hast du schon in einem Sanatorium geflirtet? Stell dir vor, du interessierst dich für eine Frau. Ihr gefällst du auch, so daß du Chancen hast. Aber nun kommt in dein Sanatorium ein hoher Bonze, von dem vielleicht das Schicksal der dich interessierenden Frau abhängt. Und er gibt ihr zu verstehen, daß er einer Romanze mit ihr nicht abgeneigt sei. Was glaubst du wohl, wen von euch beiden sie vorziehen wird? Klar? Und was bleibt übrig von deinem harmonischen Bild wunderschöner Beziehungen? Pfft! Oder nimm eine andere Situation: Der Kommandant einer größeren Einheit muß sich zwischen zwei Möglichkeiten entscheiden. Die erste ist mit dem sinnlosen Verlust von Menschenleben verbunden, aber sie verspricht Billigung durch die Vorgesetzten, Beförderung, Auszeichnung. Die zweite schließt solche Verluste aus, aber beinhaltet das Risiko des Zorns der Vorgesetzten und sogar der Absetzung (oder zumindest der verzögerten Beförderung). Welche Möglichkeit wird der Kommandant vorziehen? Natürlich die erste. Ausnahmen sind denkbar. Sie werden uns in Büchern und Filmen manchmal vorgesetzt.

Aber im Leben sind sie mir kein einziges Mal begegnet. Unsere Filme und Bücher lügen, aber auf eine ganz eigenartige Weise: Sie schildern wahrheitsgetreu Situationen, die aus der Sphäre konstant wirksamer sozialer Faktoren herausgehoben sind, das heißt zeitlich begrenzte Ausnahmesituationen; wenn sie aber die Wirkung sozialer Gesetze berühren, dann schildern sie das als etwas Zufälliges, Vereinzeltes, Überwindbares, Tadelnswertes und dergleichen mehr. Eine Kampfhandlung, die Atempause zwischen zwei Einsätzen, das Lazarett und dergleichen wahrheitsgetreu zu schildern ist keine große Kunst. Aber das ist nicht die Wahrheit über den Krieg. Zur Wahrheit über den Krieg gehört die Erschießung militärischer Führer vor dem Krieg, Millionen Kriegsgefangener innerhalb weniger Wochen, der Feind an den Ufern der Wolga, Verluste von eins zu fünf, die Verteilung der Menschen in den Etappen, Stäben, an warmen und sicheren Plätzchen, zahllose Auszeichnungen für satte Parasiten, die den Gegner nicht einmal zu Gesicht bekommen haben, und so fort. Klar?«

»Klar. Also doch Lüge.«

»Es ist Lüge. Außerdem hat es im Kriegsalltag nicht dieselbe Einschätzung von Zeit, Bedeutung und Stellenwert der Ereignisse gegeben wie in den Büchern und im Kino.«

Auf dem Bildschirm wurde gerade ein Kriegsfilm gezeigt. Ein Film, der Anspruch auf wahrhafte und kritische Darstellung erhob.

»Schau, wie dieser sympathische Major diesem Mädchen den Hof macht. Wieviel Zeit! Wieviel Worte! Und wie das alles sauber und edelmütig zugeht! In Wirklichkeit brauchte er ihr nur zu befehlen: ›Komm!‹, und ohne einen Laut würde sie sich mit ihm hinlegen. So wurde es gewöhnlich auch gemacht.«

»Ich sehe darin nichts Schreckliches«, sagte Tamurka.

»Ich auch nicht«, sagte Anton. »Ich behaupte nur, daß der Film lügt.«

»Natürlich ist es eine Lüge«, sagte Tamurka. »Aber wenn man die Wahrheit zeigte, wäre es uninteressant.«

»Je nachdem«, sagte Lenka. »Ich würde die Wahrheit vorziehen.«

»Weil du noch jung und dumm bist«, sagte Tamurka.

Meine Schwiegermutter, Lenka und Tamurka ließen sich in ein langweiliges Wortgeplänkel ein, was sie aber nicht daran hinderte, den Film weiter zu verfolgen und ihre Kommentare abzugeben. Mit einem Ohr lauschte ich auf das, worüber Anton und Saschka sich unterhielten.

»Achte mal drauf«, sagte Anton, »wie sich die ›Unsrigen‹ von den Deutschen unterscheiden. Unsere haben Namen, Gesichter, Charaktere, Schicksale. Sie alle bekommen natürlich eins verpaßt. Aber zunächst führen sie vor unseren Augen ein individuelles Leben. Sie sind sozusagen zu Personen geworden. Für dich und mich heben sie sich als selbständige Persönlichkeiten mit einem eigenen ›Ich‹ von der Masse ab. Und wir übertragen unseren Eindruck auf sie so, als wären sie auch für sich selbst reale Personen. Das ist eine der Gesetzmäßigkeiten bei der Aufnahme von Kunstwerken. Jetzt betrachte mal die Deutschen. Kannst du bei ihnen Namen und Gesichter unterscheiden? Sind sie für dich Personen mit einem eigenen Schicksal? Sich doch nur, wie sie plötzlich und ganz zufällig gespenstergleich auftauchen. Peng, und der erste ist erledigt. Peng, auch der zweite ist hin. Sie haben keine Persönlichkeiten. Versuch, dich an ihre Stelle zu versetzen. Stell dir vor, du wärst einer von ihnen, aber so, wie er da gezeigt wird: Du würdest auf dem Bildschirm auftauchen, ein Knall, und es gäbe dich nicht mehr. Du siehst, die Hauptlüge unserer Kunst besteht nicht einmal in dem, was ich eben gesagt habe, sondern darin, daß für die überwiegende Zahl der Menschen (im Krieg, aber auch im Frieden!) eine solche Persönlichkeitsbildung, wie sie unsere Kunst darstellt, gar nicht stattfindet. Aber selbst wenn sie für einen gewissen Teil verwirklicht würde, dann doch keineswegs in den dargestellten Formen. In welchen dann? Zum Beispiel als Speichelleckerei, Katzbuckelei vor den Vorgesetzten, im Streben nach Ansehen, in Dummheiten. Heldentum? Manchmal vielleicht. Aber von was für einem Heldentum kann man schon bei den Massen von Menschen sprechen, die wahllos durch Luftwaffe, Panzer, Artillerie umgebracht worden sind? Was bedeutet das überhaupt – Heldentum? Da fliegt eine Staffel. Das Flugzeug an der Spitze wird abgeschossen, ich aber bin davongekommen und erhalte eine Auszeichnung. Wo ist da Heldentum? Ein Zufall. Bei uns hat man sogar vom Massenheldentum gesprochen. Was ist das? In Wirklichkeit nichts als Massenqual. Da, mein Freund, liegt das große Problem.«

»Aber das gab es doch auch früher schon und gibt es auch im Westen?«

»Das gab es und gibt es. Aber dabei ist ein prinzipieller

Aspekt zu beachten. In der westlichen Zivilisation, in der ein großer Teil der Bevölkerung ein hohes Maß an individueller Persönlichkeitsentfaltung erreicht hat, gilt dies deshalb auch mehr oder weniger für die ganze Gesellschaft. Nebenbei gesagt darf man nicht vergessen, daß ein gläubiger Mensch zumindest in minimaler Weise das Bewußtsein der Persönlichkeit erfahren hat: nämlich vor Gott, und das bedeutet vor sich selbst. Selbst der Viehhirt dort auf dem Land hat ein stärkeres Persönlichkeitsbewußtsein als hier der Leiter... sagen wir eines Sektors, oder der Sekretär eines Gebietskomitees der Partei. Unsere Gesellschaft ist doch eine Gesellschaft, die die Entpersönlichung des Individuums zum Prinzip erhoben hat. Bei uns herrscht eine Tendenz, wonach der Grad der Persönlichkeitsentfaltung des Individuums von seiner sozialen Position abhängig ist. Deshalb ist dieser ›Personenkult‹ bei uns nichts Zufälliges. Deshalb zieht sich bei uns ein erbittertes Ringen um Selbstbestätigung und der Drang, sich hervorzutun, durch alle Bereiche unseres Lebens und durch alle Gesellschaftsschichten. Im Verlauf seiner biologischen Entwicklung hat der Mensch eine Fähigkeit erworben – das Bestreben, sich von der Gesellschaft abzuheben und der eigenen Persönlichkeit, das heißt seiner selbst als eigenständiger Wert bewußt zu werden. Die dann folgende Geschichte der Zivilisation hat diese Fähigkeit in beachtlichem Ausmaß weiterentwickelt. Die heutige Kultur, ohne die eine moderne (unter anderem auch die unsrige) Gesellschaft nicht existieren kann, stimuliert diese Fähigkeit sehr stark. Andererseits hat unsere Sozialstruktur notwendigerweise die Tendenz zur Entpersönlichung der gesamten (tatsächlich der gesamten!) Bevölkerung des Landes zur Folge. Da haben natürlich unsere ungeheuerlichen Formen der Selbstbestätigung ihren Ursprung: das Aufblähen von Flaschen zu Genies, die endlosen Selbstauszeichnungen, Titelverleihungen. Wenn in unseren Büros und Amtsstuben die Mitarbeiter erbittert um minimale Zulagen kämpfen, dann geht es ihnen nicht so sehr um die Höhe der Zulage als vielmehr um die Tatsache einer Zulage an sich. Das Bestreben des Staatsoberhauptes, sich mit Orden, Rängen, Titeln zu schmücken, in die Zeitungen zu kommen, über die Fernsehschirme zu flimmern, ist, so gesehen, die gleiche Erscheinung wie das Bestreben eines Buchhalters, in einer Dienstanweisung lobend erwähnt zu werden. Der eine wie der andere sind keine wirklichen Persönlichkeiten, jeder müht sich nur im Rahmen seiner Möglichkeiten, vor sich selbst und in den Augen der Umwelt als solche dazustehen. Ich betone, sie bemühen sich nicht, Persönlichkeiten zu sein (das können sie nicht), sondern den Anschein zu erwecken, daß sie es wären. So kommen Pseudopersönlichkeiten zustande, manchmal grandiose Fälschungen (insbesondere Stalin hat bereits spürbar die Wirkung dieser Gesetzmäßigkeit erfahren), aber ein wahres Musterbeispiel geben unsere heutigen Führer ab.«

Mir kamen die Verse von Lenkas Freund in den Sinn:

Als Theoretiker nichts Neues rausgefunden,
als Feldherr nie gewonnen eine Schlacht.

Und was bin ich? Auch eine Pseudopersönlichkeit? Und meine Bemühungen, in die Akademie zu kommen? Ist all das, was ich mir selbst vom »Nutzen für die Sache« einrede, Mache? Selbstbetrug? Fieberhaft suche ich nach einem Ausweg aus meiner Lage, und ich finde ihn.

»Es geht gar nicht um Verunmöglichung der Persönlichkeitsentwicklung«, sagte ich, »sondern um die Änderung ihrer Formen. Der Kommunismus produziert einen anderen Persönlichkeitsstatus und andere Vorstellungen davon. Das ist doch eine Binsenweisheit.«

»Du hast recht«, sagte Anton. »Aber nur in dem Sinn, in dem die Armut eine Variante des Reichtums, Dummheit eine Form des Intellekts, Tod eine Seinsweise der Dinge ist. Außerdem stimmt das, was ich gesagt habe, völlig mit dem Marxismus überein: Die Entwicklung der Persönlichkeit ist eine Erscheinung des Überbaus, und der wird bekanntlich immer wieder abgeworfen.«

Der Film war zu Ende. Der sympathische Major war umgekommen, ohne die unnahbare Sanitäterin verführt zu haben.

Über Erziehung

Anton verfügt über eine erstaunliche Gabe: Worüber auch immer wir mit ihm sprechen, er findet immer einen Aspekt, den niemand vorher bemerkt hat und der sich am Ende als entscheidend herausstellt. Es ist die Fähigkeit, die

Wahrheit auf Anhieb zu erkennen, die das geborene Genie von allen Mittelmäßigen unterscheidet. Da kam zum Beispiel Dima an und erzählte, wie man seine Marinka in der Schule und im Gebietskomitee des Komsomol quälte. (Es hatte sich herausgestellt, daß beim Einreichen der Ausreiseanträge für die älteren Schüler ein Leumundszeugnis verlangt wurde, und das bedeutete eine Menge Versammlungen aller Art, auf denen man das Kind als Feind des Volkes und als Verräter beschimpfte.)

»Diese Idioten«, sagte Dima. »Sie schaden doch nur sich selbst. Man hat Marinkas Freunde gezwungen, alle möglichen Gemeinheiten über sie zu erzählen. Aber die glauben das doch selbst nicht. Zu Hause regen sie sich dann darüber auf, das weiß ich genau. Und die Kinder glauben es auch nicht. Auf diese Weise bringt man unserer Jugend Zynismus, Heuchelei und die Fähigkeit bei, die eigenen Freunde zu verraten – statt Bürgertugenden.«

»Warum Idioten?« sagte Anton. »Sie machen genau das, was nötig ist: Am konkreten Material werden bei den Kindern die Eigenschaften eines wahren Sowjetmenschen erarbeitet. Sie richten sie ab, trainieren sie. Genau wie man auch uns ständig trainiert, nicht zu verlernen, daß wir wahre Sowjetmenschen zu sein haben.«

»Verdammt, ja«, sagte Dima, »du hast recht. Sie machen ihre Sache mit Pedanterie. Nein, meine Freunde, nehmt mir's nicht übel, ich muß so schnell wie möglich hier weg. Bald kommt mein Witka in die Schule. Wenn ich bedenke, was ihn hier erwartet, dreht sich mir der Kopf. Ich will nicht, daß er Pionier und später Komsomolze wird.«

Eine kleine Aufgabe für die Theorie

In der Zeitung stand ein Bericht über ein Bordell, das sich die Leitung der berühmten Großbaustelle im Wolgagebiet eingerichtet hatte. Ein schickes Bordell mit jungen Mädchen, fürstlichen Speisen und Getränken, mit Hallenbad und finnischer Sauna. Natürlich gratis. In Moskau ist die Sache Tagesgespräch. Es hat zwar ein Gerichtsverfahren gegeben, und erwartungsgemäß haben die unmittelbar »Ausführenden« hohe Freiheitsstrafen erhalten (die »Badewärter«, »Kellnerinnen«, »Lagerverwalter« und dergleichen). Die eigentlichen Urheber indessen waren im Hintergrund geblieben und tauchten nicht einmal in den Akten der Ermittlungsbehörde auf. Und natürlich kein Sterbenswörtchen davon, daß eine große Zahl der Vorgesetzten und »Stoßarbeiter der kommunistischen Arbeit« (für sie war auch ab und zu was abgefallen) vor gar nicht so langer Zeit als Helden der Sowjetunion, Ordensträger, Preisträger, Delegierte ausgezeichnet worden waren. Ihre Porträts tauchten damals in allen Zeitungen und Zeitschriften auf. Man hatte sie im Kino und im Fernsehen gezeigt.«

»Was für Schweine«, sagte Lenka. »Erschießen sollte man sie, und das wäre noch zu milde!«

»Wen meinst du?« fragte Saschka. »Die Vorgesetzten oder die ›Badewärter‹?«

»Solche Vorkommnisse sind bei uns eine Ausnahme«,

befand meine Schwiegermutter. »Und wir kämpfen auch dagegen an.«

»Unsinn«, sagte Tamurka. »Daß man ein Gerichtsverfahren eingeleitet und darüber in den Zeitungen berichtet hat, das ist die Ausnahme. Schwer zu sagen, warum sie sich darauf eingelassen haben. Wahrscheinlich haben sie es zu toll getrieben. Oder sie haben auf ihrem Großbau nichts mehr zu fressen gehabt für ihre Arbeiter. Und ist das etwa auch eine Ausnahme, daß sich diese Schweinerei zwei Jahre lang vor aller Augen abgespielt hat, ohne daß man etwas dagegen unternommen hat? Ich wette meinen Kopf, daß sie in diesem Etablissement auch die höchsten Moskauer Führungsspitzen empfangen haben. Und sicher haben sich dort auch KGB-Funktionäre und hohe Vertreter der Staatsanwaltschaft die Zeit vertrieben.«

Meine ganze Familie (einschließlich Schwiegermutter) erging sich in Erinnerungen. Man sprach von Mschawanadse und der Nasreddinowa, gedachte der Vorgänge von Lwow und Rjasan.

»Wißt ihr auch, was sich in Aserbeidschan abspielt? Unsere russischen Gauner im Amtsrock sind Waisenknaben im Vergleich zu ihren aserbeidschanischen Amtskollegen...«

So verlaufen unsere Unterhaltungen beim Abendessen und überhaupt fast immer, wenn wir zusammensitzen. Da werden keine Gespräche über Meisterwerke der Literatur und der Kunst geführt. Die gibt's bei uns nicht. Auch nicht über Filme, die Probleme aufwerfen und Emotionen. Die gibt's auch nicht. Aber über alle Schweinereien in unserem

Alltag, denn die gibt's massenhaft. Selbst die offizielle Presse muß manchmal dem Druck dieser Flut nachgeben, wobei sie vorgibt, es handle sich um Zufälle und Ausnahmen innerhalb unserer Gesellschaft, und wobei sie sich zugleich bemüht, die Illusion eines unversöhnlichen Kampfes gegen diese Schweinereien zu schaffen.

Dann schauten die Simins bei uns herein und luden uns zu einem Spaziergang ein.

»Dimas Schwiegermutter hat sich geweigert, die Zustimmung zu Anjutas Ausreise zu unterschreiben«, sagte Anton. »Die Behörden haben seine Schwiegermutter für ihre Haltung gelobt (nachdem sie sie natürlich vorher dazu überredet hatten), sie haben ihr gesagt, sie sei eine wahre Staatsbürgerin und Patriotin. Anjuta hat man mit den übelsten Ausdrücken bedacht (sie ist doch Russin!) und als Verräterin bezeichnet. Dimas Schwiegermutter ist fünfundsiebzig Jahre alt. Sie hat zwei Herzinfarkte hinter sich und ist jetzt völlig senil. Außer Anjuta hat sie noch zwei Söhne und eine andere Tochter, bei der sie lebt. Anjuta hat ihr Unterhaltskosten gezahlt, und zwar in einer Höhe, als wäre sie die einzige Tochter. Außerdem hat die Schwiegermutter eine anständige Rente. Und nun stellt sie sich als ein Muster staatsbürgerlicher Gesinnung heraus. Anjuta hat viele gute Essays und Artikel geschrieben, sie steht in der Blüte ihrer Schaffenskraft, hat den Doktor. Und nun wirft man ihr vor, sie sei psychisch anormal! Stell dir vor, ihre eigenen Verwandten, ihre Kollegen reden im Ernst davon, man müsse sie in einer psychiatrischen Klinik unterbringen. Da hast du eine lohnenswerte Aufgabe! Die lös mal. Du kennst Anjuta, kennst ihre Mutter. Lös das! Vielleicht wird deine Wissenschaft mit so einer Aufgabe fertig?«

»Solche Aufgaben löst meine Wissenschaft nicht.«

»Weiß ich. Wenn ein Problemchen nicht attraktiv ist, sagt deine Wissenschaft, sie befasse sich nur mit ganzen Epochen. Wenn man aber irgendeinem unermüdlichen Arbeitstier nach vierzigjähriger Dienstzeit eine Zweizimmerwohnung für vier Personen zubilligt, dann ist deine Theorie schnell zur Hand: Seht her! Da habt ihr die Bestätigung! Verrat mir doch, was du zu einer Theorie sagen würdest, die eine Methode zur Lösung solcher Aufgaben hätte?«

Ich zuckte mit den Schultern (was sollte ich anderes tun?).

»Eine solche Theorie gibt es nicht.«

»Warum nicht? Zumindest teilweise gibt es sie. Du kennst sie auch ein wenig. Aus der Sicht dieser Theorie sind solche Aufgaben ein Kinderspiel.«

Ich stutzte. Hat Anton vielleicht etwas erraten?! Aber wenn es so wäre, warum kommt er dann noch zu mir? Seltsam ist das alles. Und warum pflege ich den Kontakt mit ihm? Ich wüßte gern, was er über mich denkt und spricht. Mir ist, als seien wir beide ein Mensch, der in unsinniger Weise aufgespalten worden ist. Auf jeden Fall steckt in mir etwas Antonartiges. Ist das vielleicht keine Dialektik? Da beschimpfen sie die Dialektik und leben sie doch selbst als klassisches Beispiel vor. Sie verbergen es nur. Steckt nicht auch in Anton etwas mir Ähnliches? Ich wartete nur auf den passenden Anlaß in unserer Unterhaltung, um ihn zu fragen, ob er nicht auch ab und zu den Wunsch nach einem wissenschaftlichen Grad, nach Beförderung, einer höheren Funktion, mehr Gehalt, Auszeichnungen, Ansehen und dergleichen verspüre.

»Das bleibt unterhalb meiner Bewußtseinsschwelle«, sagte Anton. »Die Gesellschaft macht aus dem Menschen ein soziales Individuum, und sie tut es sogar gegen seinen Willen, aber zur Persönlichkeit wird der Mensch aus eigenem Willen und gegen die Wünsche der Gesellschaft. Deshalb ist der Mensch als soziales Individuum gespalten, und deine Dialektik hat hier nichts zu suchen, aber die Persönlichkeit ist immer einheitlich und hat die Tendenz zur Ganzheit. Ich kann ungefähr erraten, was dich bewegt. Aber glaub mir, mein Verhältnis zu den Menschen ist ausschließlich durch Sympathie und Antipathie bestimmt ohne jede rationale Berechnung. Deswegen pflege ich übrigens auch keinen Kontakt mit unseren Dissidenten. Mir wird übel von ihrer Unduldsamkeit, mangelnden Kompetenz, Überheblichkeit und den übrigen Eigenschaften eines Sowjetmenschen. Unsere Dissidenten sind Fleisch vom Fleisch und Blut vom Blut der sowjetischen Gesellschaft, sie sind durch die Merkmale dieser Gesellschaft in einer hypertrophierten und karikierten, krankhaften Weise gezeichnet, ohne es selbst zu merken. Was ich mir wünsche: einfach Menschen.«

»Schön wär's, wenn wir uns von all unseren schmutzigen Problemchen und Händeln lösen und ein paar Jahre einfach als Menschen leben könnten.«

»Du weißt selbst, daß das nicht möglich ist. Es ist auch nicht nötig. Seien wir dem Schicksal dankbar, daß es uns ein langes Leben und unsere ›schmutzigen Problemchen‹ gegeben hat. Es ist gut, daß wir sie haben. Vergessen wir nicht, daß wir früher nicht einmal die hatten. Wo's Probleme gibt, da gibt's auch Leben.«

Betrunkene Jugendliche verdarben uns die Stimmung. Sie hängten sich einfach an uns, aus Langeweile und unter dem Vorwand, eine Zigarette zu schnorren. Flüche prasselten auf uns nieder. Anton warf einen zu Boden, verdrehte einem anderen den Arm. Der Rest bekam es mit der Angst. Dann baten sie um Entschuldigung, wollten uns abküssen und schlugen vor, gemeinsam weiterzutrinken. Mit Müh und Not wurden wir sie los.

»So ein Pack«, sagte ich.

»Interessant«, sagte Anton. »Man kann sich gegen Drohungen und Beleidigungen von seiten des Sowjetvolkes schützen, aber seiner Zuneigung kann man sich nicht erwehren. An der sowjetischen Nächstenliebe wird diese Welt ersticken.«

Das russische Volk und die Zukunft

Unsere Kneipe war wegen eines Festessens irgendeiner Behörde oder einer Hochzeitsgesellschaft besetzt. Wir wanderten den ganzen langen Prospekt der Erbauer des

Kommunismus hinunter, aber es gelang uns nicht, in eines der wenigen Restaurants hineinzukommen.

»Moskau ist tatsächlich eine ungeheuer langweilige Stadt«, sagte Rebrow. »Trostlos.«

»Unkreativ«, sagte der Namenlose.

»So unkreativ, wie wir es in grandiosen gesamtstaatlichen Ausmaßen kultivieren«, sagte Edik.

»Aber das russische Volk ist doch ungewöhnlich begabt«, sagte ich.

»Natürlich«, sagte Edik, »aber auf eine sehr eigentümliche Weise. Kleinkariert und schrecklich schwerfällig. Unproduktiv. Nehmen Sie zum Beispiel meinen Wohnungsnachbarn. Ingenieur. Erfinder mit einer Menge von Patenten. In die Wohnung kommt man vor lauter Drähten, Röhren, kleinen Rädchen nicht hinein. Er hat bei einer Panne im Betrieb irgendeine heroische Tat vollbracht und wurde dabei zum Invaliden. Jetzt befaßt er sich mit illegaler Rechtsberatung. Er ist gescheit und unwahrscheinlich findig. Aber bis heute hat er es noch nicht verstanden, sich eine anständige Wohnung und einen Wagen zu organisieren. Und nicht etwa deshalb, weil er eine aufopfernd selbstlose Natur wäre. Im Gegenteil, er ist ein berechnender, habgieriger Typ. Er schafft es einfach nicht. Sein ganzes Talent vergeudet er für irgend so einen belanglosen Kram.«

»Das kommt daher«, sagte Rebrow, »weil bei uns die Entfaltung einer Gesellschaft mit freier persönlicher Initiative verhindert wurde. Hätten wir damals bei der Februarrevolution haltgemacht, dann wäre es auch zu einer mächtigen Entfaltung des russischen Volkes auf allen Gebieten der Kultur gekommen.«

Und es entspann sich ein aussichtsloser Streit um die Frage, was geschehen wäre, wenn...

»Trotzdem denke ich«, sagte Edik, »daß unsere Unproduktivität und dieser Mangel an Verstand nicht in unserer biologischen Natur, sondern in unserer Geschichte begründet sind. Jedes Volk hat einen bestimmten Grad an Produktivität. Das ist ein Charakteristikum seiner historischen Individualität. Nehmen Sie zum Beispiel die Deutschen. Fast jeder Deutsche ist doch, einzeln genommen, dumm. Aber alle zusammen bilden sie ein geniales Volk. Fast jeder Russe ist, einzeln betrachtet, ein Lomonossow. Aber alle zusammen sind sie von einer himmelschreienden Mediokrität.«

»Was wir brauchen, ist ein echter russischer Nationalismus«, sagte Rebrow, »und zwar irgendeinen, und sei es auch der allerreaktionärste. Anders wird sich Rußland nicht aus der Affäre ziehen, und das russische Volk bleibt in alle Ewigkeit Tummelplatz und Rohmaterial für Gauner aller Schattierungen.«

Und wieder verfielen wir in einen unschönen Streit über Nationalismus, Internationalismus, Antisemitismus, Zionismus.

»In all unseren Unterhaltungen dieser Art«, sagte Rebrow schließlich, »ist etwas Heuchlerisches, peinlich Gemeines. Aber ein Volk, das eine selbständige Rolle in der Geschichte spielen will, braucht dazu den Nationalismus. Er gedeiht in allen unsern Republiken, und wir erkennen seine Rechtmäßigkeit an. Aber dem unglücklichsten und unterdrücktesten Volk in diesem Lande, unserem russischen Volk, wollen wir nicht einmal den Gedanken an einen eigenen Nationalismus zugestehen. Das, meine sehr verehrten Herren, ist nichts anderes als Verrat am eigenen Volk!«

»Ich bin bereit, den russischen Nationalismus zu akzeptieren«, sagte der Namenlose, »aber nur mit einem rein sozialen Programm. Andernfalls artet der russische Nationalismus wie gewöhnlich in eine einzige idiotische Beschwörungsformel aus: Die Juden sind an allem schuld.«

»Und woran denken Sie bei diesem sozialen Programm?« fragte ich.

»An westliche Kultur und Lebensweise«, sagte der Namenlose.

»Das ist ein grundlegender Irrtum«, sagte Rebrow. »Das russische Volk ist kein Volk von westlichem Zuschnitt. Es ist schlicht russisch, und damit hat es sich. Es ist sein eigenes Vorbild, wie jedes große Volk.«

Da es uns nicht gelungen war, irgendwo was zu essen zu bekommen, und da wir uns auch über den russischen Nationalismus nicht einigen konnten, trennten wir uns. Was mich selbst betrifft, so habe ich mich noch nie als Vertreter der russischen Nation gefühlt. Ich habe mich stets als Moskauer gesehen, als Vertreter einer besonderen kosmopolitischen Ansammlung von Menschen der verschiedensten Nationalitäten, und zwar jenes Teils dieser Menschenansammlung, den man verdächtigt, aus getarnten Juden oder Halbjuden zu bestehen. Moskau, das unser riesiges Land in seiner ganzen Vielfalt verkörpert, steht gleichzeitig in einem so großen Kontrast dazu wie eine völlige Neugründung zu der finstersten halbasiatischen Provinz. Von Zeit zu Zeit bemerke ich in der Eintönigkeit und Trostlosigkeit Moskaus etwas Bedeutsameres als die strahlende Helle und Lebendigkeit westeuropäischer Städte. Ich sehe jetzt darin etwas von einem orientalischen Basar. Moskau hat die Zukunft für sich. Dem Westen gehört die Vergangenheit. Und wenn wir schon von der Rolle des russischen Volkes sprechen, so scheint mir nur dieses Problem von wirklicher Realität zu sein: Was wird das russische Volk in die neue Gemeinsamkeit eingebracht haben, wenn es als russisches Volk vom Antlitz der Erde verschwunden sein wird? Denn es ist tatsächlich im Begriff, als Nation zu verschwinden. Die Revolution, der Bürgerkrieg, die Kollektivierung, die endlosen Repressionen, der Zweite Weltkrieg – all das hat den Zusammenbruch Rußlands als nationales Gebilde bewirkt. Rußland gibt es längst nicht mehr und wird es nie wieder geben. Geblieben ist die russische Bevölkerung als Material für irgend etwas anderes, nur keine Nation. Ich bin überzeugt, daß für die russische Bevölkerung der Nationalismus etwas zutiefst Reaktionäres bedeuten würde. Es wäre ein Weg zurück und nicht nach vorn. Hier noch ein Beispiel für die Dialektik: Die, die Rußland als nationalem Gebilde (ist es das je gewesen?!) schadeten, haben gerade dadurch dem russischen Volk etwas Gutes getan. Sie haben es zu einer anderen, zeitgemäßeren Form der Gemeinsamkeit gezwungen. So gesehen haben jüdische Emigration, jüdische Konsolidierung und der Antisemitismus vor allem dem russischen Volk beträchtlich geschadet, weil die Juden eine wichtige Rolle bei der Einbeziehung der russischen Bevölkerung in diese neue (zumindest Moskauer) Gemeinsamkeit gespielt haben. Wenn der russische Nationalismus Unterstützung und Festigung erfährt, so kann das den derzeitigen Evolutionsprozeß der russischen Bevölkerung lange Zeit verzögern. Ich bin nicht erst seit einigen Generationen Russe. Ich möchte, daß es meinem Volk gut geht, deshalb bin ich gegen jede Art von Nationalismus, deshalb begrüße ich, was sich vor unseren Augen vollzieht. Und überhaupt ist alles nicht ganz so einfach, wie sich das meine Gesprächspartner und Opponenten vorstellen. Im Grunde meiner Seele blicke ich immer noch optimistisch in die Zukunft des Kommunismus. Ich bin überzeugt davon, daß die Menschen Mittel gegen seine negativen Erscheinungen finden und weit besser leben werden als wir.

Als ich nach Hause kam, stürzte mir eine aufgeregte Lenka entgegen.

»In unserem Treppenaufgang, in der vierten Etage, haben sie in einer Wohnung eingebrochen. Bei den Semjonows. Allein fünf Pelzmäntel haben sie mitgehen lassen, darunter zwei Nerze. Und Geld, zweitausend in bar, heißt es. Warum haben die das bloß zu Hause gehabt?! In einer halben Stunde waren die Einbrecher fertig, während die Haushaltshilfe einkaufen war. Sie sollen einen Tip bekommen haben.«

Mir war komisch zumute wegen meiner kurz zuvor angestellten optimistischen Betrachtungen. Ich konnte nur noch laut lachen.

»Findest du das komisch?« sagte Tamurka. »Und wenn sie uns ausrauben?! Wie lange lieg ich dir schon damit in den Ohren, eine Alarmanlage einbauen zu lassen. In Moskau sind Wohnungseinbrüche heutzutage an der Tagesordnung. Da das Geld nichts mehr wert ist, legen es die Leute lieber in materiellen Werten an, die sie zu Hause haben können.«

»Unser Geschichtslehrer hat uns einmal erklärt«, sagte Lenka, »Massendiebstähle als soziale Erscheinung seien mit der Aufgliederung der Gesellschaft in Klassen, mit der Aufspaltung der Menschen in Arme und Reiche aufgekommen. Er hat auch gesagt, daß mit der Beseitigung der Klassen der Diebstahl als Massenerscheinung absterben werde.«

»Man muß sich nur in der Dialektik auskennen«, sagte Saschka spöttisch. »Der Staat stirbt auf dem Umweg über seine Konsolidierung ab. Und Diebstähle werden auf dem Umweg über ihre größtmögliche Ausbreitung und Einbürgerung ihr Ende finden. Wenn erst alle zu stehlen beginnen ...«

»Meiner Meinung nach«, sagte Lenka, »entspricht der Diebstahl weit eher dem Wesen des Kommunismus als ...«

»Hört auf mit diesem antisowjetischen Zirkus«, heulte meine Schwiegermutter. »Alles hat seine Grenzen! Ich werde an dein Institut schreiben, an das Parteibüro!! Kapiert?!«

Wer würde das nicht kapieren! So ein Luder ist zu allem fähig.

Von Uneigennützigkeit, Selbstverleugnung und dergleichen

Ich ging mit dem Namenlosen in das Café »Kosmos«. Wir wollten dort unseren Kaffee trinken und trafen bei der Gelegenheit einen Bekannten des Namenlosen namens Wadim. Als Wadim gegangen war, erzählte mir der Namenlose folgendes über ihn:

Der Namenlose war bereits Doktorand, als er ein kleines Spezialseminar für Studenten im zweiten Studienjahr leitete. Darunter war auch dieser Wadim. Ein anscheinend recht begabter Bursche. Das Thema interessierte ihn. Bald gehörte Wadim zu den Anhängern des Namenlosen (der schon als Doktorand Erfolge zu verzeichnen hatte) und wurde zu einem der ihm nahestehenden Menschen. Eines Tages berichtete Wadim dem Namenlosen, man habe ihn zum KGB (damals noch MGB) vorgeladen und ihm dort vorgeschlagen, Informant zu werden. Wadim fragte um Rat, wie er sich verhalten solle. Der Namenlose hatte sofort begriffen, daß Wadim bereits eingewilligt hatte und sich jetzt entweder aus einer Gefühlsaufwallung oder auf spezielle Weisung hin vertrauensvoll gab, und er riet ihm einzuwilligen. Um so besser, dachte er, dann habe ich einen von meinen Leuten unter den Spitzeln. Die Jahre vergingen. Es stellte sich heraus, daß Wadim nur ein recht mittelmäßiger Wissenschaftler war, aber er hatte kleine Erfolge, verteidigte seine Dissertation, wurde befördert und konnte regelmäßig ins Ausland fahren. Vor kurzem hatte nun der Namenlose zufällig herausgefunden, daß Wadim seine (des Namenlosen) ganze Tätigkeit im Auftrag des KGB kontrollierte. Wadim war in verschiedenen internationalen Organisationen ein obligatorisches Mitglied geworden, er hatte eine Reihe nichtssagendster, aber modern aufgemachter Bücher veröffentlicht und stellte alles in allem in diesen Kreisen eine angesehene und einflußreiche Gestalt dar. Was ist er? Ein Mitarbeiter des KGB? Nicht ganz. Er gilt als angesehener Wissenschaftler. Im Ausland kennt und akzeptiert man ihn. Ein Gelehrter? In gar keinem Fall. Er hat natürlich in all diesen Jahren etwas dazugelernt, hat sich Fremdsprachen angeeignet, hat gelernt zu kompilieren und den anderen Sand in die Augen zu streuen. Das ist eine recht typische Erscheinung für unsere Gesellschaft, wenn ein Partei-, Staats-, KGB-Funktionär (im allgemeinen ist das alles ein und dasselbe) als Wissenschaftler, Schriftsteller, Künstler, Komponist auftritt. Dabei wird er als Wissenschaftler, Schriftsteller ausgebildet und kann zuweilen beachtlichen Erfolg auf diesen Gebieten erlangen. Dennoch wächst er nicht als Wissenschaftler, Schriftsteller heran, sondern als Partei- oder Verwaltungsfunktionär, und das geht nicht ungestraft vor sich. Ein einziger solcher Mensch kann die schöpferischen Kräfte in einem ganzen Kulturbereich zum Erliegen bringen, denn er rührt an die feinsten und tiefsten Schaffensnerven. Der Namenlose hatte Wadims Wirken über viele Jahre hinweg analysiert, die Ergebnisse zusammengefaßt und war von Entsetzen gepackt angesichts des Ausmaßes von dessen verderbenbringendem Einfluß. Das Entscheidende aber ist, daß man ihm nichts anhaben kann. Formal ist er klar wie Glas. Der Namenlose hatte alle ausländischen Kollegen informiert, daß Wadim Mitarbeiter des KGB ist. Keine Wirkung. Für die Menschen dort spielt das offenbar überhaupt keine Rolle.

»Sie haben ihn ja selbst gesehen«, sagte der Namenlose. »Ein ausgesprochen liebenswürdiger, höflicher, gebildeter Mensch. Tatsächlich aber eines der widerlichsten Geschöpfe in unseren Kreisen. Ein eindeutiges Produkt unseres Erziehungssystems.«

»Nun, hier übertreiben Sie wohl doch. Es gibt nicht viel solcher Wadims.«

»Ich sage nicht, daß es viele gibt. Ich behaupte nur, daß sie kein Zufall sind, sondern eine gesetzmäßige, bezeichnende Erscheinung. Manchmal kann schon ein einziges derartiges Subjekt das ganze System charakterisieren.«

»Ich kann nicht zustimmen, daß er ein Produkt unseres Erziehungssystems sein soll. Sie wollen doch nicht leugnen, daß unser ganzes Erziehungssystem darauf ausgerichtet ist, positive Eigenschaften in den Menschen zu entfalten. Welche? Nun, sagen wir, die Fähigkeit zu Heroismus, Selbstverleugnung und Uneigennützigkeit. Das ist doch gut!«

»Erstens behaupte ich nicht, Wadim besitze nur

schlechte Eigenschaften und keine guten. Man kann ihm nichts anhaben. Er ist in jeder Hinsicht ein positiver Mensch. Zweitens gibt es einerseits das reale Erziehungssystem und andererseits die Propaganda, die die Qualitäten der ›Erbauer des Kommunismus‹ glorifiziert. Ich meine das erste. Und drittens ... Sie haben gesagt: ›Das ist doch gut.‹ Für wen denn? Für die Raffkes und Karrieristen ist es vorteilhaft, wenn die anderen selbstlos und bescheiden sind. Und wem nutzen Selbstverleugnung und Heldentum? Denen, die sie aufbringen? Für die ist es gewöhnlich gleichbedeutend mit einer ausweglosen Situation. Für einige ist es ein Mittel der Selbstbestätigung und sogar nützlich für ihre Karriere. Nützlich ist es vor allem für die Obrigkeit, daß das Volk Massenheroismus und Selbstverleugnung aufbringt: Damit kann man bis zu einem gewissen Grad die eigene Unfähigkeit und Dummheit kompensieren. Außerdem wissen Sie selbst sehr gut, wie bei uns die Auswahl der Helden vor sich geht. Sie denken, die Menschen verstünden das nicht? Sie sehen alles. Das führt auch zu der durchgängigen Heuchelei der überwiegenden Mehrheit, und es bildet die Basis für das geistige Drama einiger weniger. Bei uns muß zum Beispiel ein fähiger Wissenschaftler unbedingt eine Karriere machen, Position und Macht gewinnen, sonst wird er zertreten und aufgefressen. Hat er Macht, dann hat er auch Schüler, Anhänger, Menschen, die ihm nacheifern, man verweist auf seine Arbeiten, er erscheint in der Öffentlichkeit, genießt Anerkennung. Hat er keine Macht, gibt es zunächst die schweigende Anerkennung hinter den Kulissen, dann das aktive Totschweigen und schließlich… Alles in allem heißt das, daß man entweder einen Weg einschlägt, bei dem im Lauf der Zeit von einem gesagt wird, man sei nicht unbegabt, aber im großen und ganzen ein typischer sowjetischer Karrierist, oder es gebe einen überhaupt nicht. Und wie ist das bei Ihnen?«

Da begann ich mein Herz auszuschütten. Mein Gott, was habe ich nicht alles erzählt! Nichts habe ich ausgelassen von dem, was sich in vielen Jahren in mir angestaut hatte.

»Entschuldigen Sie, daß ich mich ausgeweint habe. Es kochte über. Ich konnte es nicht länger ertragen.«

»Das ist für mich neu. Ich hätte niemals gedacht, daß es auch in Ihren Kreisen so aussieht.«

Grundloser Zorn

Am Lehrstuhl für Philosophie an der Medizinischen Fakultät war eine belanglose Frage erörtert worden. Jemand hatte meinen Namen erwähnt, und völlig unerwartet für alle hatte K-w eine lange Rede gehalten – voll unverhohlenen Zorns über mich. Ich konnte nicht verstehen, was das sollte. Wir waren immer bestens miteinander ausgekommen. Stets hatte ich K-w geholfen. Ich hatte einige Artikel von ihm in unserer Zeitschrift durchgedrückt. Erst neulich waren wir uns begegnet. Er war über Waskin, die Twarschinskaja und andere hergezogen, und nun plötzlich dies... Was hatte das zu bedeuten?

»Willst du meine Meinung hören?« fragte Anton. »Das ist alles sehr einfach. In dem Mann hat sich eine Menge Ärger angestaut, der nun hinaus will. Über wen er sich ergießt, das hängt ganz von den Umständen ab. Es muß nicht unbedingt einer sein, der ihm was getan hat. Meistens trifft es einen, der sich in irgendeiner andern Hinsicht als geeignetes Objekt erweist. Gewöhnlich ist es der schutzloseste. Oder einer, der unter dem Gesichtspunkt möglicher Vorteile geeignet ist. K-w hat offenbar gewittert, daß sich gegen dich etwas zusammenbraut. Außerdem hast du Chancen, in die Akademie gewählt zu werden. Wer gönnt dir das schon? Du wirst Nutzen und Ansehen davon haben. Und er geht leer aus. Inwiefern ist er (denkt er) schlechter als du? Und dann bereitet sich in dem Mann eine Explosion vor. Ein nichtiger Anlaß reicht aus, um sie auszulösen. Jemand hat deinen Namen genannt und betätigte damit gewissermaßen den Abzug. Der Schuß ging los. So war das bei K-w. Bei andern kann es reine Berechnung sein, wenn sie über dich herfallen. K-w ist ein Beispiel für eine psychologische Eruption. Dabei ist etwas anderes interessant: das ebenso typische wie massenhafte Auftreten solcher Erscheinungen in unserer Gesellschaft...«

Anton begann mit irgendwelchen Ausführungen zu diesem Thema. Ich hörte ihm nicht zu, weil ich mit meinen eigenen Gedanken beschäftigt war. Wenn sich selbst Leute wie K-w derartige gegen mich gerichtete »Ausbrüche« leisten können, was habe ich dann erst von den anderen zu erwarten? Es ist ganz offensichtlich, daß sich bei mir der kritische Zeitpunkt nähert. Warum wundert mich das? Was geschah mit Skopin, als er in die Akademie aufgenommen werden sollte? Bereits ein Jahr vorher setzte die offene und versteckte Kampagne zu seiner Diskreditierung ein. Skopin schaffte es. Wie eigentlich? Man hat ihn gewählt. Bald darauf legte er sich ins Krankenhaus und starb. Werde ich es schaffen? Ich muß es schaffen. Aber ich werde mich nicht ins Krankenhaus legen wie Skopin. Ich bin aus anderem Holz. Es ist natürlich gut, wenn man eine mächtige Unterstützung hinter den Kulissen genießt. Etwa wenn man ein großes Tier zum Schwiegervater hat. Oder wenn die Entscheidung schon vorher gefallen ist. Bei Agafonows Wahl hat man zum Beispiel alle, die dabei ein Wort zu sagen hatten, an entsprechender Stelle persönlich vorgeladen und lange mit ihnen geredet. Versuch mal, später nicht »dafür« zu stimmen. Es ist, als ob du liefest, um zum Sprung anzusetzen, wobei sich aber alle möglichen Kreaturen an deine Beine klammern, und du mußt schon verstehen, dich so durchzuschlängeln und zu springen, daß sie dich nicht behindern und vor dem Sprung zu Fall bringen. Nun! Wir werden sehen, wer wen stürzt!

Mein Bruder

Mein Bruder kam per Flugzeug nach Moskau. Zu irgendeiner supergeheimen Besprechung. Er begleitete einen der Spitzenfunktionäre aus dem Wolgagebiet. Uns besuchte er spät am Abend, wir tranken, ohne uns zu betrinken, und sprachen miteinander bis in den frühen Morgen.

»Worum geht es denn bei deiner Beratung, sofern das kein Geheimnis ist?« fragte ich.

»Es ist geheim. Ein Geheimnis für Idioten. Und immer wieder dasselbe: Es gibt nichts zu fressen und auch keine Aussicht auf Änderung der Lage.«

»Wer hat den Bericht gemacht?«

»*Er* persönlich. Mein Gott, was für ein Kretin! Eine geschlagene Stunde hat er den Revolutionär markiert (den Revolutionär einer sechzig Jahre zurückliegenden Revolution!) und von unseren Erfolgen getönt. Erst am Ende erwähnte er flüchtig, daß das Wachstumstempo ein wenig hinter unserer Planung zurückgeblieben sei. Mit andern Worten: Wir stecken in der Sch... und wir werden noch tiefer hineingeraten.«

»Und wie ist es dort bei euch?«

»Noch schlechter.«

»Fragen die Leute warum?«

»Sie fragen, und wir lügen: Mißernten.«

»Glaubt man das?«

»Natürlich nicht. Denkst du, die Leute sehen und verstehen nichts?«

»Kann man denn keine vernünftigen Maßnahmen treffen?«

»Maßnahmen schon. Tun wir auch. Aber vernünftige – nein, das nicht. In keinem Fall. Das, lieber Bruder, ist ein Teufelskreis. Was du auch unternimmst, das Ergebnis ist ein und dasselbe. Man müßte das ganze System von Grund auf verändern. Aber Maßnahmen ... Wir tun ja nichts anderes als Maßnahmen ergreifen. Und der Erfolg davon sind noch mehr Bürokraten, Parasiten, Pfuscher, Gauner, Tagediebe, Raffkes und sonstiges Gesindel, und noch weniger Brot und Fleisch.«

Ich ging alle Varianten möglicher Veränderungen durch. Mein Bruder demolierte eine nach der andern.

»Da ist immer eins mit dem andern verknüpft. Ziehst du an einem Ende, folgt alles andere nach.«

»Aber es gibt doch, wie Lenin sagte, ein Hauptkettenglied. Wenn man das packte ...«

»Der Mais? Die Neulandgewinnung? Wie viele dieser Hauptkettenglieder hat es nicht schon gegeben?! Wo sind sie geblieben? Früher hat es Hauptkettenglieder gegeben. Heute nicht mehr. Jetzt ist alles wichtig geworden. Früher hat man die groben Aufgaben gelöst. Wenn ein Schräubchen fehlte oder nicht funktionierte, so war das kein Unglück. Es ging auch ohne dieses Schräubchen. Heute ist das nicht mehr so. Unser Lebensmechanismus ist zu kompliziert geworden. Auch die Schräubchen müssen nun in Ordnung sein. Sonst läuft nichts. Jedes Detail muß bis auf den Millimeter stimmen. Sonst kommt dabei nur Scheiße raus. Schließlich löffeln wir bei uns die Suppe auch nicht mit Sandalen. Ein paar Gedanken machen wir uns schon selbst. Unsere Aufgaben verlangen Ehrlichkeit, Gewissenhaftigkeit, Interesse, Können, Wirtschaftlichkeit, Sorgfalt. Und wo sollen wir die hernehmen? Was wir massenweise produzieren, ist doch Verantwortungslosigkeit, Schönfärberei, Angabe, Pfusch, Verschwendung, Stupidität.«

»Siehst du einen Ausweg?«

»Jeder sucht einen Ausweg für sich selbst. Was glaubst du, weshalb ich hier bin? Um diesem Dummkopf zuzuhören? Um mich selbst herauszuwinden. Sand in die Augen zu streuen. Versprechungen zu geben. Damit nur die Oberen zufrieden sind, damit man nur ja seinen Posten behält.«

»Aber die Probleme bleiben.«

»Die Probleme werden gelöst. Wie? Von allein. Im Lauf der Zeit. Die Menschen stehen Schlange. Es bilden sich Gruppen, die schicken ihren ›Vertreter‹ nach Moskau um Lebensmittel. Irgendwie schlagen die sich durch. Die Menschen können leben. Die Zeit geht weiter. Und irgendwas kristallisiert sich von selbst heraus. Auf der einen Seite stehen die Maßnahmen, Direktiven, Aufrufe. Auf der andern Seite der natürliche Lebensprozeß. Er hat seine eigenen Gesetze und Maßnahmen.«

Dann sprachen wir über das Lohnsystem, die Fluktuation der Arbeitskräfte in den Betrieben, die Bindung an den Wohn- und Arbeitsort und dergleichen mehr. Ich war betroffen von der Übereinstimmung der Urteile meines Bruders mit denen von Anton. In Antons Buch gibt es eine Stelle, die mittelbar das Thema unseres Gesprächs betrifft. Seine Überlegungen in wenigen Worten: Der dem Kommunismus zutiefst innewohnenden Tendenz zur völligen Versklavung des Individuums steht die für ihn ebenso organische Tendenz gegenüber, den Individuen insgesamt und einigen bestimmten Kategorien von Individuen insbesondere eine gewisse Handlungsfreiheit zu geben. Während die erste auf den Grundformen der Wechselbeziehungen der elementaren Kollektive beruht, ergibt sich die zweite aus den Wechselbeziehungen zwischen einer Vielzahl von Kollektiven, aus der Tatsache der Differenzierung der Gesellschaft, aus den Interessen der Gesellschaft als Ganzes. Ein charakteristisches Beispiel dafür ist das streng geregelte Lohnsystem: Das Individuum erhält eine gesetzlich festgelegte bestimmte Summe von Existenzmitteln nur deshalb, weil es eine bestimmte Position einnimmt. Dabei gibt es Abweichungen, aber sie fallen nicht ins Gewicht. Wichtig ist, daß das Individuum ein bestimmtes gesetzlich festgelegtes Minimum an Existenzmitteln erhält, das es in einem gewissen Umfang von der Macht des Kollektivs unabhängig macht. Allen Versuchen, den Arbeitslohn ganz der Macht des Kollektivs zu überlassen (wie zum Beispiel im »Karpow-System«), war kein Erfolg beschieden. (Auch im »Karpow-System« bleibt ein gewisses von der Macht des Kollektivs unabhängiges Lohnminimum erhalten.) Die vollständige Versklavung des Individuums durch das Kollektiv ist für die Gesellschaft als Ganzes nicht sinnvoll. Es gibt noch andere Faktoren, die einer Rückführung in die Leibeigenschaft entgegenwirken. Zum Beispiel einander bekämpfende Gruppierungen, konkurrierende Organisationen, die Möglichkeiten des Arbeitsplatzwechsels, persönliche Verbindungen, Protektion, Konjunktur, Mangel an Fachkräften (bei gleichzeitigem Überfluß an Parasiten), die von den Untergebenen unabhängige Position der Vorgesetzten und so weiter.

Ein sozialer Organismus ist ein kompliziertes, in seinen Details ausgewogenes System. Das, was manchmal isoliert betrachtet unsinnig erscheint, ist vom Standpunkt des Ganzen aus durchaus vernünftig, und das, was bisweilen für sich betrachtet genial aussieht, erweist sich vom Standpunkt der Gesellschaft aus als größte Dummheit. Und es ist nicht so einfach, derartige soziale Probleme durch eine dezidierte Gesetzgebung zu lösen. Das gesellschaftliche Leben ist ein Experiment ohne Ende. Die Ausgewogenheit der Details eines sozialen Organismus wird ebenso wie die Aufhebung dieses Gleichgewichts durch den Gang des Lebens selbst bestimmt. Für die Machthaber sind es Spielzeuge und die Arena zur Befriedigung von Machtgelüsten und Ruhmsucht. Für die übrigen ist es das einzige Drama ihres wirklichen Lebens. Und als eigentliche Triebkraft zur Verbesserung des sozialen Organismus erweist sich nicht die illusorische Weisheit der Obrigkeit, sondern die praktische Fähigkeit der Teilnehmer an diesem Lebensdrama zum Widerstand.

Das erzählte ich meinem Bruder.

»Richtig«, sagte er. »Dein Freund ist nicht dumm. Wir brauchen Streiks. Mehr Streiks, und die Sache gerät in Bewegung. Aber, ach, bis unser Sowjetmensch streikt, muß schon etwas Unerhörtes passieren.«

»Bei uns gab es ein Gerücht, bei euch sei gestreikt worden.«

»Ach, nicht der Rede wert. Bei uns schon, aber nicht in Moskau. Hat keiner gesehen. Im Handumdrehen war er erstickt. Ohne Spuren zu hinterlassen. Nur Gerüchte. Gerüchte zirkulieren eine Zeitlang, dann werden sie vergessen. Und außerdem, Gerüchteverbreiter schnappen wir uns. Verleumdung ist das, Bruder! So wird das gemacht!«

»Wie ist das nur möglich: Du gibst selbst zu, daß Streiks nötig sind, und dann ergreifst du Maßnahmen, um sie zu verhindern?«

»Frag doch Schwierigeres. Bei uns kapieren selbst die Streikenden, daß man sie unterdrücken muß. Sonst gibt es wirklich nichts mehr zu fressen.«

Über Moral

Dima kam zu uns. Er hatte endlich die Ausreisegenehmigung erhalten.

»Stell dir vor«, sagte er, »unter den Leuten, denen du meinen Brief übergeben hast, war einer der Unsrigen...

brr... Verfluchter Sch...er... Einer von *denen!* Aber ich hab alles über einen andern Kanal laufen lassen. Komm dich nicht verabschieden, Alter! Ich bin schließlich kein kleines Kind, ich verstehe. Dir kann das mächtig schaden! Du stehst meiner Meinung nach sowieso auf der Kippe. Mein Gott! Was für ein Land! Die Menschen müssen alte Freundschaften verheimlichen, um ihr offizielles Leben nicht zu verderben! Das ist doch – Verrat! Übrigens ein spezifisch sowjetischer: Der Verräter wie auch der Verratene gehen bereitwillig darauf ein, tun so, als sei das die Norm sozialen Verhaltens. Und allen sind unsere wirklichen Beziehungen egal. Wichtig ist nur, daß formal alles so aussieht, wie es die offizielle Gesellschaft verlangt: Kommst du dich nicht verabschieden, hat es auch unsere dreißigjährige Freundschaft nicht gegeben.«

Wir sprachen über die, die ausgereist waren, und über ihr Schicksal im Westen. Wir erwähnten den Künstler..., der vor kurzem endgültig emigriert war und jetzt mit seinen Ausstellungen in der ganzen Welt Triumphe feierte.

»Ich habe ihn gut gekannt«, sagte Dima. »Der Fall ist unter manchem Aspekt interessant. Man stellt ihn dort als einen in moralischer Hinsicht kristallreinen Kämpfer gegen die Gewalt hin. Aber das ist eine Lüge. Er war für unser System ein vollkommen ebenbürtiger Partner. Wäre er ein solcher Erzengel gewesen, hätte man ihn schon in jungen Jahren zerschmettert. Unser System verleiht selbst seinen Opfern noch gemeinsame Züge: die Fähigkeit zu geschicktem Taktieren, zu Lüge, Heuchelei. Entweder du schlägst dich auf dem Felde vollkommener Amoralität, oder du gehst bereits am Beginn deines Weges unter. Kannst du dich an den Schriftsteller ... erinnern? Was hat er nicht alles unternommen, um Vertrauen zu gewinnen. Er schrieb miserable Bücher, verfaßte gemeine Artikelchen. Er war ein Parteiboss. Wofür? Um ins Ausland reisen zu können, dort zu bleiben und sein Buch zu veröffentlichen, das er (wie er glaubt) ehrlich und aufrichtig geschrieben hat. Ein einziges ehrliches Buch in einem langen Schriftstellerleben!«

»Und nimm unser Milieu«, sagte ich. »Bei uns wird auf ein Dutzend Gauner, Karrieristen, Parteibonzen, Verwaltungshengste, Schwäger und dergleichen nur ein einziger anständiger Wissenschaftler in die Akademie gewählt. Wozu wählt man ihn? Damit die ganze Akademie nur ja nicht wie eine ergiebige Pfründe zur Befriedigung von Eigennutz, Ruhmsucht, Machtgelüsten aussieht, sondern als ein Tempel der Wissenschaft dasteht, zu dem nur überragende Köpfe und moralisch makellose Persönlichkeiten Zutritt haben. Was unternehmen die Leute nicht alles, um Zutritt zu diesem Tempel zu erlangen! Und so ist es überall und mit allem. Jetzt gibt es wieder Preise. Ob du's glaubst oder nicht, bei uns hat man Baranow, Kanarejkin und die Twarschinskaja vorgeschlagen. Für das dreibändige Werk ›Der Triumph der Ideen des Kommunismus‹. Das solltest du lesen! Da kannst du nur noch in die Hose machen!«

»Beschämend, daß wir selbst all das sehr gut begreifen und uns freiwillig an dieser Orgie der Lüge beteiligen. Ich reise schon deshalb ab, um aus diesem Dreck herauszukommen. Selbst wenn es dort schlechter ist. Hier halte ich es nicht mehr aus.«

»Und was ist mit denen, die aus diesem Dreck nicht herauskönnen? Wir, wir kennen ihn doch, unseren Dreck. Wir wissen, daß es etwas anderes, Besseres gibt. Aber von Kindsbeinen an ist uns die Möglichkeit genommen, außerhalb von diesem Dreck zu leben. Also können wir nur noch abstumpfen, gemein werden, unserem eigenen Dreck so recht adäquat werden. Nur so kann man hier leben.«

»Ich hoffe, daß wir uns wiedersehn. Wenn du auf irgendeinen Kongreß fährst, laß es mich wissen. Wo ich auch bin, ich komme, um dich wiederzusehn.«

Und dennoch

»Gut«, sagte ich, »du magst recht haben. Aber stell dir vor, es geschähe ein Wunder und du wärst zurückversetzt in die Zeit der Revolution und des Bürgerkriegs. Und du wüßtest im vorhinein, was geschehen wird. Du wüßtest, daß es einen ›Archipel Gulag‹ geben wird. Was würdest du tun? Auf welcher Seite würdest du stehen?«

»Das ist eine andere Frage. Dabei habe ich nicht das Problem der Wahl. Ich würde es mit den Roten halten, selbst wenn ich wüßte, daß sie mich am nächsten Tag erschießen. Für mich besteht auch jetzt nicht das Problem der Wahl. Wenn sich die Notwendigkeit ergeben sollte, so würde ich bis zum letzten Blutstropfen dieses Land und diese Lebensform verteidigen. Ich möchte nicht in die Vergangenheit zurückkehren. Ich möchte vorankommen und nehme dabei das Gegebene als unbestreitbare Tatsache hin. Die Kritik des Kommunismus auf der Grundlage des Kommunismus ist kein Kampf gegen den Kommunismus. Sie kann im wesentlichen nicht zur Restaurierung der vorkommunistischen Ordnung führen. Es ist eher umgekehrt, daß nämlich die Unterdrückung der Kritik am Kommunismus eng mit der Tendenz zu einer solchen Restaurierung oder zumindest mit der Tendenz zu einer Renaissance im Geist einer derartigen Restaurierung verbunden ist. Übrigens tut im Augenblick niemand soviel für die Diskreditierung des Kommunismus wie gerade unsere oberste Führung, die offiziellen Machthaber. Und ebenso sicher gilt, daß der Stalinismus die klassischste Gegenrevolution war. Weißt du, was unsere privilegierten Schichten in der Kritik an unserer sowjetischen Lebensform instinktiv wittern? Die drohende Revolution, das heißt eine Bedrohung ihrer Prosperität. Da siehst du, welche Streiche die Geschichte uns ab und zu spielt. Hier ist alles umgestülpt, verdreht, entstellt. Ich will nur zum Kern der Sache vordringen. Ich will die Basis für einen neuen Weg finden. Aber auf welcher Seite hättest du gestanden, Hand aufs Herz?«

Ich konnte auf diese Frage keine Antwort finden. Ich fürchtete mich nicht. Mit Anton konnte ich völlig offen reden. Aber ich hatte einfach keine Antwort darauf. Ich wollte sie auch nicht suchen.

»Siehst du! Dabei ist die Sache ganz einfach: Da haben wir wieder das ewige Problem von Besitzenden und Besitzlosen, von Mächtigen und Unterdrückten. Ich gehöre zu den Besitzlosen, du zu den Besitzenden. Was wäre einfacher als das? Die Idee des Kommunismus wurde von den Besitzlosen geboren, oder im Namen der Besitzlosen, und im Namen der Leidenden. Im Namen der Leidenden wird heute die Kritik am Kommunismus als einer gegebenen Realität geboren. Und die Kritik am Kommunismus wird von heute an bis in alle Ewigkeit eine ebenso ernst zu nehmende Sache sein wie der Kommunismus selbst. Der Antikommunismus ist eine Realität des Kommunismus selbst und sein ewiger Satellit. Wovor fürchtet ihr euch? Das ist doch ein glänzendes Beispiel für eure Dialektik. Oder wollt ihr sie auf alles, nur nicht auf euch selbst anwenden?«

»Du hast das Wort ›Antikommunismus‹ gebraucht. Wir denken dabei an etwas anderes als du. Wir meinen die Kritik am Kommunismus von der Warte des Kapitalismus aus.«

»Unsinn! Die gibt es in Wirklichkeit gar nicht. Ihr habt es da mit selbsterdachten Denkschemata zu tun. Jede Kritik am Kommunismus in der Epoche des triumphierenden oder aufblühenden Kommunismus ist Antikommunismus, auf welche Quellen auch immer diese Kritik zurückgehen und was auch immer sie inspiriert haben mag. Etwas anderes ist der Kampf gegen das Sowjetimperium und seine Satelliten als eine Staatengruppierung. Da diese kommunistisch ist, nimmt der Kampf die Form des Antikommunismus an. Aber das sind verschiedene Dinge. Sie werden absichtlich von der einen wie von der anderen Seite vermengt. Für den Westen, den wir bedrohen, ist es vorteilhaft, unsere Drohung als eine Bedrohung durch den Kommunismus darzustellen und nicht einfach als eine Bedrohung durch die Völker, die die Länder unseres Blocks besiedeln. Uns dagegen erscheint es nützlich, den Widerstand des Westens gegen unsere Aggression als Antikommunismus zu interpretieren und nicht als einen Widerstand gegen den Angriff von Völkern mit irgendeiner (gleichgültig welcher) Lebensform. Natürlich steckt in unserem Druck auf den Westen ein soziales Moment: die Liquidierung der Basis für Vergleiche und Kritik an unserer Lebensform. Aber das ist nicht der Hauptgrund. Wichtiger ist der Kampf, der sich unter den Völkern und Staaten im Ringen um die Existenz, Sicherheit, Vorherrschaft ergibt.«

»Siehst du, nun mußt du selbst zugeben...«

»Ich gebe alles zu, was ihr wollt. Ich will nur eines: die spezifischen Erscheinungen des Kommunismus so klar herausstellen, wie das Marx mit dem Kapitalismus getan hat, und sie einer objektiven Erforschung unterziehen. Das ist alles.«

»Kein geringer Anspruch! Du willst ins Herz treffen. Du willst die Geheimnisse des Mechanismus der kommunistischen Ausbeutung entdecken und behauptest, das sei sehr bescheiden.«

»Ich nehme nicht für mich in Anspruch, diesen Mechanismus zu entdecken. Schließlich kenne ich meine Kräfte.

Ich reflektiere nur auf das eine: den Versuch, wenigstens irgend jemanden davon zu überzeugen, daß es diesen Mechanismus gibt.«

»Das ist doch dasselbe. In jedem Fall bedeutet es, sich auf einen Streit auf Leben und Tod einzulassen.«

»Ich weiß. Leider weiß ich auch noch viel Schlimmeres. Marx hatte einen großen Vorteil: Als man versuchte, hinter seine Absichten zu kommen, hatte er das Seinige schon getan. Bei uns aber existiert eine ganze Armee von Ideologen und Theoretikern, die im vorhinein derartige Absichten durchschauen, und es gibt einen mächtigen Apparat, der in der Lage ist, sie im Keim zu ersticken. Der Kommunismus ist entschlossen, die Gesetze seiner Natur zum strengstens gehüteten Geheimnis seiner künftigen Existenz zu machen.«

»Meiner Meinung nach übertreibst du. Sobald sich der Kommunismus völlig abgesichert fühlt, wird er seine Geheimnisse höchst zynisch bloßlegen.«

»Er wird sich niemals völlig sicher fühlen. Seine eigene Gefährdung ist eine seiner notwendigsten Qualitäten, selbst wenn es in dieser Welt nur noch ein einziges Land gäbe. Du weißt, weshalb man dich bei den Wahlen durchfallen lassen wird?«

Die Frage kam so unerwartet und war so unangenehm, daß sie mich verwirrte.

»Also, sie lassen dich deshalb durchfallen, weil sie dich gut kennen und wissen, daß du irgendwie das Bedürfnis hast, den Kommunismus wissenschaftlich, das heißt objektiv zu begreifen. In jedem Fall wissen *sie* alle recht gut, daß du nicht über die feste und unerschütterliche Entschlossenheit verfügst, mit allen Kräften die Selbsterkenntnis des Kommunismus zu verhindern. Du tust es zwar, wie *sie* alle auch. Aber du machst das so, als behieltest du dir noch irgend etwas vor. Nur so, für alle Fälle.«

Die Wahlen

Ich wartete voller Ungeduld auf den Anruf. Sobald die Sitzung der »Abteilung« beendet ist, werden die Ergebnisse der Wahl bekanntgegeben. Die allgemeine Versammlung ist danach eine bloße Formalität. Wichtig ist die »Abteilung«. Am Abend rief als erster Serikow an und teilte mir die traurige Nachricht mit: Ich war durchgefallen. Waskin hatte es geschafft. Nach ihm riefen noch viele andere an. Mit einer Stimme war ich durchgefallen. Und diese eine Stimme war die des senilen Kanarejkin gewesen. Er hatte sich entschlossen, mich zu opfern und um diesen Preis eine Verlängerung... Was will er denn verlängern? Idiot, deine Tage sind ohnehin gezählt. Das wird dir auch nicht mehr helfen. Jetzt wird es auch dich erwischen, in spätestens einem halben Jahr!

Es stellte sich heraus, daß Kanarejkin eine Rede gehalten und dabei gesagt hatte, ich sei ein begabter Wissenschaftler, aber zu enthusiastisch, ich sei noch jung und könne bis zu den nächsten Wahlen warten, ich hätte Fehler, die noch korrigiert werden müßten. Kanarejkins Rede rief Befremden hervor, aber für alle Fälle stimmten daraufhin einige meiner Parteigänger (Freunde natürlich) gegen mich.

So hatte die Komödie nun ein Ende. Ich fühlte mich erleichtert. Zum Teil war ich sogar zufrieden: Jetzt wird man hinter vorgehaltener Hand flüstern, dieses Schwein Waskin sei gewählt worden, während ich, ein ordentlicher Wissenschaftler, durchgefallen sei. Aber nun mach dich auf etwas gefaßt! Denn jetzt wird man in der Akademie für Gesellschaftswissenschaften über mich herfallen, in der Parteihochschule und auf all den Lehrstühlen, wo ich mir die Reputation eines Revisionisten erworben habe. Meine Abteilung wird man auflösen. Alle unsere Bücher und Artikel, die bei den Verlagen liegen, wird man zurückgeben. Die vorgesehenen Dissertationsverteidigungen wird man zunächst zurückstellen und schließlich unter den Tisch fallen lassen. Die Dienstreisen werden annulliert. Und in den Zeitschriften beginnt man zu zischen. Zunächst indirekt, leise. Dann direkt und brutal. Auf allen Sitzungen, Beratungen, Versammlungen wird man unsere Namen herbeten. In allen Resolutionen von ganz unten bis in die höchsten Spitzen wird es Punkte geben, die uns gewidmet sind. So wird das wenigstens ein paar Jahre gehen. Vorausgesetzt natürlich, daß nicht noch etwas Außergewöhnliches geschieht. Sollte das übrigens etwas sein, das uns berührt, wird man sich mit doppelter Macht auf uns als die Schuldigen stürzen.

Nachdem ich all das bedacht hatte, schlummerte ich zum ersten Mal in dieser ganzen verrückten Zeit ruhig ein und verschlief sogar das Frühstück. Was soll's, von nun an werde ich wie ein Mensch leben, werde mich ausruhen, Bücher lesen, Museen besuchen. Wenn man das jemandem erzählt, er würde es nicht glauben, daß ich in den letzten zwanzig Jahren kein einziges Mal Schilaufen war, keine einzige Ausstellung besucht habe, in keinem Konzert gewesen bin. Zwei- bis dreimal war ich im Theater, und auch das nur aus Zufall. Ich werde mehr Zeit für Lenka und Saschka haben. Herrlich!

Dennoch ist das, was sie getan haben, nicht gerecht. Wie konnte es nur dazu kommen?

Die Entscheidung

Es gibt einen schwer faßbaren, aber ganz realen Mechanismus, der das Schicksal eines Menschen in unserer Gesellschaft bestimmt. Es ist keine Entscheidung im eigentlichen Sinn des Wortes, die eine mit Willen und Bewußtsein ausgestattete Persönlichkeit voraussetzt. Es ist vielmehr ein gewisses Verhalten oder die Reaktion eines Teils der Gesellschaft auf deine Person, die diese oder jene Entscheidungen lediglich als formale Folgen auslosen. Dieser Mechanismus unterliegt auch nicht der öffentlichen Meinung – die gibt es bei uns überhaupt nicht. Es ist etwas anderes, gerade für unsere Gesellschaft Spezifisches. Wie ein solcher Mechanismus arbeitet, ist schwer zu sagen. Dazu sind spezielle wissenschaftliche Untersuchungen nötig. Und natürlich läßt er sich mit den Begriffskategorien des Marxismus nicht beschreiben.

Wer weiß, womit alles begann. Vielleicht hatte mich Kanarejkin irgendwo zu sehr gelobt, hatte gesagt, ich würde es weit bringen, und irgend jemand wurde von Neid gepackt oder war beleidigt. Vielleicht hatte M. L. bei der Erwähnung meines Namens die Nase gerümpft oder abgewunken, und Frol hatte das insgeheim jemandem anvertraut, dabei von sich aus noch etwas hinzugefügt. Oder Korytow hatte Kanarejkin gegenüber eine Anspielung gemacht, daß man *dort* der Meinung sei... Oder jemand hatte an die bewußte Organisation ein Briefchen über meine Beziehungen zu Dima geschrieben, oder über meine Kontakte zu Anton. Irgend jemand hatte vielleicht schriftlich gemeldet oder auch erzählt, ich würde Juden und Dissidenten protegieren. Wer weiß. Jetzt kann man die Wahrheit nicht mehr ergründen. Wir kommen auf die Welt und tragen den Keim zu unserem Untergang schon in uns.

Dann folgte die Periode der quantitativen Kumulierung. Dort ist eine Anspielung gefallen. Da hat man etwas erwähnt. Hier wurde gerügt. Da gefordert. Vorerst spielt das alles noch keine Rolle. Es ist die Norm. Für jedes aufwärtsstrebende Individuum müssen derartige Dinge gesammelt werden, die man, falls es notwendig wird, ausgraben kann. Aber es sind ernstere Gründe nötig, damit das Maß überläuft und die Quantität in Qualität übergeht. Was sind das für Anlässe? Das läßt sich wiederum nicht beantworten. Meine Arbeiten über die ökonomischen Gesellschaftsformationen? Unsinn. Gäb es sie nicht, würde man sich an etwas anderes halten. Was also? Die Antwort ist klar: Ich bin ein mit allen charakteristischen Merkmalen ausgestatteter Mann der sechziger Jahre, und die sechziger Jahre waren ein Fehler. Fehler muß man korrigieren. Nach dem Gesetz der Trägheit wurde ich von den sechziger Jahren weiterhin nach oben gespült. Der neue Status der Gesellschaft, der diesen Jahren ein Ende bereitet hat, hat auch mir das Bein gestellt. Das Ganze gehört einfach in jene Bereiche, in denen die Fehler dieser Jahre mit einer gewissen Verspätung bereinigt werden. Und das ist ganz natürlich. Widernatürlich wäre es gewesen, wenn ich durchgekommen wäre. Ich habe es nicht geschafft. Das ist das Entscheidende. Alles übrige ist lediglich eine Frage der Verpackung. Meine Bücher haben dabei nichts zu sagen. Ich bin in der Vorstellung aller fest mit dieser Periode verknüpft. Und sie ist zu Ende.

Nun braucht man nur noch einen Vorwand, um die Lawine des unerbittlichen Entscheidungsmechanismus, von dem ich eingangs sprach, ins Rollen zu bringen. Einen solchen Vorwand gibt es: meine scheuen Versuche, etwas Neues in die marxistische Lehre von den ökonomischen Gesellschaftsformationen zu bringen. Die Diskussion in der Akademie für Gesellschaftswissenschaften unter Beteiligung der Parteihochschule, unseres Instituts und von

Vertretern der Lehrstühle verschiedener Moskauer Hochschulen verlief erwartungsgemäß auf einem hohen ideologisch-theoretischen Niveau. Es ist interessant, daß man mich eher lobte als tadelte. Afonin, Kanarejkin, Jeropkin und viele andere bedeutende Figuren verteidigten mich. Selbst Waskin lobte mich über den grünen Klee. Aber all das erweckte den Eindruck eines Nekrologs. Ich selbst kam auch zu Wort. Einiges gab ich zu, andere Beschuldigungen wies ich zurück. Ich versuchte mich zu behaupten. Warum? Aus Gewohnheit. Aus dem Wunsch, die Abteilung zu retten: Denn wenn ich fliege, wird auch meine Abteilung gefeuert.

Aber mein Schicksal war entschieden. Nur noch das Ausmaß meines Sturzes konnte Gegenstand der Verhandlung sein. Vielleicht hätte ich mich auf meinem bisherigen Platz halten können, wenn ich mich mit dem Verlust meines Zusatzgehalts an der Universität und mit dem Ausschluß aus dem Redaktionskollegium unserer Zeitschrift begnügt hätte, wenn da nicht der Artikel in einer westlichen Zeitschrift gewesen wäre, in dem man mich dem konservativen Kanarejkin und seinesgleichen gegenüberstellte und mich als vorwärtsstrebenden Neuerer, der den neuen Strömungen der Zeit Rechnung trägt (der Artikel war dem Kongreß gewidmet), hervorhob. Die Folge davon war, daß das Gebietskomitee die Schaffung einer speziellen Kommission zur Untersuchung der Situation in meiner Abteilung vorschlug.

Die Kommission, die Versammlung und der Rest

Der weitere Ablauf der Ereignisse brachte nichts Unvorhergesehenes, mit Ausnahme einer Kleinigkeit. Auf der Parteiversammlung, auf der mein Fall verhandelt wurde, stand unerwartet ein junger Mann auf. Er war einer von den Ruhigen, Unauffälligen. Und nicht einmal aus unserer Abteilung. Der sagte Dinge, daß man ihn auf der Stelle aus der Partei ausschloß. Und auch noch von seinem Arbeitsplatz entließ. Ich aber, der eigentlich schuldige Anlaß, kam letzten Endes ganz gut davon: mit einer Rüge und einer Eintragung in die Personalakten. Abgesehen natürlich von der Ablösung von meinem Posten.

Die Arbeit der Kommission leitete Baranows Stellvertreter. Aus unserem Institut gehörten der Kommission die Twarschinskaja, Nikiforow und Serikow an. Außer groben theoretischen Fehlern, die mir und einer Reihe anderer Mitarbeiter unserer Abteilung unterlaufen waren (Gruppenbildung muß sein!), stellte die Kommission eine schwere Verletzung der Leninschen Prinzipien bei der Kaderauswahl fest. (Sie hatten ausgegraben, daß bei der Übernahme einiger wissenschaftlicher Mitarbeiter in die Abteilung, darunter auch Anton, irgendwelche Formalitäten nicht beachtet worden waren.) Im Parteibüro gab es Stimmen, die meinen Ausschluß aus der Partei verlangten. Aber man rechnete mir meine vergangenen Verdienste an und begnügte sich mit der Rüge. Die Versammlung verlief ganz so, wie es sich in solchen Fällen gehört, glatt, mit Beschuldigungen, Verpflichtungen, Aufrufen. Wenn nur nicht dieser Bursche gewesen wäre! Er hatte sich vergebens bemüht und die Sache nur verdorben. Die Vertreter des Gebietskomitees und des Stadtkomitees waren schon drauf und dran gewesen, sich auf ein milderes Strafmaß für mich einzulassen, als es plötzlich zu diesem Zwischenfall kam. Danach brach ein solcher Hexensabbat los, daß allein die Erinnerung daran schrecklich ist. Seit Stalins Zeiten hatte sich nichts Vergleichbares mehr ereignet. Als Folge davon wurde ich zunächst aus der Partei ausgeschlossen, erst später, im Büro des Gebietskomitees wurde der Beschluß abgemildert – man ließ es bei einer Rüge mit einer Verwarnung bewenden. Und in der Parteikontrollkommission beim ZK wurde alles auf eine einfache Rüge reduziert. Die Versammlung gab die Empfehlung, mich von den Obliegenheiten eines Abteilungsleiters zu entbinden. Die Abteilung wurde völlig reorganisiert – ihre Bezeichnung wurde geändert und die Besetzung aller Posten zur Bewerbung ausgeschrieben. Die Mitarbeiter verteilte man auf andere Abteilungen, ein Teil wurde rausgeschmissen. (Das heißt, man empfahl ihnen nicht, sich an der Bewerbung zu beteiligen, und daraufhin gingen sie von sich aus.) Ich wurde dank der Fürsprache von Kanarejkin als höherer wissenschaftlicher Mitarbeiter an ein außeretatmäßiges kleines Institut versetzt, das inoffiziell als Verbannungsort für Straffällige aller Art gilt. Swetka machte sich natürlich aus dem Staub. Sie ging zum neuen Abteilungsleiter über. Ich trauere ihr nicht nach. Tamara nahm die Scheidung und die Teilung der Wohnung in Angriff. Und ich genoß alle Segnungen des Lebens eines gewöhnlichen höheren wissenschaftlichen Mitarbeiters, schwamm in Seligkeit, konnte mich ausschlafen, Gymnastik treiben, durch die Straßen bummeln, und zweimal im Monat ging ich in das Institut, um mein Gehalt abzuholen. Ich begann mir Gedanken über ein neues Buch zu machen, das ich ganz aufrichtig und ernsthaft schreiben wollte.

Aber es kam das Unglück – öffne das Tor. Lenka war tot.

Bilanz

Nur undeutlich erinnere ich mich an diese Zeit. Ich will mich nicht daran erinnern. Warum? Jetzt ist es sowieso nicht mehr zu ändern. Und wenn ich mich daran erinnere, kann ich nicht weiterleben. Ist es um das Verhältnis unserer ganzen Gesellschaft zu ihrer schrecklichen Vergangenheit nicht ebenso bestellt? Es stimmt nicht, daß nur unsere Machthaber die Vergangenheit vor der Jugend verbergen. Wenn dies auch wahr ist, so doch nur zum Teil. Und es ist nicht einmal der wichtigste Teil dieser Wahrheit. Wichtig ist vielmehr, daß fast die ganze Bevölkerung des Landes sich nicht an die Vergangenheit erinnern will, denn sie will heute wenigstens einigermaßen erträglich leben. An die

Vergangenheit denken nur diejenigen, die sich das zu ihrem Beruf erwählt haben (Solschenizyn, Anton), und die wenigen, die ihrem Einfluß unterliegen. Ich habe erst mit großer Verspätung begriffen, daß meine Kinder Opfer dieser Erinnerung geworden sind. Und ich bin mit schuld daran. Ich hatte die Gefahr unterschätzt, hatte gedacht, das sei unbedeutend, hatte geglaubt, das reale Leben sei stärker als die ephemeren Reden der Gescheiterten.

Danach war ich lange Zeit krank. Saschka und Anton holten mich aus dem Krankenhaus ab. Ich war noch in einem solchen Zustand, daß Saschka beschloß, für einige Zeit zu mir zu ziehen. Anton und Natascha besuchten uns häufig und brachten gutes Essen mit. Woher nehmen sie bloß das Geld? Anton ist immer noch arbeitslos. Natascha sagt, daß sie jetzt sogar besser leben. Sie tippt. Anton macht, wie das bei uns seit jeher üblich ist, Übersetzungen und hält mit Hilfe von Mittelsmännern Referate vor kleinen Gruppen, im geschlossenen Kreis, wobei diese Vermittler mindestens die Hälfte des Verdienstes für sich selbst abzweigen. Aber sie lassen den Kopf nicht hängen. Sie sagen, es reiche. Sie warten auf das Buch. Diese naiven Menschen!

Einmal fragte ich Saschka, wie es passiert sei.

»Sie hat es selbst getan«, antwortete Saschka.

»Warum nur?!«

»Sie hatte alles erfahren.«

»Wie?!«

»Zufällig. Mit Klassenkameraden war sie in das Kriegskommissariat gegangen, um Kriegsveteranen zum ›Tag des

Sieges‹ einzuladen. Dort haben sie zufällig entdeckt, daß du und Onkel Anton im selben Geschwader gewesen seid. Ich hatte das schon lange vermutet. Aber ich habe niemandem ein Sterbenswörtchen gesagt, ich schwöre es. Ich verstehe es ja auch. Aber sie – ein Mädchen!«

Eine Hymne auf Moskau

Aus alter Gewohnheit zog es mich zum Alten Platz. Ich hatte beschlossen, mich bei irgend jemandem zur Sprechstunde anzumelden. Bei wem? Ich weiß es nicht mehr. Warum? Auch das ist mir entfallen. Einfach nach dem Prinzip »vielleicht«, »ganz plötzlich«. Aber dann überlegte ich es mir anders und ging weiter in Richtung Zentrum. Beim »Metropol« traf ich unerwartet Wiktor Iwanowitsch. Er freute sich offensichtlich über unsere Begegnung. Ich schlug ihm vor, in ein Café zu gehen und was zu essen. Er sagte, dort sei es zu widerlich, und machte seinerseits den Vorschlag, bis zum »Usbekistan« zu gehen. Ich wandte ein, es sei zwecklos, dorthin zu gehen, da gebe es immer eine riesige Schlange. Er aber sagte, die Schlange sei für Leute wie uns kein Problem. Und richtig, eine halbe Stunde später saßen wir im »Usbekistan«, Wiktor Iwanowitsch gab bei dem diensteifrig dienernden Ober eine Bestellung auf, die mir fast den Verstand nahm, und ich kramte verstört in meinen Taschen herum. Wiktor Iwanowitsch meinte, ich sollte mich nicht beunruhigen, heute sei er der Gastgeber.

Wir kamen ins Gespräch. Ich beklagte mich über Moskau. Die Hast. Das Gedränge. Die Eintönigkeit, Langeweile, allgemeine Gereiztheit. Ich sagte all das, was man so über Moskau in Intelligenzlerkreisen redet.

»Ich bin anderer Meinung als Sie«, sagte Wiktor Iwanowitsch, nachdem ich den Kropf geleert hatte und wir für den Anfang ein Gläschen Wodka getrunken und uns so fürstlichen Vorspeisen zugewandt hatten, wie ich sie seit meinem letzten Besuch bei den Korytows nicht mehr gesehen hatte. »Sie kennen Moskau einfach nicht, spüren nicht sein wahres Leben. Moskau ist eine Großstadt. Es ist in jeder Hinsicht eine der größten Städte der Welt. Und denkt man noch an die allgemeine Spannung, dann ist es vielleicht überhaupt die größte. Der Puls der Welt schlägt jetzt bei uns in Moskau. Moskau ist alles mögliche, nur keine Provinz, wie Sie eben sagten. Paris und London sind heute eher Provinzstädte als Moskau, von Rom, Wien, Madrid und den übrigen europäischen Städten ganz zu schweigen. Nein, Moskau ist schon lange keine Provinz mehr.«

Ich fühlte mich leicht beschwipst, aber nicht vom Wein, sondern vom ungewohnt guten Essen und der allgemeinen Restaurant-Atmosphäre. Wiktor Iwanowitsch ging mit den Weinen, den Vorspeisen und den Kellnern um wie ein erfahrener Stammgast. An ihm war wenig von dem ehemaligen Tischgenossen in unserer Kneipe geblieben.

»Sie denken, ich scherze«, fuhr Wiktor Iwanowitsch

fort. »Ganz und gar nicht. In Moskau können Sie absolut alles bekommen, was Sie wollen. Jeden beliebigen Wein, alle beliebigen Gerichte, alle beliebigen Mädchen. Heute gibt es Mädchen in Moskau, die Sie in Paris vergeblich suchen. Von jedem beliebigen Aussehen, Alter, Witz, Temperament. In Moskau ist alles vorhanden: Fixer. Syphilis. Spione. Ausländer. Schwarze Devisenhändler. Prostituierte. Buddhisten. Genies. Hochstapler. Homosexuelle. Gottsuchende. Parapsychologen. In Moskau gibt es absolut alles.«

»Dennoch ist alles grau, langweilig, farblos«, sagte ich. »Wollen Sie das etwa mit der Lebensart vergleichen, wie sie zum Beispiel Balzac und Maupassant beschrieben haben?«

»Warum nicht? Lassen Sie uns doch vergleichen. Frauen? Ich versichere Ihnen, unsere Moskauer Weiber sind nicht schlechter als die Pariserinnen. Es gibt sogar noch bessere. Sie kommen bloß nicht an sie heran. Ballerinen und Künstlerinnen haben wir zwanzigmal soviel. Die Auswahl geschieht aus einem breiteren und vielfältigeren Menschenmaterial. Und gerade auf diesem Gebiet hat es, ich versichere Ihnen, einen großen Fortschritt gegeben. Essen? Wenn Sie nur wüßten, was man in Moskau alles frißt, Sie würden Ihren Augen nicht trauen. Sie kennen das, was man in unseren höchsten Kreisen frißt, nicht einmal dem Namen nach. Wohnungen? Häuser? Paläste? So haben nicht einmal Balzacs Helden in Versailles und im Louvre gelebt. Und in Sachen Wohnungen und Datschen steht es heute bei uns nicht schlechter als bei den Franzosen in jenen üppigen Zeiten. Ich bin schließlich in Paris gewesen und auch in diesen Häusern. Gar kein Vergleich! Wenn wir Zeit hätten, würde ich Ihnen Wohnungen in Moskau zeigen, daß Ihnen vor Staunen der Mund offenbleibt. Kostbarkeiten? Sie denken, die gäbe es heute nicht? Wir haben Leute, die leben auf demselben Niveau wie westliche Millionäre, und sie sind bei uns nicht seltener als im Westen. Da, schauen Sie nur! Sehen Sie dieses fette schwarze Luder? Schmuckstücke trägt sie in jedem Ohr, daß man eine Prachtvilla dafür kaufen könnte. Schauen Sie ihre Pfoten! Solche Exemplare gibt es heute haufenweise. Vergnügungen? Mein Lieber, da haben Sie nur keinen Zutritt. Aber diejenigen, die es wollen und können, die kennen keine Langeweile. Einrichtungen, die etwas für das Auge bieten, gibt es hundertmal mehr. Wer's versteht, kann in Moskau jeden beliebigen ausländischen Film sehen, kann jede Art von westlicher Musik hören, jedes Buch lesen. Gespräche? Sie denken, die Helden von Balzac und Maupassant haben interessantere Unterhaltungen geführt als wir? Unsinn, ich bin dieser Frage besonders nachgegangen. In Moskau führen buchstäblich Hunderttausende von Menschen Gespräche auf einem weitaus höheren intellektuellen Niveau. Ereignislosigkeit? Wer hat Ihnen denn gesagt, das Leben in Moskau sei frei von Dramatik?! Sie sollten mal durch die Gerichtssäle gehen! Sie sollten die Briefe lesen, die bei den Zeitungsredaktionen eingehen! Die Moskauer Dramen können es durchaus mit den Balzacschen aufnehmen.«

Wir genossen berauschend raffinierte asiatische Gerichte, tranken Weine, die es schon lange nicht mehr in den Geschäften zu kaufen gibt, wurden trunken und verloren allmählich die Beziehung zu unserem beschissenen Leben, dem Leben, wie es jenseits der Wände dieses Schlemmerparadieses immer war, ist und sein wird.

»Moskau ist zum Anziehungspunkt für viele Millionen Menschen geworden«, fuhr Wiktor Iwanowitsch in seinem Hymnus auf Moskau fort. »Wissen Sie, wieviel Menschen täglich ungeachtet aller Verbote nach Moskau strömen? Und sehr viele haben dabei Erfolg. Sehen Sie sich unsere Regierungsspitzen an, die Generalität, die angesehenen Schriftsteller und Künstler, die Spitzensportler – sind unter ihnen vielleicht viele gebürtige Moskauer? In Moskau vollzieht sich heute nicht einfach etwas mit dem Paris von Balzac und Maupassant Vergleichbares. Hier werden Tausende solcher Städte wie Paris geschaffen. Darin mag man einen Fehler unseres Lebens sehen: Es sind zu viele solcher Parise. Man hat nicht mehr das Gefühl der Ausnahmesituation. Aber das ist schon eine andere Geschichte.«

Wir saßen im Restaurant, bis es geschlossen wurde. Wir hatten eine Unmenge von Weinen aller Art getrunken, brachen aber völlig nüchtern auf.

»Darin besteht das ganze Problem«, sagte Wiktor Iwanowitsch. »Der Hauptgrund für den Alkoholismus sind die schlechten Getränke und das Fehlen einer anständigen Grundlage. Was heute durch unsere Kehlen geflossen ist, würde ausreichen, zehn gestandene Alkoholiker umzuschmeißen.«

Das nächtliche, menschenleere Moskau sieht ganz anders aus als am Tag. Die schwach beleuchteten Straßen sind schön, wirken verheißungsvoll. Die erleuchteten Fenster (mein Gott, wie viele es sind!) schaffen die Illusion von etwas Geheimnisvollem.

»In einem haben Sie wahrscheinlich recht«, sagte Wiktor Iwanowitsch. »Moskau hat nicht genügend eigene Dichter. Solche wie Balzac und Maupassant. Besäßen wir so eine Literatur, dann würde sich auch das Moskauer Leben in einem ganz anderen Licht präsentieren. Und es würde sich tatsächlich ändern. Es reicht nicht, gut gekleidet zu sein, zu trinken, zu fressen, mit schönen Weibern zu schlafen, sich in Shows und Kinos zu amüsieren, anregende Gespräche zu führen. Das alles sind notwendige Voraussetzungen für ein gutes Leben. Aber es ist noch nicht alles. Man muß sich auch all dieses Guten in gesellschaftlich anerkannten Formen bewußt sein. Wir haben eben sehr gut gegessen. Das ist leider nur eine physiologische Tatsache, keine soziale. Es ist insbesondere kein literarisch relevanter Tatbestand. Moskau braucht seine eigenen großen Dichter. Wird es sie jemals haben? Aber leben, das muß man trotzdem! Man muß leben, begreifen Sie? Leben!«

Wir gingen die Gorki-Straße entlang über den Roten Platz hin zum Ufer der Moskwa.

»Haben Sie einmal einen Menschen beobachten können, der unverfroren und erfolgreich seine Karriere verfolgt? Sie werden feststellen, daß er ein Zyniker, Intrigant, Gauner, ein gerissener Kunde ist. Er ist Ihnen zuwider.

Aber es zieht Sie zu ihm hin. Und im Lauf der Zeit sagen Sie sogar anerkennend: ›Sieh da, das Schwein schafft es!‹ Moskau erinnert sehr an einen solchen Menschen. Dreist und selbstbewußt macht es seine Karriere. Ganz und gar grau zu Beginn, und rückt doch auf den ersten Platz. Wer von unseren Führern war zu Beginn seiner Karriere nicht ebenso grau?! Lassen Sie einige hundert Jahre vergehen, und die Geschichte Moskaus aus unseren Tagen wird die Neugier der Menschheit genauso erregen wie die Geschichte von Paris zur Zeit der großen Französischen Revolution. Breschnews Biographie wird man bis auf die Minute genau studieren. Und Solschenizyn wird man vergessen.«

Mein Gesprächspartner hat recht, leider.

»Was leider?«

»Es ist bedauerlich, daß man Breschnews Biographie studieren wird und Solschenizyn vergessen.«

Und das sage ich, ein Mitglied von Breschnews Partei.

»Was wollen Sie? So ist das Leben.«

Es lebe der Kommunismus

Antons Buch ist noch nicht erschienen. Er fürchtet, daß man ihn an der Nase herumgeführt hat. Nun ist er entschlossen, seine Einwilligung zur Veröffentlichung in jedem beliebigen antisowjetischen Verlag zu geben. Er sagt, ihm bleibe kein anderer Ausweg. Sie selbst zwingen ihn dazu. Warum auch nicht? Es ist vollkommen logisch. Sie haben es lieber mit etwas eindeutig Antisowjetischem zu tun (zumal diese Mode allmählich verschwindet) als mit einer akademisch ausgewogenen Analyse des Kerns der Sache.

Am Ende seines Buchs hat Anton geschrieben, der Kommunismus sei eine völlig natürliche und normale Gesellschaftsform. Sie enthalte weniger Künstliches als die Gesellschaften der westlichen Zivilisation. Diese Stelle hatte man im Manuskript mit Rotstift markiert, und am Rand war zu lesen: »Das ist richtig!« Die Aufgabe des Buchs bestünde darin zu beschreiben, was der Kommunismus unter dem Gesichtspunkt seiner inneren Gesetzmäßigkeiten, Tendenzen und Perspektiven sei. Wie man sich dazu stelle, das bleibe die persönliche Angelegenheit des Lesers. Der Autor dränge ihn nicht zu einem bestimmten Verhalten. Das einzige, was er raten könne, sei dies: Bist du unzufrieden, dann kämpfe. Wie? So gut es geht. Denn die beste Kampfweise wird nur aus der Kampferfahrung gewonnen. Solche Erfahrungen gibt es aber vorerst zu wenige, um wertende Schlüsse zu ziehen. Diese Stelle im Manuskript war mit schwarzem Stift umkringelt, und am Rand stand der Vermerk: »Das ist gefährlich!«

Meine Strafe wurde gelöscht. Man bot mir einen Lehrstuhl an einer der Moskauer Hochschulen an. Einen miserablen Lehrstuhl. Aber innerhalb von drei Jahren mache ich etwas daraus. So ist doch noch nicht alles verloren.

Eines Abends ging ich an die Luft, schlenderte dahin und kam zu unserem (noch immer kann ich es mir nicht abgewöhnen!) Institut. Ich blickte hin zu den dunklen Fenstern meiner Abteilung. Ein Seufzer stieg in mir auf. Dann wanderte ich den Prospekt entlang, von unserem Gelben Haus zu dem in der Ferne funkelnden Platz der Kosmonauten. Zu unserer Losung.

»Nein, Herr Simin«, dachte ich laut, »unser Kampf ist noch nicht zu Ende. Er hat eben erst begonnen. Lassen Sie nur Ihr Buch herauskommen, dann sprechen wir miteinander. Öffentlich. Das ist gar keine so schlechte Idee. Wahrscheinlich kriege ich in der ›Prawda‹ eine Ecke. Dann ein Artikel im ›Kommunist‹.« Ich wünschte plötzlich sehr, daß Antons Buch erscheine. Mir wurde sogar beinahe ein wenig wehmütig ums Herz, daß wir uns so lange nicht gesehen hatten. Der Platz der Kosmonauten war hell erleuchtet. Man hatte bereits die Reparatur der Losung in Angriff genommen. Die einzelnen Buchstaben waren von Baugerüsten umgeben. Ich stellte mir vor, wie Kanarejkin aus diesem Anlaß in der »Abteilung« singen wird. Man hatte ihn von seinem Direktorenposten abgelöst und zum Sekretär der »Abteilung« ernannt, das heißt nach oben gefeuert, wie das bei uns häufig ist. Dieser degenerierte Trottel wird eine Sondersitzung aus Anlaß der Restaurierung der Losung einberufen. In Gedanken sehe ich ihn auf der Tribüne: Unsere prächtige Losung erhebt sich immer wieder aus der Asche wie der Vogel Penis pipapo. Verdammt, wann endlich werden diese Kretins hinausgeschmissen und durch fähige Leute ersetzt?!

Eine Weile blieb ich auf dem Platz, dann kehrte ich langsam um. Mein Bein machte mir ein wenig zu schaffen. Im Herzen spürte ich ein Stechen. Nichts Schlimmes! Aber diese Anfälle von Verstopfung, die bringen mich um. Immer diese alten Hämorrhoiden. Das ist schon schlimm! Wir fliegen zum Mond. Krebs soll jetzt heilbar sein. Aber lausige Hämorrhoiden...

»Und dennoch, wir werden ihn errichten...«, dachte ich, aber es kam laut heraus.

Ich fürchtete, die Vorübergehenden könnten mich auslachen. Aber sie beachteten mich überhaupt nicht. Ich zerrte meine absurde Karre an ihnen vorüber, durch sie hindurch, in einer für sie nicht vorhandenen Dimension unseres Daseins. Wohin?...

Anmerkungen

Allgemeiner Hinweis: Einige der vom Autor gewählten *russischen Namen* weisen eine gewisse assoziative Komik auf, die aber von Russen oft nicht mehr empfunden wird. Beispiele dafür sind Zwetikow (zwetok: Blümlein), Jagodizyn (jagodiza: Hinterbacke), Kanarejkin (kanarejka: Kanarienvogel), Kuryzin (kuryza: Huhn), Trussow (trus: Feigling), Begemotow (begemot: Nilpferd).

»Abteilung«: gemeint ist die Ideologieabteilung an der Akademie der Wissenschaften.

Amalrik, Andrej (1938–1980): Historiker, Dramatiker, Schriftsteller. 1963 von der Universität Moskau relegiert. 1965/66 verbannt in Sibirien, 1970 zu drei Jahren Arbeitslager verurteilt. 1976 aus der Sowjetunion ausgereist. Amalrik kam 1980 in Spanien bei einem Autounfall ums Leben.

Die Baikal-Amur-Linie (*BAM*, *B*aikal-*A*mur-*M*agistrale): großes Eisenbahnbauprojekt, das in den siebziger Jahren begonnen wurde. Sowjetische Jugendliche leisten dort in den Ferien freiwillige Arbeitseinsätze.

Berija, Lawrenti (1899–1953): Politiker. Ab 1938 Leiter des Staatssicherheitsdienstes. Als Stellvertreter Stalins und Politbüromitglied (ab 1946) einer der mächtigsten Männer in der Sowjetunion. 1953 hingerichtet.

Die Brigantine: bei der sowjetischen Jugend beliebtes romantisches Lied. Komponiert von Pawel Kogan.

Chruschtschow, Nikita Sergejewitsch (1894–1971): Politiker. 1939 Mitglied des Politbüros, 1957 Erster Sekretär des Zentralkomitees, 1958 Ministerpräsident. Mußte 1964 zurücktreten. Leitete 1956 die Entstalinisierung ein.

DIAMAT: Dialektischer Materialismus. Lehre von den Grundbegriffen der Dialektik und des Materialismus.

Galitsch, Alexander (1919–1977): Schriftsteller und Liedermacher. 1974 exiliert. Lebte in Paris.

Glawlit: Hauptverwaltung für Literatur und Verlagswesen beim Ministerrat der UdSSR. Faktisch die Zensurstelle.

Grigorenko, Pjotr (geboren 1906): sowjetischer General. Wurde degradiert und in eine psychiatrische Klinik eingewiesen, weil er immer wieder für die Menschenrechte eintrat und vor allem auch für die Rechte der Krimtataren. 1977 aus der Sowjetunion ausgereist, lebt heute in New York.

Iljitsch: Lenin.

KGB: Staatssicherheitsdienst (*K*omissija *G*ossudarstwennoi *B*esopasnosti).

Die kleinen Feldzüge: Der Krieg der Sowjetunion gegen Polen und Finnland (1939/40).

Krokodil: sowjetische satirische Zeitschrift.

Lomonossow, Michail Wassiljewitsch (1711–1765): russischer Gelehrter und Schriftsteller. Seine philologischen Arbeiten waren von großer Bedeutung für die Entwicklung der russischen Schriftsprache. In der Sowjetunion sind einige Universitäten nach ihm benannt.

Lubjanka: Untersuchungsgefängnis des KGB.

Marasmus: allgemeiner geistig-körperlicher Kräfteverfall.

Maximow, Wladimir (geboren 1932): Schriftsteller, lebt seit 1974 in Paris. Chefredakteur der Zeitschrift ›Kontinent‹.

Die Medwedjews (Zwillinge, geboren 1925): Roy Medwedjew: Historiker, lebt in Moskau; Shores Medwedjew: Biologe, lebt in London.

Mendelejew, Dimitri Iwanowitsch (1834–1907): russischer Chemiker, entdeckte das Periodische System der Elemente.

Metschnikow, Ilja (1845–1916): russischer Zoologe und Bakteriologe. Erhielt 1908 den Nobelpreis.

MGB: Ministerium für Staatssicherheit.

Mschwanadse und Nasreddinowa: Ortsfunktionäre, die wegen Bestechlichkeit ihrer Posten enthoben wurden.

Neiswestny, Ernst (geboren 1926): Bildhauer. Erregte 1962 Aufsehen durch seinen Streit mit Chruschtschow anläßlich einer offiziellen Ausstellung in Moskau. 1977 ausgereist, lebt in New York.

Nowotscherkassk: Die Arbeiter von Nowotscherkassk hatten sich 1962 gegen Preiserhöhungen und gleichzeitige Lohnkürzungen aufgelehnt und wurden von »auswärtigen« Truppen blutig unterdrückt (die nahegelegenen Truppenkontingente hatten sich geweigert einzugreifen).

Okudschawa, Bulat (geboren 1922): Schriftsteller und Liedermacher. Seine Lieder sind vor allem im Westen veröffentlicht worden.

Pawlow, Iwan Petrowitsch (1849–1936): russischer Physiologe. Erhielt 1904 den Nobelpreis für Medizin.

Penkowski, Oleg (1919–1963): Doppelagent, der 1963 von den Sowjets hingerichtet wurde. Arbeitete für den sowjetischen Nachrichtendienst und für die CIA.

Punkt fünf: In sowjetischen Antragsformularen wird unter Punkt fünf die Frage nach der Nationalität gestellt, wobei »Jude« ebenso als Nationalität gilt wie »Usbeke«, »Georgier«, »Lette« usw.

Die rote Blume: russisches Märchen, Variante von *La belle et la bête* (adaptiert von S. T. Aksakow).

Sacharow, Andrej (geboren 1921): Studierte Physik an der Universität Moskau und wurde mit 32 Jahren Mitglied der Akademie der Wissenschaften der UdSSR. Träger des Lenin-Preis-Ordens, Held der sozialistischen Arbeit. Schuf 1950 zusammen mit anderen Wissenschaftlern die Grundlage zur sowjetischen Wasserstoffbombe. Seit 1968 kämpft Sacharow für die Menschenrechte in der Sowjetunion. Gründete 1970 das Komitee für Menschenrechte. Lebt in Rußland.
Im Diogenes Verlag liegt von Sacharow vor: *Wie ich mir die Zukunft vorstelle*, detebe 20116; mit einem Nachwort von Max Frisch und der ›Antwort an Sacharow‹ von Jean Laloy, Pietro Quaroni, William Hayter, Louis Fischer und Heinrich Böll.

Samisdat: Kurzform von *samoisdatelstwo*, Selbstverlag. Im Selbstverlag erschienene (verbotene) Literatur.

Samjatin, Jewgeni (1884–1937): Absolvierte ein Schiffbau-Studium in Petersburg. Von 1911 bis 1913 verbannt wegen Mitgliedschaft in der Kommunistischen Partei. Verbrachte zwei Jahre in England und kehrte rechtzeitig zur Oktoberrevolution nach Rußland zurück. Wichtiges Mitglied der *Serapionsbrüder*, einer einflußreichen Gruppe von Literaten. Geriet mit der Sowjetmacht in Konflikt, sein utopischer Roman *Wir*, der Huxley und Orwell nachhaltig beeinflußte, durfte in Rußland nicht erscheinen. 1932 Emigration nach Paris.
Im Diogenes Verlag liegt von Samjatin vor: *Attila, die Geißel Gottes*, detebe 20626.

Schafarewitsch, I. R. (geboren 1923): Mathematiker, Korrespondierendes Mitglied der Akademie der Wissenschaften, Leninpreisträger, Publizist. Mitglied der Menschenrechtsgruppe um Sacharow.

Solschenizyn, Alexander (geboren 1918): Schriftsteller. 1970 Nobelpreis für Literatur. 1974 aus der Sowjetunion ausgewiesen, lebt in den USA.

Tarkowski, Andrej (geboren 1932): Filmregisseur.

Theater an der Taganka: progressives Moskauer Kleintheater unter der Leitung des Regisseurs Ljubimow.

Togliatti, Palmiro (1893–1964): italienischer Politiker, Mitbegründer der KPI. Ab 1944 deren Generalsekretär, dann stellvertretender Ministerpräsident und bis Juli 1946 mehrfach Minister.

Turtschin, Walentin: Physiker. War Leiter von Amnesty International in Moskau. 1978 aus der Sowjetunion ausgereist.

(Wladimir) Iljitsch: Lenin.

Wyssozki, Wladimir: Schauspieler und Liedermacher.

Zarskoje selo: So wurde das eigentliche Bonzenviertel in Anlehnung an das »Zarendorf« und den kaiserlichen Hof in der Umgebung des alten Petersburg genannt.